दिन जो पखेरू होते

राजेन्द्र राव

राजपाल

स्थापित 1912
100 वर्षों की
श्रेष्ठ प्रकाशन परम्परा
राजपाल

ISBN : 9789389373189
प्रथम संस्करण : 2022
DIN JO PAKHEROO HOTE (Novel)
by Rajender Rao

राजपाल एण्ड सन्ज़
1590, मदरसा रोड, कश्मीरी गेट, दिल्ली-110006
फोन : 011-23869812, 23865483, 23867791
e-mail : sales@rajpalpublishing.com
www.rajpalpublishing.com
www.facebook.com/rajpalandsons

बचपन के दिन मनोरथ नगर में बीते। दोनों छूट भले ही गए हों लेकिन जब कभी यादों में आते हैं तो आकर ठहर जाते हैं। ऐसे क्षण हर किसी की ज़िन्दगी में होते होंगे। मुहावरे की भाषा में कहा जाए तो यादों की जैसे बारात गुज़र जाती है। सच तो यह कि अक्सर लौटना नहीं हो पाता मगर बरसों बाद कुछ देर के लिए मनोरथ नगर जाने का अवसर मिला तो मन एक अनबूझ उछाह से भर उठा। यह उछाह एक ठंडी उत्तेजना की तरह नसों में समा गया लेकिन कुछ हो न सका। वहाँ की सड़कों पर बेमकसद घूमने और कुछ पुरानी यादों को ताज़ा करने की हसरत दिल में ही रह गई। हाँ, वहाँ के नामुराद स्टेशन के प्लेटफ़ॉर्म पर चहलकदमी करने का मौका ज़रूर मिल गया तो पाया कि जहाँ कभी एक गुज़िश्ता ब्रिटिशयुगीन मानक वाला टी-स्टॉल हुआ करता था वहाँ अब एक दरख्त कुछ लजाते हुए खड़ा था। इस टी-स्टॉल से जुड़ी असफल प्रेम की एक मार्मिक कथा कभी लिखी थी। उस पर एक टेलीफ़िल्म बनाई गई थी, जिसकी शूटिंग लखनऊ के पास के एक कस्बाई स्टेशन के प्लेटफ़ॉर्म पर हुई थी। शूटिंग के तीनों दिन मैं सोचता रहा, 'कहाँ मनोरथ नगर का बिना छत वाला एकल प्लेटफ़ॉर्म और कहाँ यह ओवरब्रिज वाला स्टेशन!' यही हाल पात्रों का था, उनमें और मूल चरित्रों में ज़रा भी साम्य नहीं था। हाँ, घटनाचक्र और संवाद ज़रूर कुछ पहचाने हुए से लग रहे थे। तभी समझ में आ गया कि किसी भी कथाकृति पर ऐसी फ़िल्म नहीं बनाई जा सकती जैसी लेखक के मस्तिष्क-पटल पर अंकित होती है।

दरअसल यह स्टेशन ही मनोरथ नगर की आत्मा है। इसी के आस-पास बसा हुआ है यह मुगलकालीन कस्बा। इसके पिछवाड़े है मनोरथ नगर कस्बा और आगे हैं द्वितीय विश्वयुद्ध के समय बनी आयुध फ़ैक्ट्री और फ़ौजी बैरकों की तर्ज पर बनाए गए तिकोनी छतों वाले तरह-तरह के क्वार्टर, स्कूल, क्लब, कैंटीन, अस्पताल, बाज़ार, पैंठ आदि। युद्ध काल में त्वरित गति से अस्थाई निर्माण के रूप में बनाए गए लाल ईंटों के ये भवन अभी भी मज़बूती से सीना तान कर खड़े हैं। विश्वयुद्ध के चलते निर्माण सामग्री की किफ़ायत के लिहाज़ से फ़ैक्ट्री और एस्टेट की इमारतों की दीवारों को प्लास्टर नहीं किया गया, बस ईंटों के जोड़ पर सीमेंट की टीप करके छोड़ दिया गया। लेकिन गुणवत्ता का आलम यह कि आज तीन चौथाई सदी गुज़र जाने के बाद भी ईंटों में लोना नहीं लगा है। भट्ठों की दहक से उपजी लाली अब भी बरकरार है।

तब लोग कहते थे कि मनोरथ नगर को बसाया था शाहज़ादा मुराद ने। भाइयों के बीच छिड़े सत्ता संग्राम के दौरान उनकी फ़ौज ने यहाँ पड़ाव डाला था। अभी भी मेरठ रोड

पर जहाँ बसें रुकती हैं, उसे पड़ाव कहा जाता है। उस ज़माने में पड़ाव के हलवाई की लस्सी और कलाकंद मशहूर थे। मेरे पिता आयुध फ़ैक्ट्री में सुपरवाइजर थे और हमें तीन एक लाइन में बने बड़े-बड़े कमरों वाला क्यू-ए टाइप क्वार्टर मिला हुआ था,आगे लंबा बरामदा और पीछे ऊँची दीवार से घिरा बड़ा सा आंगन। सामने बगीचा। स्कूल तब स्टेशन के पास एम. ई.एस. की पुरानी बैरकों में था। हर क्लासरूम से स्टेशन से गुज़रती सवारी और मालगाड़ियां दिखाई देतीं। थोड़े-थोड़े फ़र्क से, हर गाड़ी का अपना एक अलग संगीत होता था। धीरे-धीरे हमारे कान उसके आदी होने लगे थे। सन् 50 के दशक का वह समय अब नेहरू युग माना जाता है जिसकी कमियाँ गिनाते कुछ लोग नहीं थकते। लेकिन तब नेहरू लोगों के सबसे पसंदीदा रोल मॉडल थे। हमारे स्कूल में ज़्यादातर अध्यापक खादी का कुरता-पाजामा और नेहरू जैकेट बड़ी शान से पहनते थे। पी टी, परेड और मार्च पास्ट पर बड़ा ज़ोर था, कहते थे देश बनाना है। बसंत लाल मास्टर जी चेहरे-मोहरे-कद-गोरे रंग के कारण दूर से नेहरू जी के डुप्लीकेट लगते थे। कुरता-पाजामा-जैकेट उनका नियमित लिबास था और उसी में पी टी, परेड और मार्च पास्ट बड़े उत्साह से कराते थे। उनकी स्फूर्ति और अक्षय ऊर्जा को देखते हुए लगता ही नहीं था कि चुस्त-दुरुस्त टर्न आउट के लिए शर्ट-पैंट ज़रूरी है। हम लोगों को लगता था कि अगर बसंत लाल मास्साब प्रधानमंत्री होते तो भारतीय सेना भी कुरता-पाजामा धारण करने लगती। एम.ई.एस. की तिकोनी छत वाली बैरकों में चलती कक्षाओं के इर्द-गिर्द पेड़ ही पेड़ थे। शीशम के पेड़ की कमची (संटी) छात्रों को सज़ा देने के लिए मुकर्रर थी। मज़ेदार बात तो यह कि जिसे सज़ा मिलनी है वही कमची तोड़कर लाने के लिए भेजा जाता था। वह यथासंभव कमनीय से कमनीय डाल तोड़कर लाता था। लड़के अपनी छोटी-बड़ी गलतियों पर खूब पिटते थे। हम बचपन में ही जान गए थे कि जिस तरह शीशम की कमची से मारना एक कला है उसी तरह नृत्य करते हुए मार खाना भी अव्वल दर्जे की कलाकारी है। ज़्यादातर मार पढ़ाई में मन नहीं लगाने के लिए पड़ती थी। इसमें लड़कों की उतनी गलती नहीं थी। स्कूल स्टेशन से सटा हुआ था। आती-जाती गाड़ियाँ बच्चों का ध्यान आकर्षित करती थीं। पेड़ों की भरमार के कारण तमाम तरह के पक्षी अपना-अपना राग अलापा करते थे। तो बंदरों की उछल-कूद भी बरबस मन भटका देती थी। स्कूल एस्टेट से दूर था इसलिए लगभग सभी विद्यार्थी टिफ़िन बॉक्स में खाना लेकर आते थे। दोपहर में इंटरवल होता तो सबके डिब्बे खुलते और सुबह से बंद पड़ी आलू या गोभी की सब्ज़ी की अजीब महक के साथ आम के अचार की गंध से क्लासरूम भर जाता। इस बीच बंदर दबे पाँव घुस आते और भगाते-भगाते भी एक-आध का टिफ़िन ले उड़ते। लड़कियाँ डर के मारे चीखने लगतीं और लड़के खाना भूल कर बंदरों को भगाने के सटीक उपाय करते। कुछ देर तक बच्चे और बंदर हल्ला मचाते हुए लुका-छुपी खेलते फिर इंटरवल की घंटी बजते ही शांत हो जाते। यह उन दिनों कुछ ऐसा ही मनोरंजन था जैसे आजकल के टी.वी. के रियेल्टी शो होते हैं।

खादीधारी मास्टर मास्टरनियों में पैंट-शर्ट पहनने वाले मित्रा मास्साब सबसे अलग थे। वे विज्ञान पढ़ाते थे और कलकत्ता से तबादले पर आए थे। हिन्दी सीखने की राह पर धीरे-धीरे बढ़ रहे थे। जल में अघुलनशील अशुद्धि को लटकी हुई गंदगी कहते थे। स्कूल के बच्चों ने उनका नाम लटकी हुई गंदगी ही रख दिया था। वे चिर कुमार थे, ठीक उसी तरह जैसे सावित्री बहनजी चिरकुमारी थीं। मनोरथ नगर में कुंवारे वयस्कों की संख्या नहीं के बराबर थी और जो थे वे हमेशा चर्चा का प्रिय विषय बने रहते थे। मित्रा मास्साब और सावित्री बहनजी का जोड़ा अत्यधिक चर्चाओं की परिणति के रूप में पुष्पित-पल्लवित हुआ। पहले तो' नहीं-नहीं आप क्या कह रहे हैं!' कहते रहे फिर तंग आकर विवाह बंधन में बंध गए। एस्टेट की सीमा पर बंबे के पार आर्य समाज मंदिर नया-नया बना था सो बगैर किसी हाय-तौबा के चुपचाप उनका घर बस गया। उस अस्थाई स्कूल की यह आखिरी सनसनीखेज घटना थी। बच्चों का टिफ़िन छीनने वाले बंदरों के दिन पूरे होने वाले थे क्योंकि आर्डनेंस फ़ैक्ट्री हायर सेकेंड्री स्कूल की नई शानदार बिल्डिंग तेजी से बन रही थी जो कि एस्टेट से ज़्यादा नज़दीक थी और साप्ताहिक हाट (जिसे पैंठ कहते थे) और स्टेडियम के बीचोंबीच थी।

~

स्कूल की नई इमारत का उद्घाटन धूमधाम से हुआ। पुराने स्कूल से शिफ़्टिंग होने लगी। नए स्कूल में शिक्षक भी नए-नए आ गए। उन दिनों कोई प्रगतिशील किस्म के जी.एम. थे। उनके रुचि लेने से अखिल भारतीय स्तर पर चयन हुआ और दिल्ली, देहरादून, अलीगढ़, बरेली जैसे शहरों से सुशिक्षित-प्रशिक्षित युवा और अपेक्षाकृत आधुनिक विचारों वाले शिक्षक-शिक्षिकाओं ने सरकारी नौकरी पाकर मनोरथ नगर में पदार्पण किया। इनमें से अधिकतर की नई-नई शादी हुई थी इसलिए नए गर्म सूटों की भरमार थी। इनकी चाल-ढाल, बोल-चाल, हेयर-स्टाइल आदि जाट बेल्ट के इस प्रतिनिधि कस्बे की सादगीपूर्ण और रुढ़िवादी जीवनशैली से कतई मेल नहीं खाते थे। इन्हें शुरू से ही शंकित दृष्टि से देखा जाता रहा। मनोरथ नगर ने नागर संस्कृति के इन अग्रदूतों को आत्मसात करने में काफ़ी समय लिया। बहरहाल नए स्कूल में आए नए मास्टर-मास्टरनियों ने अपने आचरण,विचारों और आकर्षण से युवा पीढ़ी को बहुत प्रभावित किया और बदलाव की बयार बहने लगी। इससे पहले यहाँ राजनीति के नाम पर (सरकारी नौकरी के कारण) कांग्रेसी-नेहरूवादी और धार्मिक क्षेत्र में आर्य समाजी अथवा सनातनी विचारों का निर्विरोध दबदबा था। नए मास्टरों में अपेक्षाकृत अधिक अनुभवी फ़िज़िक्स टीचर एक समर्पित संघी थे और कांग्रेस/गांधी/नेहरू को भारत विभाजन के लिए ज़िम्मेदार मानते थे। उन्होंने आते ही शाखा लगाने के लिए कुछ शरणार्थी परिवारों और भारतीय संस्कृति के पुजारियों से हेल-मेल बढ़ाना शुरू कर दिया। इसके विपरीत दो तीन नए टीचर संघ के एकदम खिलाफ़ थे और कांग्रेसी समाजवाद में आस्था रखते थे। इससे पहले स्कूल में क्या मनोरथ नगर में ही ऐसा राजनीतिक मत

वैभिन्य नहीं देखा गया था। एस्टेट में सभी सरकारी मुलाज़िम थे और इस लिहाज़ से कांग्रेस को वोट देना अपना परम कर्तव्य समझते थे। कुछ आर्य समाजी ज़रूर दबे-ढँके ढंग से गाहे-बगाहे सरकार की नीतियों की आलोचना करते सुने जाते थे।

फ़िज़िक्स टीचर को शाखा आरंभ करवाने में सफलता नहीं मिली तो उन्होंने पुराने आर्ट टीचर आठवले जी की सहायता से बालकन-जी-बारी की शाखा खुलवा दी। घर-घर पर्चे बांटे गए,उसकी नीति और उद्देश्यों से प्रभावित होकर लोगों ने अपने बच्चों को इस संस्था की सायंकालीन खेलकूद संबंधी गतिविधियों में भेजना शुरू कर दिया। कुछ दिन तक यूँ ही निरापद रह कर विघ्नसंतोषियों को कोई मौका नहीं दिया गया लेकिन अंदरखाने संभावित स्वयंसेवकों के चयन की प्रक्रिया चलती रही। उधर स्कूल के स्टाफ़ रूम में वैचारिक और राजनीतिक बहसें ज़ोर-शोर से होने लगी थीं। शुरू-शुरू में पुराने टीचर इनसे त्रस्त रहते थे। उन्हें सरकारी नौकरी में होते हुए सरकार की नीतियों की आलोचना करना राजद्रोह सरीखा गंभीर अपराध लगता था। उनमें से अधिकतर ब्रिटिश राज में भर्ती हुए थे। वे अखबार या पत्रिकाओं में मुँह घुसाए चुपचाप नए मास्टरों का वाक् युद्ध सुना करते। एक दिन गाँधीजी की हत्या के बाद संघ पर लगे प्रतिबंध को लेकर कौव्वारार इतनी बढ़ी कि हाथापाई की नौबत आ गई। पुराने मास्टर वहाँ से चुपचाप खिसक लिए। बसंत लाल मास्साब से नहीं रहा गया तो जाकर प्रिंसिपल से शिकायत कर आए।

प्रिंसिपल ने सब टीचर्स की मीटिंग बुलाई और ड्यूटी पर रहते हुए राजनीतिक बहसबाज़ी पर अघोषित रोक लगा दी गई। नए मास्टर अपने राजनीतिक मतभेद भुला कर इस मुद्दे पर एकजुट हो गए। उन्होंने तर्क रखा कि संविधान में प्रत्येक नागरिक को अभिव्यक्ति की स्वतंत्रता प्रदान की गई है। किसी के भी राजनीतिक विचारों पर प्रतिबंध नहीं लगाया जा सकता। मगर प्रिंसिपल के समझाने बुझाने पर इस बात पर सहमति बन गई कि स्कूल के समय में ऐसा वाद-विवाद नहीं होना चाहिए। ये सब खबरें जब छन-छन कर बाहर जाने लगीं तो मनोरथ नगर वासियों को इस बात का एहसास हुआ कि अब बदलाव की हवा बहने लगी है। उधर फ़ैक्ट्री का माहौल भी बदल रहा था। फ़ैक्ट्री की स्थापना के बाद से तब तक लगभग शून्य रही ट्रेड यूनियन गतिविधियाँ एकाएक ज़ोर पकड़ने लगी थीं।

हुआ यह कि कानपुर और खिड़की जैसी बड़ी और समुन्नत श्रमिक चेतना सम्पन्न फ़ैक्ट्रियों से तबादले पर आए कुछ खांटी श्रमिक नेताओं ने यहाँ आते ही हलचल मचाना शुरू कर दिया। वे सुबह से शाम तक विभिन्न शॉप्स का चक्कर लगाया करते और श्रम कानूनों के खुले उल्लंघन की लिखित रिपोर्ट लेबर ऑफ़िसर को रिसीव कराते। कुछ दिन तो प्रशासन ने बर्दाश्त किया फिर सहसा अनुशासन का डंडा घुमा दिया। बाहर से आए हुए चूँकि ट्रेड यूनियन के पदाधिकारी नहीं थे इसलिए उनके आवागमन पर रोक लगाना आसान था। प्रत्युत्तर में नए नेताओं ने धूमधाम से एक गेट मीटिंग करके कर्मचारी संघ के चुनाव

कराए जाने का प्रस्ताव प्रबंधन की जेबी यूनियन से ही पास करवा दिया। वहाँ एक अर्से से यूनियन के चुनाव नहीं हुए थे। उनकी इस माँग को प्रबंधन ने ठुकरा दिया और बिना इजाज़त गेट मीटिंग करने पर रोक लगा दी। फौरी तौर पर लगा कि मामला टांय-टांय फिस्स हो गया मगर एक दिन सुबह, कानपुर से आए ट्रेड यूनियन नेता बैनर्जी दादा गेट के सामने पैंठ में बने यूनियन ऑफ़िस में डेरा डाल कर अनिश्चितकालीन भूख-हड़ताल पर बैठ गए। रक्षा मंत्रालय, लेबर कमिश्नर, अखिल भारतीय रक्षा कर्मचारी संगठन आदि को तार और चिट्ठियाँ भेजी गईं। पहले दिन तीन चार लोग दादा के साथ क्रमिक अनशन पर बैठे, मालाएँ पहनाई गईं, थोड़ी-बहुत नारेबाज़ी भी हुई मगर आम कर्मचारी दूर-दूर ही रहे।

सरकारी कारखाना होने के कारण पुलिस तत्काल पहुँच गई मगर उसने हस्तक्षेप नहीं किया। आज़ादी की लड़ाई खत्म हुए ज़्यादा दिन नहीं हुए थे और अब पुलिस के लिए हड़ताल, अनशन, जुलूस और नारेबाज़ी आदि को अपराध की श्रेणी में रखने की मानसिकता को बनाए रखना आसान नहीं रह गया था। एस.पी. ने जी एम से दो टूक कह दिया कि जब तक ये लोग कानून नहीं तोड़ते पुलिस यूनियन ऑफ़िस में नहीं घुसेगी। प्रबंधन को संदेश मिल गया। अनशन चलता रहा। उन दिनों मनोरथ नगर जैसे कस्बे में ज़िले के बड़े अधिकारियों का आवागमन कम ही होता था। लेबर कमिश्नर का ऑफ़िस भी बहुत दूर कानपुर में था। आठ दिन तक किसी ने इनकी खोज-खबर नहीं ली। प्रबंधन ने काम से अनधिकृत अनुपस्थिति के आधार पर बैनर्जी दादा को पहले नोटिस दिया फिर आरोप पत्र और कोई जवाब नहीं मिलने पर सस्पैंड कर दिया। इस कार्यवाई से श्रमिक भड़क उठे और रोज फ़ैक्ट्री में प्रवेश से पहले और छुट्टी के बाद सैकड़ों की संख्या में कर्मचारी दादा के समर्थन में जुटने लगे। ज़िला प्रशासन की ओर से एक डॉक्टर रोज़ाना अनशन पर बैठे दादा के स्वास्थ्य के परीक्षण के लिए आने लगा। उनकी हालत बिगड़ती जा रही थी।

अब मामला स्थानीय फ़ैक्ट्री प्रशासन के हाथ से निकल चुका था। मुख्यालय कलकत्ता (कोलकाता) में था, फ़ैसला वहीं लिया जाना था। अंततोगत्वा मंत्रालय और मुख्यालय सक्रिय हुए और फ़ैक्ट्री यूनियन के संविधान के अनुरूप पदाधिकारियों के चुनाव कराने की माँग मान ली गई। जिस दिन आदेश आया,उसी दिन शाम को जनरल शिफ़्ट छूटने के बाद बैनर्जी दादा को रिक्शे में बैठा कर एस्टेट में विजय जुलूस निकाला गया। कुछ ही दिन बाद ज़ोर-शोर से यूनियन के पदाधिकारियों का चुनाव हुआ और बैनर्जी दादा अध्यक्ष चुने गए। बाहर से तबादले पर आए ज़्यादातर लोग चुन लिए गए क्योंकि यहाँ के लोग मैदान में ही नहीं आए। ज़्यादातर को आशंका थी कि मामला ठंडा होते ही नेताओं का उत्पीड़न शुरू हो जाएगा। जल में रह कर मगर से बैर करना अक्लमंदी नहीं है।

~

नए अध्यापक अच्छा पढ़ाते थे। सभी अपने-अपने विषयों में परास्नातक थे और उन्होंने हाल में ही बी.एड. किया था। दूसरी ओर उनके छैल छबीलेपन ने पुरानों की रही-सही चमक भी छीन ली थी। शुरू में स्वभावगत सादालौही के चलते मनोरथ नगरवासियों ने उनका साथ दिया और शहराती किस्म के तड़क-भड़क वाले युवा अध्यापकों की फ़ैशन परस्ती की हँसी उड़ाई जाती रही। लेकिन धीरे-धीरे इस तरह की पुरानी मान्यताएँ छीजती गईं। इस ऐतिहासिक प्रक्रिया में सर्वाधिक योगदान छात्र-छात्राओं का रहा। उस कस्बे के लिहाज से यह एक बड़ा बदलाव था। कैसे? यह समझने के लिए कुछ बातें मनोरथ नगर की तत्कालीन खांटी देसी और गाँधीवाद से बुरी तरह प्रभावित सादा जीवन-उच्च विचार मार्का, लंगोट की पक्की जीवन शैली के विषय में। अब का तो पता नहीं मगर उन दिनों मनोरथ नगर के बुनकरों के बनाए खेस, दरी, चादरें और दोसूती के कपड़े बहुत मशहूर थे। वहाँ ज़्यादातर घरों में चर्खा कातने का रिवाज़ था। खाली वक्त में बुज़ुर्ग और युवा स्त्रियाँ गाते या गप्पियाते हुए बैठी-बैठी सूत काता करतीं। कंधे पर खेस-चादर-दरी की गठरी लादे फेरीवाले बुनकर आते और तौल कर सूत के बदले हाथ के बुने वस्त्र दे जाते। ठीक गाँधीजी के सपनों के आदर्श हिन्दुस्तान की तरह। आज सोचता हूँ तो लगता है कि तब,कम-से-कम आज के मुकाबले सत्य-अहिंसा भी आम लोगों के जीवन में थी। जो लोग सूत नहीं कातते थे वे नगद दाम देकर खरीदते थे। इस गाढ़े कपड़े से कुरता-पाजामा-बनियान-सदरी-कच्छे और झकाझक सफ़ेद चमक वाली टोपियाँ सिलवाई जातीं। धोने में मेहनत भले ही लगती हो मगर प्रेस कराने का लफड़ा नहीं था। गाढ़े के वस्त्र पहन कर दुबला-पतला शख्स भी सेहतमंद लगता था और गाँधी टोपी लगा कर सम्माननीय। टोपी लगाने की सीधी-आड़ी-टेढ़ी बीसियों स्टाइलें थीं।

लगभग सभी पुराने अध्यापक टोपी लगाते थे। इससे उनका अध्यापकीय व्यक्तित्व पूर्णता प्राप्त करता था। टोपी लगाए भगवत शरण मास्टरजी इतिहास या भूगोल पढ़ा रहे होते तो हमें उनकी कही एक-एक बात पत्थर की लकीर जैसी लगती। वे मृदुल स्वभाव के थे। कठोर दंड नहीं देते थे जबकि बाकी टोपीधारी और अपने को गाँधीवादी मानने वाले आबनूसी रूल से या शीशम की कमचियों और संटियों से जम कर परपीड़न करते। नए स्कूल में आकर कमचियों की सप्लाई बंद हो गई तो सज़ा देने के लिए मात्र दो लकड़ी के रूल रह गए। ऑफ़िस में उन्हें लेने आए मानीटरों की लाइन लगी रहती।

नए मास्टरों ने आते ही सबसे पहला काम यह किया कि सजा देने के तौर-तरीके ही बदल डाले। ये लोग दंड के नाम पर किये जाने वाले किसी भी प्रकार के शारीरिक आघात के घोर विरोधी थे। उनके मत से यदि सज़ा देना बहुत ही ज़रूरी हो तो छात्र या छात्रा को अपनी सीट पर खड़ा कर देना ही पर्याप्त था। ये लोग अगियाबैताल होकर चिल्लाने के बजाए मिश्रित भाषा में बड़ी अदा से कहते, 'जो होमवर्क करके नहीं लाए हैं प्लीज़ स्टैंड अप!' शुरू-शुरू में तो बड़ा अजीब-सा लगा कि मास्साब सज़ा दे रहे हैं या मज़ाक कर रहे

हैं। लेकिन धीरे-धीरे स्कूल में अध्यापकीय मारपीट का सिलसिला मंद पड़ता गया। पुराने तौर-तरीकों के हिमायती कुछ अभिभावक दंड नीति के बदलाव के प्रति विरोध और शंका प्रकट करने के लिए प्रिंसिपल से मिलने आए मगर उन्होंने साफ़ कर दिया कि नई शिक्षा नीति में किसी भी प्रकार के शारीरिक दंड का निषेध है। मुर्गा बनाने की सज़ा कोई पूर्ववर्ती जी.एम. अपने एक आक्समिक निरीक्षण दौरे में बंद करवा गए थे। मेरे साथ के छात्रों की एक पूरी पीढ़ी इस क्लासिकल शैक्षिक कॉमेडी दृश्य को देखने या दिखाने के मार्मिक अनुभव से वंचित रह गई। इसके अलावा नए शिक्षकों का पहनावा, उनकी चाल-ढाल, केश-सज्जा आदि के कारण भी स्कूल में दृश्यांतर होने लगा। विद्यार्थियों में ढंग से धुली और प्रेस की हुई ड्रेस और पॉलिश किए हुए जूते पहन कर स्कूल आने का चलन बढ़ा। वे केश-सज्जा पर भी ध्यान देने लगे।

मनोरथ नगर फ़ैक्ट्री एस्टेट चारों ओर से हरे-भरे गाँवों से घिरा हुआ था। लोगों को सस्ते दाम पर अनाज, ताज़ी सब्ज़ियाँ और शुद्ध दूध आसानी से मिल जाता था। पश्चिम उत्तर प्रदेश के कृषकों की सहज जीवनशैली का असर वहाँ साफ़ देखा जा सकता था। खादी के कपड़े, छोटे-छोटे बालों वाले या घुटे हुए सिर और झबरीली मूँछें। सबसे बड़ी बात तो स्वस्थ शरीर और दमकते हुए चेहरे। श्रमिक वर्ग को यह रहन-सहन अधिक ग्राह्य था। लेकिन अधिकारियों के गिने-चुने बच्चे बन-ठन कर स्कूल आते थे। कुछ तो खुशबूदार तेल और क्रीम-पाउडर भी लगा कर आते थे। पीठ पीछे आम स्कूली बालक इनकी हँसी उड़ाया करते थे। माँ-बाप की सख्ती से ज़्यादातर लड़कों के सिर पर छोटे-छोटे बाल होते थे जिन्हें बढ़ने से पहले ही नाई बुलाकर छंटवा दिया जाता। ऐसे में कोई तनिक भी लंबे बालों वाला नज़र आता तो उसे सब ज़ुल्फ़ी-ज़ुल्फ़ी कहकर चिढ़ाते। मेरी माँ को घुटे हुए सिर पसंद नहीं थे, वे मेरे बाल अपने हाथ से संवार कर स्कूल भेजती थीं जिन्हें मैं घर से निकलते ही बिखरा लेता या कस कर खोपड़ी पर चिपका लेता। नहीं तो लड़के 'ओए ज़ुल्फ़ी' कहकर पुकारने लगते थे। जाने क्यों मनोरथ नगर में पुरुषों का केश संवारना बड़ी नीची निगाह से देखा जाता था। हर घर में मोबाइल केश-कर्तक की आमद नियमित रूप से हफ़्तेवार होती थी और वह कैंची-उस्तुरा फेर कर ही जाता था। किसी लड़के के बाल लंबे दिखते ही पुराने अध्यापक टोक देते थे। बसंत लाल मास्साब ने तो पी.टी. के दौरान शरारत करने पर एक ज़ुल्फ़ी के बाल खींच कर थप्पड़ लगाए थे।

अब नए ज़माने की हवा चली तो ऊँची कक्षाओं के छात्रों ने अपने-अपने रोल मॉडल (नए अध्यापक) चुन कर उनकी हेयर-स्टाइल अपनाना शुरू कर दिया। चूँकि नौवीं-दसवीं की ज़्यादातर क्लासें बदलाव के अग्रदूत लिया करते थे तो टोका-टाकी का सवाल ही नहीं था। पुराने मास्टर खून का घूंट पीकर एक-आध क्लास लेने आते थे। वे अपनी खीझ नीचे की कक्षाओं में सच्चरित्रता का पाठ (अर्थात् छोटे बाल रखने की अनिवार्यता) पढ़ा कर उतारते। परोक्ष रूप से ऊँची कक्षाओं के विद्यार्थियों में बढ़ रहे अनाचार के प्रति सचेत करते।

अब ऐसा नहीं था कि स्टाइलबाज़ी की होड़ लड़कों के बीच ही मची थी, लड़कियाँ भी नई आई आधुनिक युवा बहन जी (अध्यापिका) की नकल में प्रॉपर रहन-सहन के तौर-तरीके चुपचाप सीख रही थीं। मोटी शमीज या बॉडिस की जगह अधिक चुस्त-दुरुस्त अंतर्वस्त्रों ने कब ग्रहण कर ली किसी को पता ही नहीं चला क्योंकि इस मामले में उस मूलत: दकियानूस पीढ़ी की माताएँ, पिताओं के मुकाबिले कहीं अधिक खुले विचारों की सिद्ध हुईं। कुल मिला कर माँ-बेटी दोनों ने अपने-अपने सौंदर्यबोध को निखारने को प्राथमिकता प्रदान की। अब चूँकि अंतर्वस्त्र आदि की खरीद एक नितांत गोपनीय प्रक्रिया ठहरी इसलिए शुरुआत में गृह स्वामियों को कानोंकान खबर नहीं हुई लेकिन जब सादा जीवन-उच्च विचार दर्शन के आराधकों का कॉस्मेटिक्स का बजट अच्छा-खासा बढ़ गया तो उन लोगों के कान खड़े हुए। इससे जहाँ एक ओर कुछ युवाओं और नवविवाहितों के दिल में गुदगुदी हुई वहीं प्रौढ़ और वयोवृद्ध मनोरथ नगर वासियों को घोर हृदयशूल उठा। एस्टेट में जनरल मर्चेंट की एक ही अधिकृत दुकान थी—मै. धींगरा ब्रदर्स। स्कूल के नए भवन में शिफ़्ट होने के साल भर के ही भीतर महिलाओं के अंतर्वस्त्रों और शृंगार प्रसाधनों की बिक्री में ज़बरदस्त इज़ाफ़ा हुआ और माँग और पूर्ति के सिद्धांत के अनुरूप दुकान के शोकेस विभिन्न क्रीम-पाउडर-लिपस्टिक-काजल-बिंदी-परफ़्यूम आदि से भर गए। मर्दों ने घरों में शोर मचाना शुरू किया तो आम तौर पर चुप रहने वाली गृहणियों तक ने उन्हें डपट कर अपने काम से काम रखने को कह दिया। यह उस पुरातनवादी कस्बे के लिए एक ध्वंसकारी सांस्कृतिक झटका था जिसका प्रतिवाद कहीं-न-कहीं तो होना ही था। सो सालाना आयोजित होने वाली मोटे पंडित जी की भागवत कथा और आर्य समाज के वार्षिकोत्सव के मंच से पाश्चात्य जीवन शैली (अर्थात् पाउडर-लिपस्टिक और बनाव-शृंगार आदि) को अपनाने के दुष्परिणाम विस्तार से बताकर युवा पीढ़ी के संभावित चारित्रिक स्खलन के प्रति आगाह किया गया। खूब मज़ाक भी उड़ाया गया मगर लक्ष्य जीवों के कान पर जूं भी नहीं रेंगी। बल्कि कथा और वार्षिकोत्सव में इकट्ठा होने वाली भीड़ कम होने लगी। चढ़ावा भी। यहाँ तक कि पंडित जी के कान खड़े हो गए और उन्होंने अपने प्रवचन का रुख एक बार फिर नवधा भक्ति की ओर मोड़ दिया।

पुरानी पीढ़ी यकायक बढ़ी फ़ैशनपरस्ती से आक्रांत और आशंकित हो उठी। फ़ैक्ट्री में और बाहर तमाम तरह की चर्चाएं ज़ोर पकड़ने लगीं। एस्टेट वासियों के नैतिक पतन का ज़िम्मेदार बाहर से आए शहराती मास्टरों को ठहराया जाने लगा। उन दिनों देश को आज़ाद हुए मुश्किल से एक दशक हुआ था। विलंब से विद्यारंभ या अन्य कारणों से स्कूल की लगभग हर कक्षा में कुछ बड़ी उम्र की लड़कियाँ थीं। नौवीं-दसवीं में तो कम-से-कम एक दर्जन थीं। पहले इनका पता ही नहीं चलता था, सिर झुकाए आतीं और सिर झुकाए ही चली जातीं। अब ठीक से धुले-प्रेस किए कपड़ों में ढंग से बन-संवर कर आने से सबको दिखाई देने लगीं। लड़के भी सहसा कुछ ज़्यादा ही स्मार्ट हो उठे। इस बीच दो नए टीचर

और आ गए जिन्होंने बदलाव की प्रक्रिया को और तेज कर दिया। एक थे पी.टी.आई. यानी पी.टी. मास्टर जिन्होंने आते ही प्रिंसिपल से बात करके लड़कों के पाजामा पहन कर आने पर रोक लगवा दी। असल में निर्धारित वर्दी सफ़ेद पैंट और नीली कमीज़ थी मगर ज़्यादातर लड़के सफ़ेद जेबदार पाजामा पहन कर आते थे। लड़कियाँ नीला कुर्ता और सफ़ेद सलवार पहन कर आती थीं। पाजामे के समर्थन में बहुत से लोग सक्रिय हुए मगर जब डी.जी.एम. (प्रशासन) और उनके बाद जी.एम. ने बतौर ड्रेस कोड पैंट-शर्ट का ही समर्थन कर दिया तो किसी का बस नहीं चला। दूसरे नए मास्टर थे भागलपुरी जो थे तो कुर्ता-धोती धारी मगर सिल्क पहनते थे। अन्य अध्यापकों की तरह वह अपनी गृहस्थी साथ नहीं लाए थे और छड़े रहते थे। उनका इतिहास-भूगोल पढ़ाने का अंदाज़ अनोखा था। उनकी क्लास में खूब हँसी-मज़ाक होता। वे मजेदार द्वैअर्थक संवाद सुनाते और खुल कर ठहाके लगाया करते। यह मास्साब जल्दी ही बालक प्रेमी कहलाने लगे और प्रकारांतर से उन्होंने खूब गुल खिलाए।

~

अधिकतर हथियार और गोला-बारूद बनाने वाली फ़ैक्ट्रियाँ प्रथम और द्वितीय विश्वयुद्ध के बीच में बनाई गईं। इनका निर्माण भी युद्ध स्तर पर किया गया, अधिकारी और कर्मचारियों की भर्ती और उनके रहने लिए कामचलाऊ किस्म के आवास फौरी तौर पर बना दिए गए। सोचा होगा कि युद्ध समाप्त होने के बाद सुनियोजित एस्टेट नए सिरे से बनाई जाएगी मगर मानना पड़ेगा अंग्रेज़ों की कार्यकुशलता और दक्षता को कि वे अस्थाई निर्माण अभी भी मज़बूती से खड़े हैं। तीन चौथाई सदी पहले चुनी गई ईंटों का रंग अभी भी लाल है। खैर युद्ध के समय की गई अंधाधुंध भर्ती ने जहाँ मित्र राष्ट्रों को फ़तह दिलवाई वही आगे जाकर नेहरू युग के विश्व शांति के स्वप्न वाले समय में सरकारी खज़ाने पर बोझ बन गई। उस सरकार को लगता था कि जब दुनिया भर में पंचशील के सिद्धांत को समर्थन मिल रहा है तो फिर गोला-बारूद का उत्पादन करते रहना निरर्थक-सा है। अब हथियार बनाने वाले कारखानों को बंद तो नहीं कर सकते थे मगर उन पर होने वाले खर्च को घटा कर विकास संबंधी योजनाओं को आगे बढ़ाया जा सकता था। ऐसी खिचड़ी अंदर ही अंदर पकती रही और एक दिन अचानक मुख्यालय से आए कर्मचारियों की बड़े पैमाने पर छंटनी के आदेश से फ़ैक्ट्री में हाहाकार मच गया। लगभग एक तिहाई श्रमिकों की रोज़ी-रोटी पर छंटनी की गाज गिरने जा रही थी। पहले तो कोई विश्वास करने को तैयार ही नहीं था कि डिफेंस की पक्की, बरसों पुरानी सरकारी नौकरी इस तरह रातोंरात जा सकती है।

इस तरह पहली बार इन फ़ैक्ट्रियों में ट्रेड यूनियन के महत्त्व को समझा गया। बाहर की यूनियनों के तार-पर-तार आने-जाने लगे। चूँकि अपनी स्थापना के समय से ही इन कारखानों में कभी हड़ताल या प्रदर्शन की नौबत नहीं आई थी इसलिए श्रमिक संगठनों का अस्तित्व लगभग रस्मी तौर पर था। संयोग से उस समय मनोरथ नगर की यूनियन में

कानपुर फ़ैक्ट्री से पनिशमेंट ट्रांसफ़र पर आए वामपंथी नेता एस.एम. बैनर्जी यूनियन का चुनाव जीत चुके थे इसलिए छंटनी के विरुद्ध आवाज़ उठाने में देर नहीं लगी। चूँकि यह आपदा सभी फ़ैक्ट्रियों पर आई थी इसलिए अखिल भारतीय स्तर पर श्रम संगठन उठ खड़ा हुआ और ज़ोर-शोर से आंदोलन छिड़ गया। सभी फ़ैक्ट्रियों में एक साथ हड़ताल की तैयारी होने लगी। लेकिन अंग्रेज़ों के ज़माने से चले आ रहे कठोर अनुशासन की वजह से कर्मचारियों में अपेक्षित साहस का नितांत अभाव था। जिन लोगों की नौकरी बच रही थी वे किसी भी किस्म का जोखिम उठाने को तैयार नहीं थे। हड़ताल की सफ़लता में संदेह था इसलिए कई दिनों तक गेट मीटिंगों में नारेबाज़ी और जोशीले भाषणों के अलावा किसी ठोस कदम पर फ़ैसला नहीं हो सका। उधर सैकड़ों कार्मिकों को छँटनी का नोटिस मिल चुका था। उनमें दिनोंदिन बढ़ती हताशा को देख यूनियन के अध्यक्ष बैनर्जी दादा यूनियन ऑफ़िस में अनिश्चितकालीन भूख हड़ताल पर बैठ गए। कुछ दिनों तक प्रबंधन ने इसकी अनदेखी की फिर उनको गैर कानूनी धरने पर बैठने के लिए 'कारण बताओ नोटिस' दे डाला। इसके बाद वही चार्जशीट और निलंबन की तलवार उनके सिर पर लटकने लगी। इससे नौकरी खोने वाले कर्मचारी भड़क गए और रोज़ाना आठ-दस लोग क्रमिक अनशन पर बैठने लगे।

इस अशांत और खौफ़नाक मंज़र का असर एस्टेट और स्कूल दोनों पर पड़ा। मास्टरों और लड़के-लड़कियों की फ़ैशनपरस्ती की आलोचनाएँ यकायक थम गईं। चूँकि नए स्कूल में आकर पहले साल नवीं और फिर दसवीं की कक्षाएँ शुरू हुई थीं इसलिए प्रिंसिपल ने टीचर्स की मीटिंग बुलाकर विस्तार से पहली बोर्ड परीक्षा में उत्कृष्ट प्रदर्शन के लिए एक सटीक योजना बनाई जिसके अंतर्गत दसवीं की क्लास के लिए सभी विषयों की एक्स्ट्रा क्लासेज़ और ट्यूटोरियल आदि लगने थे। प्रत्येक अध्यापक को पाँच-पाँच विद्यार्थियों का ट्यूटर बनाया गया। इस मीटिंग की कार्रवाई के मिनट्स की प्रतियाँ उच्चाधिकारियों को भी भेजी गईं। जी.एम. ने खुद फ़ोन करके इस संकल्प की सराहना की तो प्रिंसिपल ही नहीं मास्टरों का जोश भी ठाठें मारने लगा। खास तौर पर नव नियुक्तों ने राहत की साँस ली। उन्हें भी छँटनी का डर सता रहा था। जो भी हो प्रिंसिपल की दसवीं की क्लास की बोर्ड परीक्षा में स्कूल का नाम रौशन करने की महत्त्वाकांक्षी योजना पर प्रबंधन की सहमति से कम-से-कम स्कूल के ऊपर से तो आशंका के बादल छँट गए और कक्षा दस की पढ़ाई आजकल के कोचिंग संस्थान की तर्ज पर होने लगी। ज़्यादातर अध्यापकों ने छात्रों को आश्वस्त किया कि वे अपनी पढ़ाई के सिलसिले में जब चाहें उनसे अपनी डिफ़ीकल्टीज़ को लेकर मिल सकते हैं। अभी बोर्ड की परीक्षा दूर थी मगर विज्ञान, गणित और अंग्रेज़ी की नियमित रूप से एक्स्ट्रा क्लासें होने लगीं। साप्ताहिक टेस्टों के ज़रिये छात्रों की कमज़ोरियों का आकलन तो हुआ ही, मेधावियों में स्वस्थ स्पर्धा भी प्रोत्साहित की गई। दसवीं में कुछ उच्चाधिकारियों के पाल्य भी थे। उन्हें अपने बच्चों का डिफ़ीकल्टीज़ सॉल्व कराने के लिए

मास्टरों के पीछे-पीछे घूमना पसंद नहीं आया तो ट्यूशन लगाने का विकल्प अपनाया गया। फ़िज़िक्स, कैमेस्ट्री, गणित और अंग्रेज़ी के सूट-बूट धारी नए टीचर फ़ैक्ट्री के दूसरी ओर बनी ऑफ़िसर कॉलोनी के बंगलों में ट्यूशन पढ़ाने जाने लगे। सिर्फ़ बायलोजी टीचर ऐसे थे जिन्होंने प्राइवेट ट्यूशन पढ़ाने से साफ़ इनकार कर दिया। कहा कि जिसको पढ़ना हो घर पर आ जाए, मैं फ्री पढ़ा दूँगा। अन्य अध्यापकों ने कहा, 'इनका क्या है, अकेले हैं इसलिए आदर्शवादिता का राग अलाप रहे हैं। जब परिवार पालना पड़ेगा तो आटे-दाल का भाव पता चल जाएगा।' वैसे भी बायलोजी टीचर बड़ी ठसक से रहते थे। थे तो दोहरे बदन के मगर उनके व्यक्तित्व में एक अनोखा आकर्षण था। वे क्लास में बोलते तो लड़कियाँ टकटकी लगाए उन्हें देखा करतीं। उनकी रिज़र्व रहने की प्रवृत्ति के चलते खुले आमंत्रण के बावजूद किसी की हिम्मत उनके घर जाने की नहीं हुई। सिवाय सुमन के जो एक छुट्टी के दिन अपने ओवरसीयर पिताजी को लेकर उनके क्वार्टर तक पहुँच गई। मास्टर साहब के घर जीप आकर रुकी तो आस-पास के ब्लॉकों में रहने वाले लोगों ने आश्चर्य से देखा। दूसरे दिन पूरी एस्टेट में यह बात फैल गई और लोग तरह-तरह के कयास लगाने लगे।

सुमन स्कूल की सबसे लंबी और क्लास की सबसे सुंदर लड़की थी। उसके पिता सरदारी लाल एम.ई.एस. में ओवरसीयर थे। फ़ैक्ट्री और एस्टेट की मेंटीनेंस उन्हीं के ज़िम्मे थी। इसलिए खासा रुतबा और रसूख था। वह नॉर्थ-वेस्ट फ्रंटियर के रहने वाले थे और देखने में बिलकुल पठानों की तरह लगते थे। उनके दो ही शौक थ। हर रविवार की सुबह दस किलोमीटर दूर एक झील पर मुर्गाबियों का शिकार और हर शाम बैडमिंटन का खेल। बाप-बेटी दोनों मंजे हुए खिलाड़ी थे चिड़िया के। सुमन उनकी एकमात्र संतान थी। बहुत ही लाडली। उसके लिए साइंस और गणित की ट्यूशंस लगाई गई थीं लेकिन उसकी रुचि डॉक्टरी पढ़ने में थी इसलिए बायलोजी की ट्यूशन उसे ज़्यादा ज़रूरी लगती थी। उधर मास्साब ट्यूशन पढ़ाने के लिए तैयार नहीं थे। ओवरसीयर साहब ने बड़ा ज़ोर लगाया, कई तरह का दबाव डाला गया मगर वे टस-से-मस नहीं हुए। सुमन की ज़िद के चलते वे हर छुट्टी के दिन उसे लेकर बायलोजी टीचर के घर जाने लगे। वहाँ गुरु और शिष्या दोनों पढ़ने-पढ़ाने में जुट जाते और वे सोफ़े पर बैठे पत्रिकाओं के पृष्ठ पलटा करते। एस्टेट में यह अपने किस्म की पहली घटना थी। लोगों ने अपनी सहज बुद्धि से अनुमान लगाया कि ट्यूशन पढ़ने जाने के बहाने एक घनघोर प्रेम-प्रसंग चल रहा है जिसमें बाप की भी सहमति है। और हो भी क्यों नहीं, लोग कहते, "अच्छा भला खाता-कमाता लड़का है। ये चाहेंगे तो घरजमाई भी बन कर रह जाएगा इनके यहाँ।" मुझे बचपन से ही मनोरथ नगर के लोगों की स्वभावगत अफ़वाहबाज़ी से चिढ़ थी मगर सिर्फ़ देखकर इतना तो मैंने भी महसूस किया कि सुमन कुछ खोई-खोई सी रहने लगी थी। जो भी हो यह मनोरथ नगर के उस नामुराद स्कूल का पहला प्रेम-प्रसंग था जो बराबर सुर्खियों में बना रहा और प्रेमियों के कान पर जूं भी नहीं रेंगी।

उधर छँटनी के शिकार, नौकरी से निकाले जा रहे हताश लोग रोज़ रात को मशाल जुलूस निकालने लगे थे।

~

छँटनी के शिकार कर्मचारियों में मेरे मामा देवी दत्त भी थे। लेकिन वे न तो हताश थे न ही निराश। इस समाचार से उनके परिजन भी खुश थे क्योंकि वे गाँव में करीब सौ बीघा ज़मीन के इकलौते मालिक थे। गाँव और किसानी की कठिन ज़िन्दगी से मुँह मोड़ कर खेत बटाई पर देकर मनोरथ नगर चले आए थे। पिताजी ने अफ़सरों से कह-सुनकर उन्हें मोल्डिंग शॉप में लगवा दिया था। धीरे-धीरे वह काम सीखकर कुशल मोल्डर बन गए। उनकी शॉप में बम ढाले जाते थे सो अच्छा-खासा ओवरटाइम भी मिलता था। छँटनी का परवाना मिला तो मामी बहुत खुश हुईं और मामा बहुत उदास। मामी को वह जगह कतई पसंद नहीं थी जहाँ अनाज भी खरीद कर खाना पड़ता था। वे गाँव जातीं तो बोरियों खाद्य सामग्री लदवा कर ले आतीं। मैं मामा की आँखों का तारा था, अकेला भानजा, वे अक्सर मुझे सिनेमा या सरकस दिखाने बेगमाबाद ले जाते। उनके पास एक खास किस्म की किताबों का संग्रह था जिन्हें वे अपने हिसाब से कभी-कभार बांचा करते। *प्रेमसागर, सुखसागर, राधेश्याम रामायण, वीर हकीकत राय और रूपकला सांग, कोकशास्त्र, किस्सा तोता मैना, किस्सा साढ़े तीन यार, बंगाल का जादू* आदि मैंने उन्हीं के सौजन्य से पढ़ीं। *आल्हा* के भी कई खंड थे। मामी चूँकि पढ़ी-लिखी नहीं थीं इसलिए मैं उनके घर बैठकर आराम से पढ़ा करता था। मामा ओवरटाइम की वजह से देर से आते थे। आ भी जाते तो टोका-टाकी करना उनकी आदतों में शुमार नहीं था।

बैनर्जी दादा को भूख-हड़ताल पर बैठे दस दिन हो गए तो उनकी हालत बिगड़ने लगी। उन्होंने आरोप-पत्र का जवाब नहीं दिया था इससे उत्साहित होकर प्रबंधन उनकी बर्खास्तगी की तैयारी कर रहा था। कागज़ तैयार भी हो गए थे मगर खुफ़िया पुलिस की गोपनीय रिपोर्ट के मद्देनज़र मुख्यालय ने इसे टाल दिया। उधर कुछ विपक्षी सांसद प्रधानमंत्री से मिले और बड़े पैमाने पर होने वाली छँटनी के अमानवीय पक्ष की ओर उनका ध्यान आकर्षित किया तो बर्फ़ कुछ पिघली, मंत्रिमंडल ने सहानुभूतिपूर्वक इस मसले पर गौर किया और यह निर्णय लिया गया कि आयुध कारखानों से निकाले जा रहे कार्मिकों को अन्य सरकारी संस्थानों की रिक्तियों को भरने का अवसर दिया जाए। उन दिनों नेहरू जी एक के बाद एक सरकारी उपक्रमों की नींव रखते जा रहे थे। रूस के सहयोग से भिलाई में एक दैत्याकार स्टील प्लांट स्थापित किया जा रहा था। वहाँ बड़ी संख्या में कुशल और अर्धकुशल कामगारों की ज़रूरत थी। इसके अलावा रेलवे और कुछ अन्य सरकारी विभागों में भी भर्ती की गुंजाइश थी। यहाँ की नौकरी खो रहे सैंकड़ों कर्मचारियों से उनकी रुचि के संस्थान के लिए आवेदन पत्र माँगे गए और विस्थापन की दुर्निवार प्रक्रिया प्रारंभ हो गई।

यूनियन ने माँग की कि पुनर्स्थापित कार्मिकों की सर्विस सीनियोरिटी, पेंशन, फ़ंड आदि हितलाभ नए संस्थान में भी सुरक्षित किये जाएँ।

मेरे मामा ने रेलवे की नौकरी चुनी क्योंकि उसमें वे अपने गाँव के पास किसी स्टेशन या लोको शॉप में नियुक्ति पा सकते थे। कहीं दूर भी लगे तो बाद में स्थानांतरण हो सकता था। ज़्यादातर तकनीकी लोग भिलाई चले गए। नया सरकारी उपक्रम होने से वहाँ के नव निर्धारित वेतनमान अधिक आकर्षक थे और आगे बढ़ने के अपेक्षाकृत अधिक अवसर थे। काफ़ी जद्दोजहद के बाद यूनियन कुछ हितलाभ दिलवाने में सफल हो गई, मसलन पेंशन के लिए सर्विस में ब्रेक नहीं माना जाएगा, फ़ंड और ग्रेच्युटी में फ़र्क नहीं पड़ेगा आदि। आखिरकार सैकड़ों बसे-बसाए परिवारों का पलायन शुरू हो गया। एस्टेट में बड़ी संख्या में क्वार्टर खाली हो गए। अनेक ब्लॉक सुनसान दिखाई पड़ने लगे। जिन लोगों के बच्चे छोटी क्लासों में थे वे तो साथ ले गए मगर बड़ी क्लासवालों को मित्रों-संबंधियों के यहाँ शेष सत्र के लिए छोड़ दिया गया। इतने सारे लोगों के एक साथ जाने से कुछ समय के लिए फ़ैक्ट्री और एस्टेट की रौनक फीकी पड़ गई और उदासी-सी छाई रही फिर प्रकारांतर से धीरे-धीरे इस हादसे को भुलाए जाने का सिलसिला शुरू हो गया। जैसे-जैसे समय गुज़रता गया मनोरथ नगर एस्टेट की रौनक लौटती गई।

जो भी हो छँटनी प्रकरण से फ़ैक्ट्री के कर्मचारियों की समझ में एक बात अच्छी तरह आ गई कि रोज़ी-रोटी बचाए रखने के लिए ट्रेड यूनियन बेहद ज़रूरी है वर्ना पंचशील और विश्व शांति का ढोल पीटने वाली ये नेहरू सरकार नौकरीपेशा वर्ग के प्रति अत्यंत निर्मम और असंवेदनशील है। हज़ारों परिवारों के मुँह का निवाला छीनने में इसे ज़रा भी हिचक नहीं हुई। अगर सभी फ़ैक्ट्रियों की यूनियनें एकजुट होकर महासंघ न बनातीं और ज़बरदस्त प्रतिरोध न करतीं तो ये रंच मात्र भी पिघलने वाले नहीं थे। उधर फ़ैक्ट्री के स्थानीय प्रबंधन को लग रहा था कि बैनर्जी दादा के रहते उन्हें चैन नसीब नहीं होना था। इसलिए उन्हें स्थानांतरित करने के लिए बार-बार मुख्यालय को लिखा जा रहा था। उनके खिलाफ़ सबसे बड़ा आरोप यह था कि वे भीतरखाने कम्युनिस्ट पार्टी के हिमायती थे। उन दिनों सरकारी कर्मचारियों के लिए कम्युनिस्ट पार्टी से दूर का रिश्ता रखना भी अक्षम्य अपराध था। ज़रा-सा भी शक होने पर अंग्रेज़ी राज की तर्ज़ पर सी.आई.डी. पीछे लग जाती थी। सो बैनर्जी दादा के आगे-पीछे भी साफ़ पहचान में आने वाले गुप्तचर चलने लगे। इससे दादा के मनोबल पर कोई फ़र्क नहीं पड़ा। वे चाय पीने जाते तो उन्हें भी आमंत्रित कर लेते। भरी सभा में उनकी पैरवी करते कि ये भी हम लोगों की तरह ही मेहनतकश इन्सान हैं। दिनचर्या की डायरी लिखने का इन्हें हुक्म मिला है सो ड्यूटी बजा रहे हैं। इस तरह से सार्वजनिक भद्द पिटने के बाद यह नाटक तो बंद हो गया मगर दादा को यूनियन से बाहर करने के लिए प्रबंधन ने एक बड़ा दांव खेला। उन्हें प्रमोशन देकर यू.डी.सी. से सुपरवाइज़र बना दिया गया। और कोई होता तो खुशी से फूला नहीं समाता, मगर बैनर्जी दादा के लिए यह बड़ा

आघात था। उनकी जमी-जमाई नेतागिरी खतरे में पड़ गई। अब नॉन गज़टेड ऑफ़िसर होने के कारण वह मज़दूर यूनियन के सदस्य नहीं बने रह सकते थे।

दादा ने प्रमोशन लेने से इनकार कर दिया। कई दिन तक उन्हें घेरा जाता रहा। कुछ लोगों ने उनके शुभचिंतक के रूप में उन्हें ऑफ़िस में बंद करके बलात् ज्वाइनिंग लैटर पर दस्तखत करवा लिए मगर वहाँ से निकलते ही दादा ने लिखकर रिपोर्ट भेज दी कि इस तरह की फ़र्ज़ी ज्वाइनिंग को अवैध माना जाए। इसके बाद लेबर वैलफ़ेयर ऑफ़िसर ने उन्हें चाय पर बुला भेजा और समझाने की कोशिश की कि इस तरह वे प्रमोशन लेने से इनकार नहीं कर सकते। यह एक मूर्खतापूर्ण अनुशासनहीनता है। दादा का कहना था कि ऐसा कोई कानून या नियम नहीं है कि किसी कर्मचारी को उसकी इच्छा के विरुद्ध जबरन पदोन्नत किया जाए। जो भी हो फ़ैक्ट्री में काम करने वालों के लिए यह एक दिलचस्प प्रसंग था और रोज़ाना शाम को जनरल शिफ़्ट छूटने के बाद होने वाली गेट मीटिंग्स में यह किस्सा धारावाहिक रूप से चलने लगा। दादा की छवि निरंतर निखरती जा रही थी। लगने लगा कि फ़ैक्ट्री के हज़ारों कामगारों को बरसों से जिस नायक की तलाश थी वह अब उनके मंच पर अवतरित हो चुका था।

~

छँटनी और यूनियन के प्रतिरोध का दौर काफ़ी सनसनीखेज़ और रोमांच से भरा रहा। उसके हल्का पड़ते-पड़ते स्कूल के प्रेम-प्रसंगों ने हलचल मचाना शुरू कर दिया। किसको पता था कि बायलोजी टीचर की घर आकर ट्यूशन नहीं पढ़ाने की ज़िद ऐसे गुल खिलाएगी। कुछ दिन तो ओवरसीयर साहब सुमन को लेकर छुट्टी के दिनों में कोचिंग पढ़वाने जाते रहे फिर कुछ ऐसा विश्वास बहाल हुआ कि सुमन अकेले ड्राइवर को लेकर जाने लगी। इसके साथ ही एस्टेट के लोगों की कल्पनाशक्ति सक्रिय हो उठी। जुलाई-अगस्त के उमस भरे दिन थे, बायलोजी टीचर के क्वार्टर में लगे पंखे की मंद गति में सुमन पसीने में नहा जाती। वह बाहर निकलती तो बार-बार पसीना पोंछने से चेहरा लाल हुआ होता। आस-पास के क्वार्टरों में रहने वाले आपस में कानाफूसी करते कि यह कैसी पढ़ाई है जिसमें से लड़की घबराई हुई, पसीने से तरबतर और मुँह लाल किए बाहर निकलती है जैसे कोई पहलवान खूब धींगामुश्ती करके अखाड़े से बाहर आया हो। फिर एक दिन ब्लॉकवालों ने चकित होकर देखा कि एम.ई.एस. की गाड़ी दो पंखे लेकर मास्टर साहब के क्वार्टर में लगाने आ गई। बिलकुल नए -नकोर पंखे। इससे मोहल्लेवालों का शंका समाधान हो जाना चाहिए था मगर हुआ उल्टा। लोगों के उर्वर मस्तिष्क ने सुझाया कि हो-न-हो ओवरसीयर साहब को लड़का पसंद आ गया है। घर बैठे अच्छा-खासा, पढ़ा-लिखा, नौकरीशुदा जमाई मिल जाए तो कौन मौका चूकता है। ओवरसीयर के ले-देकर एक ठो लड़की है और मास्टर के भी लगता है आगे-पीछे कोई है नहीं तो कहो घरजमाई ही बन जाए। सामान्य व्यावहारिक

मनोरथ नगरिया बुद्धि से निकली यह बात एस्टेट के लोगों के मन में बैठ गई।

संघवाले मास्साब सुमन को हफ़्ते में तीन दिन फ़िज़िक्स पढ़ाने जाते थे। उन्हें यह प्रसंग बेहद नागवार लगता रहा होगा। न्यूटन के गति के नियम पढ़ाते-पढ़ाते वे जाने किस भावना में बहकर सुमन को चरित्र निर्माण और आचरण की शुचिता पर उपदेश देने लगते। वह हैरान होकर चुपचाप उनकी चिंतित वाणी को सुना करती। उसे लगने लगा कि मास्साब कुछ झक्की किस्म के जीव हैं। अब वह उनके कुंठाग्रस्त मन की ग्रंथियों को पढ़ तो नहीं सकती थी। पूरी गंभीरता से दिए गए महत्त्वपूर्ण हितोपदेश का कोई असर नहीं पड़ता देख मास्साब ने बेहद साहसिक कदम उठाया। एक शाम वे निर्धारित समय से पहले ही वहाँ पहुँच गए जब सुमन ओवरसीयर साहब के साथ बैडमिंटन खेलने में व्यस्त थी। सुमन की मम्मी ने उन्हें बिठाया और सौजन्यवश बिटिया के आने तक उनके पास बैठ गईं। बस मास्साब को अवसर मिल गया। उन्होंने बड़ी चतुराई से घुमा-फिरा कर पूरी एस्टेट में फैली अफ़वाहों का खंडन करते हुए एक पारिवारिक शुभचिंतक के नाते आगाह किया कि लोगों की जुबान को तो नहीं रोका जा सकता, इसलिए ज़रूरी है कि कुछ एहतियात बरती जाए। यह सब किसी तरह भी उनके परिवार की प्रतिष्ठा के अनुकूल नहीं है।

सुमन की मम्मी ने मुँह बनाते हुए कहा, ''सच्ची यह मनोरथ नगर कितनी पिछड़ी हुई जगह है! बहुत ही घटिया सोच वाले लोग रहते हैं यहाँ। मेरा तो पहले दिन से ही यह इम्प्रेशन है। यहाँ एक भी बंदा ऐसा नहीं जिसके साथ मिल-बैठ सकें। मैं तो कई बार इसके पापा से कह चुकी हूँ कि जितना जल्दी हो सके यहाँ से ट्रांसफ़र कराके किसी ढंग की जगह चलें। अभी तक तो एक कान से सुनकर दूसरे से निकाल देते रहे हैं मगर अब उन्हें मेरी बात समझ में आएगी।'' उनके संभावित पलायन की बात सुनकर मास्साब को लगा कि वे ज़्यादा ही रिएक्ट कर रही हैं। अरे सीधी-सी बात है कि लड़की का अकेले वहाँ जाना बंद कर दो, अपने-आप लोगों का मुँह बंद हो जाएगा। लेकिन उन्होंने यह सुझाव अपने तक ही रखा। तब तक बाप-बेटी खेल कर, पसीने में तर-बतर अंदर आए। सुमन ने कहा, ''सर, अभी तो मैं बहुत थकी हुई हूँ। पढ़ाई अब परसों के लिए रखते हैं। मुझे मालूम होता कि आप जल्दी आने वाले हैं तो खेलने नहीं जाती।''

मास्साब खुद फूटना चाहते थे। उन्होंने सुमन से ही सुना हुआ था कि ओवरसीयर साहब का गुस्सा बहुत खतरनाक है। उस विस्फोटक प्रसंग में उनके नज़ले का पहला शिकार बनने को वे बिलकुल तैयार नहीं थे। अपनी समझ से लंका में आग तो उन्होंने लगा ही दी थी। बड़ी मासूमियत से उन्होंने साहब और मेमसाहब को नमस्ते करके फटाफट साइकिल उठाई और खिसक लिए। रास्ते भर, शाम को बालकन-जी-बारी में बच्चों को दिए जाने वाले उपदेश की रूपरेखा बनाते चले। वैसे अपनी कारगुज़ारी पर मन-ही-मन पुलकित थे। उन्हें ज़रा भी इल्म नहीं था कि पोयटिक जस्टिस के अनुरूप उनकी शामत उनके घर

पर बैठी इंतज़ार कर रही थी। साइकिल बरामदे में खड़ी करके 'हिमाद्रि तुंग शृंग से प्रबुद्ध शुद्ध भारती' गुनगुनाते हुए बैठक में दाखिल हुए तो देखा सजी-धजी उर्मिला कॉपी-किताब लिए वहाँ अकेली बैठी थी। उसे देखते ही एक बारगी उनकी बाँछें खिल गईं, ''अरे उर्मि तुम कब आईं?...बैठो, बैठो!''

''सर, मुझे आए हुए कम-से-कम एक घंटा तो हो ही गया होगा। मैं तो यही समझ कर चली आई कि इस समय आप घर पर ही रहते हैं। ट्यूशन पढ़ाने सात बजे जाते हैं। यहाँ भाभी जी ने बताया कि आज जल्दी निकल गए हैं। आपको तो मालूम है कि मेरा घर कस्बे में (एस्टेट से बाहर) है। इसलिए सोचा कि आपका इंतज़ार कर लेते हैं।''

''तुमने स्कूल में बता दिया होता तो मैं नहीं जाता। खैर यह बताओ कि कैसे आना हुआ? कुछ डिफ़ीकल्टीज़ हैं क्या?''

''सर, कुछ नहीं, ढेर सारी इकट्ठी हो गई हैं। फ़िज़िक्स देखो तो फ़िज़िक्स में, कैमिस्ट्री देखो तो कैमिस्ट्री में। सोच-सोच कर जी घबराता है कि कैसे बेड़ा पार होगा। कोई बताने वाला नहीं है। इतनी हैसियत नहीं कि ट्यूशन लगा लें। मेरे पिताजी की छोटी-सी कपड़े की दुकान है और हम चार बहन-भाई पढ़ रहे हैं। सबसे बड़ी मैं हूँ। किसी तरह बोर्ड की परीक्षा पास कर ली तो छोटों को मैं पढ़ा लूँगी। आपकी मेहरबानी होगी तो हफ़्ते में दो या तीन दिन आकर अपनी डिफ़िकल्टीज़ सॉल्व कर लिया करूँगी। स्कूल में तो टाइम मिलने से रहा।''

मास्साब कुछ सोच में पड़ गए। अभी-अभी बायलोजी टीचर के घर जाने वाली लड़की के घरवालों के कान भर कर आए हैं और यहाँ वही कहानी बनने जा रही है। रणनीतिक तकाज़ा तो यह था कि साफ़ मना कर देते कि भाई मैं इस तरह अकेली लड़कियों के मास्टरों के घर जाने के खिलाफ़ हूँ। पढ़ना है तो अपने घर पर ट्यूशन लगाकर पढ़ो नहीं तो क्लास में पूछ लो जो पूछना है लेकिन उर्मिला के प्रति वह शुरू से ही आकर्षित थे। वह क्लास की सबसे मैच्योर्ड लड़कियों में से एक थी। सुमन की तरह परी चेहरा तो नहीं थी मगर मृदुभाषी होने के साथ-साथ उसकी सूरत और सीरत में खासा नमक था। एक तो गदबदा शरीर और ऊपर से कॉपी जँचवाते समय सट कर खड़ी होने की सुहावनी आदत। अपने आप पटरी पर आ गई है तो उसे मना कैसे किया जाए? उस नामुराद स्कूल में यही तो एक सहज-सुलभ सा नखलिस्तान था जो गाहे--बगाहे अपने गुदगुदे स्पर्श से मन हरा किये रखता था। वह जानते थे कि स्कूल के बड़े लड़कों के बीच उर्मिला का समुन्नत वक्षस्थल भारी चर्चा का विषय था। कुछ बदमाश किस्म के लड़के इस विषय पर केंद्रित अत्यंत आपत्तिजनक फिकरे कसा करते थे। लड़कों के प्रसाधन गृह की दरोदीवार खजुराहो और कोणार्क की परंपरा में इतने रेखांकन अंकित थे कि अच्छी-खासी आर्ट गैलरी का भ्रम होने लगता था। चूँकि वे प्रॉक्टर थे इसलिए उन्हें नियमित रूप से ऐसी हरकतों की रिपोर्ट मिलती रहती थी।

“तुम ज़रा बैठो, मैं पाँच मिनट में आता हूँ।” कहते हुए वह दूसरे कमरे में गए जहाँ मास्टराइन भौं चढ़ाए और मुँह सुजाए बैठी थीं। दरअसल इस समस्या का शांतिपूर्ण समाधान तलाशने वह अर्धांगिनी की शरण में आए थे मगर उनके तेवर देखकर हिम्मत नहीं हुई। बोले, “यह लड़की ट्यूशन पढ़ने की ज़िद पर अड़ी है। मैंने तो स्कूल में ही मना कर दिया था। अब यह घर चली आई है। बताओ कैसे टालें इसे?”

मास्टराइन तुनक कर बोलीं, “जब मना कर दिया तो क्या ज़बरदस्ती पढ़ने आई है! साफ़ कह दीजिये कि मेरे पास टाइम नहीं है। मुझे तो यह लड़की ठीक नहीं लगती। लड़की क्या यह तो पूरी औरत है। शादी हो जाती तो अभी तक दो बच्चों की माँ बन गई होती। सुनो इस परकटी का घर आना-जाना ठीक नहीं। जैसे इसके रंग-ढंग हैं उसे देखते हुए बदनामी होने में देर नहीं लगेगी। एक तो यूँ ही पूरा स्टाफ़ आपसे जलता है जब से आप सब बड़े अफ़सरों के बच्चों को ट्यूशन पढ़ाने लगे हैं। जाइये उस लड़की को घर भेजिए जल्दी से। दोपहर बाद से आकर कुंडली जमाए बैठी है।”

पत्नी की बातें सुनकर उनका मन खिन्न हो गया। सोचने लगे, ‘क्या यह वही लड़की है जिससे विश्वविद्यालय के दिनों में बड़ी उखाड़-पछाड़ वाला तूफ़ानी रोमांस हुआ था और हम दोनों ने घरवालों से विद्रोह करके प्रेम विवाह किया था। वे ब्राह्मण थे और गौरी पंजाबी खत्री। गाँधीजी की हत्या के बाद जब अन्य स्वयंसेवकों के साथ वे जेल गए थे तो उसने बहुत बहादुरी से हालात का मुकाबला किया था। वही क्रांति चेता नारी इस मनोरथ नगर में दो साल रहकर कैसी खड़ूस और अनुदार हो गई है!’

भार्या के कटु वचनों के बावजूद, लेशमात्र भी विचलित हुए बगैर, उन्होंने कर्तव्य-पथ का अनुसरण करते हुए अपने हाथों एक गिलास पानी और एक बेसन का लड्डू तश्तरी में रखा और बैठक में जाकर उर्मिला को साग्रह पकड़ाया। वह मचलकर बोली, “आप भी लीजिए ना। हम इतना नहीं खा पाएँगे अकेले। चलिए आधा आधा लेते हैं”...कहते हुए, इससे पहले कि वह कुछ प्रतिवाद कर पाएँ, आधा लड्डू मास्साब के मुँह में ठूँस दिया। इस कसरत में कुछ चूरा उनकी कमीज़ पर बिखर गया सो उर्मिला ने तुरंत पर्स से अपना खुशबूदार रूमाल निकाल कर अच्छी तरह झाड़ना शुरू कर दिया। देखते-ही-देखते काफ़ी छुअन-छुवैय्या हो गई। उसका रुमाल कमीज़ झाड़ते-झाड़ते नीचे तक उतर आया तो एक मोरपंखी सिहरन मास्टर साहब के तन-बदन में दौड़ गई। रही -सही कसर तब पूरी हो गई जब उनके होंठ पर लगे मीठे बेसन को उसने अपने कोमल हाथ से पोंछ दिया। ‘भाड़ में जाए यहाँ का दकियानूसी समाज (ईर्ष्यालु पत्नी सहित) जो लड़कियों के ट्यूशन पढ़ाने को भी शक की निगाह से देखता है। मैं इस लड़की को पढ़ाऊँगा और बिना पैसे लिए पढ़ाऊँगा। देखें मेरा कोई क्या बिगाड़ लेता है।’

प्रकटतः गंभीर स्वर में उससे बोले, “देखो घर पर तुम्हें पढ़ाना संभव नहीं है। और

लोग भी आने लगेंगे, किस-किस को मना करूँगा। दूसरे तुम्हारे घर से दूरी बहुत है और तुम्हारे पास साइकिल नहीं है। आने-जाने में ही वक्त निकल जाएगा। इसके बजाय मैं छुट्टी के दिन तुम्हारे यहाँ आकर पढ़ा दिया करूँगा क्योंकि जल्दी ही मेरा कस्बे में आना-जाना शुरू होने वाला है। कारण, यहाँ एस्टेट में ये लोग शाखा लगाने नहीं देंगे और कस्बा इनके अधिकार क्षेत्र से बाहर है। तुम्हारे घर के पास जो आम का बाग है वहीं शाखा लगाने की बात चल रही है।''

~

मनोरथ नगर में उन दिनों कुछ ऐसा रिवाज ही चल पड़ा था कि शिक्षक अपने नाम से नहीं बल्कि विषय से पुकारे जाते थे मसलन बायलोजी टीचर, फ़िज़िक्स टीचर, मैथ्स टीचर या फिर हिन्दी वाले मास्साब, भूगोल वाले मास्साब, पी.टी. मास्टर आदि। केवल भागलपुरिया ऐसे शिक्षक थे जो अपने होम टाउन के नाम से पुकारे जाते थे। वह इतिहास पढ़ाने के लिए भर्ती किए गए थे और अपने विषय में असाधारण रूप से पारंगत थे। छोटे कद और दुबले-पतले शरीर को वे सिल्क के कुर्ते और सूती पाजामे में भरसक शोभनीय और सुगंधित बनाए रखते थे। यूँ अपने हाव-भाव, वेश-भूषा और बोल-चाल में कुछ-कुछ संदेहास्पद और इतने अनोखे थे कि वहाँ प्रचलित किसी भी खाँचे में फ़िट नहीं बैठते थे। अकेले आए थे और अकेले ही रहने का इरादा था। जब कोई उनसे पूछता कि मास्साब फ़ैमिली कब लाएँगे तो तुनक कर जवाब देते कि वहाँ भागलपुर में हमारे दादा-दादी, माँ-बाप, चाचा-चाची, दो-दो भौजियाँ सब रहते हैं तो क्या हम इतने बेशरम हैं कि अपने बीवी-बच्चों को यहाँ इस उजाड़िस्तान में ले आएँ! हमारे परिवार में आज तक किसी ने बाहर नौकरी करते हुए अपनी बहू को ले जाने की हिम्मत नहीं की है। समझे कि नहीं! ज़ाहिर है कि उनका यह तर्क किसी के पल्ले नहीं पड़ता। इसके अलावा उनके हाव-भाव कुछ बृहन्नला टाइप थे जिससे उस जाट बहुल इलाके के लोगों को उनकी संलग्नता की असामान्य प्रवृत्ति पर संदेह होता रहा जो कि कुछ ही दिन बाद सही साबित हो गया।

सातवीं कक्षा में जनक नामक एक विद्यार्थी था जो कि छमाही परीक्षा में इतिहास विषय में बुरी तरह फ़ेल हुआ। वह क्या ज़्यादातर बच्चे फ़ेल हुए क्योंकि भागलपुरी मास्साब ने पेपर ही कुछ इस ढंग से सेट किया था। मसलन—नादिर शाह जैसे लुटेरे के सामने दिल्ली की शक्तिशाली मुगल सल्तनत ने घुटने क्यों टेक दिए?—अब यहाँ सल्तनत ने 'घुटने टेक दिए' मुहावरा ज़्यादातर लड़कों को समझ में नहीं आया तो नहीं ही आया। बहरहाल पढ़ाई में होशियार माने जाने वाले जनक और उसके जनक दोनों को उसका फ़ेल होना इतना अखरा कि दोनों शिकायत लेकर उनके पास पहुँच गए। जनक के अन्य विषयों में नंबर बहुत अच्छे थे। काफ़ी झिक-झिक के बाद यह तय हुआ कि जनक इतिहास आदि कुछ सबजेक्ट पढ़ने उनके घर जाया करेगा। उसने जाना शुरू किया तो कुछ ऐसा हुआ कि धीरे-धीरे वह

स्कूल के अलावा ज़्यादातर समय उनके घर में ही गुज़ारने लगा। मास्साब ठहरे छड़े, उनका सुबह-शाम का नाश्ता गोपाल हलवाई के यहाँ और भोजन पहाड़ी पंडित जी के होटल में हुआ करता था। थोड़े ही दिनों में गुरु-चेला दोनों सुबह-शाम गोपाल हलवाई के यहाँ नियमित रूप से दूध-जलेबी, रबड़ी-मलाई, समोसे-गुलाब जामुन छकते नज़र आने लगे तो लोगों के कान खड़े हुए। उन्हें लेकर पहले तो खुसरफुसर होने लगी फिर कुछ सुरागरसी के बाद मास्साब के बालक प्रेमी होने की खबर खूब उड़ी। लेकिन न गुरुजी को परवाह थी न चेले को, न ही चेले के घरवालों को।

एस्टेट के बीचोंबीच, फ़ैक्ट्री द्वारा ठेके पर उठाई जाने वाली, कुछ रोज़मर्रा की ज़रूरतों की दुकानों के एक छोटे से समूह को कैंटीन के नाम से पुकारा जाता था। गोपाल हलवाई और धींगरा ब्रदर्स की दुकानें अगल-बगल थीं। इन दोनों में वह सब मिलता था जिसे मनोरथ नगर की सादा जीवन-उच्च विचार जीवनशैली के अंतर्गत फ़ालतू खर्च माना जा सकता था। प्रसाधन सामग्री, डिब्बा बंद और ब्राण्डेड खाद्य सामग्री, केक-बिस्कुट-टॉफ़ी, अखबार और पत्रिकाएँ एक तरफ़ थीं तो खोए की बर्फ़ी से लेकर रसगुल्ले,समोसे और मुंगरे तक अत्यंत अस्वास्थ्यकर चीज़ें दूसरी ओर। ज़्यादातर सद्गृहस्थ भरसक इन प्रलोभनों से बचे रहते मगर छड़े और बगैर फ़ैमिली वालों के पास कोई चारा न था। सुबह-शाम गोपाल की दुकान की ओर रुख करते। सुबह फ़ैक्ट्री जाते समय जलेबी के साथ दूध या लस्सी और शाम को खस्ता समोसे और पाव भर दूध की खूब औटाई हुई चाय। सबसे बड़ी बात तो उधार की सुविधा। खाओ-पियो और गोपाल हलवाई के आसन के पास रखी लाल जिल्दवाली बही में टाँक दो। तनख्वाह मिलते ही महीने का हिसाब चुकता कर दो। गोपाल ही नहीं धींगरा ब्रदर्स और कैंटीन के ज़्यादातर दुकानदार देश के बंटवारे के समय वृहत्तर पंजाब से विस्थापित होकर आए शरणार्थी थे। उन्हें बिज़नेस करना आता था और उस छोटी-सी जगह में भी अच्छी तरह कमा-खा रहे थे। कुछ ही वर्षों में उन्होंने एस्टेट के आस-पास के गाँवों में ज़मीनें खरीद कर पक्के दुमंज़िले मकान बना लिए थे। गोपाल खानदानी हलवाई था, पंजाब के किसी छोटे शहर से। उसके परिवार के लोग अपने कारीगरों सहित आए थे। उन्होंने मनोरथ नगर कस्बे में बस अड्डे के पास अपनी पहली दुकान खोली। बाद में जब फ़ैक्ट्री कैंटीन की हलवाई शॉप के टेंडर निकाले गए तो यहाँ दूसरी दुकान हथिया ली। उनके पास अनुभवी और पंजाबी शैली की मिठाइयाँ बनाने वाला कारीगर था इसलिए एस्टेट में अपने पैर जमाने में उन्हें देर नहीं लगी। उसकी करारी जलेबियाँ और अनारदाने वाले खस्ता समोसे खूब लोकप्रिय हो गए। मंगलवार के दिन प्रसाद चढ़ाने के लिए रसभरी बूँदी और बेसन के लड्डू बनते और हाथोंहाथ बिक जाते। यूँ तो मौसम और माँग के अनुरूप बीसियों तरह की मिठाइयाँ बनती थीं मगर उसकी रबड़ी और कलाकंद बहुत मशहूर था। दाम भी ज़्यादा थे मगर खाते हुए तत्काल बलिष्ठ होते जाने की दुर्लभ अनुभूति होती थी। उन दिनों रबड़ी और कलाकंद को स्वास्थ्य और वीर्य वर्द्धक माना जाता था। कोई दुकान पर

खड़ा होकर रबड़ी या लस्सी के साथ कलाकंद खा रहा होता तो अन्य लोग उसे शक भरी निगाहों से देखते। यूँ आम, खास तौर पर डालडा में बनीं मिठाइयाँ सस्ती और सुलभ थीं, जहाँ तक मुझे याद है जलेबी सवा रुपये सेर (किलो से कुछ कम) थी। उन दिनों कोलेस्ट्रॉल का तो किसी ने नाम ही नहीं सुना था फिर भी आम जनता इन्हें वर्जित समझ कर दूर ही रहती थी। इस समझ में आर्य समाज मंदिर के प्रवचनों का भी खासा योगदान था। वहाँ डालडा ही नहीं बिस्कुट और डबल रोटी के सेवन से होने वाली घातक बीमारियों के प्रति लगातार आगाह किया जाता था। डालडा खाने से नेत्र ज्योति और पुंसत्व खोने का आसन्न खतरा और बिस्कुट को विषकुट बताने से लोगों पर काफ़ी प्रभाव पड़ता था। ज़्यादा तली-भुनी-मसालेदार चीज़ों के सेवन से चरित्र-स्खलन का खतरा सिर पर मंडराता नज़र आता था।

भागलपुरिया मास्साब के आने के पहले से ही जनक एक खास किस्म के लोगों की निगाह में बस चुका था। वह था भी अत्यंत सुशोभन-लंबा, पतला, गोरा-चिट्टा, सुतवां नाक-नक्श वाला। एस्टेट की रामलीला में की गई प्रमुख स्त्री भूमिकाओं की खूब सराहना होती थी। उसकी प्रतिभा को सबसे पहले रामलीला के निर्देशक और व्यास नारद जी ने पहचाना था और उसे खूब सब्ज़बाग दिखाकर रिहर्सल में बुलाया। बाद में गोपाल की दुकान ले जाकर मिठाई खिलाई। वह राज़ी हो गया तो उसके घरवालों की खूब खुशामद करके उसे अपनी मंडली में शामिल कर लिया जिसमें पहले से ही कई सुदर्शन लड़के मौजूद थे। नारद जी जाने कहाँ-कहाँ से उन्हें ढूँढ कर लाए थे और बड़ी सतर्कता से उनकी घेराबंदी किये रहते थे। अक्सर बड़े गर्व से कहते कि मेरी टीम में ऐसे गोरे, सुंदर और नाज़ुक लड़के हैं जिन्हें क्रीम-पाउडर लगाने की भी ज़रूरत नहीं है। जब चाहो ड्रेस पहना कर, बगैर मेकअप के,मंच पर उतार दो। कहते हुए उनके गालों पर हाथ फेरते जाते। तो जब इतिहास की कोचिंग पढ़ने के बहाने जनक नारद जी के खूँटे से रस्सी तुड़ा कर भागलपुरिया मास्साब के अंत:पुर में दाखिल हो गया तो रामलीला पार्टी में बड़ी हलचल मची। नारद जी पहले तो लोगों से शिकायत करते घूमते रहे फिर एक दिन हिम्मत जुटाकर मास्टरजी के क्वार्टर पर पहुँच गए। कहते हैं कि जनक ने बड़ी चतुराई से यह कहकर उन्हें दरवाज़े से ही चलता कर दिया कि मास्साब तो उसे फ्री में ट्यूशन पढ़ा रहे हैं, रही बात रामलीला की तो वह पूर्ववत काम करता रहेगा। नारद जी अपना-सा मुँह लेकर चले आए। माशूक अगर बेवफ़ाई पर उतर आए तो कोई क्या कर सकता है।

उधर हाल यह था कि मनोरथ नगर वालों को समझ में नहीं आ रहा था कि बायलोजी टीचर और सुमन, फ़िज़िक्स टीचर और उर्मिला, पी.टी.आई. और प्रभजोत कौर के सनसनीखेज़ किस्सों के बरअक्स भागलपुरिया मास्टर और जनक के मामले को कितनी गंभीरता से लिया जाए। वैसे भी उनकी तथाकथित शास्त्रोक्त दृष्टि से अवैध संबंध स्त्री-पुरुष के बीच ही पारिभाषित होते आए थे। उससे इतर संबंधों को लेकर उनकी आचरण संहिता आज की तरह स्पष्ट नहीं थी। रसीली प्रेम कथाओं के मुकाबले ऐसे प्रसंग किंचित

भदेस और स्तरहीन प्रतीत होते थे। बहरहाल बदलाव की हवा जब स्कूल से बहनी शुरू हुई तो एस्टेट के सामाजिक जीवन को प्रभावित किये बिना नहीं रही। टीचर-छात्रा रोमांसों से इतर ब्लॉक-दर-ब्लॉक नित नए प्रेम-प्रसंग सुनाई देने लगे। सुने पहले भी जाते थे मगर बहुत दबे-ढँके और सीमित दायरे में। अब सार्वजनिक चर्चाओं के रूप में बतरस और मनोविनोद का विषय बन गए।

उस दिन फ़िज़िक्स टीचर सुमन की माँ के कान भर कर चले गए तो मौका पाकर माँ-बेटी की गुप्त मीटिंग हुई और दोनों इस निष्कर्ष पर पहुँचीं कि यह टीचर्स की आपसी रंजिश का परिणाम है। अन्य टीचर बायलोजी टीचर से ईर्ष्या रखते हैं और उन्हें बदनाम करने की मुहिम छेड़े हुए हैं। दूसरा कारण उनके ब्लॉक वालों की बदमाशी है जो आस-पड़ोस के किसी बंदे को घास न डालने वाले मास्साब और सुमन के बारे में झूठी अफ़वाहें फैलाया करते हैं। अब सवाल यह था कि ओवरसीयर साहब को बताया जाए कि नहीं, बताया जाए तो कितना बताया जाए और कैसे बताया जाए? काफ़ी देर तक सोच-विचार कर आगे की रणनीति बनाई गई। इस बात पर वे दोनों एकमत थीं कि इस जलनखोर फ़िज़िक्स टीचर का पत्ता साफ़ कर दिया जाए। वैसे भी क्या खाक पढ़ाता है, इधर-उधर की बातों में टाइम पास करता रहता है। अपने आप को यूँ तो बड़ा पारसा समझता है लेकिन कस्बे के पंजाबी बजाज की लड़की पर जी जान से फ़िदा है। साइंस पढ़ाने के लिए इसके बजाय कैमिस्ट्री टीचर कहीं बेहतर रहेंगे।

एकाध दिन बाद जब ओवरसीयर साहब अच्छे मूड में थे यानी भोजन पूर्व पारंपरिक तौर पर ह्विस्की का पैग लेकर बैठे थे तो गृहिणी ने फ़िज़िक्स टीचर से सुनी बातों को अपने ढंग से लीपपोत कर बताया। वे चुपचाप सुनते रहे। फ़िज़िक्स टीचर को अगले ही दिन से हटाने का आदेश उन्होंने तुरंत ही पारित कर दिया और फिर चुपचाप बैठे पीते रहे। धीरे-धीरे उनकी आँखें लाल होती गईं।

~

प्रेम कहानियों के खुमार में डूबे लोगों को यकायक बाज़ार में गेहूँ की अनुपलब्धता और काला-बाज़ारी ने ऐसा त्रस्त किया कि सारी खुसरपुसर जनित मौज-मस्ती उड़न-छू हो गई। बड़ी अनोखी बात थी कि चारों ओर हरियाले खेतों से घिरे मनोरथ नगर में गेहूँ सिर्फ़ राशन की दुकान में मिल रहा था। चोरी-छुपे कहीं मिलता भी था तो दाम इतने अधिक कि ज़्यादातर लोगों की सामर्थ्य से बाहर। उन दिनों सरकारी नौकरियों में वेतन इतने अच्छे नहीं थे कि बेपरवाह होकर ब्लैक में गेहूँ खरीद सकें। आम जन तो पैसे-पैसे को दाँत से पकड़ते थे। आला अफ़सरों को छोड़कर लगभग सभी एस्टेटवासी राशन की दुकान के मुखापेक्षी होकर रह गए थे। ऐसा नहीं कि अनाज की कमी स्थानीय या क्षेत्रीय स्तर पर थी। अखबार चीख-चीख कर बता रहे थे कि पूरे देश में गेहूँ-चावल का भयंकर टोटा पड़

गया है। सरकार युद्ध स्तर पर गेहूँ का आयात कर रही है और सार्वजनिक वितरण प्रणाली को मज़बूत किया जा रहा है। एस्टेट में कैंटीन की दो दुकानों को मिलाकर राशन शॉप बनाई गई थी। वहाँ अधिकतर निम्न आय और बड़े परिवारवाले लोग बड़े आराम से राशन में मिलने वाली वस्तुएँ लिया करते थे। गेहूँ के अकाल ने रातोंरात राशन की दुकान का महत्त्व बढ़ा दिया और वहाँ लंबी-लंबी लाइनें लगने लगीं। खाते-पीते मध्य वर्ग को जब लाइन में खड़े होकर राशन के अनाज की मारा-मारी झेलनी पड़ी तो उन्हें ज़बरदस्त झटका लगा। बाजे-गाजे के साथ प्रस्तुत अत्यंत प्रगतिकामी और समाजवादी सुनहरे स्वप्नों के उस भाखड़ा-नांगल और स्टील प्लांटों के लुभावने परिदृश्य और गुट निरपेक्षता के खुमार वाले उस सतयुग में देश में गेहूँ यानी रोटी की कमी हो जाना लगभग अकल्पनीय था। इसे नेहरू-युग से मोहभंग की संज्ञा तो बहुत बाद में दी गई। यह तो महज़ शुरुआत थी।

राशन की दुकान सुबह दस बजे खुलती थी मगर तड़के पौ फटते ही लोग लाइन में लग जाते। लाइन में घुसपैठ करने पर सिर-फुटौवल की नौबत आने लगी तो जनता जनार्दन की सहमति से वितरण की प्रक्रिया निर्धारित की गई जिसके अंतर्गत लाइन में लगने के लिए अपनी बोरी या थैले को चाक से लिखे गए नंबर पर रखकर अपना स्थान सुरक्षित करना पड़ता था। इसमें दिक्कत सिर्फ़ यह थी कि बाँटते-बाँटते गेहूँ खत्म हो जाए तो बाकी बचे लोगों की तपस्या पर पानी फिर जाता था और नए सिरे से नया स्टॉक आने की प्रतीक्षा गले पड़ जाती थी। होते-होते नौबत यहाँ तक आ गई कि लोग रात में ही आकर लाइन लगाने लगे। उन दिनों परिवार नियोजन का किसी ने नाम भी नहीं सुना था और ज़्यादातर परिवार भरे-पूरे होते थे। इसलिए बारी-बारी से कुछ घंटे लाइन में लगकर पूरी रात और आधा या तीन चौथाई दिन बिताने वाले नौजवानों की कमी नहीं थी। हमारी तरह के छोटे परिवार बहुत कम थे, खपत भी बहुत सीमित थी इसलिए लाइन में लगने की कोई खास मजबूरी नहीं थी। हमारे राशन कार्ड का उपयोग पड़ौस के त्यागी जी या पीछे के ब्लॉक में रहने वाले रिज़वी साहब कर लेते थे। दोनों के परिवारों में आठ-आठ प्राणी थे। कहाँ तक ब्लैक में डेढ़-दो गुनी कीमत पर गेहूँ खरीदते।

एक बार त्यागी जी के लड़के के साथ मैं भी रात में राशन की लाइन में लगने के लिए गया। वहाँ खासी चहलपहल थी। दुकान के सामने खड़िया से लिखे गए नंबरों पर अपनी-अपनी बोरी रखकर लड़के इधर-उधर बैठे थे। कुछ लोग घर से दरी और चादर लेकर आए थे। जगह-जगह शतरंज और लूडो की बाज़ियाँ चल रही थीं। एकदम उत्सव जैसा माहौल था। हमें वहाँ दो घंटे रुकना पड़ा, जब तक त्यागी जी का बड़ा लड़का खा-पीकर रात भर के लिए नहीं आया। मैंने देखा कि कुछ बुजुर्ग और महिलाएँ भी लाइन में बोरी लगाकर बड़े धैर्य से रिलीवर की प्रतीक्षा या रात भर सोने की तैयारी में थे। दो-तीन लड़कियाँ भी पहली शिफ़्ट में अपने भाइयों के आने की राह देखती हुई बैठी थीं। एक आध नैन-मटक्के के लिए भी आई होंगी। कुछ देर तो तमाशबीनी का आनंद लिया मगर

फिर सोच में डूबने लगा। लोगों की विवशता को अनुभव करके मेरा हृदय व्यथित हो उठा। देश को स्वतंत्र हुए दस वर्ष हो चुके थे और मौके-बेमौके सुने गए भाषणों से, रेडियो और अखबार की खबरों से, फ़िल्म से पहले दिखाई जाने वाली डॉक्यूमेंट्रियों से हमारे मन में गहरे पैठ गया था कि देश बहुत तेज़ी से आगे बढ़ रहा है। बड़े-बड़े कारखाने लग रहे थे, बाँध और बिजलीघर बन रहे थे, सरकार का हर कदम आत्मनिर्भरता की दिशा में था फिर यह भुखमरी कैसे मुँह बाए सामने आकर खड़ी हो गई है?—उस एक रात में लाइन में लगे बेकस इन्सानों को देखकर देश की तथाकथित अभूतपूर्व प्रगति का सारा भ्रम रेत के घरौंदे की तरह ढहने लगा। भारी मन से मैं सोचता रहा कि यह कैसा दुर्योग है! इसके साथ एक बेचैनी जुड़ने लगी, स्थान-काल-परिस्थिति से बेखबर, वहीं खड़े-खड़े कल्पनालोक में चला गया। पुस्तक और पत्रिकाओं में पढ़े और देखे गए अकाल और भुखमरी के भयावह विवरण और चित्र मेरे मस्तिष्क के दृश्यपटल पर फ़िल्म की तरह चलते दिखाई देने लगे। आज तो यहाँ किसी तरह मिल रहा है मगर कल को देश में गेहूँ खतम हो गया तो क्या होगा? संभवतः इतिहास की पुस्तक में बंगाल के दारुण अकाल का जो दर्दनाक विवरण पढ़ा था वह प्रेतबाधा की तरह मेरे सिर पर सवार हो गया। यह अवसाद अकेला नहीं आया बल्कि अपने साथ एक अबूझ बेचैनी लेकर आया, कुछ अलग हटकर करने की छटपटाहट, जो उस समय तो समझ में नहीं आई मगर अगले दिन जब मैं स्वतःस्फूर्त प्रेरणा से कागज़-कलम लेकर कविता लिखने बैठ गया तो पता चला कि यह भी अपने दुख को प्रकट करने का एक तरीका है।

वह घटनास्थल पर उपजी प्रेरणा ज़रूर इतनी सशक्त रही होगी कि बिना किसी प्रशिक्षण या अभ्यास के तुरत-फुरत एक लंबी और मार्मिक कविता लिख ली गई। कविता लिख लेने के बाद मन एकदम शांत हो गया। ऐसा लगा कि एक असहनीय स्थिति के मुकाबले खड़े होकर कुछ सार्थक किया। मैं कक्षा नौ का छात्र था और कविताएँ ज़्यादातर वही पढ़ी थीं जो सामान्यतः हिन्दी के पाठ्यक्रम में हुआ करती हैं। न तो छंद का ज्ञान था न शिल्प का लेकिन अपनी स्वरचित कविता को लेकर मन में ज़रा भी ऊहापोह या अटक नहीं थी क्योंकि वह छंदहीन लिखी गई थी और भाषा फ़ैक्ट्री गेट पर यूनियन के नेताओं से मानो उधार ली गई थी। वह संयोग से कुछ ऐसी बन पड़ी थी कि जोश-खरोश से उसका पाठ करने को मन कर रहा था। उल्लेखनीय बात तो यह लगी कि उसे लिखकर मुझे खुशी हुई थी। मेरे चाचा के एक घनिष्ठ मित्र थे त्यागी जी, वे पास के गाँव के सम्पन्न किसान परिवार से थे, इलाके के जाने-माने पहलवान थे और उस ज़माने में वामपंथी विचारों के थे। शुरू से ही वह यूनियन में किसी-न-किसी पद पर रहते चले आ रहे थे। एक बार किसी काम से वह मेरे घर आए तो मुझे लगा कि उनसे अच्छा श्रोता भला कहाँ मिलेगा। मैंने उन्हें वह कविता सुनाई तो उन्होंने मेरी बहुत पीठ ठोंकी और तुरंत 'छुपा रुस्तम' खिताब से नवाज़ा। उसके बाद वह हमेशा मुझे रुस्तम कहकर ही बुलाते रहे। यहाँ तक तो ठीक था

लेकिन त्यागी जी ने एक और गज़ब का काम कर डाला।

हुआ यह कि उन्हीं दिनों हर साल पंद्रह अगस्त पर होने वाले हिन्दी-उर्दू कवि सम्मेलन और मुशायरे की तैयारी चल रही थी। उसमें कुछ लोकल शायरों और कवियों को भी अपना हुनर दिखाने का मौका मिलता था। त्यागी जी ने कवियों की सूची में मेरा नाम लिखवा दिया और ऐन मुशायरे के दिन यह बताया। मेरे माता-पिता तो हैरान रह गए और फिर बहुत खुश हुए। मेरे चाचा-चाची, मामा-मामी और पिताजी के कुछ मित्र सब मुशायरे में जाने को तैयार हो गए। पहले तो मेरे मन में खुशी के लड्डू खूब फूटे मगर जैसे-जैसे शाम ढलती गई दिल में हौल-सी पैदा होने लगी। ऊपर से तो मैं गंभीर बना हुआ कविता पढ़ने का रियाज़ करता रहा लेकिन अंदर-ही-अंदर हालत पतली होती जा रही थी। मंच के अनुभव की तो छोड़िये मैंने तो स्कूल में भी कभी ऐसा कुछ नहीं किया था। न तो डिबेट में न किसी गायन या अभिनय के कार्यक्रम में। मुशायरे में बतौर श्रोता ज़रूर एक-दो बार गया होऊँगा, स्मृति में चलचित्र की तरह वहाँ के दृश्य उभर रहे थे—बड़ी प्रभावशाली भूमिका बाँध कर दिए गए परिचय के साथ आमंत्रित एक से बढ़कर एक धुरंधर माइक के सामने आकर बड़े नाज़-ओ-अदा-अंदाज़ से काव्य पाठ करते हैं। उनकी कविताओं पर लोग झूम-झूम जाते थे। ज़्यादातर शायरों और कवियों के व्यक्तित्व भी किसी-न-किसी कोण से दर्शनीय होते थे। इस भव्यता में मैं कहीं भी फ़िट नहीं बैठता था। उन दिनों ज़्यादातर स्कूली लड़के हाफ़ पैंट पहनते थे। गनीमत यह हुई कि कुछ दिन पहले ही जन्मदिन पर एक फ़ुल पैंट-कमीज़ का नया जोड़ा बनवाया गया था। सो शाम होते ही मुझे सजा-धजा कर तैयार कर दिया गया। माँ ने अपनी देख-रेख में रगड़-रगड़ कर नहाने को विवश किया और हँसते हुए कहा कि देखो ठीक से नहाया है तो कैसा गोरा रंग निकल आया है! नया कच्छा, नई बनियान, नई ड्रेस से ही माँ का मन नहीं भरा। सिर में कैंथराइडिन हेयर ऑयल और चेहरे पर क्रीम-पाउडर। जब वे आँखों में काजल लगाने लगीं तो मेरे सब्र का पैमाना छलक उठा। काजल न लगवाने की मेरी ज़िद ने माँ को संतप्त किया मगर अंततोगत्वा वे मान गईं। उनकी दृष्टि में काजल मात्र सौंदर्य प्रसाधन ही नहीं था। बुरी नज़र से भी बचाता था। उधर मुझे मन-ही-मन हूट हुए जाने का डर खाए जा रहा था। एक हौल सी मन में बैठी थी कि इतने बड़े जनसमूह के सामने अगर बोलती ही बंद हो गई तो बड़ी हँसी उड़ेगी। समझ में नहीं आ रहा था कि अपनी पीड़ किसको कह सुनाऊँ? माँ से ही कह सकता था मगर वे तो खुशी के मारे बावली हुई जा रही थीं। बाहर निकलकर देखा तो आसमान में बादल छाए थे, मैंने भगवान से प्रार्थना की—प्रभु आप तो अंतर्यामी हो। न हो तो मूसलाधार बारिश ही करवा दो ताकि कम-से-कम लोग मुशायरे में पहुँच पाएँ।

मुझे आगे की पंक्ति में बिठाया गया तो मैंने राहत की साँस ली। अन्य लोकल कवियों की तरह कहीं मंच पर बिठा देते तो मारे दहशत के मेरा आधा खून तो सूख ही जाता। जैसा कि प्रचलन था मनोरथ नगर के कवि और शायरों को पहले दौर में ही पढ़वा दिया गया।

मेरा नंबर नहीं लगा तो कुछ निराशा हुई और कुछ राहत भी मिली—चलो जान छूटी। उधर बाहर के नामी सुखनवर अपना-अपना कलाम सुना कर वाहवाही और तालियाँ बँटोरते रहे। जब डेढ़-दो घंटे गुज़र गए तो पक्का हो गया कि आज मौका नहीं मिलेगा। सहसा मैंने देखा कि त्यागी जी तमतमाते हुए मंच पर चढ़े और संचालक के कान में जाने कौन-सा मंत्र फूँक आए कि वफ़ा मेरठी का कलाम खत्म होते ही संचालक ने मेरी तारीफ़ में बड़ी नफ़ासत से कसीदे काढ़ते और 'छुपे रुस्तम' का खिताब अता करते हुए मंच पर कविता पाठ के लिए आमंत्रित किया। अब क्या था, सारी नज़रें मेरी तरफ़ घूम गईं। हॉल में एक आश्चर्य-मिश्रित सनसनी-सी दौड़ गई। "अरे,यू तो शर्मा जी का लड़का है! वाह भई वाह, क्या कहने इसके!" ऐसी बहुत-सी आवाज़ें सुनता हुआ मैं किसी तरह उठकर लड़खड़ाते कदमों से डायस की ओर बढ़ा। कुछ सहृदय लोगों ने तालियाँ बजाईं। उधर मेरे हृदय की धड़कन थी कि बेकाबू हुए जा रही थी। मेरे थरथराते हाथ में वह चार पन्नों की नामुराद कविता थी जिसने मुझे इस चक्रव्यूह में धकेल दिया था। और अब इसे बिना होशो-हवास खोये मनोरथ नगर के लोगों को सुनाना था।

उन दिनों पंद्रह अगस्त बहुत संजीदा तरीके से मनाया जाता था। आज़ाद हुए ज़्यादा समय नहीं बीता था। वहाँ उपस्थित जनसमूह सुबह से ही देशभक्ति और देशप्रेम के जादुई सरोवर में स्नान कर रहा था। इस कवि दरबार में भी राष्ट्रभक्ति का सैलाब रह-रह कर उमड़ रहा था। ऐसे में जब मैंने अपनी कविता का शीर्षक 'देश खड़ा है राशन की दूकानों पर' बताया तो लोग चौंक उठे, कुछ देर तक सन्नाटा छाया रहा, फिर तालियों की गड़गड़ाहट से हॉल गूँज उठा। ज़्यादातर लोग राशन की दुखदायी विभीषिका से बुरी तरह त्रस्त थे। उनका वह अव्यक्त संत्रास मेरे लिखे पन्नों में अक्षर-अक्षर से टपक रहा था। कविता तो खैर क्या रही होगी, मूर्तिमान शिकवा थी। मैं पढ़ने लगा तो पंक्ति-दर-पंक्ति हंगामा बरपा होता रहा। खासी लंबी कविता थी और राशन के लिए लाइन में अपना-अपना बोरा रखकर रात गुज़ारने वाले एस्टेट वासियों की पीड़ा से छलकती मेरी आवाज़ में जाने कैसे इतना सोज़ आता गया कि लोग खड़े होकर दाद देने लगे और बार-बार पंक्तियों को दोहराने के लिए इसरार होता रहा। मैं मंत्रबिद्ध सा अपनी रौ में कविता पढ़ता जा रहा था। न तो कोई घबराहट थी न कोई अवरोध। अद्भुत था वह अनुभव-सहसा मुखर अभिव्यक्ति के भारी भरकम द्वार मेरे लिए खुल गए थे। मैं कौन हूँ, क्या हूँ, क्यों यह कविता पढ़ रहा हूँ, इन सब उलझनों से उबर कर मैं किसी नए मुकाम पर पहुँच चुका था।

~

कवि सम्मेलन/मुशायरा स्कूल के सभागार में हुआ करता था। वहाँ प्रिंसिपल, वाइस प्रिंसिपल और बहुत से अध्यापक उपस्थित थे। उनके लिए यह सुखद आश्चर्य रहा होगा क्योंकि अगले रोज़ कक्षा में आने वाले हर अध्यापक ने मेरी पीठ थपथपाई। हिन्दी वाली

बहनजी (अध्यापिकाओं को बहनजी कहा जाता था) ने तो कविता पढ़वाकर सुनी और उसकी अच्छी-खासी समीक्षा कर डाली। उन्होंने कविता का भावार्थ कुछ इतने विस्तार से बताया कि मैं खुद हैरान रह गया। मैंने तो उस तरह से सोचा ही नहीं था। बालसुलभ सी नाराज़गी के घोड़े पर सवार होकर जो मन में आया लिख डाला था। यहाँ तक कि एक बार लिखने के बाद उसे रिवाइज़ तक नहीं किया था। खैर उस कविता ने मुझे तत्काल एक नई पहचान दे दी। फ़िज़िक्स वाले मास्साब ने कक्षा में ही बताया कि मेरी साहित्यिक प्रतिभा से प्रभावित होकर प्रिंसिपल साहब ने मेरा नामांकन लाइब्रेरी कमेटी में कर दिया है। छात्र प्रतिनिधि के रूप में। मज़ा यह कि मुझे उसी दिन छुट्टी के बाद कमेटी की मीटिंग में भाग लेना था। बायलोजी के पीरियड में पढ़ाने के बाद मास्साब ने मुझे शाबाशी देने के बाद हर महीने होने वाली भाषण प्रतियोगिता में शामिल होने का सुझाव दिया। मैं न कैसे करता। एक नई फ़िकर पैदा हुई। भाषण की कला का मुझे ज़रा भी ज्ञान नहीं था। मेरा असमंजस देखकर उन्होंने मुस्कुराते हुए कहा कि मंच पर कविता पढ़ने के मुकाबले भाषण देना कहीं ज़्यादा आसान काम है। इस सबके बीच मेरे सहपाठी और सहपाठिनें हैरान होकर मुझे देख रहे थे।

इंटरवल में पानी-वानी पीकर मैं अपने दोस्त जयंत से बतिया रहा था तो सीनियर लड़कियों का झुंड वहाँ से गुज़रा। सहसा किसी ने मेरा नाम पुकारा, ''ऐई जगन्नाथ! इधर आओ ज़रा।'' मैंने देखा अपनी सहेली के कंधे पर हाथ रखे सुमन मुझे बुला रही थी। इससे पहले शायद ही किसी लड़की ने स्कूल में मुझे बुलाकर बात की हो। यह वहाँ के कोड ऑफ़ कंडक्ट में नितांत वर्जनीय था। लड़कियाँ सिर्फ़ अपने भाई या हद से हद पड़ौस के किसी लड़के से बोल-बतिया सकती थीं। वह भी किसी घोषित या अघोषित आपात्काल में। मेरी अकबकाहट देखकर बाकी लड़कियाँ मुस्कुरा रही थीं। इससे पहले कि मैं वहाँ से भाग लेता श्यामल ने मुझे धकेला, ''जा ना! सुमन दीदी बुला रही हैं।''

मेरे कान लाल हो गए, मुँह भी। मैं आगे बढ़ा। सुमन अब अपनी सहेली के गले में लटककर बड़े मज़े से मुझे देखे जा रही थी। एक लड़की बोली, ''हाय रे! कितना शरमा रहा है। कल रात तो कथा वाले पंडितजी की तरह कविता सुना रहा था।'' सुमन ने बड़े प्यार से कहा, ''जगन्नाथ, मुझे पता ही नहीं था कि तू कविता लिखता है। कल मैं पापा के साथ मुशायरे में गई थी तो देखा। पापा तो तेरी कविता सुनकर उछल पड़े। बोले, 'इतना छोटा-सा लड़का और इतनी अच्छी नज़्म! यार कमाल है।' पूछने लगे कि सुमन तू इस लड़के को जानती है? मैंने कह दिया, 'हाँ, जानती हूँ।' तो बोले, 'अच्छा, उसको एक दिन अपने घर बुला के ला, एक बार और उसका कलाम सुनने का मन है।' तो भैया बता दे कब आएगा? आज शाम को ही क्यों नहीं आ जाता।'' मेरे मुँह से निकल गया, ''आज तो छुट्टी के बाद लाइब्रेरी कमेटी की मीटिंग है।''

''हाय रे, देखो तो इस लड़के का जलवा! कित्ता बिज़ी हो गया है। मीटिंगें अटेंड

करने लगा है। कल तक तो इसके मुँह से बोल नहीं निकलता था,'' एक लड़की ने फिकरा कसा। लेकिन सुमन ने कहा, ''तुमने कल वाला इसका सीन देखा होता तो पता चलता कि इसके मुँह से बोल कैसा निकलता है, बिलकुल तोते की तरह। जगन्नाथ ऐसा कर तू कल आजा हमारे घर। शाम को। छै-साढ़े छै बजे। अरे, इतना शरमा क्यों रहा है, लड़कियों की तरह। और सुन तू नहीं आया तो देखना मेरे पापा ही जीप लेकर पहुँच जाएँगे किसी दिन तेरे घर। वो ऐसे ही हैं।''

लाइब्रेरी कमेटी की मीटिंग वाचनालय में नियमित मंगाई जाने वाली पत्रिकाओं के चुनाव के लिए थी। इसके लिए एक उप समिति गठित की गई जिसमें छात्र प्रतिनिधि के तौर पर मुझे रखा गया और अपनी पसंद के क्रम से पत्रिकाओं की सूची बनाने के लिए एक मोटी-सी फ़ाइल पकड़ा दी गई जिसमें हिन्दी और अंग्रेज़ी की पत्रिकाओं के नमूने संकलित थे। वह आकार और वज़न में बस्ते से भी भारी थी मगर मैं खुशी-खुशी उसे ढोकर घर ले गया। उन दिनों मनोरथ नगर में बहुत कम घरों में पत्रिकाएँ मंगाने का चलन था। इसे लोग फ़ालतू का खर्च मानते थे जबकि पत्रिकाएँ बेहद सस्ती थीं। लेकिन पिताजी की अभिरुचि के कारण हमारे यहाँ तीन पत्रिकाएँ— *धर्मयुग, कल्याण* और *चंदामामा* आती थीं जिन्हें मैं आते ही पढ़ डालता। मौका मिलते ही मैं पेपरवाले हॉकर या धींगरा ब्रदर्स की दुकान से कोई-न-कोई पत्रिका ले ही लेता था। पढ़ने का शौक था कि निरंतर बढ़ता जा रहा था लेकिन नित नई पत्रिका या किताब कहाँ से मिलती। लाइब्रेरी कमेटी का मैंबर क्या बना मेरी तो लॉटरी लग गई। कोर्स के बाहर की किताबों की दुनिया का बंद दरवाज़ा मेरे लिए खुल गया। मैंने घर पहुँचते ही कपड़े बदले और पत्रिकाओं की फ़ाइल लेकर पढ़ने बैठ गया।

माँ यह जानने को बहुत उत्सुक थीं कि मेरे काव्यपाठ प्रकरण की स्कूल में कैसी प्रतिक्रियाएँ रहीं। बड़ी मुश्किल से मैं वह फ़ाइल छोड़कर उठा और कीर्तिगाथा सुनाने लगा। सुनाते हुए देख रहा था कि माँ के चेहरे पर खुशी जाड़े की धूप की तरह धीरे-धीरे सुनहली होती जा रही थी। मैंने लगभग निरपेक्ष भाव से बताना शुरू किया था मगर लाइब्रेरी कमेटी में नामांकन और ओवरसीयर साहब के आमंत्रण तक आते-आते हम दोनों परम उत्साहित हो उठे। माँ ने मेरे सिर पर हाथ फेरा और अपने से सटा लिया। उसके बाद मुझे दो रुपये देकर कहा, ''जाकर गोपाल हलवाई के यहाँ से कोई भी ताज़ा मिठाई प्रसाद के लिए ले आ। जो पैसे बचें उनके समोसे ले लेना। और सुन प्रसाद लाकर तू ओवरसीयर साहब के यहाँ भी होता आ। उन्होंने कितने प्रेम से बुलाया है।''

जाने क्यों यह सुनते ही मेरे कान लाल हो उठे। मैंने धीरे से कहा, ''उनके यहाँ मैं कल शाम को जाऊँगा। आज तो इस फ़ाइल को पढ़कर निपटाना है।''

वहाँ की सहज कस्बाई संस्कृति का हाल यह था कि गोपाल हलवाई मुझे देखकर मुस्कुराया और परात में लड्डू सजाता हुआ बोला,''उस दिन तो तुमने कमाल कर दिया।

ओए मदन इसे मेरी तरफ़ से ये लड्डू खिला।'' उसके नौकर ने दोने में लड्डू रखकर मुझे पकड़ा दिए। गोपाल कुछ और कहने जा रहा था कि भागलपुरिया मास्साब जनक के साथ वहाँ प्रकट हो गए। आते ही गोपाल से पूछा, ''क्यों सेठ,रबड़ी बनाए हो कि नहीं?...ठीक है, दो जगह दो पाव भर।'' तभी उनकी नज़र मुझ पर पड़ी, ''अरे जगन्नाथ बउआ तुम भी यहाँ हो, सुनो तीन जगह लगाना रबड़ी।'' मैंने सिर हिलाते हुए कहा, ''मास्साब, मैंने अभी-अभी लड्डू खाए हैं। अब मिठाई नहीं खा पाऊँगा।'' उन्होंने बैंच पर जनक सहित विराजमान होते हुए नाखुशी जताई, ''क्या बात करते हो जी, दो ठो लड्डू से ही तुम्हारा पेट भर गया। हमारा जनक तो पाव भर रबड़ी के बाद भी चार-छह लड्डू सटक लेता है।'' मैंने जल्दी से अपना सौदा लिया और वहाँ से खिसक लिया।

~

अच्छा ही हुआ कि उस शाम मैं सुमन के घर नहीं गया। उस रोज़ देर शाम को ओवरसीयर साहब क्लब के बार से निकले और जीप में बैठकर सीधे बायलोजी टीचर के ब्लॉक पहुँच गए। जीप से उतरे तो बाहर चारपाई पर बैठे लोगों ने देखा कि उनके हाथ में शिकार वाली बंदूक थी। पहले मास्साब का दरवाज़ा खटखटाया फिर देखा कि ताला बंद था। मुड़ कर जीप की तरफ़ जा रहे थे कि किसी के हँसने की आवाज़ आई और वे बिफ़र उठे, ''कौन हरामज़ादा हँस रहा है, हिम्मत है तो सामने आ। मुझे मालूम है कि इस ब्लॉक के लोग कितने कमीने हैं। पीठ पीछे किसी की बेटी की बदनामी करना कौन-सी बहादुरी है। अरे हिम्मत हो तो सामने आओ। आज इस बात का फ़ैसला हो जाए कि किसने...अपनी माँ का दूध पिया है और किसने...सालों, आज के बाद मेरी लड़की के बारे में गंदी ज़ुबान चलाई तो एक-एक को गोली से उड़ा दूँगा। तुम लोग अभी जानते नहीं हो कि सरदारी लाल किस मिट्टी का बना है।'' आमने-सामने के ब्लॉकों के लोग अपने-अपने क्वार्टरों में जाकर दुबक गए। भड़ाभड़ दरवाज़े बंद होने लगे और देखते-ही-देखते गली में सन्नाटा हो गया। वे कुछ देर तमतमाते हुए बंद दरवाज़ों को देखते रहे फिर आँखों से आग बरसाते हुए जीप में जाकर बैठ गए।

जीप स्टार्ट होने की आवाज़ सुनने के कोई दस मिनट बाद ब्लॉक का पहला दरवाज़ा खुला। डरते-डरते एक आदमी बाहर निकला और ज़ोर से चिल्लाया, ''आ जाओ सब लोग। वह चला गया।'' दोनों ब्लॉकों के लोग इकट्ठे हुए। भय विदा हुआ तो आक्रोश पैदा हुआ। एक प्रतिनिधिमंडल रात में ही सिक्योरिटी ऑफ़िसर के घर गया और पूरी घटना सुनाकर सुरक्षा की माँग की। सिक्योरिटी ऑफ़िसर ने भी बायलोजी टीचर और सुमन के बारे में उड़ाई गईं अफ़वाहें सुनी थीं। उसकी सहानुभूति अपने साथी अफ़सर के साथ थी लेकिन एक ज़िम्मेदार आदमी से ऐसी गैरज़िम्मेदाराना हरकत की उम्मीद नहीं थी। उसने पहले तो ब्लॉक वालों को जम कर झाड़ा कि तुम लोग जब मन आए जिसकी फ़ैमली को बदनाम किया करते हो। कभी यह ख़याल नहीं आता कि अगले को कितना बुरा लगता

होगा। उनकी लड़की मास्टर के यहाँ ट्यूशन पढ़ने जाती थी तो तुम लोगों को किस बात की तकलीफ़ हो रही थी। कल को तो स्कूल जाने वाली लड़कियों को भी बुरा-भला कहने लगोगे। यह सुनकर उनके मुँह उतर गए। कसमें खाने लगे कि हमने तो कुछ कहा ही नहीं है। ये अफ़वाहें तो स्कूल से उड़ती हैं। खैर, उनसे लिखकर देने के लिए कहा गया। वे बहुत देर तक बाहर जाकर आपस में विचार-विमर्श करते रहे मगर लिखकर रिपोर्ट करने पर सहमति नहीं बन पाई। कारण, उस पर दस्तखत करते तो इनक्वायरी में उन्हीं चार को गवाही देने जाना पड़ता। इसलिए तै किया गया कि रिपोर्ट अगर दी जाएगी तो दोनों ब्लॉकों के लोग दस्तखत करेंगे। इसका फ़ैसला करने के लिए वह प्रतिनिधिमंडल बिना लिखित रिपोर्ट दिये वापिस लौट गया।

अगले दिन सुबह ही पूरी एस्टेट में यह बात फैल गई। लोग अपनी तरफ़ से भी कुछ-न-कुछ नमक-मिर्च लगा-लगा कर एक-दूसरे को यह रोमांचक किस्सा सुनाते रहे। ज़ाहिर था कि इस घटना की गूँज फ़ैक्ट्री में भी सुनाई देती। जी.एम. ने सिक्योरिटी ऑफ़िसर को तलब किया। उनसे पूरी कहानी सुनी फिर वर्कर्स कमेटी की मीटिंग बुलाकर इस संबंध में कुछ फ़ैसले लिए गए। एक तो यह कि अगर उस ब्लॉक में रहने वाले कर्मचारी लिखित रूप से रिपोर्ट दें तो इस घटना की जाँच डी.जी.एम. स्तर के अधिकारी को सौंपी जाए। दूसरा, बायलोजी टीचर का क्वार्टर बदलने का आदेश तत्काल जारी किया जाए। तीसरा स्कूल के प्रिंसिपल को निर्देशित किया गया कि फ़ैक्ट्री स्कूल के अध्यापक नियमानुसार प्राइवेट ट्यूशन नहीं पढ़ा सकते। इस नियम का उल्लंघन करने वाले अध्यापकों के विरुद्ध अनुशासनात्मक कार्रवाई की जाए। यह भी कि प्रशासनिक स्तर पर ओवरसीयर को बुलाकर चेतावनी दी जाए। यह सब शाम होते-होते पूरे एस्टेट को मालूम पड़ गया।

मैंने सुबह ही इस कांड की चर्चा सुन ली थी। जाने क्यों मन में यह बात बार-बार आ रही थी कि अगर मैं कल शाम को सुमन के यहाँ चला जाता तो शायद उसके पापा क्लब जाने की बजाय घर पर ही रहते और वह बवाल शायद टल जाता। लेकिन होनी को कुछ और ही मंजूर था, अपनी माँ से बीसियों बार सुना गया यह जुमला मैंने मन में दोहराया। मुझे सुमन के लिए दुख हो रहा था, मुझे बायलोजी सर के लिए भी कम दुख न था। दोनों मुझे अच्छे लगते थे लेकिन यह बेरहम दुनिया उनके पवित्र रिश्ते को हमेशा की तरह शक की नज़र से देख रही थी। मनोरथ नगर के ज़्यादातर लोग पोंगापंथी और घोर रुढ़िवादी थे। एक बार तो भावना में बहकर मैंने मन-ही-मन सोचा कि ओवरसीयर साहब ने जो किया वो ठीक ही किया। ऐसे लोगों को सबक सिखाना ही चाहिए था। अब देखते हैं कि कौन ऐसी अफ़वाहें उड़ाता है।

उस रोज़ धड़कते हुए दिल से स्कूल में प्रवेश किया। प्रेयर में देखा कि न तो शिक्षकों की कतार में बायलोजी मास्साब थे न ही सुमन दसवीं क्लास की लड़कियों में थी। बाकी

सब कुछ यथावत या कहिये यंत्रवत हो रहा था—'वह शक्ति हमें दो दयानिधे, कर्तव्य मार्ग पर डट जाएँ'...प्रिंसिपल महोदय द्वारा अखबार से प्रमुख समाचारों का वाचन, कुछ आवश्यक घोषणाएँ आदि मगर मैं जानता था कि वहाँ खड़ी अध्यापकों और पंक्तिबद्ध छात्रों की असेंबली में प्रत्येक के मन में कोई और ही प्रमुख समाचार गूँज रहा है। काश, प्रिंसिपल साहब उसके बारे में कुछ कहते और सबको आश्वस्त करते कि जो हुआ है उसका स्कूल पर कोई असर नहीं पड़ेगा। हाँ वातावरण असामान्य रूप से गंभीर था और क्षण-प्रतिक्षण भारी होता जा रहा था। राम-राम करके प्रेयर असेंबली समाप्त हुई और हम लोग कक्षा में आए। पहला पीरियड हिन्दी वाली बहनजी का था, वे तुरंत आ जाती थीं मगर उस दिन आधे से ज़्यादा पीरियड यूँ ही गुज़र गया तो सिर्फ़ हाज़िरी लेने के लिए आईं और उल्टे पाँव लौट गईं। यही हाल अन्य पीरियडों का भी रहा। सारे टीचर्स स्टाफ़रूम में जमे सारा दिन बहस करते रहे। शायद बाहर से आए टीचर्स में इस घटना को लेकर असुरक्षा का भाव गहरे पैठ गया होगा।

टीचर्स पढ़ाने नहीं आए या हाज़िरी लगाकर चले गए तो लड़के और लड़कियाँ अपने-अपने समूहों में बैठकर सारा दिन इस प्रकरण पर बेलगाम चर्चा करते रहे। हर क्लास में कुछ खुराफाती किस्म के दुष्ट लड़के होते हैं। हमारी क्लास में भी थे। वे बायलोजी टीचर और सुमन को लेकर बेहद गंदी-गंदी बातें कर रहे थे। एक लड़का जो उस ब्लॉक के नज़दीक रहता था कसम खाने को तैयार था कि उसने चुपके से खिड़की से झाँक कर अपनी आँखों से देखा था कि बायलोजी वाले सर सुमन की चुम्मी ले रहे थे। दूसरा लड़का बोला, "अरे ये तो कुछ भी नहीं। फ़िज़िक्स वाले मास्साब उससे भी बड़े हरामी हैं। उर्मिला उनके घर ट्यूशन पढ़ने के बहाने जाती है तो मौका पाते ही कमरा बंद करके उसकी खूब बजाते हैं।" लेकिन किसी ने भी भागलपुरी मास्साब का ज़िक्र नहीं छेड़ा जो जनक को रोज़ाना गोपाल हलवाई के यहाँ रबड़ी-मलाई खिलाते थे। जनक दिन-रात उनके यहाँ ही पड़ा रहता था। कक्षा नौ बी में एक बहुत ही शैतान लड़का था—संतोष। उसने एक नया रहस्योद्घाटन किया कि कक्षा आठ ए की लड़की प्रभजोत कौर का चक्कर पी.टी.आई. मास्साब से चल रहा है। संतोष खुद उस लड़की पर लट्टू था और अक्सर उसे लेकर डींग हाँकता रहता था। मेरा मन लड़कों की इन बेपर की बातों से खट्टा होता गया मगर मजबूरी थी प्रतिवाद नहीं कर सकता था। मुझे डर था कि अगर सुमन या बायलोजी के सर का पक्ष लूँगा तो सब मेरी ही खिंचाई पर उतर आएँगे। अपनी इस बेकसी से मुझे अनुभव हुआ कि ओवरसीयर साहब ने झोंक में आकर कितनी बड़ी गलती कर डाली है। जो भी हो इस अप्रत्याशित कांड से मैं बेवजह सहम सा गया था। पिछला दिन जितना शानदार था यह दिन उतना ही खोटा। स्कूल में सारा दिन मानो मातम-सा पसरा रहा।

अगले ही दिन बायलोजी टीचर अपने नए क्वार्टर में शिफ़्ट हो गए और स्कूल आने लगे लेकिन सुमन जब लगातार तीन दिनों तक नहीं आई तो दसवीं क्लास के छात्र-छात्राओं

ने आपस में बैठकर तय किया कि उसके घर चला जाए और स्कूल आने के लिए मनाया जाए। बोर्ड की परीक्षा में बैठने वाला यह स्कूल का पहला बैच था और इसे सम्मानजनक रिज़ल्ट दिलाने के लिए सभी अध्यापकों ने कमर कसी हुई थी। पढ़ाई और सांस्कृतिक गतिविधियों में सुमन काफ़ी आगे चल रही थी। दसवीं क्लास का मॉनीटर गिरीश लड़कों में सबसे आगे था। खेलकूद प्रतियोगिताओं में उसका जलवा देखते ही बनता था। सबसे बड़ी बात तो यह कि वह वाइस प्रिंसिपल का नूरेचश्म था जो कि बहुत ही सख्त किस्म के मगर बेहद सम्मानित अध्यापक थे। गिरीश उन्हीं की तरह खूब लंबा और सुदर्शन था। निहायत सीधा-सादा। वह अपने अत्यंत अनुशासन प्रिय पिता की वजह से अक्सर कुछ दबा-दबा सा रहता था। उसके नेतृत्व में चार लोगों का (दो लड़के और दो लड़कियों का) एक दल शाम को सुमन के घर गया। उन्हें देखकर सुमन रो पड़ी। उसके मम्मी-पापा भी बहुत दुखी थे। खैर अंततोगत्वा सुमन को स्कूल आने के लिए मनाने में उसके सहपाठियों को सफलता मिली। उनके इस प्रयास की पूरे स्कूल ने सराहना की। छात्रों के उस प्रतिनिधिमंडल के लड़के-लड़कियाँ अक्सर सुमन के घर जाने लगे। खास तौर पर गिरीश, क्योंकि वह बैडमिंटन का अच्छा खिलाड़ी था। उधर सुमन की दोनों ट्यूशंस छूट गई थीं ऐसे में गिरीश उसके साथ बैठकर पढ़ाई में भी मदद करने लगा।

उसके बाद पूरा मनोरथ नगर जैसे इस प्रकरण को भुलाने में प्राणपण से जुट गया। जहाँ तक बंदूक वाले प्रहसन का सवाल था न तो उस ब्लॉक के रहवासी लिखित में रिपोर्ट देने को तैयार हुए, न ही फ़ैक्ट्री प्रशासन को किसी जाँच की ज़रूरत महसूस हुई। सरदारी लाल जी ने बड़े साहब के सामने जाकर अपने असंयमित आचरण के लिए माफ़ी माँगी और बताया कि उनके पास चिड़ियों का शिकार करने वाली एयर गन थी जो किसी भी सूरत में खतरनाक नहीं कही जा सकती। उन्होंने तो महज़ डराने के लिए गन निकाली थी। एक बाप अपनी मासूम बेटी की झूठी बदनामी से दुखी होकर कम-से-कम इतना तो कर ही सकता है। चूँकि बड़े साहब खुद तीन बेटियों के बाप थे इसलिए उनके तर्क को सहज ही स्वीकार कर लिया गया और फिर मामले को दफ़न होने में ज़्यादा देर नहीं लगी। हाँ, जी.एम. ने उनसे यह ज़रूर कहा कि कुछ ऐसा सोशल वर्क करो जिससे तुम्हारी छवि सुधरे और लोग तुम्हें एक भला आदमी समझें।

ओवरसीयर साहब सोच में डूब गए कि कौन-सा सोशल वर्क किया जाए कि लोगों के मन से उनकी खौफ़नाक तस्वीर हटाई जा सके। बहुत से आइडियाज़ आए मगर जँचा एक भी नहीं। फिर एक दिन गिरीश ने उन्हें एकदम नया और खांटी आइडिया सुझाया जो उन्हें तुरंत जँच गया। उन्होंने उसकी खूब पीठ ठोंकी। दरअसल ओवरसीयर के बंगले में बना खूबसूरत बैडमिंटन कोर्ट उनके, सुमन के और आस-पास के कुछ गिनेचुने लोगों के अभ्यास तक ही सीमित था। जबकि उसका रखरखाव एम.ई.एस. के संसाधनों के कारण एकदम अव्वल दर्जे का था। जब गिरीश ने उन्हें 'ऑल एस्टेट बैडमिंटन चैंपियनशिप

कॉन्टेस्ट' आयोजित करने का सुझाव दिया तो उन्होंने तुरंत स्वीकार कर लिया। दो-तीन बैठकें करके पूरा प्लान बनाया गया जो कि लिखित रूप से लेबर वेलफ़ेयर ऑफ़िसर के माध्यम से फ़ैक्ट्री प्रशासन को मंजूरी के लिए भेजा गया। इस आयोजन की भनक लगते ही फ़ैक्ट्री के ज़्यादातर युवा अधिकारी, उनकी पत्नियाँ, बड़े अधिकारियों के पुत्र और पुत्रियाँ उत्साह से भर गए। प्रस्ताव देखकर जी.एम. महोदय समझ गए कि सरदारी लाल ने उनकी नेक सलाह को गंभीरता से लिया है। अधिकारियों और कर्मचारियों की एक आयोजन समिति बनाई गई और ज़ोर-शोर से टूर्नामेंट की तैयारी होने लगीं। डबल्स और सिंगल्स के विजेताओं के लिए भव्य रनिंग ट्रॉफ़ियाँ और बहुत से प्रोत्साहन पुरस्कारों की घोषणा ने एस्टेट के खेल प्रेमियों में हलचल मचा दी। नतीजा यह कि पचास से अधिक नामांकन आ गए और एक अतिरिक्त कोर्ट बनाना पड़ा। प्रतियोगिता के विभिन्न चरणों के लिए पंद्रह दिनों का कार्यक्रम बना। स्कूल के खेलकूद वाले छात्रों और आर्टीजन ट्रेनीज़ से एक दर्जन वालंटियर चुने गए। एम.ई.एस. के इलेक्ट्रीशियनों ने बैडमिंटन कोर्ट ही नहीं ओवरसीयर साहब के बंगले को भी रौशनी और जगमगाहट से ऐसा भर दिया कि आँखें चौंधियाने लगीं।

उन दिनों आजकल जैसे तन दिखाऊ डिज़ायनर खेल के कपड़ों का रिवाज़ तो नहीं था मगर बैडमिंटन जैसे गेम को अक्सर शॉर्ट्स और टी-शर्ट पहनकर खेला जाता था। पुरुषों को तो इसमें कोई दिक्कत नहीं थी मगर मनोरथ नगर की महिलाओं और लड़कियों के लिए धर्मसंकट ज़रूर पैदा हुआ। ज़्यादातर अफ़सर-पत्नियाँ सलवार-कमीज़ धारण करके रणभूमि में उतरीं। इनको रास्ता दिखाया सुमन और डी.जी.एम. की सुपुत्री लतिका ने। वे पुरुषों की तरह ही शॉर्ट्स और टी-शर्ट पहन कर खेलीं और अपने-अपने प्रारंभिक मुकाबले बड़ी आसानी से जीत लिए। अन्य महिला प्रतिभागियों पर इसका फौरी असर पड़ा। एस्टेट के दर्ज़ी को कई जोड़े शॉर्ट्स रातोंरात सिलने पड़े। यह बात और थी कि ज़्यादातर मेक-इन-मनोरथ नगर खेल के निक्कर घुटनों के नीचे तक आते थे। जो भी हो एक तो रात्रिकालीन जगमगाता हुआ स्फूर्तिमय टूर्नामेंट और फुर्तीली खिलाड़ियों की रह-रह कर बिजली की तरह कौंधती झलकियाँ मनोरथ नगर में ऐसा जलवेदार और ललकाऊ आयोजन पहले कभी नहीं हुआ था। बड़ी संख्या में दर्शक प्रतियोगिताएँ देखने के लिए जुटते थे और शटल-कॉक (चिड़िया) के ज़मीन पर गिरते ही तालियाँ बजाने लगते थे। एस्टेट के बच्चों में सहसा बैडमिंटन का ऐसा क्रेज़ पैदा हुआ कि धींगरा ब्रदर्स के यहाँ उपलब्ध रैकेट और कॉक का स्टॉक हाथों-हाथ बिक गया और दो-तीन खेपें और मँगानी पड़ीं। ब्लॉक-दर-ब्लॉक बैडमिंटन के कोर्ट बन गए और मिनी प्रतियोगिताएँ होने लगीं। इस टूर्नामेंट के दौरान गिरीश स्कूल के बाद घर आकर हाथ-मुँह धोकर कपड़े बदलता और तुरंत सुमन के घर पहुँच जाता। सारी व्यवस्थाएँ जैसे उसी के ज़िम्मे थीं। खेल खत्म होने के बाद सारा ताम-झाम समेटवा कर देर रात लौटता।

आयोजन में जुटे रहने के बावजूद गिरीश अपने बेहतरीन खेल के दम पर आसानी से

क्वार्टर फ़ाइनल तक पहुँच गया। डबल्स में वह ओवरसीयर साहब के साथ था तो मिक्स्ड डबल्स में सुमन के साथ। यूँ तो प्रतिभागियों में अफ़सरों की भरमार थी मगर शर्मा ब्रदर्स के सामने कोई टिक नहीं पा रहा था। उनमें एक भाई डी.जी.एम. का पी.ए. था और दूसरा फ़ैक्ट्री अस्पताल में कंपाउंडर। कंपाउंडर ने जब एक क्रिश्चियन नर्स से प्रेम विवाह किया तो एस्टेट में भूचाल-सा आ गया था। लेकिन दुल्हिन ने आर्य समाज के सौजन्य से हिन्दू धर्म अपना लिया तो सबका मुँह बंद हो गया। मन-ही-मन चाहे जो भी सोचते रहे हों। बैडमिंटन टूर्नामेंट ने शर्मा बंधुओं के एक निहायत आकर्षक अवतार को सामने आने का मौका दिया। बहरहाल बड़े भाई ने सेमी फ़ाइनल में गिरीश को बाहर कर दिया। जैसी कि उम्मीद की जा रही थी सिंगल्स का फ़ाइनल मैच शर्मा बंधुओं के बीच ही हुआ और अत्यंत संघर्षपूर्ण मुकाबले में छोटे भाई ने चैंपियनशिप जीत ली। डबल्स में वही दोनों विजयी रहे मगर मिक्स्ड डबल्स में गिरीश और सुमन की जोड़ी ने कंपाउंडर और नर्स को हरा कर ज़बरदस्त वाहवाही हासिल की। बड़ी धूमधाम से पुरस्कार वितरण समारोह हुआ और खूब फ़ोटो खिंचे।

कहने की ज़रूरत नहीं कि इस दौरान गिरीश और सुमन बहुत नज़दीक आ गए। ओवरसीयर परिवार उसे अपने बेटे की तरह मानने लगा। गिरीश खेल में ही नहीं पढ़ाई में भी बहुत होशियार था। वाइस प्रिंसिपल साहब यूँ तो अंग्रेज़ी के अध्यापक थे मगर उसकी पढ़ाई पर नज़र रखते थे। अब चूँकि सुमन के दोनों ट्यूशंस छूट गए थे इसलिए गिरीश यदा-कदा उसकी सहायता करने लगा। सुमन की मम्मी ने एक दिन उनसे कहा कि तुम दोनों रोज़ाना शाम को साथ पढ़ा करो। कभी गिरीश उनके यहाँ आ जाए तो कभी सुमन उसके यहाँ चली जाया करे। यह सुनकर पता नहीं गिरीश को खुशी हुई या नहीं मगर अपने पिताजी का सख्त चेहरा ज़रूर उसकी आँखों के सामने आ गया और वह यकायक सहम गया। बड़ी मुश्किल से मरी हुई आवाज़ में बोला कि घर में पूछकर बताऊँगा।

~

अब एस्टेट वासियों को एक नया प्रेम-प्रसंग चर्चा के लिए मिल गया। चूँकि वाइस प्रिंसिपल बहुत सख्त और अनुशासन प्रिय वरिष्ठ अध्यापक थे इसलिए कई शैतान किस्म के लड़के उनसे पिट चुके थे। खास तौर पर जब प्रिंसिपल छुट्टी पर होते तो बदमाश लड़कों की मानो शामत आ जाती। उनकी गिद्ध दृष्टि से बचना बहुत मुश्किल होता। यूँ तो उनका खौफ़ ही काफ़ी होता मगर कभी-कभार एक-आध घटना हो ही जाती। मसलन बायलोजी लैब में मेंढक को उबाल कर उसकी हड्डियाँ निकालने वाले प्रैक्टिकल में हमारी क्लास का मनमोहन सुलेखा को एक प्रेम पत्र पकड़ाते हुए पकड़ा गया। हुआ यह कि उस दिन कार्यवाहक प्रिंसिपल होने के नाते वाइस प्रिंसिपल राउंड पर अचानक बायो लैब में आ पहुँचे। उन्होंने चीते की-सी फुर्ती से वह पत्र सुलेखा के हाथ से बरामद कर लिया और वहीं

खड़े होकर सारी क्लास को पढ़कर सुनाया। पत्र के अंत में प्रेमी ने यह दुआ की थी कि इसी तरह मेरी हड्डियाँ तेरी हड्डियों में मिलें। उस दिन उन्होंने ऑफ़िस में बुलाकर मनमोहन की हड्डियों को तोड़ने में अपनी तरफ़ से कोई कसर नहीं छोड़ी। उसके माँ-बाप बहुत नाराज़ हुए होंगे मगर ऐसे पक्के सबूत के होते हुए मुँह बंद रखने को मजबूर थे। इस तरह के कई अभिभावक थे जो उनसे खार खाए बैठे थे। अब गिरीश की सुमन से बढ़ती नज़दीकियों की चर्चा से उन्हें अपना हिसाब चुकता करने का स्वर्णिम अवसर मिला तो बात का बतंगड़ बनते देर नहीं लगी। इस घटनाक्रम से फ़िज़िक्स वाले मास्साब को खुशी और गम दोनों साथ-साथ मिले। खुशी तो यह कि बायलोजी टीचर का पत्ता कटा और गम यह कि एक नया आशिक पैदा हो गया। उनकी समझ में नहीं आ रहा था कि इस सांस्कृतिक प्रदूषण को कैसे रोकें। कौन-सी रणनीति अपनाएँ जिससे ओवरसीयर परिवार की अहंमन्यता का तोड़ निकाला जा सके। उनकी ट्यूशन जिस तरह छुड़ाई गई उसका उन्हें बहुत मलाल था। संयोग से जल्दी ही एक सुअवसर आ पहुँचा।

उन्हीं दिनों ज़िला विद्यालय निरीक्षक कार्यालय से अंतर्विद्यालयी ज़िला स्तर की सांस्कृतिक प्रतियोगिताओं की सूचना और आमंत्रण का पत्र आ गया। हिन्दी शिक्षिका बहनजी को एकांकी प्रतियोगिता और फ़िज़िक्स वाले मास्साब को वाद-विवाद प्रतियोगिता की तैयारी कराने की ज़िम्मेदारियाँ सौंपी गईं। संगीत टीचर तो था नहीं, अत: स्कूल के समारोहों में गाहे-बगाहे गाना सुनाने वाले पी.टी.आई. महोदय को गायन के लिए उपयुक्त प्रतियोगी के चयन का दायित्व मिला। सबसे पहले एकांकी का चुनाव हुआ। रामकुमार वर्मा के एक एकांकी को स्वीकृति मिली और भूमिकाओं के लिए पात्रों का चयन होने लगा। बीसियों के ऑडीशन के बाद नायक और नायिका के रूप में गिरीश और सुमन सर्वसम्मति से चुने गए। बाद में अन्य पात्र भी। वाद-विवाद में मैं और उर्मिला चयनित हुए। गायन में जैसा कि लोगों का अनुमान था बीसियों प्रतिभागियों के बीच प्रभजोत कौर चुनी गई। पंद्रह दिन का समय था तैयारी के लिए। स्कूल की छुट्टी के बाद रोज़ाना रिहर्सल और अभ्यास का सिलसिला चल निकला। वाद-विवाद का विषय था—क्या भारत को अपनी सुरक्षा के लिए परमाणु बम बनाना चाहिए? संघ की विचारधारा वाले फ़िज़िक्स मास्साब ने पक्ष और विपक्ष के भाषण लिखवा दिये थे। मुझे पक्ष में बोलना था। हमारे अभ्यास में अधिक समय नहीं लगता था इसलिए मैं एकांकी की रिहर्सल देखने पहुँच जाता था। उसमें रोज़ाना कुछ दिलचस्प नज़ारे देखने को मिलते थे। रिहर्सल के पहले ही दिन यह लगने लगा कि सचमुच गिरीश और सुमन के बीच कुछ-न-कुछ चल रहा है। वहाँ मेरी नियमित उपस्थिति को देखते हुए बहन जी ने प्रॉम्पटिंग की ज़िम्मेदारी मुझे पकड़ा दी।

एक दिन फ़िज़िक्स के सर भी एकांकी की रिहर्सल देखने चले आए। तब तक लगभग सभी स्वरूप कथा की आंतरिक लय पकड़ चुके थे। खास तौर से दोनों प्रमुख पात्र—उन दोनों की आपसी कैमिस्ट्री देखते ही बनती थी। मास्साब तो पहले ही खार खाए

बैठे थे। इस युगलबंदी को देखकर पूरी तरह जल-भुन गए होंगे। अगले दिन प्रिंसिपल के छुट्टी पर होने के कारण वाइस प्रिंसिपल उनके ऑफ़िस में बैठे थे। मौका देख फ़िज़िक्स के टीचर उनके पास पहुँच गए और बहुत देर तक उनके कान भरते रहे। उन्हें वहाँ बैठे देखकर स्टाफ़ को पहले ही शक हो गया कि कोई गुल खिलने वाला है। बाद में उन लोगों ने हिन्दी वाली बहन जी को बता भी दिया।

उस दिन छुट्टी के बाद जैसे ही रिहर्सल शुरू हुई वाइस प्रिंसिपल तमतमाते हुए वहाँ आ पहुँचे और बहन जी से बोले, "देखिये गिरीश इस एकांकी में काम नहीं कर पाएगा। आप इस रोल के लिए किसी और को ले लीजिये। इसकी पढ़ाई का पहले ही बहुत नुकसान हो चुका है।" उनकी बात सुनकर बहनजी हतप्रभ रह गईं। वह कुछ कह पातीं इससे पहले ही वाइस प्रिंसिपल अपने बेटे को हाथ पकड़ कर लगभग घसीटते हुए वहाँ से ले गए।

दूसरे दिन स्कूल में अफ़वाहों का बाज़ार गर्म रहा क्योंकि गिरीश गैरहाज़िर था। प्रिंसिपल ऑफ़िस में बहनजी को बुलाकर कह दिया गया कि एकांकी में नायक की भूमिका के लिए गिरीश का स्थानापन्न तलाश लिया जाए। बहनजी ने दुखी होकर कहा, "सर, हमने बड़ी मेहनत की है इस प्ले पर। पूरी उम्मीद है कि हमारा स्कूल बेस्ट प्ले की ट्रॉफ़ी लेकर आएगा। गिरीश इसमें मेन रोल कर रहा है। अब इतने शॉर्ट नोटिस पर उसका रिप्लेसमेंट ले भी लें तो वह ठीक से तैयार नहीं हो पाएगा। प्लीज़, इस स्टेज पर उसे बाहर मत कीजिए!... यह रिहर्सल मेरी निगरानी में हो रही है, मैं सब लड़के-लड़कियों के कंडक्ट की ज़िम्मेदारी लेती हूँ। और आपसे क्या कहूँ।" लेकिन वाइस प्रिंसिपल अपनी गुस्सैल ज़िद पर अड़े रहे। उन्होंने गिरीश के लिए साफ़ मना कर दिया और बहनजी से यहाँ तक कह गए कि अब मेरा मुँह ज़्यादा न खुलवाइये।

बहनजी गुस्से में पाँव पटकती हुई गई थीं और आधे घंटे बाद मुँह लटकाए हुए लौटीं। वे एक बड़े शहर से आई थीं—महज़ एक नाटक में हीरो-हीरोइन की भूमिकाएँ करने से कौन-सा आसमान टूट कर गिरा जा रहा है,यह उनकी समझ से बाहर था। नाट्य दल के नौसिखिया कलाकार उन्हें घेर कर खड़े हो गए, "बहन जी अब क्या होगा? क्या नाटक कैंसिल हो जाएगा?"

"अब होगा मेरा सिर! जाकर उन दोनों से ही क्यों नहीं पूछते। अपना गिरीश तो एकदम गऊ है, सुना है वाइस प्रिंसिपल ने उसे डंडे से पीटा है। उसने ऐसा कौन-सा गुनाह कर दिया कि अगिया बैताल हुए बैठे हैं। अब कह रहे हैं कि यह रोल किसी और को दे दो। मैंने कहा कि यह डॉ. रामकुमार वर्मा का एकांकी है कोई मज़ाक नहीं। यहाँ के लड़के ठीक से हिन्दी नहीं बोल पाते, इंगे-किंगे करते हैं, संवाद क्या बोलेंगे। तो प्रिंसिपल कहने लगे कि ऐसी बात नहीं है बहनजी, वो एक लड़का है जो डिबेट के लिए चुना गया है बहुत अच्छी हिन्दी बोलता है। उसने कवि सम्मेलन में स्वरचित कविता सुनाई थी, उसको

ले लीजिए अपने नाटक में। हो सकता है कि गिरीश से भी बेहतर कर ले जाए। मैंने कहा सर, वह सुमन के मुकाबले छोटा लगेगा। तो बोले कि इट इज़ जस्ट ए वन एक्ट प्ले। कोई फ़िल्म थोड़े ही बनानी है।''

मैं पास ही खड़ा था। यह सुनकर एकदम हक्का-बक्का रह गया। मेरे कान शर्म से लाल हो गए। मन कर रहा था कि वहाँ से भाग खड़ा होऊँ। कभी स्वप्न में भी नहीं सोच सकता था कि नायक का रोल मुझे करना पड़ेगा, वह भी सुमन जैसी परी चेहरा के अपोज़िट। एकाएक कुछ लड़कों ने मेरी पीठ ठोकनी शुरू कर दी और कुछ गले में हाथ डाल कर लटकने लगे। मैं गिरते-गिरते बचा। सहसा बहन जी मेरी ओर देखकर मुस्कुराईं और सुमन से हँसते हुए बोलीं, ''देख लो, कैसे शर्मा रहा है तुम्हारा हीरो! मैंने प्रिंसिपल से कहा कि सर, वह छोटा है, हाइट भी एकाध इंच कम ही होगी, बहुत दुबला-पतला है, कैसे जँचेगा तो बोले, 'अरे ज़्यादा फ़र्क नहीं है, कोट-पैंट-टाई में खासा ग्रोनअप लगने लगेगा। रही-सही कसर मेकअप से पूरी हो जाएगी। ज़रूरी थोड़े ही है कि हीरो छह फुट का ही हो। बल्कि गिरीश तो सुमन के मुकाबले कुछ ज़्यादा ही लंबा लगता है'।''

बहरहाल मुझे तत्काल रिहर्सल में उतार लिया गया। मैं चूँकि शुरू से ही प्रॉम्पटिंग करता आ रहा था, इसलिए नायक के ही नहीं ज़्यादातर पात्रों के संवाद मुझे कंठस्थ थे। रोज़ देखते-सुनते कलाकारों के मूवमेंट, टाइमिंग और स्वर के आरोह-अवरोह भी अपलोड हो गए थे। इसके बावजूद यह बड़ा सच था कि सुमन के साथ जोड़ी कतई बेमेल थी। वह भले ही दसवीं की छात्रा रही हो मगर अपने पूरी तरह खिले हुए व्यक्तित्व की वजह से हम सभी से बहुत सीनियर और बड़ी लगती थी। मरता क्या न करता। उधर हास्यास्पद दिखने का भय मुझे खाए जा रहा था। झल्लाकर मैंने मन-ही-मन निश्चय किया कि अगर इस भूमिका को करना है तो हीन ग्रंथि को निकाल फेंकना होगा। चलो बड़े होने का ही स्वांग रचाया जाए। अंततोगत्वा मैं मानसिक रूप से कमर कस के मैदान में उतर गया। नतीजतन पहली ही रिहर्सल में मेरी सधी हुई संवाद अदायगी और मुखर देह भाषा ने यकायक सबको स्तब्ध कर दिया। एक्ट पूरा होते ही तालियाँ बज उठीं। मुझे लगा कि जैसे अचानक मेरा कद बढ़ गया हो। बहनजी ने जैसे राहत की साँस ली और मुझसे बोलीं, ''लगता है इसे कर लोगे तुम।'' सुमन ने तो मुझे खींचकर गले से लगा लिया और हँसते हुए बोली, ''हाय रे, मेरा छोटा-सा बलमा! मगर एक्टिंग देखो इनकी, एकदम गज़ब। अरे भैया, तुम तो छुपे रुस्तम निकले।'' वह जाने या अनजाने मुझे कुछ देर तक अपने बाहुपाश में बाँधे रही। फिर बगल में खड़ा करके ऊँचाई नापने लगी। मैं भले ही इकहरे बदन का था मगर लंबाई कम-से-कम दो इंच ज़्यादा ही निकली। इतनी देर के उसके सामीप्य से मेरा रक्तचाप एकाएक बढ़ गया। ऐसा लग रहा था कि जैसे मेरा शरीर कच्चे घड़े की तरह किसी अंतरंग आंवे की चारों ओर से घेरने वाली गर्मी में पक रहा हो। मेरे घर में इत्र या सेंट का प्रयोग लगभग नहीं के बराबर था। कभी किसी खास मौके पर माँ कांता या वैसा ही कोई सेंट लगाती तो थोड़ा-सा मेरे

कपड़ों से भी छुआ देतीं। सुमन लोग हमसे एक आध दर्जा ऊँचे थे। उनके यहाँ नियमित रूप से परफ़्यूम लगाने का रिवाज रहा होगा। उस घड़ी कोई चुनिंदा भद्रवर्गीय सुगंध उसके मोहक व्यक्तित्व से निसृत होकर मेरे मन-मस्तिष्क और चित्त में प्रविष्ट हो रही थी। मैंने मन-ही-मन कथावाचक मोटे पंडित जी के बहुश्रुत जुमले को दोहराया—प्रभु! तुम्हारी लीला अपरंपार है। इस सोने में यह सुगंध तुम ही उत्पन्न कर सकते हो।

उधर स्टाफ़ रूम की गपशप में भी यह प्रसंग चर्चा का विषय रहा होगा, क्योंकि ज्योग्राफ़ी के सर अचानक रिहर्सल देखने चले आए। वह फ़िज़िक्स के सर के विरोधी खेमे के थे। मगर थे उनसे भी जटिल। देख-दाख कर बहनजी से बोले, "अभी तो इसके दूध के दाँत भी नहीं टूटे हैं और आपने इसे सुमन जैसी बड़ी लड़की का प्रेमी बना दिया। बात कुछ जमी नहीं।" उनकी यह स्वभावगत उचारी गई वक्रोक्ति मेरे सीने में तीर की तरह चुभी। लगभग आँसू आने को हुए। बहनजी ने रुष्ट स्वर में कहा, "अब इस सोच को क्या कहा जाए। रामलीला की तरह किसी लड़के को रंग-पोत कर नायिका बना दिया जाता तो ठीक रहता। ऐसी घटिया फ़िकरेबाज़ी तो न होती।"

ज्योग्राफ़ी के सर का मुँह उतर गया, बोले, "सॉरी मैडम, वेरी सॉरी, मैं तो परिहास में ऐसा कह गया। कृपया इसे सीरियसली नहीं लें।" और भुनभुनाते हुए वहाँ से चले गए।

घर में बताया तो माँ ने हैरान होकर कहा, "हाय राम! कहाँ तू एकदम सींकिया पहलवान और कहाँ वह घोड़ी। यह जोड़ी तो जमेगी नहीं मगर प्रिंसिपल कह रहे हैं तो करना तो पड़ेगा ही। तभी कहती हूँ कि कम-से-कम आधा सेर दूध रोज़ पिया कर और पेट भर कर खाना खा। तेरी उम्र के लड़के आराम से छह-सात रोटियाँ खा जाते हैं और तू तो दो रोटियाँ मुश्किल से खाता है। आज से तेरी खुराक डबल कर देती हूँ।" पिताजी हँसने लगे, "यार डिबेट-कविता पाठ तक तो ठीक है मगर नाटक में हीरो की भूमिका के लिए तुम अभी छोटे हो। मेरी समझ में तो इसके लिए मना कर दो और डिबेट की तैयारी में जुट जाओ। यह रोल किसी बड़े लड़के को दिया जाना चाहिए।"

यह सुनते ही माँ का पारा चढ़ गया। उन्होंने डपटकर कहा, "खबरदार जो किसी के कहने से मना किया तो ऐसा मौका क्या हर किसी को मिलता है! उन्होंने तुममें कुछ देखा-सुना होगा तभी तो सिलेक्ट किया है। बड़े होने के लिए क्या सींग और पूँछ होना ज़रूरी है। हाँ कुछ दुबले ज़रूर हो। आज से ही सुबह-शाम दूध पीना शुरू कर दो। मैं तो कहती हूँ कि कम-से-कम दो अंडे रोज़ाना लो।" असल में न तो माँ को पता था न पिताजी को कि मूल प्रकरण क्या है। लेकिन यह निश्चित था कि जल्द ही पता चल जाएगा क्योंकि यह मनोरथ नगर था। यहाँ कोई बात दबी-ढँकी नहीं रह सकती थी।

उस रात सोने को गया तो तकिये पर सिर टिकाते ही खुली आँखों से परी कथाओं

के संसार में पहुँच गया। जाने कब आँख लग गई मगर वही स्वप्न जारी रहा। परियाँ आ रही थीं, परियाँ जा रही थीं मगर एक परी मेरे बिस्तर के पास आकर रुक गई और एकांत होते ही मुझसे लिपट कर साथ ही सो गई। सोते हुए भी मुझे बराबर यह अनुभूति होती रही कि मुझे एक मीठा-मीठा ज्वर चढ़ रहा है। धीरे-धीरे बदन तपने लगा। ऐसा पहली बार हुआ कि गहरी नींद सोते हुए अचानक मेरी आँख खुली। मैं पसीने से तर-बतर था और वह परी जा चुकी थी।

~

बायलोजी की क्लास चल रही थी। मेंढक का श्वसन तंत्र पढ़ाया जा रहा था कि 'मे आइ कम इन सर' कहते हुए स्कूल का चपरासी अंदर आया और सर को एक स्लिप पकड़ा कर चला गया। उन्होंने पढ़ा और मुस्कुराते हुए मेरी ओर देखकर कहा, "जाइए, लाइब्रेरी कमेटी किताबें सलेक्ट कर रही है। आपको बुलाया गया है।"

मैंने धीरे से कहा, "सर, क्लास के बाद चला जाऊँगा।" वे फिर से ब्लैक बोर्ड से मुखातिब हो गए। वे स्कूल के सबसे सम्मानित और लोकप्रिय टीचर थे। उनकी छवि किसी नायक जैसी थी। सुमन के पिता के बंदूकवाले प्रसंग के बाद ज़्यादातर लड़के-लड़कियाँ मन-ही-मन उनसे सहानुभूति रखने लगे थे। कुछ जल कुकड़ों को छोड़कर। उनसे विच्छेद के बाद सुमन के गिरीश की ओर झुकाव के बाद तो उन्हें लगभग शहीद का दर्जा हासिल हो गया था। इसके अलावा वे पढ़ाते बहुत अच्छा थे। हम लोग बड़े ध्यान से सुनते और साथ ही नोट्स बनाते जाते। कुछ देर पढ़ाने के बाद अचानक रुककर उन्होंने कहा, "जगन्नाथ, बेहतर होगा कि आप वहाँ पहुँच जाएँ। नहीं तो यह होगा कि हमने रोक लिया। यहाँ के लोग बड़े विचित्र हैं। इस चैप्टर में कोई डिफ़िकल्टी हो तो स्टाफ़ रूम में आकर समझ लेना।" मुझे उठना पड़ा।

लाइब्रेरी हॉल में अलग ही नज़ारा था। हुआ यह था कि दिल्ली के कुछ बड़े प्रकाशकों ने लाइब्रेरी की खरीद के लिए बड़ी संख्या में अपनी-अपनी पुस्तकों के बड़े-बड़े बंडल भेज दिए थे। चूँकि स्कूल में अभी लाइब्रेरियन की नियुक्ति नहीं हो पाई थी इसलिए ज्योग्राफ़ी के सर को यह दायित्व सौंपा गया। जिसके लिए वे कतई इच्छुक नहीं थे। बहुत खींचतान के बाद किसी तरह पुस्तकों के बंडल खुले और बेमन से सूचियाँ बनीं। मैं पहुँचा तो अन्य कमेटी मैंबर अपनी-अपनी सूचियों में पसंद की गईं किताबों पर टिक लगा रहे थे। फ़िज़िक्स के मास्साब ने मुझे सूचियों का एक सेट पकड़ाते हुए धीरे से कहा, "गुरुदत्त बहुत अच्छे लेखक हैं। उनकी सभी किताबें टिक कर देना। मैंने उससे पहले गुरुदत्त का नाम कभी नहीं सुना था। मैं सूची लेकर पढ़ने लगा। दो नाम पहले से ही मेरे मन में थे—प्रेमचंद और शरत्चंद्र। उनकी किताबों को ढूँढ़ना नहीं पड़ा। आसानी से मिल गईं। मैं फटाफट टिक लगाता चला गया। हिन्दी वाली बहनजी ने क्लास में एक बार बताया था कि किसी ज़माने

में देवकी नंदन खत्री की रहस्य-रोमांच से भरपूर किताबों को पढ़ने के लिए बड़ी संख्या में लोगों ने हिन्दी सीखी थी। मैंने खत्री जी को ढूँढ़ना शुरू किया तो काफ़ी उलट-पलट के बाद एक प्रकाशक की सूची में उनकी— *चंद्रकांता, चंद्रकांता संतति* और *भूतनाथ* के अनेक भागों के साथ कुछ अन्य किताबें भी दिखाई दीं। मैंने टिक लगाने में देर नहीं की।

इसके बाद खुले बंडलों के पास जाकर मैं किताबें उलट-पलट कर देखने लगा। चतुरसेन शास्त्री और इलाचंद्र जोशी की किताबों के नाम अच्छे लगे। एक किताब के टाइटिल ने मेरा ध्यान खींचा—*गुनाहों का देवता,* मैं आश्चर्य में डूब गया। क्या देवता भी गुनाह करते हैं? मन कर रहा था कि इसको भी टिक कर दूँ मगर संकोच आड़े आ रहा था कि टीचर्स क्या सोचेंगे। लेखक का नाम पढ़ा—धर्मवीर भारती। नाम काफ़ी शरीफ़ किस्म का था इसलिए कुछ आश्वस्त होकर टिक लगा ही दिया। ''अरे वाह,मेरी और तुम्हारी रुचि काफ़ी मिलती-जुलती है। मैंने भी *गुनाहों के देवता* को सलेक्ट किया है।'' मैंने पीछे मुड़कर देखा। मैथ्स वाले सर थे। वे बड़े गौर से मेरी सूची में टिक के चिन्ह देख रहे थे।

कुछ देर बाद धीरे से बोले, ''सुनो एक काम करो यशपाल की किताबों को टिक कर दो। प्रेमचंद के बाद यही सबसे प्रोग्रेसिव राइटर हैं। इनको पढ़कर शायद मनोरथ नगर के मास्टर कुछ सुधर जाएँ...'तीसरी लिस्ट में हैं, विप्लव प्रकाशन की किताबों में।'' बाहर से आए अध्यापकों में वह सबसे अपटूडेट और सबसे रूखे माने जाते थे। अपने काम से काम रखने वाले। स्कूल में किसी को भी घास नहीं डालते थे। नैनीताल के किसी संभ्रांत परिवार से आए थे। रोज़ाना शाम को अपनी सुंदर और कमनीय पत्नी के साथ टहलने निकलते थे तो तमाम निगाहें इस दर्शनीय युगल पर टिकी रह जातीं। एक लंबा चक्कर लगाकर वे पानी की टंकी के पासवाले चौराहे पर संसवीर की पान की दुकान पर खड़े होकर या वहाँ पड़ी रहने वाली बैंच पर बैठकर पेप्सी-कोला पीते। उन दिनों के मनोरथ नगर में यह लगभग अकल्पनीय दृश्य था। उनके इस शौक की काफ़ी दिनों तक पुरुष और महिला चौपालों में आलोचना होती रही। फिर एक-एक करके एस्टेट के अन्य कुछ नवविवाहित दंपतियों ने भी हाथ में हाथ डालकर टहलना और पेप्सी-कोला पीना शुरू कर दिया तो ऐसे लोग वहाँ पेप्सीवाले कहे जाने लगे।

मैंने तुरंत मैथ्स वाले सर की आज्ञा का पालन किया। तीसरी सूची में सबसे आखिर में विप्लव प्रकाशन की किताबें थीं। सबसे खास बात तो यह थी कि उनके मूल्य अन्य प्रकाशनों के मुकाबिले काफ़ी कम थे। कुछ किताबों के शीर्षक ज़ोरदार थे—*गाँधीवाद की शव परीक्षा, तुमने क्यों कहा था कि मैं सुंदर हूँ , झूठा सच* वगैरह। मैंने एक सिरे से जो टिक करना शुरू किया तो करता ही चला गया। उधर फ़िज़िक्स वाले मास्साब नाराज़ हो रहे थे, ''इनमें किसी भी सूची में गुरुदत्त की किताबें नहीं हैं। अरे भई कुछ राष्ट्र निर्माण की प्रेरक पुस्तकें होनी चाहिए कि नहीं? इस तरह तो मैं इस चयन पर हस्ताक्षर नहीं करूँगा।''

दिल्ली से आए प्रकाशकों के प्रतिनिधि उन्हें मनाने में जुट गए। अगले दिन गुरुदत्त का संपूर्ण साहित्य लेकर आने का वादा किया तब जाकर मास्साब का गुस्सा ठंडा हुआ।

नए स्कूल भवन में नई लाइब्रेरी स्थापित होनी थी इसलिए अच्छा-खासा बजट था। दो दर्जन बुक शेल्फ़ आ चुकी थीं और लाइब्रेरी एंड रीडिंग रूम में दीवार से लगी कतार में पुस्तकविहीन खड़ी थीं। जो भी अधिकारी निरीक्षण के लिए आता प्रिंसिपल से किताबों की खरीद की प्रगति की रिपोर्ट ज़रूर तलब करता। उन्होंने चयन के दौरान आकर कमेटी के सदस्यों को हिदायत दी कि किसी भी सूरत में इस महीने के अंत तक किताबें मंगाई जानी हैं। आप लोग शाम तक बजट के लिहाज़ से किताबें पसंद कर लीजिये। फ़िज़िक्स वाले सर ने गुरुदत्त वाला बखेड़ा खड़ा करने की कोशिश की तो प्रिंसिपल बोले—मैंने जी.एम. को लिखकर दिया है कि इस महीने लाइब्रेरी सेटअप हो जाएगी। आपके गुरुदत्त बाद में आते रहेंगे।

पाठ्य और शैक्षणिक पुस्तकों का चयन विषयवार पहले ही किया जा चुका था, क्योंकि इसमें संबंधित अध्यापकों को ही निर्णय लेना था। उस दिन कमेटी के सदस्य देर शाम तक किताबें छाँटते रहे मगर जब टिक की गईं सभी किताबों के मूल्य का कमीशन घटाते हुए रफ़ टोटल लगाया गया तो कुछ रकम बच रही थी। थके-हारे सदस्यों ने नमूने के तौर पर आईं किताबों के ढेर से कुछ और किताबों का चयन करके लिस्ट फ़ाइनल कर दी। बस फ़िज़िक्स वाले मास्साब को चिंता थी कि गुरुदत्त के लिए कुछ राशि बचेगी या नहीं। विक्रेता प्रतिनिधियों ने आश्वस्त किया कि नहीं बचेगी तो भी गुरुदत्त की किताबें वे अपनी ओर से ले आएँगे।

उस दिन पुस्तकों के चयन के बहाने एक और दुनिया के दरवाज़े मेरे लिए खुले। यह किताबों की दुनिया थी। तब मुझे ज़रा भी अंदाज़ा नहीं था कि समिति में होने के नाते आज जिन किताबों को मैं खेल-खेल में टिक कर रहा हूँ वे आने वाले दिनों में उस परिवेश को दरकिनार कर मेरी सोच, समझ और रुचि को नए सिरे से विकसित करेंगी और जीवन की दिशा ही बदल देंगी।

≈

ज़िला स्तर की अंतर्विद्यालयी प्रतियोगिताओं में एकांकी, वाद-विवाद, नृत्य, गायन, वादन और अंत्याक्षरी में स्कूल का प्रतिनिधित्व करने पंद्रह छात्र-छात्राओं का दल दो अध्यापकों—फ़िज़िक्स वाले सर और पी.टी.आई. और एक अध्यापिका—हिन्दी वाली बहनजी के साथ ट्रेन से बेगमाबाद गया। अंत्याक्षरी की टीम में जनक और कक्षा आठ ए की वंदना थे। जनक की अद्‌भुत प्रतिभा का पता चयन के लिए की गई प्रतियोगिता में लगा। उसने एक-एक करके सारे प्रतिद्वंद्वियों को पछाड़ दिया। उसकी स्मृति चमत्कारिक थी क्योंकि उसे लगभग

पूरी *रामचरितमानस* कंठस्थ थी। अभी तक भागलपुरिया मास्साब से नज़दीकियों के कारण वह अक्सर लोगों के उपहास और व्यंग्योक्तियों का शिकार बनता आया था। अंततोगत्वा अंत्याक्षरी प्रतियोगिता के ज़रिये उसे एक सम्मानजनक पहचान मिली। यात्रा के दौरान और बाद में भी वह मेरे साथ ही लगा रहा। चूँकि नाट्य दल में प्रॉम्पटिंग करने वाला लड़का आ नहीं पाया था इसलिए मेरे कहने पर यह दायित्व जनक को सौंप दिया गया। उसने ट्रेन में बैठे-बैठे ही एकांकी को अपनी स्मृति में रचा-बसा लिया। स्कूल के दल में सुमन, उर्मिला और वंदना सहित कुल छह लड़कियाँ थीं जो कि हिन्दी वाली बहनजी के साथ अलग बैठी थीं। ट्रेन चलने के कुछ देर बाद ही टीम इनचार्ज पी.टी. आई. सर ने सबको तीन-तीन दिन का डेली एलाउंस बाँटना शुरू कर दिया। वहाँ रहने के दौरान खाने और नाश्ते आदि के लिए प्रतिदिन दो रुपये के हिसाब से सबको छह-छह रुपये मिल गए। उस सस्ते के ज़माने में यह अच्छी-खासी रकम थी। इस खुशी में गायन प्रतियोगिता वालों ने मौका देखकर आलाप छेड़ दिया। धीरे-धीरे बाकी लोग भी उनके स्वर में स्वर मिलाकर गाने लगे। इस सामूहिक गायन के समांतर अनाहूत ही कुछ जने अपनी नृत्यकला प्रदर्शित करने लगे। डिब्बे में बैठे रेलयात्रियों का भी इससे खूब मनोरंजन हुआ।

बेगमाबाद स्टेशन पर उतरे तो आयोजक, जिन्हें टीम का स्वागत करना था, नदारद थे। कुछ लड़कों ने बैग, सूटकेस और बैडिंग आदि गिन कर एक ओर लगा दिये। तीन दिन, दो रात रुकना था इसलिए काफ़ी असबाब हो गया था। स्टेशन पर बैठने के लिए बैंचें थीं मगर उन पर प्रतीक्षारत यात्री पहले से ही लदे थे। किसी तरह अध्यापक गण और लड़कियों के लिए जगह बनाई गई। लड़के एक गोल घेरा बना कर खड़े हो गए। आँखों ही आँखों में कुछ इशारे हुए और तालियों के बीच संगीत प्रतियोगिता के सरदार कुलदीप सिंह और ज्योतिर्मय बसु ने मौज में आकर गाना और नाचना शुरू कर दिया—हुस्न वाले वफ़ा नहीं करते, ये किसी का भला नहीं करते अहा जी ज़रा हो तो सामना, अरे रे ज़रा दिल को थामना!...धीरे-धीरे कुछ और लड़के भी नाच में शामिल होते गए। बाकी तालियाँ बजा-बजा कर संगत करने लगे। अच्छा-खासा मजमा जुट गया। प्लेटफ़ॉर्म पर ट्रेनों की अंतहीन प्रतीक्षा में ऊबे हुए यात्रियों के चेहरे खिल उठे और वे भी तालियों के साथ लड़कों का उत्साहवर्धन करने लगे। एक नृत्य समाप्त हुआ तो दूसरे के लिए आलाप छिड़ गया लेकिन तभी मेजबान कॉलेज की स्वागत समिति आ गई और एक ट्रक में बैठकर हम श्री सनातन धर्म इंटर कॉलेज के प्रांगण में पहुँच गए। बाहर से आने वाली टीमों के ठहरने की व्यवस्था क्लास रूम्स में की गई थी। हर कमरे में एक बड़ी-सी दरी बिछी थी, उसी पर कम-से-कम छह या आठ लोगों को सोना था। लड़कियों के लिए कॉलेज के नए बने इंटर कक्षाओं के ब्लॉक में व्यवस्था थी। जैसा कि पहले से ही तय था आधे लोग बिस्तर लेकर आए थे जिन्हें कम-से-कम एक पार्टनर के साथ शेयर करना था। गनीमत थी कि अभी हल्की सर्दी वाला मौसम था इसलिए ओढ़ने का ज़्यादा झंझट नहीं था। हद से हद

एक चादर पर्याप्त थी। टीचर्स कॉलेज होस्टल में ठहराए गए थे। अपना सामान रख और बिस्तर बिछा कर हम लोग पार्टनर चुनने लगे। मैंने देखा कि जनक को कोई भी अपने साथ सुलाने के लिए तैयार नहीं था। यूँ तो कारण स्पष्ट था मगर मुझे यह अस्पृश्यता अच्छी नहीं लगी। मैंने प्रतिवाद किया तो सत्यव्रत ने कह दिया, ''तुमको इतनी हमदर्दी है तो क्यों नहीं अपने साथ सुला लेते।'' मैंने ताव में आकर कह दिया, ''ठीक है,जनक मेरे साथ रहेगा। तुम मुकेश को अपने पास बुला लो।'' जनक तुरंत अपना बैग लेकर मेरी रोंएदार दरी पर आ बैठा। इस अप्रत्याशित अदला-बदली से मुकेश कुछ नाराज़ हुआ और पाँव पटकता हुआ सत्यव्रत के पास चला गया।

तभी पी.टी.आई. सर ने आकर कहा, ''आप लोगों के खाने का इंतज़ाम घंटाघर के पास पहलवान ढाबे में किया गया है। वहाँ जाकर अपनी पसंद का खाना ऑर्डर कर सकते हैं। उसी के अनुसार सबको अपना-अपना बिल चुकाना है। आप सब को डेली एलाउंस इसीलिए दिया गया है। चूँकि बल्क में ऑर्डर होगा इसलिए आपको रियायती दर पर खाना मिलेगा।'' इसके बाद हम सब अपने-अपने कमरों में ताला लगाकर बाहर आए तो देखा लड़कियाँ तैयार खड़ी थीं। कपड़े बदल कर और सज-धज कर। हम लोगों ने तो मुँह भी नहीं धोया था। सब कदमताल करते हुए पी.टी.आई. सर के पीछे-पीछे घंटाघर की ओर चल दिए। मन में बड़ा रोमांच और उत्सुकता थी, क्योंकि हममें से ज़्यादातर लोगों के लिए किसी ढाबे में खाने का यह पहला अनुभव होने वाला था। पहलवान ढाबे में एक नहीं कई पहलवान थे। कोई बड़े-बड़े पतीलों के पीछे खड़ा था तो कोई तंदूर में रोटियाँ लगा रहा था। एक काउंटर के पीछे बैठा था। सर और सुमन ने उन लोगों से बात करके मटर पनीर, दाल और तंदूरी रोटियों का ऑर्डर कर दिया। इकट्ठे ऑर्डर की वजह से प्रति व्यक्ति साठ नए पैसे की दर तय हुई। रोटियाँ और दाल चाहे जितनी खाओ लेकिन मटर पनीर की एक ही प्लेट मिलनी थी। खाना सचमुच बहुत स्वादिष्ट था और गर्मागर्म तंदूरी रोटियों का तो क्या कहना!

लौटकर सब लोग अपनी-अपनी रिहर्सलों में व्यस्त हो गए। नाटक की रिहर्सल के बाद मुझे वाद-विवाद प्रतियोगिता की तैयारी के लिए बुला लिया गया, क्योंकि वह उद्‌घाटन समारोह के बाद सबसे पहला आइटम था। जनक और एक लड़की अंत्याक्षरी में जुटे रहे। यह सब होते-होते रात के ग्यारह बज गए। सब लोग इतने थक गए थे कि बिस्तरे पर लेटते ही नींद ने आ घेरा। तकिया एक ही था, मैंने जनक को देना चाहा मगर वह नहीं माना और तह की हुई चादर को सिरहाने लगा कर तुरंत सो गया। किसी अन्य के साथ एक ही बिस्तरे पर सोने का भी यह पहला अनुभव था। इसमें कोई खास परेशानी नहीं नज़र आई। एक तो हमारे बिस्तर के ठीक ऊपर सीलिंग फ़ैन था और कोई अप्रिय गंध भी नहीं थी। जनक ने सिर में नारियल का सादा तेल लगाया होगा, उसकी और उसकी देह से कच्चे दूध की-सी मिलीजुली गंध आ रही थी। पी.टी.आई. सर चेक करने आए और पानी की सुराही और

कुछ गिलास एक टेबल पर रखवा गए। मैं सोचने लगा कि घर से इतनी दूर इस अजनबी जगह पर तीन दिन कैसे बीतेंगे! सहसा पहलवान होटल के दृश्य आँखों के सामने से गुज़रने लगे और जाने कब नींद आ गई।

रात में जाने कब सोते में नींद खुली। सर्दी महसूस हो रही थी। सितंबर का आखिरी सप्ताह था, रातें ठंडी होने लगी थीं। वैसे भी हम पंखे के नीचे थे। दूसरी चादर खोलकर ओढ़ ली और सो गया। धीरे-धीरे ठंडक बढ़ती जा रही थी इसलिए नींद तो नहीं खुली मगर ऐसा लगता रहा कि चादर में कोई दाखिल होकर एकदम लिपट कर सो रहा है। बहुत कोमल और सुखद स्पर्श। जैसे मैं किसी के कोमल आगोश में कैद था। फिर ऐसा लगा जैसे मैंने ही उसे अपनी बाँहों में भर रखा है। यह अजीबोगरीब अनुभव था। पता नहीं स्वप्न ही रहा हो। स्वप्न ही था क्योंकि उस अंधेरे में भी एक परी चेहरा स्पष्ट दिखाई देने लगा था। वह सुमन थी, वही मादक परफ़्यूम, वैसे ही कटीले नैन-नक्श। धनुषाकार ओंठ, नज़दीक आते हुए और फिर उसने मुझे चूम लिया। पहली ही बार ऐसा चुंबन घटित हुआ था, मगर मैं तत्काल इस कला को जान गया और फिर वह सिलसिला नहीं रुका। उधर नींद ने भी हार नहीं मानी और बार-बार सम्मोहित करती रही।

~

वाद-विवाद प्रतियोगिता कॉलेज के 'कृष्णायन' सभागार में होनी थी। जनपद के लगभग दो दर्जन स्कूलों की वक्ता जोड़ियाँ उसमें भाग ले रही थीं। हम पहुँचे तो हॉल खचाखच भर चुका था। मंच पर बीच में एक मेज़ पर संचालक महोदय विराजमान थे। उनके सामने बजर वाली घंटी रखी थी। दोनों ओर भाषण पटल (पोडियम) और उन पर लगे हुए माइक्रोफ़ोन थे। पार्श्व में बड़ा-सा बैनर लहरा रहा था। निर्णायक और प्रतिभागी आगे की पंक्ति में बैठे थे। हमें दूसरी पंक्ति में जगह मिली। वहाँ बैठते ही मेरे शरीर में भय और आतंक की एक मिलीजुली लहर ऊपर से नीचे तक दौड़ गई। मैंने देखा कि सहवक्ता उर्मिला का चेहरा भी सफ़ेद हो गया था। मंच से प्रतियोगिता के नियम बताए जा रहे थे। फिर मूल्यांकन पत्र की संरचना समझाई गई। यह सब देखते-सुनते ही प्रथम वक्ता को बुला लिया गया।

वे दिन पंचशील, विश्व शांति और गुटनिरपेक्षता के खुमार में डूबे रहने के मस्त और अल्हड़ दिन थे। नवोदित भारत के पहले प्रधानमंत्री की छवि शांति के दूत और अहिंसा के पुजारी की बन गई थी। बहुत से लोग इस बात से इत्तेफ़ाक नहीं रखते थे मगर वे भारी बहुमत से चुनाव जीती पार्टी के ही नहीं भारतीय राजनीति के भी शिखर पुरुष थे। ऐसे में क्या भारत को परमाणु बम का निर्माण करना चाहिए?'' विषय पर पक्ष में बोलने वाले से सहानुभूति रखने वाले श्रोताओं की संख्या के बारे में अनुमान लगाना कठिन था। यही मेरी घबराहट का कारण था। मेरा भाषण तैयार कराने में संघी विचारों वाले फ़िज़िक्स के सर ने अपना पूरा लेखन कौशल उँड़ेल दिया था। वे निजी रूप से परमाणु बम के कट्टर समर्थक

थे। ये बात और है कि विपक्ष की वक्ता के भाषण में भी उन्होंने धुआँधार तर्क लिखवाए थे। हम लोगों की तैयारी अच्छी थी मगर उस कतई अजनबी शहर के अजनबी माहौल में अजनबी लोगों के बीच वाक् युद्ध में जौहर दिखाने की कल्पना से पेट में हौल-सी उठ रही थी। लिखा हुआ भाषण हथेलियों के पसीने से तिल-तिल करके भीगा जा रहा था। तभी किसी ने पीछे से मेरे कंधे पर हाथ रखकर सहलाना शुरू किया। जाने क्यों मैंने मुड़ कर नहीं देखा। मेरा रोम-रोम संकेत कर रहा था कि वह कोमल स्पर्श किसका है। पीछे की सीट से वह हथेली मेरे कंधे, गरदन और पीठ पर अदृश्य फिरती रही और जैसे किसी जादू से मेरी घबराहट और आत्म करुणा धीरे-धीरे थाली में रखे कपूर की तरह उड़ कर वायु में विलीन होती गई। पता नहीं यथार्थ था या मेरी विश्वस्त साथिन कल्पना, वह चंदन-सी शीतल हथेली के पसीने की नमी संजीवनी बनकर मेरे तन-मन पर छा गई। कुछ दुर्लभ किस्म के स्पर्श ऐसे होते हैं जिनसे एक शरीर से दूसरे शरीर में अनंत ऊर्जा का पारेषण सहज ही संभव हो जाता है। इतना अब भी याद है कि जब मेरा नाम पुकारा गया तो मैं काँपती रूह और थरथराते जिस्म के बजाय किसी युयुत्सु की तरह सात्विक आवेश में मंच की ओर कुछ ऐसे बढ़ा जैसे युद्धक्षेत्र में प्रवेश कर रहा होऊँ। सबसे बड़ी बात तो यह थी कि मन की गहराइयों से यह आवाज़ स्पष्ट सुनाई दे रही थी कि भारत को परमाणु बम बनाना ही चाहिए। और जितनी जल्दी हो सके बनाकर अपने किसी विस्तृत रेगिस्तान या हिन्द महासागर में धमाकेदार परीक्षण करना चाहिए। अपनी ही नहीं विश्व की स्थाई शांति के लिए भी यह अपरिहार्य है...आदि-आदि। यही सब तो मेरे लिए तैयार किए गए भाषण में था लेकिन उस क्षण से पहले एटम बम की ध्वंसात्मकता को लेकर एक गहन संशय था जो कि वक्ता के रूप में आक्रामक होने की राह में अवरोध पैदा कर सकता था।

अक्सर पक्ष में बोलने वाले प्रतियोगी शांत और संयमित होकर धीरता से अपने तर्क प्रस्तुत करते हैं परंतु वहाँ दिए गए विषय के कारण मामला बिलकुल उल्टा था। मैं ज्यों-ज्यों बोलता गया स्वर में उत्तेजना और उत्साह एकरेखीय होकर बढ़ता जा रहा था। वहाँ बोलते समय मुझे पहली बार इस बात का शिद्दत से एहसास हुआ कि फ़िज़िक्स के सर ने पूरे बौद्धिक और संघीय आवेग में खासा विस्फोटक भाषण रच डाला था। भाषण के बीच में दो-तीन बार बजी तालियाँ गवाह थीं कि श्रोता तर्क के तूफ़ान में बह रहे हैं। इस अनुभूति के चलते मेरे दिलो-दिमाग पर पड़ रहा दबाव धीरे-धीरे कम होता गया और मैं इत्मीनान से जन संभाषण की बताई गई तकनीक और युक्तियों को व्यवहार में लाने लगा। बाडी लैंग्वेज, गेस्चर, पोस्चर और आई कॉन्टेक्ट, आरोह-अवरोह मैं स्पष्ट देख पा रहा था कि मेरे स्कूल के लोग कहाँ बैठे हैं और कैसी तन्मयता से सुन रहे हैं। एक मिनट पहले की चेतावनी देने वाली घंटी बजी तो मैंने बोलने की रफ़्तार बढ़ाई। उपसंहार की ओर बढ़ने ही वाला था कि मेरी नज़र अनायास ही हमारे ग्रुप के बीच में बैठी सुमन पर पड़ी। वह मंत्रमुग्ध होकर एकटक मेरी ओर देखे जा रही थी। यह अद्‌भुत चाक्षुष क्षण था। मेरा मन पुलकित और तन

रोमांचित हो उठा। मेरी वाणी से निसृत हो रही उष्मा यकायक विलुप्त हो गई। एक पल के लिए लगा जैसे चाबी वाले खिलौने की चाबी खत्म हो गई हो। बड़ी मुश्किल से अपने को सँभाल कर एक वीर रस के काव्य उद्धरण से अपने भाषण का समापन किया और तालियों की ज़बरदस्त गड़गड़ाहट के बीच मंच से नीचे उतर आया। अपनी सीट पर आकर बैठा तो जैसे ध्वस्त हो गया। चुपचाप आँखें मूँदे अपने को सहेजने की कोशिश करता रहा। ऐसा लग रहा था जैसे मेरे शरीर से गति और ऊर्जा की आखिरी बूँदें भी खींच ली गई हों। कुछ देर तक यूँ ही निश्चेष्ट पड़ा रहा फिर सहसा उसी गीली हथेली के स्पर्श ने जैसे पुनर्नवित कर दिया, मुझमें नए सिरे से जान फूँक दी। धीरे-धीरे रक्तप्रवाह सामान्य होने लगा और किसी संचित कोष से ऊर्जा की आपूर्ति बहाल हो गई। मुझे मंच पर बोल रहे वक्ता के शब्द सुनाई देने लगे। एक कृतज्ञता का भाव मन में उपजा और मैंने मुड़कर उस शीतल स्पर्श वाले जादूगर को खुली आँखों से देखा और जैसे आसमान से गिरा। मेरे पीछे जनक बैठा प्यार भरी नज़रों से मेरी ओर देख रहा था। अब मैं पूरी तरह जाग चुका था। उर्मिला बोल रही थी—बहुत ठहराव और मृदुता के साथ। यंत्रचालित गुड़िया की तरह। उसका भाषण भी फ़िज़िक्स के सर ने ही लिखा था मगर उसके बोलने का अंदाज़ एकदम जुदा था। मंथर गति से बोलती हुई वह सचमुच बहुत अच्छी लग रही थी। बहुत ठंडेपन से नागासाकी-हीरोशिमा के वीभत्स और दिल दहलाऊ शब्दचित्र श्रोताओं पर अपना प्रभाव छोड़ रहे थे। जाने क्यों मेरे मन में ईर्ष्या सी जाग उठी। क्या यह बाज़ी मार ले जाएगी! उसका सधा हुआ अंदाज़ कुछ ऐसी ही संभावना जता रहा था। उसके बाद कई लोग बोले। कुछ प्रतियोगी बहुत अच्छा बोले मगर जहाँ तक तर्कों का सवाल था शायद ही किसी ने हम लोगों से बेहतर प्रस्तुति दी हो। यह अनुभव करके मेरे मन में फ़िज़िक्स के सर के प्रति आदर का भाव जागा। संघी हों या और कुछ वह थे जीनियस।

सब प्रतियोगी बोल चुके तो निर्णय की प्रतीक्षा होने लगी। इस बीच मेज़बान कॉलेज की ओर से गीत-संगीत की प्रस्तुति होने लगी। मेरे मन में फिर से घबराहट होने लगी। यह सही में एक कड़ी प्रतियोगिता थी। दर्जनों भाषणवीरों ने मंच पर शाब्दिक तलवारें भांजी थीं, इसलिए परिणाम के बारे में अनुमान लगाना बहुत मुश्किल था। निर्णायकों से अंक तालिकाएँ लेकर संचालक बड़ी देर तक जोड़-घटाव करते रहे और प्रतियोगियों के कलेजे धड़कते रहे। मेरा मन किसी तरह भी आश्वस्त नहीं हो पा रहा था। स्वचालित क्रिया की तरह मैंने पीछे मुड़कर देखा। वह वहाँ से जा चुका था। अब मैं बिलकुल अकेला था। आत्मलीन हो गया, इतना कि मुझे पता ही नहीं चला कि परिणाम सुनाने के लिए संचालक माइक के सामने आ गए हैं। तालियों की गड़गड़ाहट के बीच कब मेरे स्कूल के लड़कों ने आकर मुझे सीट से खींचकर उठा लिया,यह पता ही नहीं चला। धीरे-धीरे परिणाम ज़ज़्ब हुए, वाद-विवाद प्रतियोगिता की रनिंग ट्रॉफ़ी हमारे स्कूल ने जीत ली थी। प्रथम पुरस्कार मुझे और तृतीय पुरस्कार उर्मिला को मिला था। मेरी खुशी का पारावार न रहा, किसी तरह अपने को

सँभाला और सबसे पहले फ़िज़िक्स के सर के पास जाकर उनके पाँव छुए। चारों तरफ़ से बधाइयाँ बरस रही थीं। लड़कों के बीच से निकलकर मैं उर्मिला की ओर बढ़ा। हम दोनों ने हाथ मिलाया और उर्मिला ने मेरा हाथ पकड़े-पकड़े ही अपनी ओर खींच कर गले से लगा लिया। वही चिर-परिचित नारियल के तेल की गंध से दिल और दिमाग सराबोर हो उठे। मैंने देखा उसकी आँखों से खुशी के आँसू टपक रहे थे। उसके बाद मनोरथ नगर स्कूल के लड़के मुझे अपने कंधों पर उठाकर ले गए।

उस रात सोते हुए या फिर स्वप्न में किसी ने मुझे चूम लिया।

~

अगले दिन सुबह से दोपहर तक संगीत प्रतियोगिताएँ थीं और फिर शाम को पहला ही मंचन हमारे एकांकी का होना था, इसलिए दिन भर नाट्य दल की रिहर्सल चलती रही। नाटक की इंचार्ज बहनजी को संगीत प्रतियोगिताओं में रहना था। इसलिए निर्देशन की बागडोर सुमन ने सँभाल ली। उस दौरान वह पूरे फ़ार्म में थी और उसने जी भर कर इम्प्रूवाइज़ेशन कर डाले। एकांकी को लेकर जाने कब से उसके मन में ऐसे अनेक बिंदु कसमसा रहे होंगे मगर कह नहीं पाती होगी। सो मौका हाथ लगते ही उसने अपनी समझ से नाटक को और अधिक प्रभावशाली बनाने में कोई कसर नहीं छोड़ी। इससे हुआ यह कि नाटक की बहु-अभ्यासित और लगभग यंत्रचालित सी प्रस्तुति में जैसे नई जान आ गई। एक दृश्य था जिसमें कहीं जाने के लिए नायक (यह नाचीज़) टाई पहन रहा होता है कि नायिका (सुमन) आ जाती है। वह उसे जाने से रोकना चाहती है...इस दृश्य में अभी तक मुख-मुद्रा से ही ऐसा संप्रेषण होता आ रहा था। सुमन ने उसमें यह जोड़ दिया कि नायिका आगे बढ़कर बंधी-बंधाई टाई खोल देती है और कहती है कि पहले मेरी बात सुनो, बहुत मुश्किल से निकलकर आई हूँ। इस दृश्य के लिए मैंने बायलोजी सर से टाई बाँधना सीखा था। सुमन को टाई खोलना सीखना पड़ा...इसमें खासा समय लगा और कई-कई प्रयासों के बाद अभीष्ट दृश्यांतर मूर्त रूप ले सका।

सुमन ने सुबह-सवेरे ही अपने बाल धोये होंगे। अभी पूरी तरह सूखे नहीं थे और एक रिबन से ढीले बँधे होने के बावजूद सुहाने आभा मंडल की तरह उसके मुखड़े के इर्द-गिर्द लहरा रहे थे। उन दिनों शैम्पू का चलन आम नहीं था। मध्य वर्ग की महिलाएँ अक्सर रीठा-शिकाकाई के मिश्रण से बाल धोती थीं, उच्च और संभ्रांत परिवारों में नारियल के तेल के शैम्पू का प्रयोग होता था। उस टाईवाले सीन के फेर में वह बार-बार मेरे इतना करीब आ रही थी कि बालों से उठती तीखी गंध मेरे श्वसन तंत्र में सघनता से बस गई। उसमें शैम्पू, शिकाकाई, मैसूर संदल, टैल्कम पाउडर, पसीना और एक तीखी अजनबी गंध शामिल थी। कुछ देर तक तो समझ में नहीं आया कि यह ग्राह्य है कि अग्राह्य फिर शनैः-शनैः वह आदिम गंध मादक लगने लगी। कस्तूरी की मेरी कल्पना से मेल खाती। सामीप्य से मंद

ज्वर का चक्कर सा आ गया। मैं धम्म से पास रखी एक कुर्सी पर बैठ गया। "क्या हुआ, क्या हुआ?" कहते हुए पूरे नाट्य दल ने मुझे घेर लिया। किसी ने मेरी नब्ज़ टटोली तो कोई पानी का गिलास लेकर आया। मैं खुद ही समझ नहीं पा रहा था कि क्या हुआ तो औरों को क्या बताता। चुपचाप बैठा रहा। सुमन मुझे गौर से देखे जा रही थी। मैंने सिर झुका लिया। वह आगे आई और ठोड़ी को एक उँगली से उठाकर मेरी आँखों में आँखें डालकर पूछा, "जगन्नाथ सबेरे से तुमने कुछ खाया है कि नहीं?"...सच में मैंने एक कप चाय और दो बिस्कुटों के अलावा कुछ नहीं लिया था। मैं नहाने-धोने में लगा रहा और बाकी लोग ढाबे पर जाकर नाश्ता कर आए थे। यह पता चलते ही रिहर्सल स्थगित हो गई और पूरी ड्रामा पार्टी लंच के लिए पहलवान होटल पहुँच गई।

कुल नौ टीमें मैदान में थीं। हर शाम सात बजे से दस बजे तक तीन प्रस्तुतियाँ होती थीं। पहली टीम होने के कारण हमें प्रेक्षागृह का ग्रीन रूम एक घंटे पहले मिल गया था। बाकी दो टीमों को मेकअप के लिए अलग कमरे मिले थे जहाँ से उन्हें तैयार होकर छुपते-छुपाते मंच के पीछे ग्रीन रूम तक आना था। दो एकांकियों के बीच सिर्फ़ पंद्रह मिनट का मध्यांतर रखा गया था। मेकअप के लिए मनोरथ नगर से चक्रवर्ती दादा ऐन वक्त पर पहुँचे, तब तक हिन्दी वाली बहनजी ने सुमन का मेकअप शुरू कर दिया था। दादा आते ही काम में जुट गए। उन्होंने एक-एक करके सभी पात्रों के चेहरे मेकअप की पर्तों पर सृजित किए, आँखों में काजल, होंठों पर लाली, तराश वाली और झबरीली मूँछें, किसी के बालों में सफ़ेदी तो किसी के सिर पर घुँघराले बालों वाली विग। उसके बाद सख्त हिदायत कि अपने-अपने कपड़े पहनकर पंखे के नीचे बैठे रहो। पसीना नहीं आना चाहिए वरना सारा किया-धरा मिट्टी में मिल जाएगा। मैंने कोट-पैंट पहनकर टाई जेब में रख ली और शीशे के सामने खड़ा होकर अपनी नाट्य-छवि के दर्शन किए। कुछ फ़र्क तो था मगर हीरोपना दृष्टव्य नहीं था। होंठों पर स्याही से बनाई गई तलवार कट मूँछें जम नहीं रही थीं। उधर सुमन के बेसिक मेकअप के बाद कुछ हिदायतें देकर बहनजी बाहर चली गईं और चक्रवर्ती दादा सुमन के मेकअप में व्यस्त हो गए। जब वह कपड़े पहनने के लिए पर्दे के पीछे गई तो मैंने उनसे अपनी मूँछों की शिकायत की। उन्हें भी लगा। मेरे होंठों को स्प्रिट से साफ़ करके वे गम के सहारे बाल चिपका कर कुदरती मूँछें बनाने में जुट गए। उनकी मेहनत रंग लाई मगर गम के सूखते ही मेरे होंठ सनसनाने लगे। रह-रह कर हाथ मूँछों की ओर जाने लगा। ज़्यादातर लड़के पहली बार मंच पर उतर रहे थे। वे सब गहरे मेकअप के बाद देर तक असहज महसूस करते रहे। फिर सहसा हँसी-मज़ाक चालू हो गया और रंगकर्म की दीक्षा का एक महत्त्वपूर्ण सोपान पार हो गया। इस एकांकी में महिला पात्र एक ही थी। हम सब उसके नायिका अवतार के दर्शनों की प्रतीक्षा में बैठे थे। वह पर्दे के पीछे लड़कियों से घिरी हुई अपनी सज्जा को अंतिम रूप दे रही थी।

ज्यों ही शो शुरू होने से पंद्रह मिनट पहले चेतावनी देने वाली घंटी बजी साक्षात्

उर्वशी के रूप में सुमन बाहर आई। हम सब ठगे से उसे देखते रह गए। साज-शृंगार और सुंदर सलवार-सूट ने उसके व्यक्तित्व में चार चाँद लगा दिए थे। अनूठी केश-सज्जा और चक्रवर्ती दादा के प्रसाधन कौशल ने कुछ ऐसा प्रभाव उत्पन्न किया था कि उसके चेहरे से किरणें सी फूट रही थीं। उसके सामने मैं ही क्या सभी अत्यंत दीन-हीन और फीके-फीके लग रहे थे। उसने इशारे से मुझे अपने पास बुलाया और मेरी कमर में हाथ डालकर बड़ी संजीदगी से वहाँ बैठे लोगों से पूछा, ''क्यों कैसी लग रही है हमारी जोड़ी?''

किसी ने भी उसके विकट प्रश्न का उत्तर देने की ज़रूरत नहीं समझी। सही बात तो यह थी कि जोड़ी बनती ही नहीं थी, ज़बरदस्ती बनाई गई थी। मेरी जगह गिरीश होता तो शायद कुछ बात बनती। सुमन ने बगैर लाग-लपेट के कहा, ''देखो अब जो है उसी को लेकर बढ़िया से बढ़िया प्रस्तुति देनी है। आखिर दुनिया में बेमेल जोड़ियाँ भी तो खूब होती हैं। हमारी भी ऐसी ही समझ लो। लेकिन जिन लोगों ने हमारे नाटक का कबाड़ा किया है उन्हें करारा जवाब तभी मिलेगा जब हम यहाँ से ट्रॉफ़ी लेकर जाएँ।'' फिर मेरी तरफ़ देखकर कहा, ''तुम चालीस मिनट के लिए भूल जाओ कि तुम जगन्नाथ हो। तुम अब कमल हो, उर्वशी के दिल में बसने वाले कमल। और मैं हूँ तुम्हारी उर्वशी। समझ गए ना!'' मैं स्वप्नवत उसके सुदीप्त चेहरे को देखते हुए जाने किस लोक में खो गया था, उसने मेरा हाथ पकड़ कर हिलाया तो मैं जैसे नींद से जागा। उसके बाद मैं सचमुच भूल गया कि मैं कौन हूँ और वह कौन है। जब होश आया तो परदा उठ चुका था और हम सब अदृश्य धागों से बँधी कठपुतलियों की तरह अपनी-अपनी भूमिकाओं की कैद में चल-फिर-बोल रहे थे। मंच का अपना एक जादू होता है, यह मुझे दृश्य में प्रवेश करते ही मालूम पड़ गया। मैंने कायान्तरण की मंचीय प्रक्रिया का आत्मीयता से अनुभव किया और फिर सारा दबाव, सारी अनिश्चितता और विकट संशय सब उड़न-छू हो गए। कुलदीप और अन्य संगीत प्रतियोगियों द्वारा पहले से तैयार किया गया मंद पार्श्व संगीत हमारी दैहिक गति के साथ घुल-मिल कर ऐसा प्रभाव उत्पन्न कर रहा था, जिसे अपनी पचास से अधिक रिहर्सलों में कभी भी महसूस नहीं किया था।

उस नाट्य प्रस्तुति का वह टाईवाला दृश्य आज भी मेरी स्मृति में स्पष्ट हो उठता है। उर्वशी धीमे स्वर में कुछ कह रही है, उसकी मुखमुद्रा से लग रहा है कि वह भारी दुविधा में डूबी हुई है। कमल बिना उसकी ओर देखे गले में टाई बाँधने में मगन है। पता नहीं उसे सुन भी रहा है कि नहीं। वह टाई बाँध कर कोट पहनते हुए कहता है, ''सुनो,मुझे जाना होगा। हम इस बारे में फिर कभी बात करेंगे।'' उर्वशी आहत होकर विस्फारित नेत्रों से उसे देखती खड़ी रह जाती है, जैसे उसे विश्वास नहीं हो रहा हो कि कमल उसके साथ ऐसी बेरुखी बरत सकता है। फिर सहसा झपटकर उसकी ओर बढ़ती है और अपना सिर उसके सीने से टिकाकर सिसकने लगती है। कमल हतप्रभ होकर उसकी पीठ पर हाथ रखकर सहलाने लगता है। वह अभिमान का भाव चेहरे पर लाकर उसकी टाई खोलते हुए कहती

है, ''तुम, तुम अभी कहीं नहीं जाओगे। आज तुम्हें मेरी बात सुननी ही पड़ेगी।'' वह बड़ी कुशलता से टाई खोलकर मंच के मध्य में रखी सेंटर टेबल पर फेंक देती है और उसके गले में दोनों हाथ डालकर लिपट जाती है। यह दृश्य क्षण भर के लिए फ्रीज हो जाता है और हॉल तालियों से गूँज उठता है।

आज दशकों बाद भी मुझे लगता है कि वह दृश्य अभिनीत नहीं था बल्कि सचमुच घटित हुआ था। उसे हज़ारों रिहर्सल्स करके भी नहीं पाया जा सकता था। इसकी परिकल्पना चूँकि मूल निर्देशक (बहनजी) की नहीं थी, इसलिए बाद में आपसी बातचीत में उनके मुँह से एक निःश्वास के साथ यह निकल ही गया कि अच्छा हुआ गिरीश को समय रहते बदल दिया गया नहीं तो वहाँ के दकियानूसी लोगों को उल्टी-सीधी कहने-सुनने का मौका मिल जाता। अब गऊ जैसे सीधे जगन्नाथ को लेकर कोई क्या कह पाएगा। लेकिन उस एक दृश्य ने एकांकी को अपने कंधों पर उठा इतना ऊँचा कर दिया कि नाट्य प्रतियोगिता की अंतर्ज़िला चल वैजयंती तो मनोरथ नगर ने बड़ी धूमधाम से लगभग नृत्य करते हुए उठाई ही, सर्वश्रेष्ठ अभिनेत्री का पुरस्कार भी सुमन को बहुत हो-हल्ले के बीच मिला। कुल मिलाकर यह एक ऐसा नाटक सिद्ध हुआ जो अपने मंचन के बहुत पहले से कई स्तरों पर होता रहा और बाद में भी देर तक और दूर तक चलता रहा। शेक्सपीयर की वह विश्व प्रसिद्ध उक्ति कितनी सही है—मैं मन-ही-मन सोचता रहा।

आखिरी दिन जनक के नाम रहा। उसने अंत्याक्षरी में एक-एक करके सारे प्रतियोगियों को पानी पिला दिया और सिद्ध किया कि *रामचरितमानस* हृदयंगम करने वाला इस अखाड़े में अजेय होता है—रण सन्मुख धरिकाहि न धीरा!—चूँकि उस समय अन्य कोई प्रतियोगिता नहीं हो रही थी इसलिए हॉल खचाखच भरा था। जनक के काव्य पाठ कौशल को देखकर हम ही नहीं समारोह में आए सभी लोग दंग रह गए। एक तो उसका अशेष काव्य संचयन, ऊपर से सुमधुर कंठ जैसे सोने पर सुहागा था। संचालक और निर्णायकों ने उसकी दिल खोलकर प्रशंसा की। मेज़बान महाविद्यालय के प्रिंसिपल वहाँ मौजूद थे। वे इतने प्रभावित हुए कि अपनी ओर से एक विशेष पुरस्कार की घोषणा करवा दी। मध्याह्न भोज के बाद पुरस्कार वितरण हुआ। हमारे स्कूल को इतनी ट्रॉफ़ियाँ और पुरस्कार मिले कि टीम से सँभालते नहीं बन रहे थे। जहाँ तक जन समर्थन का सवाल था सबसे अधिक तालियाँ सुमन और जनक के लिए बजीं।

~

अंतर्विद्यालयी प्रतियोगिताओं में स्कूल को मिली अभूतपूर्व सफलता से प्रिंसिपल महोदय इतने खुश थे कि उन्होंने प्रेयर असेंबली के समय ट्रॉफ़ियाँ, कप और पुरस्कारों की नुमाइश लगवाई और एक-एक करके विजेताओं को बुलाकर पीठ ठोंकी। स्कूल के छात्रों की प्रतिभा का ऐसा सराहनीय प्रदर्शन पहली बार देखने में आया था। प्रिंसिपल साहब ने

घोषित किया कि स्कूल के वार्षिकोत्सव के अवसर पर पुरस्कृत नाटक का मंचन फ़ैक्ट्री के जी.एम. तथा अन्य उच्चाधिकारियों के समक्ष किया जाएगा। दूसरी ओर कई अध्यापक इस सांस्कृतिक खटराग से मन-ही-मन चिढ़े हुए थे और मौके-बेमौके टीका-टिप्पणी किया करते। मेरे साथ तो यह इतना हो रहा था कि गुस्से में आकर मैंने मन-ही-मन तय किया कि अब स्कूल की किसी एक्स्ट्रा करीकुलर एक्टिविटी में भाग नहीं लूँगा। क्लास टेस्ट में कम नंबर आते या लेक्चर के दौरान पूछे गए प्रश्न का संतोषजनक उत्तर नहीं दे पाता तो गुरुजी की व्यंग्योक्ति सुनने को मिलती कि डिबेट और लाइब्रेरी कमेटी से ज़्यादा ज़रूरी है अपने कोर्स की किताबें पढ़ना। वैसे यह शिकायत किसी हद तक सही भी थी। लाइब्रेरी की किताबों के पंजीकरण में मैं ज्योग्राफ़ी के सर की सहायता कर रहा था और किताबें मेरी पहुँच के अंदर थीं। हर दो-तीन दिन बाद मैं पढ़ी हुई किताब वापिस लाकर रखता और नई किताब ले जाता। सबसे पहले यशपाल से ही शुरुआत की तो पढ़ता ही चला गया। फिर प्रेमचंद साहित्य का पारायण चलने लगा। इसके अतिरिक्त पत्रिकाओं के नए-नए अंकों का कभी न खतम होने वाला सिलसिला बराबर बना हुआ था। इससे हुआ यह कि मेरी पढ़ाई पीछे छूटने और सामान्य ज्ञान में आशातीत वृद्धि होने लगी। शब्द भंडार की त्वरित अभिवृद्धि से अभिव्यक्ति की गुणवत्ता में सुधार तो आया लेकिन यह हिन्दी बोलने और लिखने तक ही सीमित रहा। दूसरी तरफ़ मेरी अंग्रेज़ी कमज़ोर हुई जा रही थी। उन दिनों एस्टेट में क्या देश भर में अंग्रेज़ी को देववाणी का दर्जा प्राप्त था। हिन्दी को तब राजभाषा का चोला नहीं पहनाया गया था। यह बात समझ में आते ही मैंने अंग्रेज़ी सुधारने की मुहिम छेड़ दी। अंग्रेज़ी अखबार पढ़ना शुरू कर दिया। दो-तीन इंग्लिश-पत्रिकाएँ जो स्कूल लाइब्रेरी में आती थीं उनके पुराने अंकों को लाकर पढ़ने का प्रयास करने लगा। धीरे-धीरे पठन-पाठन की गति बढ़ने लगी।

मेरी दिनचर्या में दूसरा बड़ा बदलाव यह आया कि मैं रोज़ाना शाम को सुमन के यहाँ बैडमिंटन खेलने जाने लगा। बचपन से ही मेरी खेलों में रुचि नहीं के बराबर थी। जब भी कोशिश की कमज़ोर खिलाड़ी साबित हुआ। हर खेल में यहाँ तक कि लूडो और कैरम में भी कभी नहीं जीता। गुल्ली-डंडा और काई-डंडा जैसे ग्लैमर विहीन खेलों में भी हमेशा पिटता रहा। लेकिन जब सुमन ने ज़ोर देकर बैडमिंटन खेलने के लिए बुलाया और आश्वस्त किया कि वह एक महीने में ही मुझे खेल के दाँव-पेंच सिखा देगी तो मैंने मैदान में उतरने की ठान ली। उन दिनों ऑफ़ सीज़न होने के कारण धींगरा ब्रदर्स के यहाँ स्टॉक में नहीं था तो उसने मुझे अपने घर से एक स्पेयर रैकेट भेंट कर दिया। उधर ओवरसीयर साहब मेरे पर कुछ ज़्यादा ही मेहरबान थे। उन्हें लगता था कि मैं बहुत होनहार बालक हूँ। मुशायरे में मेरे काव्य पाठ और फिर अंतर्विद्यालयी महोत्सव में वाद-विवाद और नाटक में मिली सफलताएँ उनके सहज विश्वास का आधार बनी होंगी। एक शाम खेल के बाद मैं जाने लगा तो सुमन ने कहा, ''रुको तुम्हें कुछ दिखाना है।'' हम दोनों घर के अंदर गए तो

वह अपने स्टडी रूम में ले गई। अपनी मेज़ की दराज से एक कागज़ निकाल कर बोली, ''देखो, मेरी हँसी मत उड़ाना, सिर्फ़ तुम्हें दिखा रही हूँ। मैंने भी एक कविता लिखने की कोशिश की है। तुम यहाँ बैठकर इसे पढ़ो और ईमानदारी से बताओ कि कैसी बन पड़ी है। हालाँकि मुझे लिखना-विखना आता नहीं है।''

मैं वहीं बैठकर पढ़ने लगा। इस अप्रत्याशित घटना से कुछ हैरान, कुछ पुलकित। कविता मुक्तक छंद में थी और विशुद्ध प्रेम कविता थी। इसमें कवयित्री अपने हमेशा मौन रहने वाले प्रेमी का आह्वान कर रही है कि ये दुनिया, ये समाज क्या सोचेगा और क्या कहेगा, लांछित और अपमानित करेगा, इसकी परवाह छोड़कर मेरी बाँहों में आ जाओ। मैं तुम्हें एक शिशु की तरह अपने आँचल में छुपा लूँगी।...पढ़ते-पढ़ते मैं द्रवित हो उठा। यह बहुत गहरे प्रेम में डूबी हुई स्त्री की अंतर्वेदना की मुखर अभिव्यक्ति की सशक्त और अनगढ़ कविता थी। परंतु इसमें बहुत तीव्र आवेग था जिसकी गहन अनुभूति पढ़ते समय हुई। कविता की बहुत समझ तो मुझे आज भी नहीं है, उस समय तो भला क्या रही होगी लेकिन इतना समझ में आ रहा था कि इस कविता में मैं कहीं भी नहीं हूँ। एक-दो छायाकृतियाँ रह-रह कर मुँह उठा रही थीं फिर भी कोई स्पष्ट अनुमान भी नहीं हो पा रहा था। दो बार पढ़ चुका तो मन जाने क्यों निराशा से भर उठा। पता नहीं कैसे सुमन ने मेरे मन की किताब पर लिखे को पढ़ लिया, धीरे से मेरे पास आई और मेरा चेहरा उठाकर बड़े प्यार से कहा, ''पढ़कर संजीदा क्यों हो गए। कविता में आखिर होता क्या है किसी के हाले-दिल के सिवाय! जगन्नाथ मैं तुमको बहुत प्यार करने लगी हूँ। जानते हो ना कि मेरा कोई भाई नहीं है, तुम मिले तो लगा मुझे एक सीधा-सच्चा-प्यारा सा छोटा भाई मिल गया है। मेरे मम्मी-पापा भी ऐसा ही सोचते हैं, नहीं तो कैसे-कैसे लोग भरे हैं इस मनोरथ नगर में।'' कहते-कहते उसने मेरा हाथ अपने दोनों हाथों में लेकर धीरे से कहा, ''जाने कब से तुम्हें यह कहना चाहती थी लेकिन वह नाटक बीच में आ गया। मुझे लगा कि अगर हमारे बीच यह भावना आ गई तो अभिनय में जान नहीं आ पाएगी। हम दोनों ही नौसिखिये कलाकार थे। नायक-नायिका के अपसी लगाव को दिखाने के लिए हमारे बीच कुछ स्पार्क होना ज़रूरी लगा। मैं जानती हूँ तुम बहुत शार्प और इंटेलिजेंट लड़के हो। मेरी बात का मर्म समझ लोगे।'' मैंने अभिभूत होकर उसके हाथों पर अपना माथा रख दिया। रोकते-रोकते भी आँसू निकल ही आए। उसकी हथेलियाँ गीली हुईं तो वह भी द्रवित हो उठी, ''अरे, रो क्यों रहा है पगले! मैंने तो तेरे से जनम भर का नाता जोड़ लिया है। उठ, उठकर आ मेरे पास और उसने उठाकर मुझे गले लगा लिया। वह मेरे सिर पर हाथ फिरा रही थी और मैं जाने क्यों रोए चला जा रहा था। कुछ आँसू खुशी के थे तो कुछ उच्छ्वासें मन की पीर खोले दे रही थीं। उसने मेरा माथा चूम लिया और हम अलग होकर स्टडी टेबल के पास पड़ीं कुर्सियों पर बैठ गए।

तभी नौकरानी जलपान लेकर आई और हम सामान्य होने लगे। पानी पीकर मैं चलने लगा तो वह मुझे छोड़ने के लिए बाहर तक आई। गेट के पास पहुँचकर उसने वह कविता

वाला कागज़ मोड़कर मुझे पकड़ाया और काँपते हुए स्वर में कहा, ''भैया, इस कविता को उसे दे देना। और सुनो अगर वह जवाब में कुछ कहे या लिखकर दे तो मेरे तक पहुँचा देना।'' मैं कुछ समझा कुछ नहीं समझा, अटकलें लगाता थोड़ी देर तक प्रतीक्षा में खड़ा रहा फिर धीरे से पूछ ही लिया, ''किसे?'' वह हँस कर मेरे अज्ञान पर तरस खाते हुए बोली, ''अरे बुद्धू इतना भी नहीं जानते कि अच्छे भाई हो मेरे, अरे गिरीश को और किसे। लेकिन बहुत होशियारी से गुपचुप देना उसे। किसी को भी हवा न लगे। पहले ही बहुत पिट चुका है वह गरीब।'' अब मेरे सामने प्रेमनगर की उस रहस्यमय गली का खुफ़िया मानचित्र स्पष्ट हो उठा तो मैंने इस नए नाटक में दी गई नई भूमिका को निभाते हुए कहा, ''दीदी,आप बेफ़िकर रहें। यह कविता मैं उनको दे दूँगा और यकीन कीजिये किसी चौथे आदमी तक यह बात नहीं पहुँचेगी।''

~

घर पहुँचा तो देखा जनक मेरी प्रतीक्षा में बैठा हुआ था। उसके हाथ में आठवीं कक्षा की हिन्दी की किताब थी। बोला, ''बिहारी के दोहे किसी तरह समझ में नहीं आ रहे। सोचा, आपसे समझ लूँ। क्लास में सब कह रहे थे कि हिन्दी में आपसे ज़्यादा नॉलेज किसी की नहीं है।'' मैं समझ गया कि इस बहाने यह मिलने आया है। संयोग से लाइब्रेरी में आईं नई किताबों में *बिहारी-सतसई* भी थी। उत्सुकतावश उसे ले आया। उसमें महाकवि के काव्य कौशल का सविस्तार वर्णन था और प्रत्येक दोहे के कई-कई अर्थ दिए थे। जनक सही समय पर आया था।

बहरहाल उसके इस तरह अकस्मात् आ टपकने से पहले की तरह खीझ नहीं हुई बल्कि कुछ अच्छा ही लगा। सुमन के यहाँ से जिस तरह मैं धोबी पाट दांव में पछाड़ खाकर आया था, उस चोटिल मन:स्थिति में जनक की उपस्थिति मरहम के लेप की तरह कुछ राहत भरी प्रतीत हुई। हम देर तक बिहारी के दोहों की उलझनें सुलझाते रहे। पहली बार मुझे लगा कि राधा और कृष्ण के रागात्मक संबंधों की जटिलता को समझने की ज़रूरत क्यों है। मैंने जनक से पूछा, ''तुम्हें सिर्फ़ *रामचरितमानस* की चौपाइयाँ याद हैं या उनके अर्थ भी पता हैं?'' उसने सिर हिलाते हुए कहा, ''मैं तो बस रटना जानता हूँ। अर्थ समझने की कभी कोशिश नहीं की। बचपन से ही मैं राधाकृष्ण मंदिर में होने वाली चौपाई प्रतियोगिता में भाग लेता रहा हूँ इसलिए इतनी चौपाइयाँ याद हो गई हैं। अब आपने कहा है तो *रामायण* में अर्थ भी पढ़ने लगूँगा।''

उससे यह सुनकर अच्छा लगा। मैंने पूछा, ''बाकी सबजेक्ट्स में तुम्हारा क्या हाल है?'' वह कुछ झिझकते हुए बोला, ''अभी तक तो मैं क्लास में सेकेंड हूँ मगर आगे के लिए कह नहीं सकता...भैया बात यह है कि मैंने अब भागलपुरी मास्साब के यहाँ जाना छोड़ दिया है। वही मुझे पढ़ाते थे, फ्री में। हमारे घर की हालत ऐसी नहीं है कि पैसे देकर

ट्यूशन पढ़ सकूँ। पढ़ तो मैं खुद भी लेता हूँ मगर थोड़ी-सी गाइडेंस की ज़रूरत होती है। आपने पिछले साल आठवीं में टॉप किया था। क्या आप पढ़ाई में मेरी कुछ हैल्प करेंगे?"

मैंने जाने किस झोंक में आकर कह दिया, "यह तुमने बहुत अच्छा किया जो उन मास्साब के यहाँ जाना बंद कर दिया। खुद मेहनत करके पढ़ो, क्लास में ध्यान से सुनो और नोट्स बनाते रहो तो ट्यूशन की ज़रूरत ही नहीं होगी। स्कूल भर में कुछ गिने-चुने लड़के हैं जो ट्यूशन पढ़ते हैं। तुम इस चक्कर में जाने क्यों पड़ते हो। ठीक है, जब भी तुम्हें हैल्प की ज़रूरत हो मेरे पास आ जाया करो। मैं देखूँगा मेरे आठवीं के नोट्स पड़े होंगे तो तुम्हें दे दूँगा। मैंने बहुत मेहनत से बनाए थे।" वह मेरी बात सुनकर बहुत खुश हो गया, "भैया,एक बात कहूँ?" मैंने प्रश्नवाचक दृष्टि से उसकी ओर देखा तो वह शर्माते हुए बोला, "मुझे आप बहुत अच्छे लगते हो। जाने कब से मेरा मन होता था कि आपसे आकर मिलूँ। लेकिन हिम्मत नहीं होती थी। इस टूर्नामेंट में जाने का मौका मिला तो आपके करीब आ सका। सच में, आप कितने अच्छे हो, पढ़ाई में, कविता लिखने में, डिबेट में तभी ना सब लोग आपकी तारीफ़ करते हैं।"

मैंने देखा वह मुग्ध भाव से मेरी ओर देख रहा था। उसका चेहरा लाल हो उठा था। मैं उसे देखता ही रह गया। उसके किताबी और गोरे मुखड़े की कोमलता देखते ही बनती थी। उस पर बड़ी-बड़ी आँखें, लाल तराशे हुए होंठ, गज़ब की तराशी हुई नाक...सब में कुछ-न-कुछ दर्शनीय और अनुपम था। ठीक से देखा जाता तो पूरे स्कूल में इतनी सुंदर तो कोई लड़की भी नहीं थी। अगर रामलीला वाले नारद जी और भागलपुरिया मास्साब उस पर फ़िदा थे तो कोई आश्चर्य की बात नहीं थी। मैंने ध्यान बँटाने के लिए उससे पूछा कि घर में कौन-कौन हैं, कितने भाई-बहन हैं?...सुनकर दंग रह गया कि तीन कमरों के क्वार्टर में उनका तेरह आदमियों का परिवार रहता है। वे छह भाई-बहन, माँ-बाप, दादा-दादी और एक बच्चे के साथ चाचा-चाची। पिता और चाचा दोनों फ़ैक्ट्री में एकाउंट सेक्शन में क्लर्क थे। उसके दादा जी एस्टेट की सीमा पर बने राधाकृष्ण मंदिर में पुजारी थे। जनक को *रामायण* की चौपाइयाँ उन्हीं से विरासत में मिली थीं। उनकी कहानी यह थी कि किसी समय रावलपिंडी में उनका कपड़े का जमा-जमाया कारोबार था। पार्टीशन के खून-खराबे और दहशत भरे माहौल में किसी तरह बचते-बचाते शरणार्थियों के काफ़िले के साथ दिल्ली पहुँचे और शरणार्थी शिविरों में महीनों रहे। चूँकि उसके पिता और चाचा पढ़े-लिखे थे इसलिए सरकारी नौकरी पा गए। मिलिट्री एकाउंट्स में भर्ती हो गए। कुछ समय तक दिल्ली में रहे फिर मनोरथ नगर फ़ैक्ट्री में भेज दिए गए। आते ही क्वार्टर मिल गया तो पूरे परिवार ने चैन की साँस ली। दोनों भाई फ़ैक्ट्री में नौकरी करने लगे और उसके दादा जी कपड़े के कटपीस की फेरी लेकर आवाज़ लगाते हुए निकलते। परिवार की आर्थिक दशा सुधरती जा रही थी। उधर हर साल जनक के भाई-बहन पैदा होते जा रहे थे। जब आए तो सिर्फ़ दो बच्चे थे जनक और उसका बड़ा भाई और प्रकारांतर से दो भाई और दो बहनें

और आँगन में खेलने लगीं। इसके ठीक उलट उसके चाचा-चाची नि:संतान थे। दादा-दादी को इस बात का बड़ा क्लेश रहता था। उन्हीं दिनों मंदिर निर्माण का अभियान चला। फ़ैक्ट्री और आस-पास के गाँववाले चंदा इकट्ठा करने में जुटे। मंदिर की प्राण प्रतिष्ठा के अवसर पर बहुत बड़ा धार्मिक समारोह हुआ जिसमें स्वयं माँ आनंदमयी पधारीं। दादा जी उस पूरे आयोजन में पूरे मन से जुटे रहे। माँ आनंदमयी से आशीर्वाद पाने का सौभाग्य मिला तो फूले नहीं समाए। उसी रात उनको स्वप्न में स्वयं राधा जी दिखाई दीं। उन्होंने आदेश दिया कि बहुत दुनियादारी कर चुके, अब हमारी सेवा में आ जाओ।

जनक ने बताया कि वे तो तभी अपना धंधा बंद करने और मंदिर में ठाकुर जी की सेवा में लगने को तैयार हो गए थे, मगर दादी ने कहा, ''ऐसे कैसे मान लें कि राधा रानी जी ने दर्शन दिये थे। अगर मेरी छोटी बहू की गोद भर जाए तो हम दोनों अपना बाकी जीवन मंदिर की सेवा में अर्पित कर देंगे। तब तक आप सुबह-शाम वहाँ पूजा कर आया करो।'' दादाजी मान गए। हालाँकि उनके दोनों बेटे इसके पक्ष में नहीं थे, क्योंकि दादा जी के कपड़ों की फेरीवाले कारोबार में अच्छी खासी नियमित आमदनी थी। संयोग से कुछ ही महीने बाद जब जनक की चाची ने एक बेटे को जन्म दिया तो पूरा परिवार खुशी से झूम उठा। उन्हें मानना ही पड़ा कि यह राधा रानी का ही आशीर्वाद है। तब से दादाजी सब कुछ छोड़कर मंदिर का काम सँभाल रहे हैं। दादी भी वहाँ यथाशक्ति लगी रहती हैं। एस्टेट के लोग खुश हैं कि पुजारी जी का आर्थिक बोझ मंदिर समिति को नहीं उठाना पड़ता। उधर हालत यह है कि सात बढ़ते और पढ़ते हुए बच्चों के साथ छह बड़ों के परिवार का खर्च दोनों भाइयों की संयुक्त आमदनी से कहीं ज़्यादा है। बहुत दिनों तक सामंजस्य बना रहा मगर जल्दी ही जनक के चाचा-चाची को लगने लगा कि उनके तो एक ही संतान है, उसका भी पालन-पोषण ढंग से नहीं हो पा रहा है। पहले तो दबे-ढँके उसके लिए खाने-पीने-पहनने की बढ़िया चीज़ें अलग से लाने लगे फिर खुल्लम-खुल्ला उसका बजट अलग हो गया। धीरे-धीरे चाचा अपना हाथ खींचते गए और जनक के पिता गृहस्थी के बोझ से दबते गए। दादा जी से भी कोई मदद नहीं मिल पाती थी। एक बार जब उनका परिवार बड़ी तंगी से गुज़र रहा था रामलीला कमेटी के संयोजक नारद जी ने जनक और उसके बड़े भाई को रामलीला में काम करने के लिए बुलाया और आर्थिक मदद करने का आश्वासन दिया तो न चाहते हुए भी उन लोगों ने रामलीला में स्त्री पात्रों की भूमिकाएँ स्वीकार कर लीं। उन दिनों न तो वहाँ सिनेमा था, न ही अन्य मनोरंजन के साधन इसलिए रामलीला का अच्छा-खासा बजट होता था। काफ़ी चंदा और चढ़ावा आता था। उनके योगदान के लिए जनक लोगों को भी अच्छी आमदनी हो जाती थी। उस शाम जनक की कहानी सुनते-सुनते जाने कितना वक्त गुज़र गया कि पता ही नहीं चला। माँ ने आकर हम दोनों को खाने के लिए बुलाया तो वह शर्मा कर उठ खड़ा हुआ और विनम्रतापूर्वक हाथ जोड़कर चला गया।

खाना खाने के बाद मैं माँ से कहकर टहलने निकला। मेरे मन में बड़ी बेचैनी थी।

जब तक जनक के साथ रहा मन काबू में था लेकिन उसके जाते ही फिर वह जेब में पड़ी हुई सुमन की कविता मानो कटार की नोक की तरह चुभने लगी। टहलते हुए मैं अनायास ही वाइस प्रिंसिपल साहब के क्वार्टर तक पहुँच गया और स्वचालित-सा उनका गेट खोलकर अंदर दाखिल हो गया। डर रहा था कि कहीं सर ही न बाहर मिल जाएँ लेकिन सौभाग्य से गिरीश बरामदे में बैठा कुछ पढ़ रहा था। मैंने 'भैया नमस्ते' कहा तो उसने सिर उठाकर मुझे देखा और कुछ हैरानी से मुस्कुराया, "अरे जगन्नाथ तुम! आओ बैठो।" मैं वहाँ पड़ी एक खाली कुर्सी पर बैठ गया। वह शायद गणित के सवाल लगाने में व्यस्त था, कॉपी-किताब बंद करके बोला, "और सुनाओ, कैसी चल रही है तुम्हारी पढ़ाई-लिखाई? अब कुछ दिन के लिए अपनी एक्स्ट्रा करीकुलर एक्टिविटीज़ को विराम देकर छमाही परीक्षा की तैयारी में जुट जाओ। इस बार जयंत तुम्हें कड़ी टक्कर देगा। उसे दो-दो टीचर ट्यूशन पढ़ा रहे हैं। कल उसके पापा हमारे घर आए थे,चाहते थे कि पिताजी अपने यहाँ उसे हफ़्ते में दो दिन अंग्रेज़ी की प्राइवेट कोचिंग दे दिया करें मगर उन्होंने साफ़ मना कर दिया। हाँ, यह आश्वासन ज़रूर दे दिया कि स्कूल में खाली पीरियड में आकर वह उनसे जो चाहे पूछ सकता है। और मज़े की बात ये रही कि उसने आज से ही पिताजी से उनके ऑफ़िस में कोचिंग लेना शुरू कर दिया।"

गिरीश की बात सुनकर मेरे कान खड़े हो गए। जयंत शुरू से ही मेरे साथ पढ़ रहा था। सिक्स्थ क्लास तक वह फ़र्स्ट आता रहा और मैं सेकेंड लेकिन सेवंथ से मैं आगे निकल गया। उसके पिता अफ़सर थे, वे लोग बैंग्लो-साइड (ऑफ़िसर कॉलोनी) के एक बंगले में रहते थे। जयंत हमेशा से ट्यूशन पढ़ता आया था। यह जानकर कि अब वह तीन-तीन टीचर्स से कोचिंग ले रहा है, मैं चिंतित हो उठा। पिछले दो महीनों से वैसे ही मेरा ध्यान पढ़ाई से इतर कविता, डिबेट, नाटक, लाइब्रेरी और कुछ अन्य आकर्षणों में बँटा हुआ था। पहले मेरे पास नियमित पढ़ाई के बावजूद भी खाली समय होता था। अब नाममात्र को किसी तरह जल्दी-जल्दी होमवर्क पूरा करता था मगर घनघोर व्यस्तता थी। गिरीश ने जैसे मर्म बिंदु को छूकर मेरी आँखें खोल दीं। मैंने उसी समय मन-ही-मन संकल्प लिया कि सब फ़ालतू की गतिविधियाँ छोड़कर छमाही परीक्षा की तैयारी में कमर कसकर जुट जाऊँगा। जयंत चाहे तो सारे सबजेक्ट्स की ट्यूशन लगवा ले मगर उसे आगे नहीं निकलने देना है। मुझे विचारों में खोया हुआ पाकर गिरीश समझ गया कि उसका तीर निशाने पर लगा है। चाहे मैं नाटक वाले कांड में एकदम निर्दोष रहा होऊँ मगर उसके स्थान पर नायक की जगह मैंने ही पाई थी। यहाँ तक तो फिर भी ठीक था मगर फ़ाइनल प्रदर्शन में हमसे जिस तरह लक्ष्मण रेखा को पारकर अंतरंगता का चित्रण हुआ, वह मनोरथ नगर की आचार संहिता के हिसाब से नितान्त उच्छृंखलता थी। गिरीश ने ज़रूर यह सब सुना होगा (नमक-मिर्च युक्त विलंबित संस्करण) और उसे क्लेश हुआ होगा। मौका पाते ही उसने मुझे यथार्थ के धरातल पर उतारने का अवसर हाथ से जाने नहीं दिया। हालाँकि उसके उपदेश में सद्भावना की

भी अच्छी-खासी मात्रा थी। सच तो यह था कि इससे बेहतरीन कुटाई नहीं हो सकती थी।

कुछ देर बाद खामोशी को उसी ने तोड़ा। "अच्छा जगन्नाथ, यह बताओ कि तुम आए किस काम से थे?" मैंने तुरंत अपनी जेब से वह मुड़ा-तुड़ा पन्ना निकालकर उसकी ओर बढ़ा दिया। वह चौंक गया, उसने लेने के लिए हाथ बढ़ाते हुए दबी हुई आवाज़ में कहा, "यह क्या है?...क्या है ये?" मैं चुप रहा। वह देर तक उस कागज़ में आँखें गड़ाए पढ़ता रहा। मैं उसे गौर से देख रहा था। उसके चेहरे पर पहले आश्चर्य फिर उलझन और फिर भय के रंग एक के बाद एक झलकते रहे। उसने उस कागज़ को अच्छी तरह मोड़कर मेरी ओर बढ़ाते हुए कहा, "इसे ले जाओ और उसी को वापस कर दो। मैं इसका क्या करूँगा! मेरे जीवन में इन सब चीज़ों के लिए कोई स्थान नहीं है। सुनो, इसे जल्दी से जेब में रख लो। मैं नहीं चाहता कि कोई मेरे पास इसे देखे। और तुम, तुम इसे देने के लिए घर क्यों चले आए? क्या मेरी और छीछालेदर करवाने का इरादा है?" उसका मुँह गुस्से से लाल हो गया। मैंने उससे कविता लेकर जेब के हवाले की और चुपचाप वापिस जाने के लिए उठ खड़ा हुआ।

गेट के बाहर आकर उसने बड़े करुण स्वर में कहा, "जगन्नाथ तुम मेरे छोटे भाई की तरह हो। इस बात को अपने तक ही रखना। नहीं तो तुम जानते हो कि मेरे ऊपर बेवजह टॉर्चर का दौर फिर शुरू हो जाएगा। उसे देने जाओ तो मेरी ओर से यह ज़रूर कह देना कि आगे से मेरे लिए मुसीबत पैदा करने वाला काम बिलकुल न करे। भूल जाए कि गिरीश के साथ कभी कुछ था...दोस्ती थी या ऐसा ही कुछ। देखो, तुमको भी आगाह करना चाहता हूँ कि जहाँ तक हो सके ऐसी चीज़ों से दूर रहो। नहीं तो अपने लक्ष्य से भटककर रह जाओगे।" वह लगभग रुआँसा हो उठा था।

मैं कुछ कदम आगे निकल गया तो उसने आवाज़ देकर मुझे वापिस बुला लिया और मेरे कंधे पर हाथ रखकर धीरे से कहा, "जगन्नाथ इस कविता को फाड़ना मत। बस जाकर उसे लौटा देना। दिस इज़ माइ पर्सनल रिक्वेस्ट टू यू।"

मेरा मन वहाँ जाने को था नहीं मगर रजिस्टर के लंबे लाइनदार पन्ने पर लिखी गई वह अबूझ पहेली-सी कविता मुझे बार-बार डिस्टर्ब कर रही थी और मैं पूरी तरह छमाही परीक्षा की तैयारी में डूब जाना चाहता था, इसलिए दूसरे रोज़ शाम को सुमन के यहाँ गया। वह भी खेल-वेल छोड़कर पढ़ने में लगी हुई थी। उसके कमरे में पहुँचकर मैंने वह कागज़ उसे देते हुए कहा, "उन्होंने इसे लौटा दिया है और कहा है कि"...बोलते-बोलते मैं रुक गया तो आगे की बात सुमन ने पूरी कर दी, "कि आगे से ऐसी हरकत नहीं करना। यही कहा ना उसने?" मैंने स्वीकृति में सिर हिलाया तो उसने कागज़ को फाड़कर चिंदी-चिंदी करते हुए गुस्से से कहा, "कायर, बुज़दिल कहीं का। अभी भी अपने बाप की पिटाई से इतना खौफ़ खाता है। मैं तो लड़की होकर भी नहीं डरती।...चलो अच्छा हुआ कि उसकी

असलियत खुल गई। भाड़ में जाए वो और उसका हिटलर छाप बाप!''...कहते-कहते उसकी आँखें भर आई थीं। फिर भी वह रुआँसे स्वर में जाने क्या-क्या बोले जा रही थी। इतना ही समझ पाया कि उनके बीच कुछ-न-कुछ आपत्तिजनक भी हुआ होगा।

मैं चुपचाप उसकी लाल-पीली बातें सुनता रहा। मुझे लग रहा था कि जो कुछ हो रहा है ठीक ही हो रहा है। यह भी समझ आ रहा था कि होशियार से होशियार लड़कियाँ भी थोड़ी-बहुत पागल होती हैं और इनके चक्कर में जो पड़ा उसकी छीछालेदर होती ही होती है। इस धारणा का प्रतिरोध भी जल्दी ही अंतर्मन में मुखर होने लगा—तो क्या इस डर से कोई प्यार ही न करे?...करे, ज़रूर करे मगर भैया खूब सोच-समझ कर करे।

सहसा अपनी आँखें पोंछकर उसने मेरी ओर देखा और फिर से रोते हुए बोली,'' अरे तू क्यों उदास हो रहा है? तेरी दीदी ऐसी कमज़ोर दिल नहीं है...हाँ आदमी को पहचानने में कभी-कभार धोखा हो जाता है। यह लड़का तो एकदम रंगा सियार निकला। बातें तो बड़ी-बड़ी करता था। खैर,तू दुखी न हो मेरे भाई। इधर आ मेरे पास। आ ना!...उसने अपने चिर-परिचित अंदाज़ में मुझे कुर्सी पर बैठे हुए ही अपनी ओर खींच लिया। उस आत्मीय क्षण में मंत्रबिद्ध होकर मैंने उसके सुंदर मुखड़े को नज़दीक से देखा, आँसू थे कि बहे चले जा रहे थे और उच्छ्वासों का सिलसिला जारी था। मैं करुणा से सराबोर हो एकदम विह्वल हो उठा। जेब में रूमाल होता तो मैं उसके आँसुओं को पोंछ देता। लेकिन जेब एकदम खाली थी। अनायास मेरा पुरुषत्व जागा और मैंने उसके सिर को अपने सीने से लगा लिया। वह सचमुच अंदर से उबल रही थी, उसके संताप की उष्मा से मैं पिघलने लगा। मेरी कोई बहन नहीं थी, अगर होती और ऐसे दुख के सागर में गोते खा रही होती तो भी मैं यही करता। मैं सहसा उसका ऐसा प्रेमी हो गया जो संकट की घड़ी में बड़े भाई की तरह उसे सँभाल सकता था।...धीरे-धीरे मेरी कमीज़ सामने से भीगती जा रही थी मगर मैं अपने कद को तेज़ी से बढ़ता हुआ महसूस कर रहा था। स्पष्ट रूप से अनुभूति हो रही थी कि वय:संधि की अदृश्य लक्ष्मण रेखा कहीं पीछे छूट गई है।...गनीमत यह थी कि उसके मम्मी-पापा क्लब गए हुए थे और नौकरानी खाना बना रही थी। मेरे अंदर तेज़ी से बदलाव की अनोखी प्रक्रिया चल रही थी। उस क्षण मैं गिरगिट की तरह रंग बदलकर उसका सबसे बड़ा पक्षधर हो उठा था। वह फूल की तरह हल्की और नाज़ुक थी। हम अपने शरीरों के माध्यम से जो मौन संवाद कर रहे थे उसका लिप्यांतरण आज भी मेरी सामर्थ्य से बाहर की बात है।

उसने अलग होकर मुस्कुराते हुए मेरी ओर देखकर कहा, ''देख मैं पहले से ही जानती थी कि तू मेरे पिछले जनम का भाई है। आज हंड्रेड पर्सेंट कन्फ़र्म हो गया। मैं ना एकदम बिखरने लगी थी मगर तूने मुझे सँभाल लिया। अभी जा मत थोड़ी देर बैठ, मैं तेरे लिए कुछ खाने को लेकर आती हूँ।'' और वह मुँह धोने बाथरूम में चली गई।

~

छमाही परीक्षा ऊपरी तौर पर बड़े शांत और ठहरे हुए वातावरण में सम्पन्न हुई, लेकिन हमारा स्कूल जैसे अंदर-ही-अंदर, आंतरिक राजनीति और लागडांट से खदबदा रहा था। जनक के बेवफ़ा होते ही उसके स्थानापन्न के रूप में उसी की कक्षा का विजय खन्ना भागलपुरिया मास्साब के संरक्षण में पहुँच गया। अब वह गोपाल हलवाई की दुकान में उनके साथ रबड़ी या कलाकंद खाता दिखाई देने लगा था। फ़िज़िक्स के सर पहले से ही काफ़ी खार खाए बैठे थे। हिन्दी वाली बहनजी को नाट्य प्रस्तुति के दौरान सुमन की निरंकुशता खल गई थी। वाइस प्रिंसिपल अपने सुपुत्र के दिग्भ्रमित हो जाने से क्षुब्ध चल रहे थे। पी.टी.आई. और कुछ अन्य अध्यापक अफ़वाह फैलाने वालों को सबक सिखाने पर उतारू थे। फ़िज़िक्स के सर दो-तीन बार मुझे और जनक को बुलाकर कस्बे में लगने वाली शाखा में जाने के लिए अभिप्रेरित कर चुके थे। मुझे तो पिताजी ने जाने के लिए मना कर दिया, बोले, ''हम लोग सरकारी मुलाज़िम हैं, कांग्रेस ही हमारी माई-बाप है और गाँधीजी की हत्या के बाद तो संघ के कार्यक्रमों पर पाबंदी-सी है। यही कारण है कि शाखा फ़ैक्ट्री एस्टेट में नहीं लगती।'' जनक एक-दो बार जाकर रह गया। मैंने पूछा तो हँसकर बोला, ''वहाँ जाने से अच्छा तो भागलपुरिया मास्साब के यहाँ जाना रहेगा। खाने-पीने को तो मिलेगा।''

मुझे आशंका थी कि शाखा में न जाने की वजह से मास्साब ज़रूर मन-ही-मन चिढ़े हुए होंगे। छमाही के नंबर बताए गए तो स्कूल में सनसनी फैल गई। बड़ी संख्या में होशियार समझे जाने वाले लड़के-लड़कियाँ अनेक विषयों में फ़ेल हुए। कुछ क्लास टॉपर्स टापते ही रह गए और उनके प्रतिद्वंद्वी आगे निकल गए। जैसा कि मेरे और जनक के साथ हुआ। जयंत बैनर्जी ने सात नंबर अधिक लाकर मुझे दूसरे स्थान पर धकेल दिया। जनक के साथ तो और बुरा हुआ। वह इतिहास में फ़ेल हो गया और अंग्रेज़ी में इतने कम नंबर आए कि वह लुढ़कते हुए क्लास में चौथे-पाँचवें स्थान पर जाकर रुका। विजय इतना काबिल नहीं था कि भागलपुरिया मास्साब के वरदहस्त की वजह से इतिहास में सबसे अधिक नंबर पाने के बावजूद प्रथम तीन स्थानों तक पहुँच सकता। आठवीं क्लास में टॉप किया जयंत की छोटी बहन जया ने और सबको चकित कर दिया। ज़ाहिर था कि वह भी तीनों टीचर्स से ट्यूशन पढ़ रही थी। सुमन के परिणाम पर कोई खास फ़र्क नहीं पड़ा सिवाय इसके कि हिन्दी में कुछ कम नंबर आए। दसवीं में गिरीश यथावत प्रथम स्थान पर था और सुमन दूसरे पर। अनोखी बात यह रही कि उर्मिला काफ़ी आगे निकल आई। वह थर्ड थी। आठवीं में सबसे ज़्यादा बच्चे फ़ेल हुए थे, वह भी इतिहास के पेपर में। इसका कारण था पूछे गए प्रश्नों की उलझाव भरी भाषा और शैली। उदाहरण के लिए एक प्रश्न बहु प्रचारित हुआ कि 'क्या कारण थे कि दिल्ली की मुगल सल्तनत ने नादिरशाह जैसे लुटेरे के सामने घुटने टेक दिए?' इसी तरह के पेंचदार प्रश्नों के सामने मनोरथ नगर के सीधे-सादे छात्रों ने घुटने टेक दिए। बहुत से लोगों को यह शक हुआ कि जनक की बगावत का बदला लेने के लिए मास्साब ने यह खेल किया है।

मगर यह खेल भागलपुरिया मास्साब को महँगा पड़ गया। बहुत से अभिभावकों ने स्कूल में आकर प्रिंसिपल से शिकायत की। उनका कहना था कि इतिहास के शिक्षक ने आठवीं क्लास के शैक्षणिक स्तर से काफ़ी ऊँचा प्रश्नपत्र बनाकर सबको फ़ेल कर दिया है। प्रिंसिपल ने पेपर मँगा कर देखा। उनको लगा होगा कि बात किसी हद तक सही है। उन्होंने मास्साब को बुला भेजा। पैरेंट्स तो गरम थे ही मास्साब ने भी तेवर दिखाने शुरू कर दिए। नतीजतन अच्छी-खासी बहस छिड़ गई। कुछ लोगों ने बीच-बचाव की कोशिश की। मास्साब से अनुरोध किया गया कि प्रश्नों की कठिन भाषा को देखते हुए थोड़े ग्रेस मार्क्स देकर रिज़ल्ट सुधार दें लेकिन उन्होंने ऐसा करने से साफ़ इनकार कर दिया। वहाँ उपस्थित लोगों में एक रोगन सिंह नामक दबंग किस्म के महाशय थे जो सबसे ज़्यादा हल्ला मचा रहे थे। भागलपुरी मास्साब ने चिढ़कर उनसे कह दिया कि तुम्हारी लड़की तो कोरी कॉपी छोड़कर आई है। कितने ही ग्रेस मार्क्स दे डालें वह तो पास होने वाली नहीं। बस रोगन सिंह आगबबूला हो उठे और उन्होंने मास्साब के बालक प्रेम का कच्चा चिट्ठा खोलना शुरू कर दिया। यही नहीं खुलेआम चुनौती दे डाली कि अगर उन्होंने अपने वर्तमान लौंडे विजय को पेपर आउट नहीं किया हो तो वह मूँछें मुंडाने को तैयार हैं। बस फिर क्या था प्रिंसिपल ऑफ़िस में हाथापाई शुरू हो गई। रोगन सिंह जैसे बलिष्ठ आदमी के सामने मास्साब बिलकुल सींकिया पहलवान साबित हुए। कोई ज़ोर नहीं चला तो उन्होंने वहाँ रखा बच्चों को सज़ा देने वाला रूल उठाकर दे मारा। उनका वार झेलकर रोगन सिंह ने चुनिंदा गालियाँ सुनाते हुए वह रूल छीनकर उनके सिर पर प्रहार किया। अपनी समझ में हल्का ही मारा होगा मगर वहाँ तो खून की धारा बह निकली।

कुछ शरीफ़ किस्म के अभिभावक तो आतंकित होकर वहाँ से खिसक गए तो कुछ रोगन सिंह को पकड़कर ऑफ़िस से बाहर ले गए। अब कोई भी वहाँ रुकना नहीं चाहता था। इन्क्वायरी में गवाही देने के लफड़े में कौन पड़े! वैसे भी सब लंच टाइम में आए थे। जैसे ही लंच खत्म होने का हूटर बजा सब अपनी-अपनी साइकिल पर बैठकर चलते बने। प्रिंसिपल ने फ़ैक्ट्री अस्पताल को फ़ोन करके एम्बुलेंस मँगाई और ऑफ़िस के बड़े बाबू के साथ मास्साब को भेज दिया। चूँकि उस समय क्लासें चल रही थीं, इसलिए ज़्यादातर शिक्षकों और छात्रों को इस कांड की भनक भी नहीं लग पाई। प्रिंसिपल और वाइस प्रिंसिपल ने स्कूल-ऑफ़िस के बाबुओं और चपरासी को मनाकर दिया था कि छुट्टी तक किसी को भी इसकी हवा नहीं लगने दें। छुट्टी की घंटी बजते ही हम सब बस्ते लेकर घर चले आए। वह घटना हमारे साथ नहीं आई। नतीजतन शाम पाँच बजे यानी फ़ैक्ट्री छूटने तक एस्टेट में शांति छाई रही।

शाम को फ़ैक्ट्री से लोग आए तो एस्टेट में यह खबर आग की तरह फैल गई कि रोगन सिंह की लड़की को भागलपुरिया मास्टर ने फ़ेल कर दिया तो स्कूल में दोनों में हाथापाई हो गई और उसने मास्टर का सिर फोड़ दिया। दोनों ने अस्पताल जाकर मेडिकल

करवाया है। रोगन सिंह ने यूनियन में लिखित शिकायत की है कि मास्टर का चालचलन ठीक नहीं है। इसकी जाँच होनी चाहिए। उधर मास्टर भी पुलिस में रिपोर्ट करने की सोच रहा है। स्कूल को लेकर यूँ तो तमाम अफ़वाहें फैलती रहती थीं परंतु इस किस्म का सनसनीखेज़ कांड पहली बार घटित हुआ था। उन दिनों लड़कियों से जुड़ी बंदिशें इतनी ज़्यादा और इतनी गंभीर थीं कि इक्का-दुक्का अपवादों को छोड़ किसी की हिम्मत ही नहीं होती थी कि सचमुच का रोमांस लड़ाए। यहाँ तक कि बकैत किस्म के लोग भी ऐसी डींग हाँकने तक से डरते थे। इसके मुकाबले सुंदर लड़कों से इकतरफ़ा या दोतरफ़ा प्रेम करना लगभग निरापद था। मनोरथ नगर के ज़्यादातर लोगों को ऐसे संबंधों पर कोई खास ऐतराज नहीं था। हो सकता है कि इसे बेहतर विकल्प समझा जाता हो, क्योंकि उनकी समझ के अनुसार इसमें चरित्र-स्खलन का खतरा नहीं था। इसीलिए भागलपुरिया मास्साब के बालक प्रेम को लेकर ज़रूरत से ज़्यादा बखेड़ा कभी खड़ा नहीं हुआ था। यूनियन के नेताओं ने उनके घर जाकर जाने क्या पट्टी पढ़ाई कि न तो पुलिस तक मामला पहुँचा न ही प्रशासन की तरफ़ से जाँच की कोई जल्दी दिखाई गई। प्रिंसिपल ऑफ़िस में दोनों को बुलाकर यूनियन के नेताओं ने सुलहनामा लिखवा दिया।

भागलपुरिया भी अपनी किस्म के एक ही थे। और कोई होता तो छुट्टी लेकर घर बैठ जाता मगर वे बेधड़क माथे पर पट्टी बँधवाए निहायत शहीदाना अंदाज़ में स्कूल आते रहे और अपनी रोचक शैली में विस्मित छात्रों को इतिहास पढ़ाते रहे। सबसे ज़ोरदार बात तो यह रही कि उन्होंने भरी क्लास में जनक को अपनी चोट दिखाते हुए कहा, ''यह सब तुम्हारे कारण हुआ है और तुम्हीं छोड़कर चले गए हो!...उनके सामने तो नहीं मगर पीठ पीछे लड़के आपस में कहते कि अब पता चला कि तैमूर लंग जैसे लुटेरे के सामने दिल्ली की सल्तनत ने घुटने क्यों टेक दिए। उनकी समझ में रोगन सिंह ज़रूर तैमूर लंग का वंशज रहा होगा।

उधर जनक भी कुछ ज़्यादा ही कोमल हृदय निकला। मास्साब के मार्मिक संवाद ने उसे इस कदर विचलित कर दिया कि वह उसी शाम उनके घर पहुँच गया। दो बिछुड़े हुए दिल मिले और गिले-शिकवे दूर करके दोनों साथ-साथ गोपाल हलवाई की दुकान में प्रकट हुए। अर्थात् एस्टेट को खबर हो गई कि बहु प्रतीक्षित पुनर्मिलन हो गया है। उधर विजय को पता चला तो वह तिलमिला गया। जाकर उन्हें खूब खरी-खोटी सुनाई लेकिन पहला प्यार तो आखिर पहला ही प्यार ठहरा। विजय भी झक मारकर हम-तुम के बीच वह की हैसियत से एडजस्ट हो गया। ज़ल्दी ही तीनों अभिन्न और एकजुट हो गए। जहाँ तक मारपीट की घटना का सवाल था, उसकी जाँच एक नरम दिल अफ़सर को सौंपी गई जिसने दोनों पक्षों के बीच हुए समझौते के मद्देनज़र मामले को हल्के में निपटा दिया। एक-एक एडवाइज़री दोनों को जारी कर दी गई।

जनक के फिर उसी गह्वर में लौट जाने से मुझे बड़ी निराशा हुई। वह पढ़ाई में आत्मनिर्भर होने लगा था। भागलपुरिया मास्साब ज़्यादा-से-ज़्यादा आठवीं कक्षा तक उसकी मदद कर सकते थे, क्योंकि नौवीं-दसवीं में इतिहास, भूगोल विषय नहीं रहने थे। हाईस्कूल में वहाँ सिर्फ़ विज्ञान वर्ग था। लेकिन जनक का ही क्या कसूर था, सभी लौट रहे थे। सुमन फिर से बायलोजी सर के नए क्वार्टर पर ट्यूशन पढ़ने जाने लगी थी। अब ओवरसीयर साहब नहीं जाते थे, उनका ड्राइवर जीप से छोड़ने और लेने जाता था। अफ़वाहों की छोड़िये अब वे सामान्य चर्चा के भी प्रिय विषय नहीं रहे थे। यूँ फ़िज़ा बदलने की एक वजह यह थी कि स्कूल से हाईस्कूल का पहला बैच बोर्ड की परीक्षा में बैठने जा रहा था। नवनिर्मित भवन और नवनियुक्त शिक्षकों से बेहतर-से-बेहतर रिज़ल्ट की उम्मीद की जा रही थी। प्रिंसिपल ने अब पूरा ध्यान दसवीं के छात्रों पर केंद्रित कर लिया था। एक्स्ट्रा क्लासें लगने लगी थीं और पढ़ाई-लिखाई का वातावरण निर्मित किया जा रहा था। चूँकि कुछ बड़े अधिकारियों के बच्चे भी परीक्षा में बैठने वाले थे, इसलिए ट्यूशन निषेध की नीति में कुछ नरमी का संकेत मिला तो कैमिस्ट्री और मैथ्स के टीचर भी कइयों को पढ़ाने लगे थे। फ़िज़िक्स वाले टीचर तो पहले से ही पढ़ा रहे थे। मैंने अपने पिता से कहा कि मुझे भी ट्यूशन लगवा दें। उसमें मुश्किल यह हुई कि अब किसी शिक्षक के पास खाली समय नहीं बचा था। बड़ी जद्दोजहद के बाद यह तय हुआ कि फ़िज़िक्स के टीचर हफ़्ते में दो दिन उर्मिला के साथ उसके घर पर मुझे भी पढ़ाएँगे। हालाँकि वह दसवीं में थी लेकिन सर ने कहा उससे क्या फ़र्क पड़ता है! असली बात यह रही होगी कि उसे तो निःशुल्क पढ़ा रहे थे और मैं फ़ीस देकर उस समय की भरपाई कर देने वाला था। पिताजी के अनुरोध पर बायलोजी के सर भी रविवार को सुबह एक घंटा देने को राज़ी हो गए। मुझे कमोबेश इन्हीं दो विषयों में मार्गदर्शन की ज़रूरत थी। दोनों जगह आने-जाने में कुछ समय का अपव्यय ज़रूर होता था मगर दो बेहतरीन उस्तादों की कोचिंग जल्द ही रंग लाने लगी। मैथ्स के लिए मैं गिरीश के यहाँ चला जाता। अब चूँकि ट्यूशन और एक्स्ट्रा क्लासों का ज्वार उमड़ा जाता था इसलिए स्कूल की फ़िज़ा में पनप रही रूमानी भावनाएँ किंचित शांत और निस्पंद सी होकर रह गईं। यकायक मैं सूखे से गुज़रने लगा, हालात ही कुछ ऐसे होते गए। सुमन ने मुझे अपना राज़दार और चहेता छोटा भाई बना लिया था और वह अर्धनारीश्वर जनक भाग खड़ा हुआ था। बाकी प्रेमीगण भी कॉपी-किताब में मुँह छुपाए बैठे थे। मैंने हफ़्ते में दो दिन शाम के समय उर्मिला के यहाँ जाना शुरू कर दिया। स्कूल में उसके बारे में तरह-तरह की चर्चाएँ सुनते हुए मेरे मन में उसकी जो छवि बनी थी वह जल्दी ही बदल गई। वह पढ़ाई के प्रति बहुत गंभीर थी। मास्साब बड़े मन से पढ़ाते थे। उसे भी और मुझे भी। वह बीच-बीच में किताब या कॉपी से अपना चेहरा उठाकर जिस मुग्ध भाव से फ़िज़िक्स के सर को देखने लगती थी उससे दोनों के बीच की कैमिस्ट्री स्पष्ट दिखाई देती थी। वह मेरे पास बैठती तो नारियल के तेल और पसीने की मिली-जुली गंध घेर लेती थी। शुरू में तो थोड़ा अटपटा लगा मगर फिर मैं उसका आदी होता गया। एक बार जब मास्साब की प्रतीक्षा में हम बैठे इधर-उधर

की बातें कर रहे थे तो मैं उससे पूछ बैठा कि तुम इतना नारियल का तेल क्यों लगाती हो? वह शर्मा कर बोली, ''क्या करूँ फ़िज़िक्स के सर को खुशबूदार तेल और टैल्कम पाउडर से चिढ़ है। वे कहते हैं कि अगर बालों को दुरुस्त रखना है तो सिर्फ़ नारियल का सादा तेल लगाओ।'' जो भी हो उस ट्यूशन का फ़ायदा हम दोनों को भरपूर हुआ। छमाही के बाद पहला मंथली टेस्ट पूरी संजीदगी से हुआ जैसे बोर्ड का एग्ज़ाम हो। जब नंबर दिखाए गए तो लगभग सभी विषयों में मैं जयंत से आगे निकल गया था। वह मेरी एक-एक कॉपी में देर तक आँखें गड़ाए देखता रहा कि आखिर मात किस बिंदु पर खाई है और मैं प्रथम स्थान पाकर इतना सतर्क हो गया कि नंबर बटोरने के कौशल का खुलासा करने को कतई तैयार नहीं हुआ। एक मौन हम दोनों के बीच आकर बैठ गया।

मंथली टेस्ट में हुए उलटफेर की बैनर्जी परिवार में काफ़ी तीखी प्रतिक्रिया हुई होगी, क्योंकि मध्यावकाश में फ़िज़िक्स वाले मास्साब ने मुझे और जयंत को स्टाफ़रूम में बुलाकर कहा कि वे हम लोगों की ओवरऑल प्रगति से बहुत खुश हैं और चाहते हैं कि एक स्वस्थ प्रतियोगिता दोनों के बीच बनी रहे। इसलिए हर दो हफ़्ते बाद वे हम दोनों का मॉक टेस्ट लिया करेंगे। इसके लिए मुझे टेस्ट के दिन उर्मिला के बजाय जयंत के यहाँ जाना होगा। इस तरह टेस्ट के माध्यम से वे सब बारीकियाँ हमें बताई जाएँगी जिनका ज्ञान अच्छी स्कोरिंग के लिए ज़रूरी है। मुझे यह सुनकर ज़्यादा खुशी नहीं हुई, क्योंकि पढ़ाने के लिए फ़ीस देने के बावजूद मुझे ही दूसरों के घर जाकर उनके साथ पढ़ना पड़ रहा था। कम-से-कम टेस्ट ही मेरे घर ले लिया करते। महीने में दो दिन की ही तो बात थी। लेकिन मैं उनसे यह कह नहीं सका। एक तो यह कि जयंत के पिता बड़े अफ़सर थे, दूसरे वहाँ डबल ट्यूशन थी। जयंत और जया को वे घर आकर पढ़ाते थे तो अच्छी-खासी फ़ीस भी मिलती होगी। बाद में जयंत ने बताया कि टेस्ट पेपर में मैथ्स के भी सवाल होंगे, जिनके उत्तर मैथ्स के सर जाँचेंगे, क्योंकि वे भी उनके यहाँ पढ़ाने आते थे और इस योजना में शामिल थे। वैसे आइडिया ज़ोरदार था। इसके ज़रिये प्रतिद्वंद्वी की प्रगति पर सीधी नज़र रखी जा सकती थी। मैं समझ रहा था मगर मेरे लिए भी तो एक नई खिड़की खुल रही थी। बैनर्जी परिवार के बच्चों के ट्यूशन लोक में दाखिल होने का सुअवसर जो मिल रहा था।

पहला मॉक टेस्ट नवरात्र के पहले दिन शाम को सात बजे था। हमारे यहाँ उस दिन सबने व्रत रखा था और सुबह ही सुबह, घर ही नहीं आस-पास के सारे ब्लॉक हवन के धुएँ से महमहा उठे थे। सहसा धूप की द्युति और पेड़-पौधों की, फूल-पत्तियों की चमक बढ़ गई थी। स्कूल में फ़ीस-डे था इसलिए जल्दी छुट्टी हो गई। मैं पूरे दिन फ़िज़िक्स, कैमिस्ट्री और मैथ्स के पढ़ाए जा चुके चैप्टर्स के रिवीज़न में लगा रहा। मैं किसी भी कीमत पर दोयम पायदान पर उतरने को तैयार नहीं था और वहाँ इसी की मुहिम छिड़ी हुई थी। तो शाम को साढ़े छह बजे प्रेस किए हुए कपड़े पहन, कॉपी-किताब-कलम लेकर मैं साइकिल से निकल पड़ा। अफ़सरों के बंगले फ़ैक्ट्री के पीछे बने थे। कांटेदार तारों से घिरी वह छोटी-

सी खूबसूरत बस्ती 'बैंग्लो साइड' कहलाती थी। चूँकि मैं उधर बहुत कम गया था इसलिए दाखिल होने से पहले गेट पर बनी सुरक्षा चौकी में बैठे गार्ड को अपने आने का मकसद बताना पड़ा।

बैनर्जी साहब का बंगला नम्बर नौ ऑफ़िसर क्लब के ठीक सामने था, इसलिए ढूँढने में तो दिक्कत नहीं हुई मगर गेट पर अटक गया। हर बंगले के चारों ओर काफ़ी जगह घेर कर चहारदीवारी बनाई गई थी। सामने बड़ा-सा बागीचा था। बंगला गेट से बहुत दूर था, कई बार आवाज़ देने पर भी सुनवाई नहीं हुई। सहसा मेरी नज़र दाहिनी ओर लगी कॉल-बेल पर पड़ी तो मन-ही-मन शर्मिंदा हुआ, यह मुझे मालूम होना चाहिए था। खामेखां बेवकूफ़ों की तरह आवाज़ लगाए जा रहा था। गनीमत है कि किसी ने सुनी नहीं वरना क्या सोचते कि कैसा...खैर घंटी बजाई और साइकिल पकड़े प्रतीक्षा करने लगा। देखा बंगले के लंबे बरामदे की बत्ती जली और स्कर्ट-ब्लाउज़ पहने एक लड़की गेट की तरफ़ आने लगी। मैंने अनुमान लगाया कि वह जयंत की छोटी बहन होगी—जया। उसने लकड़ी के बने गेट के पल्लों को खोलकर बड़ी शालीन मुद्रा में नमस्कार करते हुए कहा, "अंदर आ जाइये, नहीं, साइकिल भी अंदर ले आइये। हम लोग आपकी प्रतीक्षा कर रहे थे।" मैंने उसे कई बार स्कूल में देखा होगा मगर कभी ध्यान नहीं दिया। उस शाम गेट के ऊपर लगी पीली रौशनी में नज़दीक से देखा तो देखता ही रह गया। किसी कुशल शिल्पी द्वारा सफ़ेद पत्थर पर तराशा हुआ देवी प्रतिमाओं जैसा चेहरा। अनायास ही अपनी ओर खींच लेने वाली बड़ी-बड़ी आँखें...और किंचित लंबी सुगढ़ नाक। मैंने इससे पहले ऐसे तात्कालिक सम्मोहन का सामना नहीं किया था।

उसके पीछे साइकिल का हैंडिल पकड़े जाते हुए मैंने उसके पार्श्व भाग और लयबद्ध गति को अद्‌भुत दृश्य की तरह देखा। जैसे उसकी नाक कुछ अधिक लंबी थी वैसे ही कमर के नीचे का हिस्सा कुछ अधिक भारी था। यह दोनों सानुपातिक होते हुए एक अबूझ किस्म का आकर्षण बिखेर रहे थे। मैं जिस तनावग्रस्त मन:स्थिति में, मॉक टेस्ट के इस अखाड़े की ओर आया था वह सहसा टुकड़े-टुकड़े होकर बिखरने लगी। बाद में, बहुत बाद में मैंने इसे बहुश्रुत, बहुपठित लव एट फ़र्स्ट साइड की संज्ञा दी, लेकिन उस समय तो कुछ भी समझ में नहीं आ रहा था। बस एक मौन आमंत्रण था जिसके पीछे-पीछे यंत्रवत चलते हुए मैं उनके अध्ययन कक्ष में पहुँच गया। वहाँ एक बड़ी-सी टेबल थी जिसके एक ओर मैं और जयंत बैठे। साइड में जया अपना रजिस्टर लेकर बैठ गई। जयंत गणित के एक सवाल को लेकर चिंतित था। बोला, "सर टेस्ट में यह सवाल ज़रूर रखेंगे। बहुत देर से इसे सॉल्व करने की कोशिश कर रहा हूँ मगर आंसर मैच नहीं कर रहा। तुम लगाओ तो ज़रा।" गणित का वह प्रश्न सच में आ गया था। मैं और जयंत एक-दूसरे की ओर देखकर मुस्कुराए। सचमुच मुश्किल सवाल था। मैं भी उसमें उलझ कर रह गया। फिर हम दोनों साथ-साथ जुटे। बहुत उठा-पटक के बाद किसी तरह वह कमबख्त प्रश्न हल हुआ और हमने चैन की साँस ली ही

थी कि फ़िज़िक्स के सर आ गए। बिना किसी भूमिका के प्रश्नपत्र बँटे और हम टेस्ट देने में जुट गए। मैंने देखा कि जया का भी टेस्ट था। उसका प्रश्नपत्र अलग था। उसने आँखें बंद करके पेपर को माथे से लगाया और फिर पढ़ने के लिए सामने रखा। मुझे उसकी यह अदा भा गई लेकिन मैं पढ़ना शुरू कर चुका था। मुझे टेस्ट पेपर में ज़्यादातर प्रश्नों के उत्तर आते थे, इसलिए सब कुछ भूल कर मैं कागज़ काले करने में व्यस्त हो गया। यह होश था कि बगल में मेरा प्रतिद्वंद्वी बैठा है इसलिए कॉपी पर से नज़र उठा ही नहीं पा रहा था। यह एक मिश्रित टेस्ट पेपर था। तीन विषयों के प्रश्न क्या थे बाधा दौड़ का ट्रैक था जिस पर कूदते-फाँदते हुए जाना था। ज़रा-सी असावधानी हुई कि गिरे और रेस से बाहर। परीक्षा का एक सूत्र यह होता है कि आसान सवालों से कठिन की ओर सँभल कर बढ़ते जाओ तो एक तन्मयता आती जाती है और सफ़र आसान हो जाता है। हम दोनों लगभग एक जैसी गति से बढ़ रहे थे, न तो वह सिर उठा रहा था न मैं। लेकिन मुझे रह-रह कर यह एहसास ज़रूर हो रहा था कि बीच-बीच में कोई मुझे देख रहा है। संभव है कि यह मेरी कल्पना मात्र रही हो। अच्छी बात यह थी कि इस देखे जाने से कोई बाधा होने के बजाय नई ऊर्जा और स्फूर्ति पैदा हो रही थी। जो कि अपने आप में एक अजीब-सी बात थी। प्रश्नपत्र के अंतिम चरण तक आते-आते मेरी सक्रियता अपने चरम पर पहुँच चुकी थी। मैं आनंद की ऐसी संजीवनी से भर उठा कि मुझे अचानक अपना प्रतिद्वंद्वी बौना और अशक्त नज़र आने लगा।

जया ने सबसे पहले पेपर खत्म किया। मास्साब उसे फ़िज़िक्स पढ़ाने लगे। मैंने परचा हल करके कॉपी बंद की और कलम जेब में रखकर आत्मलीन होने का अभिनय करते हुए चुपचाप बैठ गया। मास्साब जया को न्यूटन का गति का तीसरा और आखिरी नियम समझा रहे थे। मैं भी सुनने लगा। कुछ तो था उनके पढ़ाने की शैली में! बहुत अच्छी तरह समझाते थे। जया मन लगाकर सुन रही थी। मैंने उसे देखा और तत्काल अपनी मानसिक स्केचबुक में एक संशोधन दर्ज किया—उसका रंग सफ़ेद पत्थर (संगमरमर) की तरह दानेदार नहीं बल्कि शंख की तरह चिकना और पारदर्शी-सा था। मुझे मालूम था क्योंकि हमारे यहाँ पूजा में एक बड़ा सुंदर शंख था जिसे मेरे पिता सेतुबंध रामेश्वरम् की यात्रा के समय लेकर आए थे। उसकी त्वचा मुझे बहुत मनमोहक और पवित्र लगती थी। उसे संध्या-आरती के समय मैं ही बजाता था। मैंने गौर किया कि जया का चेहरा लगभग शंखाकार था। वह बहुत ध्यान से मास्साब को सुन रही थी और जयंत लिखने में डूबा था, इसलिए मैं यह शंख संबंधी अन्वेषण आराम से कर सका और बड़ी शांति से बैठा था कि सहसा उसने नोट्स लेते हुए कॉपी से दृष्टि उठाकर मेरी ओर देखा। उन बड़ी-बड़ी आँखों में एक मासूम-सी आक्रामकता थी जिसकी जद में आकर मैं सिहर उठा। सिर से पाँव तक एक बिजली-सी दौड़ गई। मैंने चोर नज़रों से सर की तरफ़ देखा। कहीं उन्होंने भांप तो नहीं लिया। मैं जानता था कि वे इस खेल के माहिर थे, बल्कि उस्तादों के उस्ताद। मेरा इस तरह से हिल जाना क्या उनकी पैनी नज़र से छुपा रह सका होगा?

टेस्ट समाप्त हुआ तो नौकरानी चाय-नाश्ता लेकर आई। पीछे-पीछे जयंत की मम्मी थीं। मैंने नमस्ते की तो उन्होंने मुस्कुराकर कहा, "तो तुम ही हो जगन्नाथ! ये दोनों हमेशा तुम्हारे बारे में बातें करते रहते हैं।" चाय के साथ ताज़ा बने कटलेट थे जिनकी भीनी-भीनी गर्म खुशबू टेबल से उठकर ललचाने लगी मगर मैंने संयम रखा। धीरे से कहा, "आज मेरा व्रत है।" सुनकर वे जल्दी से अंदर गईं और एक प्लेट में बर्फ़ी के दो टुकड़े ले आईं, "यह लक्ष्मी पूजा का प्रसाद है। तुम इसे ले सकते हो।"

फ़िज़िक्स के सर भी साइकिल से आए थे। वापसी में हम साथ-साथ वहाँ से चले। रास्ते में वे मुझे शाखा में जाने के लाभ समझाते रहे। उनका कहना था कि मेरे जैसे सृजनात्मक प्रवृत्ति के युवा को अपने बौद्धिक ही नहीं बल्कि सर्वांगीण विकास के लिए शाखा की गतिविधियों से जुड़ना चाहिए। देश में पश्चिमी भौतिकतावादी विचारों की जो सर्वग्रासी लहर चल रही है उसमें हमारे खांटी सांस्कृतिक मूल्यों के क्षरण का संकट गहराता जा रहा है। नौजवान भरी जवानी में मुरझाए जा रहे हैं, ऐसे में शाखाएँ अपने अनुशासन और समवेत बौद्धिक प्रशिक्षण के माध्यम से मेरे जैसे नवयुवकों को दिग्भ्रमित होने से बचा रही हैं। वे मेरी प्रतिभा को मांजने की ज़रूरत को देखते हुए यह आग्रह कर रहे थे। उन्हें पूरा विश्वास था कि एक बार संस्कारित और अनुशासित हो जाने पर मेरी, प्रगति का पथ प्रशस्त हो जाएगा। फिर न तो कोई पढ़ाई में मुझसे आगे निकल पाएगा न ही सांस्कृतिक गतिविधियों में। मैं चुपचाप सुनता रहा। मेरी शाखा में कोई दिलचस्पी नहीं थी मगर मैं मास्साब को नाखुश भी नहीं करना चाहता था। मुझे लग रहा था कि आगे बढ़ते जाने के लिए उनका संरक्षण बहुत सहायक हो सकता है। साथ ही...रह-रह कर उन बड़ी-बड़ी आँखों का सम्मोहन और बर्फ़ी का मीठापन याद आ रहा था।

~

मनोरथ नगर में एक और नई बयार आई और खूब ही आई। हुआ यह कि रूस और अन्य समुन्नत देशों के सहयोग से लग रहे स्टील, खाद, हवाई जहाज़ और रेल के इंजन आदि बनाने के कारखानों में आधुनिक उत्पादन विधियों के संचालन और प्रबंधन के लिए सुशिक्षित और प्रशिक्षित अधिकारियों की माँग एकाएक बढ़ी तो इंजीनियरिंग संस्थानों का महत्त्व बढ़ा। हथियार बनाने वाली फ़ैक्ट्रियों में भी प्रबंधन के ब्रिटिशकालीन तौर-तरीकों में बदलाव की ज़रूरत महसूस की गई तो इंजीनियरिंग कॉलेजों और पालीटेक्निकों के डिग्री और डिप्लोमा धारकों को प्रशिक्षु अधिकारियों के रूप में भर्ती किया जाने लगा। मनोरथ नगर फ़ैक्ट्री में आए पहले बैच के ट्रेनीज़ के लिए अस्थाई रूप से ट्रेनिंग इंस्टीट्यूट और होस्टल की व्यवस्था कुछ रिहायशी ब्लॉकों को खाली करवा कर की गई। और एकाएक बड़े शहरों से उच्च शिक्षा प्राप्त 40-50 स्मार्ट नौजवान एस्टेट में चहलकदमी करते नज़र आने लगे। उनकी बोली-बानी, वेशभूषा, जीवनशैली बिलकुल अलग थी। वे अक्सर मनोरथ नगर के लोगों की सादगी और संतोष से भरी, लगभग ठहरी हुई ज़िन्दगी को

देख-देखकर हैरान होते थे। उनमें से अधिकतर प्रशिक्षु शहरी जीवन की सामान्य सुख-सुविधाओं के आदी थे। वैसे भी ज़्यादातर इंजीनियरिंग संस्थान बड़े शहरों के आस-पास होते थे। उनके लिए इस छोटे से कस्बे में सिनेमा घर, थियेटर, बाज़ार तो छोड़िये कोई ढंग का होटल या रेस्टोरेंट भी नहीं था। कुछ खाली क्वार्टरों को घेरकर बनाया एक कामचलाऊ होस्टल बनाया तो गया मगर उससे कुछ बात बनी नहीं। करीब आधा दर्जन ट्रेनीज़ घबराकर वापिस चले गए तो प्रबंधन ने चिंतित होकर उनके लिए कुछ अतिरिक्त सुविधाओं और मनोरंजन के साधनों की व्यवस्था की। उन्हें हर रविवार और छुट्टी के दिन फ़ैक्ट्री के वाहनों से निकटस्थ शहर (बेगमाबाद) ले जाया जाने लगा जो कि एक छोटा शहर था। वहाँ वे फ़िल्म देखते, बाज़ार में खरीदारी करते और किसी अच्छे होटल में खाना खाते। होस्टल, मैस और रिक्रियेशन रूम के लिए लकदक नया फ़र्नीचर मँगाया गया। बैंग्लो साइड में स्थित ऑफ़िसर्स क्लब की सदस्यता सभी प्रशिक्षुओं को दे दी गई। अंग्रेज़ों के ज़माने में बने इस क्लब में स्वीमिंग पूल, कार्ड रूम, बैडमिंटन कोर्ट, टेबल टेनिस और बिलियर्ड के अलावा सुसज्जित बार भी था। और सबसे बड़ी बात कि अंग्रेज़ी पुस्तकों से भरी लाइब्रेरी थी।

ऑफ़िसर ट्रेनीज़ की रिहाइश और गतिविधियों का प्रभाव कुछ ऐसा पड़ा कि एस्टेट धीरे-धीरे बदलाव के लिए कमर कसता गया। प्रबंधन के प्रोत्साहन से गोपाल हलवाई ने एक और दुकान लेकर उसे आधा दर्जन टेबलों वाले कस्बाई रेस्टोरेंट का रूप दे दिया। ऑफ़िसर ट्रेनीज़ वहाँ चाय-कॉफ़ी और बैठकबाज़ी के लिए आने लगे। होस्टल में होने वाली पार्टियों के लिए खाने-पीने का सामान यहाँ की कैटरिंग सर्विस से जाने लगा। इन लोगों की रोज़मर्रा की ज़रूरतों के सामान से धींगरा ब्रदर्स की दुकान के शेल्फ़ लदे नज़र आने लगे। धोबी शॉप का नाम बदलकर 'बहार लांड्री' हो गया। रशीद मियां की दुकान 'जन्नत हेयर कटिंग सैलून' के बोर्ड से सज्जित हो गई। होस्टल के सामने एक टक शॉप की गुमटी लगाने की इजाज़त दी गई, जिसमें कोल्ड ड्रिंक्स, सिगरेट, बेकरी का सामान मिलने लगा। इतनी तेज़ी से यह सब घटित हुआ कि एस्टेट के बाशिंदे कुछ सहम से गए। वे दाँतों तले उँगली दबाए इन हँसते खिलखिलाते, आपस में हिन्दी-पंजाबी-बंगला-तमिल और अंग्रेज़ी में बतियाते और स्वस्थ-सुंदर भविष्य के अफ़सरों को एलियंस या अजूबों की तरह देखा करते। उधर कुछ स्मार्ट किस्म के स्कूली लड़के उनके ठाठ-बाट और नक्शेबाज़ी देखकर इतने प्रभावित हुए कि मन-ही-मन इंजीनियरिंग की पढ़ाई करने का मंसूबा बाँधने लगे। उनके कपड़ों की काट, हेयर स्टाइल और बोलने के अंदाज़ की नकल करना युवा वर्ग का प्रिय शगल हो गया। लड़कियों पर प्रकटत: तो कोई खास प्रभाव पड़ता नज़र नहीं आया मगर सतह के नीचे कुछ चल ज़रूर रहा था, क्योंकि वे पहले से कुछ अधिक संयत और धीर-गंभीर लगने लगी थीं। क्लासों में नई पीढ़ी के अध्यापकों को मुग्ध भाव से एकटक देखते रहने की उनकी आदत कम होती जा रही थी। यह तो हालत तब थी जब ऑफ़िसर ट्रेनीज़ मुख्य धारा के किनारे ही पहुँचे थे।

नवरात्र आते ही रामलीला शुरू हो गई। उन दिनों एस्टेटवासियों के लिए *भागवत* या *रामायण* की कथा, रामलीला, मुशायरा, स्वांग और कभी-कभार जूनियर क्लब में खेले जाने वाले नाटक ही मनोरंजन और सांस्कृतिक चेतना जगाने के दृश्य-श्रव्य माध्यम थे। इन सभी में भारी भीड़ टूटकर पड़ती थी। चूँकि इन कार्यक्रमों का आयोजन मुक्तांगन में होता था, इसलिए ज़्यादातर परिवार बैठने के लिए दरियाँ लेकर जाते थे। जनक इस बार भी रामलीला में सीता का रोल कर रहा था, इसलिए एक रात कुछ दोस्तों के साथ मैं भी रामलीला देखने गया। उस रोज़ सीता स्वयंवर होना था। बहुत देर तक पर्दा नहीं खुला तो हम लोग स्टेज के पीछे से उनके ग्रीन रूम में चले गए। स्कूल के नाटक में मेकअप के दौरान चक्रवर्ती दादा से आत्मीयता हो गई थी, इसलिए कोई रोक-टोक नहीं हुई। ज़्यादातर पात्रों का मेकअप हो चुका था, कुछ का चल रहा था। हमें देखकर जनक कुर्सी से उठकर मुस्कुराता हुआ आया। एक क्षण को हम भ्रमित होकर उसे देखते रह गए।..."अरे मैं जनक हूँ। नहीं पहचान पाए ना! आज दादा ने ऐसा ही ज़बरदस्त मेकअप किया है।" उसने हँसते हुए हम सबसे हाथ मिलाया। मैंने देखा कि उसकी हथेलियों पर लाल रंग के अल्पने बने थे। दादा ने अपनी तारीफ़ पर खुश होते हुए कहा, "आज इसका शादी होना है ना, इसीलिए हम अपने घर से स्पेशल इंपोर्टेड मैटीरियल लेकर आया। ये कमेटीवाला चीप कलर नहीं लगाया। देखो एकदम मेरे माफ़िक लग रहा है। देखकर क्या कोई बोल सकता है कि ये लड़का है!"...यूँ तो नज़दीक से देखने में उसकी रंगाई-पुताई साफ़ नज़र आ रही थी मगर यह भी सच था कि उसकी चेहरे से अद्भुत लावण्य और कोमलता बरस रही थी। उसकी विग को साड़ी के पल्लू से बड़ी सफ़ाई से ढँक दिया गया था। हम कुछ देर इधर-उधर की बातें करने के बाद जाने लगे तो जनक ने मेरा हाथ पकड़कर बड़ी अदा से कहा, "अभी न जाओ। थोड़ी देर बैठो मेरे पास। आपसे कुछ ज़रूरी बातें करनी हैं।" मैं कुछ कह पाता इससे पहले ही वह मुझे खींचकर पीछे पड़ी कुर्सियों की ओर ले गया।

"मैं जानता हूँ कि आप नाराज़ हो...नाराज़ होने की बात भी है। मैं लौटकर भागलपुरिया के पास चला गया, रामलीला में काम कर रहा हूँ। अब मैं अपनी मजबूरियों का आपसे किस तरह बयान करूँ। आपने तो देखा है कि किस मुश्किल से मेरी गाड़ी पटरी पर आई थी...और अचानक मुसीबत ने घर में पैर रख दिया। मेरे चाचा-चाची हमसे अलग हो गए, दूसरा क्वार्टर एलाट करवा लिया। अब हालत यह है कि हम लोग पैसे-पैसे को मोहताज हो गए हैं। दादा-दादी को मिला कर नौ लोगों का खर्चा है और सारे बहन-भाई पढ़ने वाले हैं। एक मास्टर ही है जिससे कुछ-न-कुछ मदद मिलती रहती है और बिना फ़ीस लिए पढ़ा देता है। रामलीला से एकमुश्त सौ-सवा सौ रुपये, कुछ कपड़े, कुछ साड़ियाँ, सीधा वगैरह मिल जाएगा।...आपसे मिलने को कितना मन करता था, यह बता नहीं सकता। कई बार सोचा कि आपसे मिलकर सारी बात कहूँ लेकिन हिम्मत नहीं हुई।"

उसकी विवशता पर मैं द्रवित हो उठा। उसका लाल छापे से सजा सुंदर हाथ अपने

हाथों में लेकर थपथपाते हुए इतना ही कहा, ''तुम आए क्यों नहीं जनक?'' मुँह उठाकर देखा उसकी कजरारी आँखें नम हो गई थीं। डर लगा कि आँसू निकल आए तो काजल बह निकलेगा और चक्रवर्ती दादा की मेहनत पर पानी फिर जाएगा। तभी स्टेज की पहली घंटी बजी और वह सँभल गया। हम दोनों उठ खड़े हुए। वह बड़ी कातर दृष्टि से मेरी ओर देखते हुए अन्य कलाकारों के बीच जाकर बैठ गया।...बाहर आकर देखा कि दर्शकों की भीड़ के किनारे-किनारे कुर्सियाँ लगी हैं और ऑफ़िसर ट्रेनीज़ उन पर जमे हैं। अपने चुस्त-दुरुस्त व्यक्तित्व और पहनावे से वे भीड़ से बिलकुल अलग नज़र आ रहे थे। यह शायद उनके मुख्यधारा में प्रवेश का प्रस्थान बिंदु था।

पहले मेरा विचार वहाँ रुककर लीला देखने का नहीं था लेकिन उन युवा इंजीनियरों को रुचि लेकर बैठे देखकर ठहर गया और परदा उठने की प्रतीक्षा करने लगा। मंगलाचरण और सुमधुर स्वर में की गई भव्य आरती के बाद परदा एक मिनट के लिए गिरकर उठा और हास्य प्रहसन की दिलचस्प शुरुआत हुई। दरअसल रामलीला में रामकथा के अतिरिक्त भी बहुत कुछ होता था—एक था कॉमिक फ़िलर जिसमें प्राइवेट सेक्रेट्री नामक एक चुलबुले विदूषक और उसकी फ़ैशनेबल पत्नी की नोंक-झोंक काफ़ी मज़ेदार होती थी। इसके अलावा एकल और सामूहिक नृत्य,जादू के करतब और स्थानीय कवि का काव्यपाठ आदि एकरसता से बचाए रखते थे। उस रात संभवत: ऑफ़िसर ट्रेनीज़ की उपस्थिति से उत्साहित आयोजकों ने शो में इतना आकर्षण बनाए रखा कि मैं अंत तक देखता रहा। खड़े-खड़े थक गया मगर औरों की तरह ज़मीन पर नहीं बैठा। बार-बार मन में आ रहा था कि कोई मेरे लिए भी कुर्सी ले आए। विद्या-बुद्धि का ठाट-बाट आँखों के सामने था, इसलिए मन में ठान लिया कि चाहे जो भी करना पड़े लेकिन इंजीनियरिंग कॉलेज में दाखिला ज़रूर लेना है। डिग्री लेकर इसी ट्रेनिंग में आना है और किसी दिन ऐसे ही ठाठ से बैठकर रामलीला देखनी है।

हास्य प्रहसन के बाद लीला शुरू हुई। जनक जी ने सीता-स्वयंवर की घोषणा की, मुनि विश्वामित्र राम और लक्ष्मण के साथ धनुष-यज्ञ देखने जनकपुरी आए। गुरु की पूजा के लिए फूल लेने पुष्प वाटिका गए तो देखा सिया सुकुमारी भी वहाँ अपनी सखियों के साथ भवानी पूजन को आई हुई थीं। वहाँ राम और सीता ने पहली बार एक-दूसरे को देखा...कुछ ऐसा घटित हुआ जो था तो अदृष्ट परंतु सब देख पा रहे थे। मैं टकटकी लगाकर सीताजी बने जनक शर्मा को देखे जा रहा था। एक एकांकी ही सही मगर रंगकर्म का जो थोड़ा-बहुत ज्ञान मुझे हो पाया उसके आधार पर मुझे लगा कि उसका अभिनय अपेक्षाकृत स्तरीय था। उसने जिस चितवन से अपने नायक को निहारा वह इतनी स्वाभाविक लगी कि दृश्य जीवंत हो उठा।...स्वयंवर के दृश्य से पहले एक समूह नृत्य की घोषणा की गई। यह प्रस्तुति इस लिहाज़ से विशेष थी कि वह डांस पार्टी हाल में ही बंबई के निकट खिड़की फ़ैक्ट्री से ट्रांसफ़र होकर आई थी। परदा खुलते ही राम एंड पार्टी के लोग काली पैंट और धारीदार टी-

शर्टों में नज़र आए। उन्होंने खुद ही एक तराना छेड़ा और झूमकर नाचने लगे। अजीबोगरीब शब्दावली वाला वह गाना उन दिनों अक्सर रेडियो पर सुनाई पड़ता था 'रमैय्या वस्ता वैय्या, रमैय्या वस्ता वैय्या, मैंने दिल तुझको दिया'...। शायद किसी नई फ़िल्म का था। चूँकि वे लोग बंबई के आस-पास से आए थे, इसलिए उस नृत्य को उन्होंने फ़िल्म से हू-ब-हू कॉपी कर लिया होगा। बहरहाल मनोरथ नगर की जनता को उस गाने को समझने में तो देर लगी मगर उस पारंपरिक मंच से ऐसी सज्जा में कलाकारों को ऐसी मस्ती और फुर्ती से नाचते पहली बार देखा गया। ज़्यादातर लोग गीत के मुखड़े और खिड़की नाम के स्थान के वैचित्र्य से पहले उलझन में पड़े फिर आनंदित हुए। नाच के तुरंत बाद वहाँ की प्रथा के अनुसार कई कला प्रेमियों की ओर से माइक पर नकद पुरस्कार घोषित होने लगे। उन दिनों सवा रुपये या दो रुपये का इनाम बहुत मायने रखता था। मज़ा तो तब आया जब ऑफ़िसर ट्रेनीज़ भी सराहना पर उतर आए। उन लोगों ने सामूहिक रूप से बीस रुपए का शानदार नकद पुरस्कार भिजवाया जिसकी घोषणा करने रामलीला के संचालक नारद जी स्वयं मंच पर आए और राम एंड पार्टी को बुलाकर रुपये दिए गए। ऑफ़िसर ट्रेनीज़ के नामों की सूची माइक पर पढ़ी गई। उन्हें सुनते हुए मैंने सोचा कि कितने खूबसूरत और कर्णप्रिय किस्म के नाम हैं। उनके मुकाबले मेरा अपना नाम कितना पुराना-पुराना सा था। नर्तक दल के मुखिया राम ने आकर बंबइया हिन्दी में पुरस्कारदाताओं का शुक्रिया अदा किया। ज़्यादातर को शुरू में खिड़की से आए लोगों की भाषा भी कुछ अटपटी लगी। बाद में वह उनकी पहचान बन गई और लोगों के कान अभ्यस्त हो गए।

~

फ़िज़िक्स के सर ने टेस्ट की कॉपियाँ जाँच कर हमें पकड़ाईं। आशानुरूप मैं जयंत से दो अंक अधिक पाकर थोड़ा आगे निकल गया था, मगर मास्साब हम लोगों के प्रश्नोत्तर लिखने के तौर-तरीके से संतुष्ट नहीं थे। उन्होंने परीक्षा में अच्छा स्कोर करने के कुछ सूत्र बताए। विशेषतः हैंड राइटिंग सुधारने, शीर्षक, उप शीर्षक लगाने और साफ़-सुथरे चित्र बनाने के तरीके बताए। हम दोनों को हैंड राइटिंग सुधारने का ऐसा भूत सवार हुआ कि खाली समय में उसी की प्रैक्टिस किया करते। जयंत की राइटिंग पहले से ही बेहतर थी अब और भी सुंदर और कलात्मक हो गई लेकिन मेरी लिखावट का तो मानो कायाकल्प ही हो गया। अगले टेस्ट में हम दोनों को पहले से अधिक नंबर मिले लेकिन इस बार जयंत ने पाँच नंबरों की बढ़त ले ली।

दूसरे टेस्ट के समय जयंत के पिता अचानक अध्ययन कक्ष में आ धमके। मुझे देखकर हँसते हुए बोले, "तुम कोबी है ना? हम उस दिन कोबी गोष्ठी में तुम्हारा कोबिता सुना था। रियली इट वाज़ एन एक्सीलेंट पीस ऑफ़ पोएट्री। कीप इट अप योर क्रिएटिविटी! हम भी यंग एज में कोबिता लिखता था। बांग्ला में। बाद में कॉलेज गया तो इंगलिश में

लिखने लगा...अब तो सब छूट गया।'' उन्होंने मेरी पीठ थपथपाई और चले गए। जब वे मुझसे मुखातिब थे तो जया अपनी कॉपी से सिर उठाकर मुझे देख रही थी। जब भी वह नज़र उठाकर मेरी ओर देखती मुझे कुछ होने लगता था। शायद हृदय की धड़कनें बढ़ जाती हों। एक वजह यह भी थी कि वह सीधे मेरी आँखों में देखती थी। उसकी निर्भीक और गहन दृष्टि के जादू से बचना मुश्किल ही नहीं असंभव था, कम-से-कम मेरे लिए तो। असली बात तो यह थी कि मैं उस लड़की के प्रेम में पड़ गया था। यह गुप्त प्रेम चूँकि गूँगे का गुड़ था इसलिए कुछ ज़्यादा ही मीठा था। यह और अच्छी बात थी कि यह एक ऐसी स्पर्धा के मैदान में उपजा जहाँ हर दो हफ़्ते पर मॉक टेस्ट के अखाड़े में उतरना पड़ता था। उन दो बड़ी-बड़ी आँखों में बना रहने के लिए मैं प्राणपण से दिन-रात पढ़ाई में जुटा रहता था। जयंत के आगे ऐसी कोई मजबूरी नहीं थी मगर वह एक विकट प्रतिद्वंद्वी था जो अपनी श्रेष्ठता को प्रमाणित करने का कोई अवसर हाथ से जाने नहीं देता था। उधर मनोरथ नगर जैसे बदलाव की अदृश्य कगार पर खड़ा था।

जिस तरह ऑफ़िसर ट्रेनीज़ अपने साथ कुछ अलग किस्म की जीवनशैली और संस्कृति लेकर आए थे, उसी तरह खिड़की से तबादले पर आए बंबइया कर्मचारी भी अपने लटकों-झटकों से हैरान करते रहे। उन्होंने मनोरथ नगर की मुख्यधारा में घुलनेमिलने में कुछ समय लिया। वे अपने साथ परिवार को लेकर नहीं आए थे और दो क्वार्टरों में मिलजुल कर रह रहे थे, क्योंकि उनके बच्चे महाराष्ट्र बोर्ड के स्कूलों में थे और यहाँ के पाठ्यक्रम में काफ़ी फ़र्क था। शायद उन्हें आशा रही हो कि देर-सबेर वापसी हो ही जाएगी। वास्तविकता यह थी कि उन्हें खिड़की फ़ैक्ट्री से नेतागिरी के कारण स्थानांतरित किया गया था। अब चूँकि नेतागिरी उनके खून में ही थी, इसलिए वे सब आते ही फ़ैक्ट्री यूनियन में सक्रिय हो गए। पिछले दिनों हुई छँटनी और बड़ी संख्या में कर्मचारियों के विस्थापन के बाद यूनियन की गतिविधियाँ बहुत ठंडी पड़ गई थीं, इसलिए बैनर्जी दादा भी कुछ शिथिल हो गए थे। श्रमिक उत्पीड़न के दो-तीन मामलों में उन्होंने फ़ैक्ट्री में हंगामा खड़ा करने की कोशिश की मगर जन समर्थन नहीं मिलने से पूरी कवायद टांय-टांय फिस्स होकर रह गई। उनके ज़्यादातर समर्थक या तो बाहर चले गए थे या निष्क्रिय होकर बैठ गए थे, इसलिए दादा अक्सर यूनियन ऑफ़िस में अकेले बैठे लिखा-पढ़ी किया करते थे। खिड़की से आए जोशीले, अनुभवी और मुखर कर्मचारियों ने यूनियन ऑफ़िस को गुलज़ार कर दिया। नए-नए एजेंडा बनने लगे क्योंकि खिड़की फ़ैक्ट्री के मुकाबले मनोरथ नगर में श्रम कल्याण की बहुत कम योजनाएँ कार्यान्वित हुई थीं। वहाँ से आए कार्मिक अपेक्षाकृत अधिक अंग्रेज़ी समझते थे, इसलिए खोज-खोज कर ऐसे शासनादेश निकाले जाने लगे जिनके अंतर्गत श्रमिकों और उनके परिजनों को कहीं बेहतर शिक्षा, स्वास्थ्य और मनोरंजन की सुविधाएँ मिलनी थीं। उनके परिवार नहीं आए थे, इसलिए छुट्टी के बाद उनके पास टाइम ही टाइम था। वे देर शाम तक यूनियन ऑफ़िस में बैठे लिखा-पढ़ी किया करते। रोज़ाना मैनेजमेंट

को एक न एक माँग का खर्रा जाने लगा। चूँकि ये माँगें नियमानुसार और नीतिगत होती थीं, इसलिए उन्हें टालना मुश्किल था। जल्दी ही फ़ैक्ट्री और एस्टेट में कार्मिकों के लिए सुविधाओं का विस्तार होने लगा।

सबसे पहले तो सीनियर ऑफ़िसर क्लब और जूनियर क्लब की तर्ज पर वर्कमैन क्लब की बुनियाद पड़ी। नया भवन बनने तक एक खाली पड़े एस्टेट ऑफ़िस में अस्थाई रूप से क्लब खुला तो आबादी के एक बड़े हिस्से में खुशी की लहर दौड़ गई। इसमें अंदर और बाहर खेले जाने वाले खेल,लाइब्रेरी, कैंटीन जैसी सुविधाएँ उपलब्ध कराई गईं। इस क्लब के खुलते ही हर शाम इसमें कर्मचारियों और उनके परिजनों की भीड़ जुटने लगी। बैडमिंटन, टेबल टेनिस और कैरम के खेलों के लिए युवा कतार में लगे नज़र आने लगे। सबसे लोकप्रिय हुई लाइब्रेरी। किताबें लेने वालों की संख्या को देखते हुए यह धारणा बनने लगी कि एस्टेट में साहित्य प्रेमियों की कमी नहीं है। क्लब के भवन में ही महिलाओं के लिए अखिल भारतीय नारी कल्याण संगठन की शाखा गठित हुई और उसकी गतिविधियाँ नियमित रूप से संचालित होने लगीं। एस्टेट की महिलाओं के बीच सदस्यता अभियान चलाया गया। अन्य फ़ैक्ट्रियों की तरह यहाँ भी महाप्रबंधक की पत्नी नारी कल्याण की अध्यक्ष बनीं, इसलिए शिशु घर और बाल कल्याण के कार्यक्रम के अंतर्गत एक नर्सरी स्कूल खुलने में न तो कोई दिक्कत हुई न बहुत देर लगी। रक्षा विभाग के अन्य प्रतिष्ठानों की तरह यहाँ भी सी.एस.डी. कैंटीन खुल गई, जिसमें कर्मचारियों को ग्रौसरी और दैनिक ज़रूरतों का सामान रियायती दरों पर मिलने लगा। फ़ैक्ट्री अस्पताल में मरीज़ों के बेड और अन्य सुविधाएँ बढ़ाई गईं। एक नया प्रसूतिगृह बनाया गया जिसकी आवश्यकता लंबे समय से अनुभव की जा रही थी। इस प्रकार के कल्याणकारी कार्यक्रमों की श्रृंखला चली तो ट्रेड यूनियन का एक सर्वप्रिय और हितकारी नया चेहरा सामने आया और लोगों के बीच उसकी लोकप्रियता बढ़ती गई। इसी की तर्ज पर अधिकारियों और सुपरवाइज़री स्टाफ़ के हितों की चिंता के लिए उनके संगठन भी सक्रिय हो उठे। विभिन्न वर्गों के बीच की गहरी खाइयाँ पटने लगीं। यह अपने आप में बहुत बड़ा बदलाव था।

यूनियन की एक माँग बहुत वर्षों से लंबित चली आ रही थी। अन्य फ़ैक्ट्री एस्टेटों की तरह यहाँ भी थियेटर या सिनेमाघर बनाए जाने की बहुत ज़रूरत थी। एक बार फिर से स्थानीय प्रशासन से लेकर मुख्यालय तक काफ़ी लिखा-पढ़ी की गई, आश्वासन भी मिलते रहे मगर जब ज़मीन पर कुछ नहीं होता दिखाई दिया तो यूनियन की नई टीम ने धरना-प्रदर्शन चालू कर दिया। अधिकारियों और सुपरवाइज़रों के संगठन भी समर्थन में उतर आए। अंततोगत्वा प्रबंधन इस दिशा में सक्रिय हुआ। थियेटर या सिनेमाघर के निर्माण की स्वीकृति तो पहले से ही थी मगर बजट नहीं मिल रहा था। आंदोलन के ज़ोर पकड़ते ही बजट मिल गया। थियेटर हॉल के निर्माण की प्रक्रिया तो शुरू हो गई मगर उसके बनने में बहुत समय लगना था, इसलिए फौरी तौर पर स्पोर्ट्स स्टेडियम के एक हिस्से में ओपन

एयर थियेटर बना दिया गया। इसका उद्घाटन एक बांग्ला नाटक के मंचन के साथ बहुत धूमधाम से हुआ।

एस्टेट में काफ़ी बंगभाषी परिवार थे। ये लोग हर साल दुर्गा पूजा के पंडाल में नाटक या जात्रा मंचित किया करते थे। इनकी नाट्य संस्था 'प्रतिध्वनि' के मुख्य कर्ता-धर्ता समीर नंदी थे। वे कलकत्ता से आए थे और थियेटर की अधुनातन जानकारी उनके पास थी। वे नाटकों का निर्देशन तो करते ही थे, स्वयं एक कुशल अभिनेता भी थे। नाट्य कौशल और निर्देशन-संयोजन की विलक्षण प्रतिभा के अतिरिक्त सबसे बड़ा प्लस प्वांइट यह था कि उनकी तीन सुंदर और स्मॉर्ट लड़कियाँ थीं जिनकी पढ़ाई-लिखाई कलकत्ता में ही हुई थी। इसलिए नंदी साहब को अपने नाटकों के लिए अभिनेत्रियों की कमी की समस्या से नहीं जूझना पड़ता था। तीनों अभिनय और नाचने-गाने में प्रवीण थीं। इस तरह मनोरथ नगर के बांग्ला-रंगमंच पर उस परिवार का वर्चस्व सर्वमान्य था। एक ओर जहाँ थियेटर के विकास की संभावना स्पष्ट दिखाई दे रही थी, वहीं दूसरी ओर सिनेमा के शो आयोजित करने की राह इतनी आसान नहीं थी। मुक्तांगन में फ़िल्म शो प्रभावी ढंग से आयोजित नहीं हो पाया तो अस्थाई व्यवस्था के तहत सीनियर और जूनियर क्लब के हॉल सिनेमा दिखाने के लिए आज़माए गए। एक टूरिंग टॉकीज़ कंपनी को हर शनिवार और रविवार की शाम को फ़िल्में दिखाने का कॉन्ट्रेक्ट दिया गया। हर दूसरे शनिवार को जूनियर क्लब में और रविवार को सीनियर क्लब में शो करने पर सहमति बन गई। यूँ तो इसका खर्च श्रम कल्याण निधि से निकलना था, मगर दर्शक संख्या नियंत्रित करने के लिए टिकट द्वारा प्रवेश ज़रूरी समझा गया। टिकटों की दरें बहुत कम रखी गईं। जूनियर क्लब में चार आने में दरी पर, आठ आने में कुर्सी पर बैठकर आराम से फ़िल्म देखी जा सकती थी। सीनियर क्लब में सिर्फ़ कुर्सियाँ थीं और टिकट एक रुपये का था। यानी उन दिनों के बाज़ार भाव के हिसाब से काफ़ी महँगा। जिन लोगों को शनिवार को टिकट नहीं मिल पाते थे, वे किसी अधिकारी के गेस्ट के रूप में वहाँ जाकर देख सकते थे।

उस समय तक मैंने सिर्फ़ एक फ़िल्म देखी थी, 'इंसानियत'। माँ और पिता जी के साथ। एक बार हम लोग मेरठ गए थे नौचंदी का मेला देखने। मेले में एक टूरिंग टॉकीज़ में हम लोगों ने सिनेमा देखा। उस फ़िल्म में एक चिंपेंजी ने काफ़ी करतब दिखाए थे, लेकिन कहानी में इतने पेंच थे कि ज़्यादा पल्ले नहीं पड़ी। स्कूल में भी ज़्यादातर लड़कों को मालूम ही नहीं था कि सिनेमा किस चिड़िया का नाम है। जूनियर क्लब में पहली फ़िल्म लगी, 'टैक्सी ड्राइवर'। उसे देखने बहुत कम दर्शक पहुँचे, क्योंकि मनोरथ नगर में उन दिनों सवारी के नाम पर दो-तीन रिक्शे ही थे। टैक्सी का ज़िक्र किस्से-कहानियों या यात्रा वृत्तान्त आदि में भले ही पढ़ा जाता रहा हो। लेकिन जो लोग देखकर आए उन्होंने उस फ़िल्म की कहानी और संगीत आदि का कुछ ऐसा तूमार बाँधा कि नहीं जाने वाले पछताए। अगले हफ़्ते पूरी एस्टेट को 'टैक्सी ड्राइवर' फ़िल्म की स्टोरी मय गानों के पता चल गई। यह भी कि

इस फ़िल्म में काम करने के बाद हीरो देवानंद और हीरोइन कल्पना कार्तिक ने प्रेम विवाह रचा लिया। देखते-ही-देखते उस फ़िल्म से संबंधित इतनी झूठी-सच्ची कहानियाँ चल पड़ीं कि एस्टेटवासियों की माँग पर अगले हफ़्ते फिर से वही फ़िल्म दिखाई गई और हाउसफ़ुल रहा। उधर मैंने और जयंत ने तय कर रखा था कि एग्ज़ाम से पहले कोई पिक्चर नहीं देखेंगे, चाहे कितनी ही अच्छी क्यों ना हो।

~

तीसरे मॉक टेस्ट के समय की बात है। मैं मास्साब के आने से कुछ ज़्यादा ही पहले पहुँच गया था। जाकर बैठा ही था कि जयंत ने पूछा, "एक बात बताओ, क्या छमाही इम्तहान के समय तुमने जनक को हिन्दी पढ़ाई थी?" मैं इस प्रश्न को सुनकर सकपका गया। इन लोगों से मैं जनक से अपनी निकटता ज़ाहिर नहीं करना चाहता था। उसकी ख्याति ही कुछ ऐसी थी। मैंने अनमनापन दिखाते हुए कहा, "नहीं पढ़ाया नहीं था, वह पूछने आया था तो बिहारी के कुछ दोहों के अर्थ ज़रूर बताए थे। क्यों तुमने किससे सुना?" वह हँस कर बोला, "जया ने बताया। उसकी पूरी क्लास को मालूम है कि तुमने उसे गाइड किया और उसके हिन्दी में सबसे ज़्यादा नंबर आए। भैया थोड़ा-बहुत हम लोगों को भी पढ़ा दिया करो। अकेले जनक का ही कल्याण करने पर क्यों तुले हो!" मेरे कान लाल हो गए, झेंपकर बोला, "अरे छोड़ो, मैं भला तुम्हें क्या पढ़ाऊँगा!"

जयंत गंभीर होकर बोला, "मज़ाक नहीं, मैं सीरियसली कह रहा हूँ। जया बता रही थी कि बिहारी के एक-दोहे के चार अर्थ लिख डाले थे जनक ने। हिन्दी वाली बहनजी ने उससे पूछा कि इतने अर्थ किसने बताए हैं? तो उसने तुम्हारा नाम लिया। तब से जया मेरे पीछे पड़ी है कि अपने दोस्त को कहो कि मुझे भी हिन्दी पढ़ा दें। आज तुम थोड़ा पहले आ भी गए हो। मैंने तुम्हारी ओर से उसे हाँ भी कह दी है। ठीक है ना?"

यह सुनकर मेरे दिल की धड़कन इतनी बढ़ गई कि मुँह से बोल ही नहीं निकला। सहमति में सिर हिलाकर रह गया। उसे कैसे बताता कि बिहारी के दोहों के कई-कई अर्थ मैंने स्कूल लाइब्रेरी में आई डॉ. भाटी की बिहारी-सतसई की वृहद् टीका से पढ़कर उसे बताए थे। यह किताब मैं इस कौतूहलवश इशू करा लाया था कि देखें किसी दोहे के सात-सात अर्थ कैसे होते हैं। उसमें सात तो नहीं पर तीन या चार भावार्थ ज़रूर दिये गए थे। हालाँकि अर्थ निकालने में काफ़ी बुद्धि खपानी पड़ी थी।। मैं इसी उधेड़बुन में उलझा था कि वह आ गई। उसने जिस आदरभाव से मुझे नमस्ते की उससे जनक वाली कथा की पुष्टि हो गई। जयंत ने उसे कहा, " तुम्हें हिन्दी पढ़ाने के लिए जगन्नाथ ने एग्री कर लिया है। अभी तुम्हें कुछ पूछना है तो जल्दी से पूछ लो, सर के आने से पहले!...वह इसके लिए तैयार होकर आई थी, क्योंकि उसने अपने हाथ में पकड़ी किताब को खोलकर मेरे सामने रख दिया। जयशंकर प्रसाद की 'हिमाद्रि तुंग शृंग से' मेरी आँखों के सामने थी। आठवीं

क्लास में इसको घोटकर पी लिया था सो इस कठिन समय पर काम आया और मैं जाने कब तक टेप रिकॉर्डर की तरह बजता रहा। मास्साब के प्रकट होने तक। इस संक्षिप्त प्रवचन के दौरान इतनी सतर्कता ज़रूर बरती कि यत्नपूर्वक उसकी आँखों की ओर नहीं देखा। इसलिए अटक या भटक जाने की नौबत एक बार भी नहीं आई। मेरे जानते उस शाम उसने भी निशानेबाज़ी से परहेज़ रखा।

उस टेस्ट में क्या हुआ होगा इसका अनुमान इस बात से सहज ही लगाया जा सकता है कि पूरे समय यानी फ़िज़िक्स, कैमिस्ट्री और मैथ्स के सवाल लगाते समय बिहारी के दोहे मन में रह-रह कर गूँज रहे थे। विदग्ध नायिका की भाँति अपने मनोभाव छुपाए हुए मैं रीतिकालीन प्रेमी की अनायास उपस्थिति से आह्लादित हुए जा रहा था। मन के अशांत सरोवर में कामना के कमल खिले जा रहे थे। मास्साब ने मुझे आत्मलीन और निष्क्रिय बैठे देखकर पूछा, ''क्या हुआ जगन्नाथ, क्या तबीयत ठीक नहीं है? कैसे हाथ पर हाथ धरे बैठे हो?'' तंद्रा टूटी तो मैं हड़बड़ा कर जल्दी-जल्दी प्रश्नों के उत्तर लिखने लगा। मुझे ज़्यादातर सवालों के सही जवाब आते थे मगर मन रूपी पंछी तो खुले गगन में ऊँची उड़ान भरने को छटपटा रहा था। किसी तरह प्रणय तरिणी को विवेक का लंगर डाल कर किनारे लगाया और कर्तव्य मार्ग पर डट गया। इससे पहले कम-से-कम परीक्षा के दौरान ऐसे विचलन से साबका नहीं पड़ा था। जल्दी-जल्दी परचा हल करके सर के हवाले किया। उन्हें किसी समारोह में पहुँचना था, इसलिए वे हमारी कॉपियाँ लेकर बिना चाय पिये ही निकल गए।

चाय के दौरान जया ने कुछ अधिकारपूर्वक कहा, ''दादा, अगली बार बिहारी के बाकी दोहे भी पढ़ा देंगे ना?'' मैंने सहमति में सिर हिलाते हुए मन-ही-मन निश्चय किया कि कल ही लाइब्रेरी से डॉ.डी.एस.भाटी की सतसई की टीका इशू कराके देखता हूँ कि सचमुच किसी दोहे के सात अर्थ निकलते भी हैं या यूँ ही बेपर की उड़ा रखी है। हम बाहर निकल आए तो जयंत ने पूछा, ''आज परचा कैसा हुआ तुम्हारा?''

''आज ठीक नहीं हुआ। जाने क्या हो गया कि लिखने को मन ही नहीं कर रहा था। शायद तबीयत ठीक नहीं,'' मैंने धीरे से कहा। ''हाँ, तुम कुछ खोए-खोए से बैठे थे। हाथ दिखाओ इधर, कहीं बुखार तो नहीं है।'' उसने मेरा हाथ पकड़कर जायज़ा लिया और चिंतित स्वर में बोला, ''तुम्हें तो सच में बुखार है। कोई दवा है तुम्हारे यहाँ? नहीं तो हमारे यहाँ से बुखार की टैबलेट लेते जाओ।'' वह दवा लाने के लिए उलटे पाँव लौट गया। मैं उनके बगीचे में खड़ा रह गया। थोड़ी देर में वह जया के साथ आया और दो-तीन गोलियाँ देते हुए कहा, ''एक अभी ले लेना, एक सोते समय। अगर सुबह भी फ़ीवर हो तो फिर हॉस्पिटल जाकर दिखा देना।'' मैंने लापरवाही जताते हुए कहा, ''अरे देखना सुबह तक ठीक हो जाएगा।''

इस टेस्ट की कॉपियाँ दिखाई गईं तो पहली बार मैं जयंत से बुरी तरह पिछड़ गया।

यह तो होना ही था मगर आश्चर्य की बात यह रही कि जया के भी बहुत कम नंबर आए। मास्साब ने उससे कहा कि जगन्नाथ को तो बुखार हो गया था, लेकिन तुम्हें क्या हुआ? मुझे अपनी खराब परफ़ार्मेंस का कारण पता था, इसलिए ज़्यादा मलाल नहीं हुआ। हाँ, जया के बारे में मेरा अनुमान कितना ठीक था यह कहा नहीं जा सकता। मैं शुरू से ही आत्मकेंद्रित और अपने में खोया हुआ बालक रहा हूँ। अगर मैं रात से ही राशन की दुकान के सामने लगने वाली लंबी लाइन देखकर उद्वेलित न हुआ होता और मुशायरे में जाकर वह कविता नहीं पढ़ता तो शायद कभी भी खुलकर मंच पर आने का साहस नहीं जुटा पाता। पिछले कुछ दिनों से, सहसा मेरे स्कूली जीवन में घटनाक्रम बहुत तेज़ी से चल रहा था और हवा में उड़ते हुए सूखे पत्ते की तरह मैं एक कहानी से दूसरी, दूसरी से तीसरी के बीच उड़ता रहा था। मेरे इर्द-गिर्द ऐसे चरित्र जुड़ते जा रहे थे, जिनके पास बताने से ज़्यादा छुपाने के लिए मनोभाव और इच्छाएँ अधिक थीं। मुझे फ़िज़िक्स के सर से ट्यूशन पढ़ने के लिए उर्मिला के घर जाना पड़ता था तो मॉक टेस्ट के लिए जयंत के यहाँ। इस चक्कर में सुमन के यहाँ जाना नहीं हो पा रहा था। यूँ भी दसवीं के सभी लड़के-लड़कियाँ बोर्ड की परीक्षा की तैयारियों में जी-जान से लग गए थे। सुमन को घर पर पढ़ाने के लिए कैमिस्ट्री और इंगलिश टीचर आते थे और बायलोजी सर के यहाँ वह चलकर जाती थी। ऐसे में समय कहाँ बचता होगा। और तो और उसकी बैडमिंटन प्रैक्टिस भी बंद हो गई थी।

~

श्रम कल्याण योजनाओं के क्रियान्वयन से एस्टेट का माहौल तेज़ी से बदलता गया। शिशु मंदिर की नर्सरी क्लासें नन्हे बच्चों से भर गईं। निचले दर्जे के कर्मचारियों के क्वार्टरों का विद्युतीकरण होने लगा। वर्कमैन क्लब में टेबल टेनिस, बैडमिंटन के ही नहीं ब्रिज और चैस के भी चैम्पियन पैदा होने लगे। दोपहर को उषा सिलाई स्कूल चलने लगा, जिसमें सिलाई सीखकर कुछ दक्ष महिलाओं ने नारी कल्याण समिति के अंतर्गत टेलरिंग शॉप खोल ली जो कि स्त्रियों और बच्चों के कपड़ों की रियायती दाम पर सिलाई करके देने के कारण बहुत लोकप्रिय होती गई। यह सब तो अपनी जगह मगर सबसे ज़्यादा हलचल मचाई हर पखवाड़े आयोजित होने वाले फ़िल्म शो ने। मनोरंजन की इस पौष्टिक विधा से यह एस्टेट अभी तक अछूता रहा था। जैसे ही सिनेमा के मधुर और रोमांचकारी संसर्ग में आया, एस्टेटवासियों की मानो लॉटरी निकल पड़ी। हर शनिवार को जूनियर क्लब में इतनी भीड़ टूटकर पड़ती कि सँभालना मुश्किल हो जाता। सीनियर क्लब में हर कोई जा नहीं सकता था। जब ज़्यादा बवाल बढ़ा तो मजबूर होकर प्रबंधन को एडवांस बुकिंग की व्यवस्था करनी पड़ी। शनिवार के शो की बुकिंग रविवार को ही फ़ुल हो जाती। बुकिंग के समय के काफ़ी पहले ही बुकिंग विंडो के सामने लंबी लाइन लग जाती थी। सुपरवाइज़री स्टाफ़ को तो फ़ैक्ट्री में ही टिकट मिल जाते थे। यह हाल तो तब था जबकि टूरिंग टॉकीज़ वाली कंपनी वहाँ सिर्फ़ पुरानी फ़िल्में ही दिखा रही थी। मेरे पिताजी ने कई बार मुझसे पूछा

कि सिनेमा देखना हो तो टिकट ला दूँ। अपनी माँ को भी साथ लेते जाना। चूँकि मैंने और जयंत ने प्रतिज्ञा कर रखी थी कि एग्ज़ाम से पहले फ़िल्म नहीं देखेंगे, इसलिए मैंने तो मना कर दिया। जब धार्मिक फ़िल्म 'रामराज्य' आई तो वह लोग भी देखने गए जो फ़िल्मों से परहेज़ करते थे। इस फ़िल्म के कई अतिरिक्त शो हुए। मेरी माँ भी ब्लॉक की महिलाओं के साथ गईं। हम दोनों का भी फ़िल्मों से बचकर रहने का संकल्प कुछ दिनों तक अक्षुण्ण रहा फिर अचानक एक दिन खंडित हो गया।

एक शनिवार को स्कूल में हाफ़ टाइम के बाद संगीत का कार्यक्रम आयोजित हुआ। उसमें दक्षिण भारत की किसी फ़ैक्ट्री से ट्रांसफ़र होकर आए वर्क्स मैनेजर वी.वी. थॉमस साहब का गायन होना था। वह अनन्य संगीत प्रेमी थे और स्कूल मैनेजमेंट कमेटी के प्रधान थे। उनकी इच्छा थी कि स्कूल में संगीत के प्रशिक्षण की व्यवस्था होनी चाहिए। नतीजतन संगीत शिक्षक की नियुक्ति के लिए फ़ाइल चलने लगी और यदा-कदा संगीत के कार्यक्रम भी होने लगे, जिनमें छात्र-छात्राएँ ही नहीं कुछ शिक्षक भी अपनी-अपनी प्रतिभा का प्रदर्शन करते थे। कभी-कभार इनमें थॉमस साहब मुख्य अतिथि के तौर पर आमंत्रित होते थे। प्रिंसिपल के अनुरोध पर उन्होंने स्कूल के लिए एक शास्त्रीय गायन की प्रस्तुति देना स्वीकार कर लिया। स्वागत आदि के बाद जैसे ही उन्होंने 'बाबा, मन की आँखें खोल' गाना प्रारंभ किया, सुमन अपनी दोनों चोटियाँ आगे किए हुए आई और मेरे पास बैठ गई। छूटते ही बोली, ''आजकल तेरा दिमाग बहुत चढ़ गया है ना! कितने दिन हो गए तुझे अपनी शक्ल दिखाए। क्यों भाई कसम खा ली है क्या मेरे घर नहीं आने की?''

''अरे नहीं दीदी! कैसी बात कर रही हैं आप भी। आप तो जानती हो कि हाफ़ ईयरली में मेरा कैसा बैंड बजा। तब से चोटी बाँध कर पढ़ाई में जुटा हूँ। मन तो बहुत करता है मगर इन ट्यूशनों के मारे समझ में नहीं आता कि आपके यहाँ जाऊँ तो किस समय जाऊँ? ठीक है मैं कल ही आता हूँ। कल शाम को आप फ्री हैं ना?''

''तेरे लिये तो मैं हमेशा फ्री हूँ पगले। जा तुझे माफ़ किया। मैं तुझे बुलाने के लिए ही आई थी। मगर कल ठीक पाँच बजे आ जाना। और एक बात सुन, घर में बताकर आना कि हमारे यहाँ एक प्रोग्राम है। लौटने में देर होगी।...और सुन ले कान खोलकर! इस तरह पीछा नहीं छुड़ा पाएगा मुझसे। देख मैंने तुझे अपना भाई बनाया है।'' उसके बाद हम दोनों चुपचाप संगीत सुनते रहे। मैंने महसूस किया कि सुमन की झिड़की में अपनापन और माधुर्य था। मैंने धीरे से पूछा, ''कल कौन-सा प्रोग्राम है?'' उसने मुस्कुराते हुए कहा, ''यह अभी नहीं बताऊँगी। बस तू घर में बोलकर आना कि देर से लौटेगा।''

अगले रोज़, रविवार को, ठीक पौने छह बजे ओवरसीयर साहब के यहाँ पहुँच गया। नौकरानी ने मुझे बिठा कर बताया कि सब लोग बाहर जाने के लिए तैयार हो रहे हैं। मैं सोचने लगा कि अगर बाहर ही जाना था तो मुझे क्यों बुलाया है। फिर याद आया कि सुमन

ने किसी प्रोग्राम के बारे में कहा था। मैं इसी उधेड़बुन में था कि सजी-धजी और फूल की तरह खिली हुई सुमन खिलखिलाती हुई आ गई। मैंने पूछा, "आप लोग कहाँ जा रहे हैं?"

"अरे, कल बताया तो था कि हम सब पिक्चर देखने चलेंगे। बहुत अच्छी पिक्चर है, 'श्री चार सौ बीस', जाने कब से इसे देखने का मन था। तुम घर में बताकर आए हो ना?"

"लेकिन आपने यह कहाँ बताया कि फ़िल्म देखने जाना है। सिर्फ़ यह कहा था कि कोई प्रोग्राम है आपके यहाँ।" मैंने कुछ तंज के साथ कहा। वह हँस कर बोली, "यही प्रोग्राम है कि तुम्हें भी साथ लेकर हम सब क्लब जाएँगे पिक्चर देखने।"

"मगर मैंने और मेरे दोस्त जयंत ने तय किया है कि एग्ज़ाम से पहले कोई फ़िल्म नहीं देखनी है। अब मैं देखने जाऊँगा तो वह क्या सोचेगा! आप लोग देख आइये, मैं घर लौट जाता हूँ।"

"फ़ालतू की बात मत करो। एक फ़िल्म देख लोगे तो क्या इम्तहान में फ़ेल हो जाओगे। रही बात जयंत की तो चिंता मत करो, उसे भी बुला लेंगे। उसका घर तो क्लब के सामने ही है।...इधर आ, थोड़ी-सी पर्फ़्यूम लगा दूँ।" जब तक मैं कुछ कहता उसने हाथ में पकड़ी शीशी से मेरी कमीज़ पर आजू-बाजू वही बढ़िया किस्म का सेंट लगा दिया। फिर अपनी उँगली से एक बूँद गले पर (हँसुली के मध्य) मल दिया। एक क्षण के लिए मैं खुशबू में जैसे नहा गया। गले पर जहाँ उसने उँगली से छुआ था वहाँ जैसे एक निरंतर शीतल होता स्पर्श ठहर कर रह गया। मेरा फ़िल्म न देखने का संकल्प और प्रतिरोध सेंट की बेस स्प्रिट की तरह हवा में उड़ गया। उसके बाद जब मुझे होश आया तो देखा कि हम सब जीप में बैठे थे, जो बैंग्लो साइड की तरफ़ उड़ी चली जा रही थी। चैतन्य होते यह चिंता सताने लगी कि क्लब पहुँचने से पहले अगर सुमन ने जयंत को बुलाने के लिए उसके घर के सामने जीप रुकवा दी तो मेरा कैसा तमाशा बनेगा। लेकिन ऐसा कुछ नहीं हुआ और हम लोग सीधे सीनियर क्लब जा उतरे। यहाँ के टिकट पर सीट नंबर होता था। हम लोगों को बिठाकर ओवरसीयर साहब बार की तरफ़ चले गए। पूरा हॉल खचाखच भरा था। अफ़सर और उनके परिवार बड़ी संख्या में आए थे। उनके कुछ मेहमान भी थे,मेरी तरह। वातावरण भीनी-भीनी खुशबुओं से महक रहा था।

अभी फ़िल्म शुरू होने में देर थी। प्रोजेक्टर पर रील चढ़ाई जा रही थी। टूरिंग टॉकीज़ की फ़िल्म दिखाने की पद्धति कुछ ऐसी थी कि हर रील के खत्म होने के बाद एक छोटा-सा अंतराल होता था, जिसमें अगली रील प्रोजेक्टर पर चढ़ाई जाती थी। इस क्रम में, हॉल में रौशनी जलने-बुझने का सिलसिला चलता रहता था। सुमन खड़ी होकर अपनी सहेलियों को खोज-खोज कर हैलो-हाय कर रही थी और मैं मुँह गड़ाए बैठा था। सहसा उसने मेरे कंधे पर ठहोका मार कर कहा, "लो देख लो, तुम्हारा कसमखाऊ दोस्त

भी आया हुआ है पिक्चर देखने। वो देखो अपने बायें तरफ़ की रो में बैठा है अपनी फ़ैमिली के साथ। इसी की वजह से तुम नहीं आ रहे थे ना? जाकर पूछो तो सही कि वह क्यों तुम्हें बताए बिना फ़िल्म देखने आ गया?'' मैंने सिर उठाकर बायीं तरफ़ की कुर्सियों की पंक्ति में देखा—जयंत,जया और उनके माता-पिता बैठे अपने सामने बैठे किसी परिवार से बातें करने में मशगूल थे। मैंने कमज़ोर आवाज़ में कहा, ''मैं उससे बाद में मिल लूँगा।'' मेरा बिलकुल भी मन नहीं था कि जयंत लोग मुझे ओवरसीयर साहब के साथ आया हुआ देखें। सुमन से अपनी नज़दीकी को मैं उनके सामने ज़ाहिर नहीं करना चाहता था। भले ही अब तक मैं बेखटके सुमन की देहरी पर बड़े शौक से हाज़िरी दर्ज कराता रहा होऊँ। इससे पहले कि मैं देखा जाता हॉल की बत्तियाँ बुझ गईं और फ़िल्म शुरू हो गई। सुमन मेरे और अपनी मम्मी के बीच में बैठी थी। एकदम किनारे पर उसके पापा थे जो बार से अभी तक नहीं आए थे। 'श्री चार सौ बीस' की कहानी ने आरंभ से ही मुझे बाँध लिया। एक बेरोज़गार ग्रेजुएट जीविका की खोज में इलाहाबाद से बंबई तक की यात्रा, सड़क मार्ग से पैदल तै करता है। अपने कंधे पर छोटी-सी गठरी लटकाए, गाना गाते हुए, 'मेरा जूता है जापानी, ये पतलून इंग्लिशतानी, सर पे लाल टोपी रूसी, फिर भी दिल है हिन्दुस्तानी'। उस समय तक यशपाल की दो-तीन किताबें पढ़ चुका था, इसलिए लाल टोपी का संकेत कुछ-कुछ समझ में आ रहा था। सारे लोग जब फ़िल्म में गहरे डूब गए तो अचानक पहली रील खत्म हो गई और कथा-प्रवाह भंग हो गया। सुमन ने मुझे कोहनी से ठेलते हुए कहा, ''अरे भाई, अपने दोस्त को हैलो तो कह के आओ। देखो, बेचारा तुम्हारी तरफ़ ही देखे जा रहा है।'' सचमुच जयंत मुझे देख कर हाथ हिला रहा था। मैंने भी उसकी ओर मुस्कुराते हुए हाथ हिलाया। तब तक फिर से अंधेरा हो गया। रील चली तो लगा कि कुछ गड़बड़ है। शायद रील उलटी भरी हुई थी। पिछले शो के बाद रिवाइंड होने से रह गई होगी। इस बार उजाला हुआ तो देर तक रहा, क्योंकि रील उलटी चलाई जा रही थी। मैं उठकर जयंत लोगों के पास गया। उसके पिता मुस्कुराकर बोले, ''कोबी मोशाय भी छोबी देखने आया है!...जयंत ने खड़े होकर मेरा हाथ थाम लिया और हँसते हुए कहने लगा, ''थैंक गॉड तुम भी आ गए। मैं तुम्हारी वजह से बहुत गिल्टी फ़ील कर रहा था। जया ने ज़िद की तो मुझे भी साथ आना पड़ा। तुम क्या सुमन के साथ आए हो?'' मैं जान रहा था कि यह प्रश्न मुझसे पूछा अवश्य जाएगा। इसीलिए उत्तर पहले ही सोच रखा था, ''हाँ यार, जब से हमने नाटक में एक साथ काम किया है वह मुझे भाई की तरह मानने लगी है। ज़िद करके मुझे मेरे घर से ले आई। मैं खुद गिल्टी फ़ील कर रहा था।...चलो अब एक फ़िल्म देख ही ली जाए।''

बात करते-करते मेरा ध्यान जया की ओर गया। मैं ठीक उसके सामने खड़ा था। वह ध्यान से हमारी बातें सुन रही थी। जैसे ही उसने मुझे देखते हुए देखा मुस्कुराकर ज़ोर से कुछ सूँघने का उपक्रम किया। शायद मेरे कपड़ों पर छिड़के गए परफ़्यूम की ओर संकेत रहा हो। मैं झेंपकर रह गया। बाद में फ़िल्म चली तो बहुत देर तक मैं इस संकेत के निहितार्थ

को लेकर थोड़ा परेशान-सा रहा। फिर अपने को समझाया कि मैं खामेखां तिल को ताड़ बना रहा हूँ। उसे कैसे पता चल सकता है कि यह खुशबू किसी ने मेरे ऊपर छिड़की है। मन तो था कि वहीं जयंत के पास बैठ जाऊँ मगर मेरी जगह कहीं और थी। मैं लौट रहा था तो पीछे से मधुर हँसी सुनाई दी। हो सकता है कि कोई और रहा हो मगर मुझे लगा कि जया और उसकी मम्मी किसी बात पर हँसी हैं।

मैंने देखा कि फ़िल्म में बंबई शहर भी एक पात्र की तरह प्रस्तुत किया गया था। मेरे लिए यह कल्पनातीत था कि वह महानगर अपने आप में इतने विरोधाभासों को समेटे है। खाली जेब और स्वप्नजीवी नायक को चाल और फुटपाथ के रहवासियों ने आसरा दिया। फुटपाथ पर ज़िन्दगी गुज़ारने वाले सर्वहारा जन इतने ज़िंदादिल और उदार हृदय हो सकते हैं, यह देखकर मैं आश्चर्यचकित हुआ। दोजून की रोटी के लिए विकट संघर्ष के बीच हँसते-गाते वे चरित्र बहुत अच्छे लगे। 'रमैय्या वस्ता वैय्या, मैंने दिल तुझको दिया'। उन्हीं बड़े दिलवाले निर्धनों का समूह गीत था। एक अपेक्षाकृत छोटे शहर से आया पढ़ा-लिखा नौजवान उनके बीच रच-बस गया। नायिका से उसकी मुलाकात समुद्र के किनारे हुई और बहुत मज़ेदार घटनाक्रम उन्हें एक-दूसरे के करीब ले आया। दोनों गरीब थे, अभावग्रस्त और संघर्षशील थे मगर थे ईमानदार। उनके बीच प्रणय अनुभूति को बंबई के घनघोर वर्षा दृश्य में एक अत्यंत मधुर और रूमानी गीत, 'प्यार हुआ, इकरार हुआ' के माध्यम से प्रस्फुटित होते हुए दिखाया गया तो ऐसा लगा कि दर्शकों के मन मयूर नाच उठे। सुमन बहुत मगन होकर फ़िल्म देख रही थी। इस गाने के दौरान उसने कब मेरा हाथ पकड़ लिया, यह पता ही नहीं चला। कुर्सी के हत्थे पर रखी मेरी हथेली उसके हाथ की नमी और गीत की ताल पर उठती-गिरती उँगलियों से संवेदित होती रही। इस गाने को बाद में स्कूल में ही नहीं जीवन में भी अनगिनत अवसरों पर सुनता रहा हूँ, लेकिन इससे कभी भी मन नहीं भरा। पहला हिस्सा तो खूब मस्ती भरा और मनोरंजक था। 'ईचक दाना, बीचक दाना, दाने ऊपर दाना...' जैसे मज़ेदार गाने और गुदगुदाने वाले प्रसंग थे लेकिन आगे की कहानी में भारी उलट-फेर थी। मायानगरी ने उस भोले-भाले युवक को सच्चाई और ईमानदारी की राह से भटका कर एक चलता पुर्जा और फरेबी इन्सान बना दिया और नायिका विद्या और नायक राज की राहें अलग-अलग हो गईं। जैसे-जैसे फ़िल्म संजीदा होती गई सुमन के चेहरे पर दुख की छाया गहरी होती गई। जब राज और विद्या का बिछोह नियति के खेल का रूप लेने लगा तो फिर एक बार 'रमैय्या वस्ता वैय्या, मैंने दिल तुझको दिया' गूँज उठा। इस बार वह विषादमय था। नारी स्वर में गाए, 'तू और था, तेरा दिल और था, तेरे दिल में ये दुनियादारी न थी' से इतना दर्द छलक रहा था कि पूरा वातावरण गुरु गंभीर हो गया। अचानक सिसकी सुनाई दी तो मैंने हैरानी से सुमन की तरफ़ देखा, वह धीरे-धीरे फफक रही थी और आँखों से बहते आँसुओं को अपने छोटे से रूमाल से पोंछ रही थी। समझ में नहीं आया कि उसे कैसे दिलासा दूँ कि कोई सचमुच की बात नहीं है, महज़ एक फ़िल्मी कथा है। फिर यह

सोचकर आश्वस्त हुआ कि उसकी मम्मी पास बैठी हैं,वे उसे सँभाल लेंगी। दूसरे ही क्षण देखा कि मम्मी खुद अपनी आँखें पोंछ रही थीं। ओवरसीयर साहब की सीट खाली थी। ज्यों-ज्यों राज सेठ सोनाचंद चाँदीमल के जाल में फँसता गया हॉल के अंदर का वातावरण भारी होता गया। थोड़ी देर बाद सुमन ने अपने हैंडबैग से एक छोटा रूमाल निकालकर मेरी तरफ़ बढ़ाया। मैंने सिर हिलाकर मना कर दिया तो वह रुआँसे स्वर में बोली, ''ले लो, देखना ये दुष्ट इसे जेल भिजवा देगा।''...मैंने अपनी जेब से रूमाल निकाल कर दिखाया तो वह मुत्मइन हुई। मैं यह कहते-कहते रुक गया कि मुझे रूमाल की ज़रूरत नहीं पड़ेगी। खैर इस मोड़ पर रीलों के बीच का अंतराल हुआ और कुछ देर के लिए गम के बादल छँटे।

मध्यांतर में ओवरसीयर साहब ने आकर कहा, ''आप लोग गर्म कटलेट खाना चाहते हैं तो आइये कैफ़ेटेरिया में चलें।'' मम्मी का मन नहीं था, सुमन और मैं उनके साथ गए। सच में वह क्लब स्पेशल कटलेट बहुत ज़ायकेदार थे। साथ में गोपाल हलवाई टाइप चटनी की बजाय टोमैटो कैचअप था। मैंने पहली बार वह डिश चखी, कैचअप भी। अब यह भगवान जाने कि कटलेट वेज थे या नॉन-वेज, जो भी थे लाजवाब थे। साथ में फ़िल्टर कॉफ़ी थी, बेहद कड़वी मगर वहाँ जिस शौक से पी जा रही थी उसे देखते हुए मैं दिल कड़ा करके किसी तरह उस विष को पी गया। इससे पहले कॉफ़ी और कटलेट मैंने उपन्यास और कहानियों में ही पढ़े थे। हमारे घर में ये चीज़ें बनती नहीं थीं। हम लोग वापिस आकर बैठे तो देखा अभी भी कुछ कुर्सियाँ खाली थीं। उनकी प्रतीक्षा में फ़िल्म का प्रदर्शन रुका हुआ था। सुमन और मैं फ़िल्म के बारे में बात करने लगे। सुमन विद्या के दुख से बहुत व्यथित थी। जब तक क्लब डांसर की भूमिका में 'मुड़-मुड़ के न देख, मुड़-मुड़ के' गाते हुए नादिरा का पदार्पण नहीं हुआ था कुछ तसल्ली थी मगर जैसे ही एक नाच के दौरान राज और नादिरा एक-दूसरे के प्रति आकृष्ट हुए सुमन के गुस्से का पारावार न रहा। उसने मेरी ओर झुककर कहा, ''देखा तुमने, ये लड़के कितने कुत्ते होते हैं! उस भोली-भाली स्कूल टीचर को भूलकर इस चुड़ैल के पीछे कैसे दुम हिलाता घूम रहा है।'' मैंने फिर वही घिसी-पिटी बात कहनी चाही कि यह असल ज़िन्दगी की नहीं फ़िल्म की कहानी है। इसको लेकर इतना सीरियस क्यों हो रही हो? लेकिन उसकी लड़कों के बारे में व्यक्त की गई राय को देखते हुए मैंने चुप रहने में ही भलाई समझी।

~

नवरात्र के दिनों में षष्ठी से विजयादशमी तक जूनियर क्लब में दुर्गा पूजा थी। यह एस्टेट के बंगभाषी समुदाय का सबसे बड़ा उत्सव था, जिसमें बंगाली लड़के-लड़कियों का उत्साह देखते ही बनता था। वे रोज़ नए-नए कपड़े पहनकर सुबह से रात तक पूजा पंडाल में जमे रहते। हर रात सांस्कृतिक कार्यक्रम—संगीत, नृत्य, जात्रा, नाटक आदि का प्रदर्शन होता था। उस वर्ष ऑफ़िसर ट्रेनीज़ ने भी संगीत संध्या में बढ़-चढ़ कर भाग लिया क्योंकि उस बैच

में चार बंगाली नवयुवक थे, जिन पर कई कन्याओं वाले परिवारों की निगाह टिकने लगी थी। नवमी की रात्रि को बांग्ला नाटक हुआ तो ट्रेनीज़ इतने प्रभावित हुए कि उन्होंने अगले ही दिन बैठक करके एक हिन्दी नाटक मंचित करने का निर्णय ले लिया। इसमें दिक्कत यह थी कि उनमें से किसी को भी नाटक के निर्देशन और प्रस्तुतिकरण का व्यावहारिक अनुभव नहीं था। अंततोगत्वा उनका एक प्रतिनिधि मंडल फ़ैक्ट्री में ही समीर नंदी से मिलने गया। वे सहर्ष तैयार हो गए। उसके बाद नाटक की खोज होने लगी। दो-तीन लोग किसी अच्छी पुस्तक की तलाश में स्कूल भी आए। लाइब्रेरी में कुछ ऐतिहासिक नाटक थे मगर वे चाहते थे आधुनिक नाटक।

बड़ी जद्दोजहद के बाद यह तय हुआ कि किसी लोकप्रिय बांग्ला नाटक का हिन्दी अनुवाद किया जाए। नंदी मोशाय ने एक किताब उन्हें दी जिसका शीर्षक था— पब्लिक वर्क्स डिपार्टमेंट (पी.डब्ल्यू.डी.)। यह एक भ्रष्टाचार निरोधक गुप्तचर संस्था का काल्पनिक नाम था जो सरकारी विभागों में ऊपर की कमाई करने वालों को रंगेहाथों पकड़ने के लिए गठित की गई थी। चारों बंगाली और कुछ हिन्दी में प्रवीण समझे जाने वाले ट्रेनी अनुवाद कार्य में जुटे। जब रफ़ ड्राफ़्ट बन गया तो संशोधन और परिमार्जन के लिए स्कूल में आकर प्रिंसिपल को दे गए। उन्होंने हिन्दी वाली बहन जी को पकड़ा दिया। बहन जी ने संवादों पर काफ़ी मेहनत करके नाटक को खेलने योग्य बना दिया। उन्होंने मुझे बुलाकर कहा, ''जगन्नाथ एक बार इसके डायलॉग शुरू से आखिर तक बोलकर पढ़ो, तब पता चलेगा कि कहाँ संपादन या संशोधन की ज़रूरत है।'' स्कूल की छुट्टी के बाद करीब दो घंटे तक पाठ और पुनर्पाठ चलता रहा, तब जाकर वह मंचन की दृष्टि से संतोषजनक बन सका। कम-से-कम हम दोनों की नज़र में। यहाँ तक तो ठीक था मगर जब ट्रेनी उसे लेने आए तो बहन जी ने उन्हें मेरे बारे में जाने क्या बता दिया कि वे क्लास में मुझसे मिलने चले आए। उस समय मैथ्स के सर का पीरियड था लेकिन वे पहुँचे नहीं थे। मुझे बाहर बुलाकर उन्होंने अपना परिचय दिया, एक थे देवेश ठाकुर और दूसरे संतोष सक्सेना। उन्होंने संक्षेप में नाटक खेलने की योजना बताकर शाम को बैचलर होस्टल में 'प्ले रीडिंग सेशन' में आने का अनुरोध किया। मैं मन-ही-मन बहुत खुश हुआ। हालाँकि इस चक्कर में पढ़ाई का नुकसान होने की आशंका ने भी सिर उठाया। लेकिन उन्हें मना कैसे करता! वे हमारे रोल मॉडल जो बन चुके थे। ज़्यादातर लड़के इंटर के बाद इंजीनियरिंग में प्रवेश लेने के सुहाने सपने देखने लगे थे। ये लोग ज़रूरत पड़े तो पढ़ाई में भी मदद कर सकते हैं, मैंने अपने आप को समझाया।

घर में माँ को बताया तो वह बहुत खुश हुईं। बोलीं, ''देखो ऐसे लोगों के साथ उठो-बैठो तो बहुत-सी बातों का सलीका अपने आप ही आ जाता है। ये सब अच्छे-अच्छे घरों के लड़के हैं और ऊँची पढ़ाई करके आए हैं। ट्रेनिंग पूरी होते ही अफ़सर लग जाएँगे। सुनते हैं कि अफ़सरों के बराबर तनख्वाह इन्हें अभी भी मिलती है।...वहाँ नहा-धोकर, ढंग

के कपड़े पहन कर जाना! और सुन, अपनी कविता और नाटक के फ़ोटो भी लेते जाना। तभी उन्हें पूरा परिचय मिलेगा। तुम भी अपने बारे में उन्हें ठीक से बताना। वहाँ जाकर शर्माने और बुद्धू बनकर बैठे रहने की ज़रूरत नहीं है।''

मैं पहुँचा तो रीडिंग सेशन चल रहा था। कमरा सिगरेट के धुएँ से भरा था। उन दिनों सिगरेट पीने को आजकल की तरह इतना बुरा नहीं समझा जाता था बल्कि यह फ़ैशनेबल लाइफ़-स्टाइल का एक लोकप्रिय अंदाज़ गिना जाता था। समीर नंदी कुछ दूर एक कुर्सी पर बैठे बारी-बारी से संभावित अभिनेताओं द्वारा पढ़े जा रहे पात्रों के संवाद सुन रहे थे। उनका पहनावा बड़ा विचित्र था। वे गैलिस लगी हुई पतलून पहने बैठे थे। करीब एक दर्जन उम्मीदवारों में से पाँच प्रमुख पात्रों का चयन होना था। मुख्य भूमिका एक सरकारी विभाग में कार्यरत सिविल इंजीनियर दुष्यंत की थी, जिसके लिए देवेश ठाकुर का चयन सर्वसम्मति से हो गया। उसका आत्मविश्वास और रुतबा देखकर साफ़ मालूम पड़ता था कि वह उस ग्रुप का लीडर है। डील-डौल के लिहाज़ से दूसरे महत्त्वपूर्ण पात्र, खुफ़िया भ्रष्टाचार निरोधक एजेंसी के चीफ़, के लिए वरुण भट्टाचार्य उपयुक्त लग रहे थे मगर उनकी आवाज़ में अपेक्षित उतार-चढ़ाव और भारीपन का सर्वथा अभाव था। कुछ और प्रतिभाओं की परीक्षा ली गई मगर चीफ़ के करेक्टर को वे ज़मीन पर उतार नहीं पा रहे थे। एकाएक नंदी मोशाय उठ खड़े हुए और मुझसे कहा कि संवाद पंक्ति-दर-पंक्ति प्रॉम्प्ट करूँ। जैसे ही उन्होंने थोड़े बहुत हाव-भाव के साथ बोलना शुरू किया सबकी साँसें रुक गईं। अनुवाद में चूँकि खांटी शुद्ध हिन्दी का प्रयोग किया गया था, इसलिए उनका उच्चारण भले ही गड़बड़ा रहा हो मगर हाव-भाव और बोल-चाल से वे सचमुच किसी खुर्राट डिटेक्टिव की तरह लग रहे थे। ऑडीशन की उस शाम उनकी भारी-भरकम काया और खरज वाली गहरी आवाज़ का जादू छा गया। सबने एक स्वर से कहा, ''नंदी साहब आपसे बेहतर एक्टर इस रोल के लिए हमें कहाँ मिलेगा। थोड़ी ही मनुहार के बाद वे मान गए तो अन्य पात्रों का चयन हुआ। एक पात्र था—युधिष्ठिर,वह दुष्यंत का मित्र और सहकर्मी था। बेहद ईमानदार,जो कि अपने मित्र के प्रलोभन पथ पर अग्रसर होकर भ्रष्ट होते जाने से व्यथित रहता और मौके-बेमौके उसे समझाता कि रिश्वतखोरी के फेर में पड़ने से बचे लेकिन दुष्यंत पर टीम-टाम भरी ज़िन्दगी जीने की धुन के सामने उसकी एक नहीं चलती। इस रोल के लिए जितेंद्र पाटनी को सर्वसम्मति से चुन लिया गया। वह पूरे बैच में सबसे सुदर्शन और नाजुक लड़का था। दूर से उसके नैन-नक्श लड़कियों की तरह आकर्षक और कोमल दिखाई देते थे। इस चयन के बाद बजी तालियों से मुझे ऐसा लगा कि वहाँ उसके चाहने वाले कई हैं। पुरुष पात्रों के चयन के बाद स्त्री पात्रों की बारी आई। उनमें प्रमुख थी दुष्यंत की पत्नी गौरी की भूमिका। अन्य स्त्री पात्र गौण थे। उनके बिना भी,थोड़ा हेरफेर करके, नाटक खेला जा सकता था।

ऑफ़िसर ट्रेनीज़ में सिर्फ़ लड़के ही थे क्योंकि उन दिनों लड़कियाँ सामान्यत: इंजीनियरिंग कॉलेजों में पढ़ने नहीं जाती थीं। मनोरथ नगर जैसी दकियानूसी जगह पर

नाटक में उतरने के लिए किसी हिन्दी भाषी लड़की का तैयार होना बहुत कठिन था। किसी ने सुझाव दिया कि अगर ओवरसीयर साहब की लड़की सुमन को एप्रोच किया जाए तो शायद बात बन जाए। वह एस्टेट के सबसे आधुनिक और प्रगतिशील परिवार से थी और स्कूल के नाटक में अभिनय करके श्रेष्ठ अभिनेत्री का पुरस्कार ले चुकी थी। ट्रेनीज़ में भी कुछ उनके बैडमिंटन कोर्ट पर खेलने जाते थे, इसलिए इस सुझाव को हाथोंहाथ लिया गया। जब यह प्रकरण चल रहा था तो मैंने देखा कि नंदी साहब के चेहरे पर असहमति झलक रही थी मगर उन्होंने मौन बनाए रखा। सहसा देवेश ने मेरी ओर देखकर पूछा, "तुम्हें क्या लगता है? क्या वह नाटक में काम करने के लिए तैयार हो जाएगी?" पता नहीं क्यों मैं खुद इस सुझाव को सुनने के बाद उलझन महसूस कर रहा था। मैंने धीरे से कहा, "मुझे नहीं लगता। उनकी बोर्ड की परीक्षा है और दसवीं के सभी स्टूडेंट्स पढ़ाई में व्यस्त हैं। उनको तो तीन-तीन ट्यूटर पढ़ाने आते हैं। वैसे आप पूछकर देख लो।"

मेरी बात सुनकर वे एक-दूसरे की ओर प्रश्नवाचक दृष्टि से देखने लगे। फिर किसी ने कहा, "हाँ,पूछने में क्या हर्ज है। ज़्यादा-से-ज़्यादा मना कर देंगी। नंदी सर आपका क्या विचार है?" वह सिर हिलाते हुए बोले, "आइ हैव नो आइडिया। हम उन लोग को ठीक से नहीं जानता। हाँ, बोर्ड एग्ज़ाम की बात से लगता है कि मुश्किल होगा।" कुछ देर खामोशी बनी रही फिर बंगाली ट्रेनीज़ में से एक ने कहा, "आप सबने दुर्गा पूजा में बांग्ला नाटक तो देखा ही है। उसमें हीरोइन का रोल जिन्होंने किया था वे नंदी सर की डॉटर हैं। सुचित्रा जी। क्यों ना हम उनसे रिक्वेस्ट करें। शायद मान जाएँ।" सब लोग नंदी मोशाय का मुँह ताकने लगे तो उन्होंने कहा, "वैल, यू विल हैव टू अप्रोच हर। एज़ फ़ार एज़ आइ एम कंसन्ड आइ हैव नो ओब्जेक्शन...।" उधर सुमन के समर्थकों ने भी हथियार नहीं डाले थे। काफ़ी सोच-विचार के बाद तय हुआ कि देवेश और जितेंद्र, सुचित्रा की सहमति लेने उसके घर जाएँ। सुमन का मन टटोलने की ज़िम्मेदारी मुझे दी गई। यह काम तत्काल ही होना था इसलिए मैं ओवरसीयर साहब की तरफ़ निकला और वे दोनों नंदी मोशाय के साथ उनके घर। दोनों के घर बैचलर्स होस्टल के नज़दीक ही थे।

सुमन बायलोजी की पढ़ाई में तल्लीन थी, मगर मुझे देखकर खुश हुई। बोली, "आज इधर का रास्ता कैसे भूल गया? जब से बैंग्लो साइड जाने लगा है बाकी दुनिया को जैसे भूल ही गया है। बैठ मैं तेरे लिए कुछ खाने को लेकर आती हूँ। आज शाम को गोपाल हलवाई के गुलाबजामुन आए थे हमारे यहाँ।" मैं सोचने लगा कि किस तरह नाटक की बात छेड़ी जाए। दोनों गुलाबजामुन उदरस्थ करके मैंने सीधी राह पकड़ी, "दीदी, मैं आपके लिए किसी का संदेश लेकर आया हूँ।" वह चुप रही तो मेरी हिम्मत बढ़ी, "बात ये है कि ऑफ़िसर ट्रेनीज़ समीर नंदी जी के निर्देशन में एक नाटक खेलने जा रहे हैं। बांग्ला नाटक है जिसका हिन्दी में अनुवाद किया गया है। इसे अपनी हिन्दी टीचर को दिखाया गया तो उन्होंने मेरा नाम उन लोगों को बता दिया। बहन जी के कहने से मैं आज वहाँ रीडिंग

सेशन में गया था। वहाँ प्ले में नायिका की भूमिका के लिए आपके नाम पर चर्चा हुई है। वे आपको बुलाने के लिए आने से पहले जानना चाहते हैं कि क्या आप इसके लिए समय निकाल पाएँगी?''

सुमन आँखें तरेर कर बोली, ''देख रही हूँ, आजकल तेरे बहुत पर लग गए हैं। तुझे क्या पड़ी है, जिन्हें पूछना होगा खुद आ जाएँगे।...और सुन, तुझे कुंछ अक्ल है कि नहीं! अरे जब नंदी डायरेक्ट कर रहे हैं तो हीरोइन उनकी लड़कियों में से कोई बनेगी। मैं इसमें कहाँ आती हूँ। अरे वहाँ तो एक छोड़ तीन-तीन हीरोइनें तैयार बैठी हैं।'' मैंने कहा, ''तो जाकर मना कर दूँ आपकी तरफ़ से?'' उसने कुछ नाराज़गी के स्वर में कहा, ''तू न तो ना कर न हाँ कर। चुपचाप घर चला जा। उनकी गरज होगी तो सौ बार आएँगे। तब तक मैं सोच लूँगी कि क्या कहना है। ठीक है ना?'' मुझे हैरान होते देखकर वह मुस्कुराकर बोली, ''अरे तू समझता नहीं है कि लड़कियों के कितने बंधन होते हैं। सबसे पहले तो बायलोजी के सर से पूछना पड़ेगा। उनका कोई भरोसा नहीं फिर से उखड़ जाएँ। बड़ी मुश्किल से तो हमारी गाड़ी पटरी पर आई है। वे किसी तरह मान भी जाएँ तो शाम की दो-दो ट्यूशंस हैं। पापा को अलग मनाना पड़ेगा। यह सब इतना आसान नहीं है। इसलिए भैया तू तो चुप लगा जा। एक-दो दिन मत जा उनके पास। फिर देखते हैं क्या होता है।''

वास्तविकता यह थी कि तमाम लटकों-झटकों के बावजूद मैं सुमन को बहुत समझदार और परिपक्व मानता था। उसकी बेतुकी बातें सुनकर मुझे धक्का-सा लगा। कुछ गुस्सा भी आया। अभी महीने भर पहले गिरीश के लिए कविता लिखी जा रही थी, उसकी बेवफ़ाई पर आँसू बहाए जा रहे थे और अब बायलोजी के सर के संग रस्मे-वफ़ा निभाई जा रही है। मैंने चिढ़कर पूछा, ''दीदी, साफ़-साफ़ बताइये आप इनके नाटक में काम करना चाहती हैं कि नहीं? ज़्यादा नाटक करने की बजाय हाँ या न में जवाब दीजिये।'' वह खिलखिला कर हँस पड़ी, ''अरे बुद्धू,भला कौन लड़की ऑफ़िसर ट्रेनीज़ के साथ ड्रामा खेलने से मना करेगी! देखा नहीं उनमें एक-एक लड़का हीरा है। तराशा हुआ और चमकदार। तभी तो वह कमबख्त नंदी पहले ही जाल बिछाए बैठा है। वह मुझे उस नाटक में आने ही नहीं देगा। तू देखता जा कि यह तमाशा कहाँ खत्म होता है।...अच्छा,यह सब छोड़, ये बता कि तेरी पढ़ाई कैसी चल रही है? देख उस बंगाली लड़के से सावधान रहना। वह किसी भी तरह तुझे पछाड़कर ही मानेगा।''

मैं लौटकर बैचलर्स होस्टल गया और देवेश को बता दिया कि सुमन रोल करने के लिए बिलकुल तैयार नहीं है। उसने सुनकर बड़ी राहत की साँस ली और कहा, ''यह बहुत अच्छा हुआ। बात यह है कि सुचित्रा वह पार्ट करने के लिए मान गई है। उसने नाटक की एक साक्लोस्टाइल्ड कॉपी भी लेकर रख ली है। वैसे भी बांग्ला में यह किताब उसकी पढ़ी हुई है। उससे बात तय होने के बाद बार-बार यह ख़याल आ रहा था कि अगर सुमन

ने भी हाँ कर दी तो बड़ी अजीबोगरीब स्थिति हो जाएगी। एनी हाउ, दैट वरी इज़ ओवर। थैंक्स जगन्नाथ! यू आर सच ए स्वीट गाइ। कम ऑन, हैव डिनर विद अस।'' मैंने क्षमा माँगी और चला आया। आश्चर्य, सुमन का अनुमान एकदम सही था। उसकी समझदारी पर विश्वास फिर से लौट आया।

~

कई बार खामोखां की प्रसिद्धि मुसीबत में फँसा देती है। बिहारी के दोहों के मामले में जनक ने अपनी क्लास में मेरी तारीफ़ में बढ़ा-चढ़ा कर कसीदे क्या काढ़े मेरी शामत आ गई। जया ने एक-दो बार कहा तो मना कैसे करता। यह भाषा कौमुदी में बिहारी के कुछ निरापद से दोहे थे, लेकिन उनमें से किसी के भी सात-सात अर्थ नहीं निकलते थे। कम-से-कम डॉक्टर डी.एस.भाटी की टीका में तो नहीं ही थे। जनक को मैंने उस किताब से कुछ काव्यात्मक चमत्कार प्रदर्शित करने वाले दोहे (व्याख्या सहित) नमूने के तौर पर सुनाए थे। उनमें इस कदर शरारत कूट-कूट कर भरी थी कि वे जया तो क्या किसी भी लड़की को समझाए या बताए नहीं जा सकते थे। आखिर बकरे की माँ कब तक खैर मनाती। एक शाम मैं पूरी तैयारी करके उनके यहाँ पहुँच गया। साइकिल खड़ी करने लगा तो देखा कि एक साइकिल पहले से ही वहाँ खड़ी थी। मैंने आवाज़ दी तो जया ने ही दरवाज़ा खोला। उसने कुछ इस अदा से नमस्कार किया जैसे कोई मास्साब आ गए हों। मैंने पहली बार मास्टरी के जलवे का लुत्फ़ उठाया और गंभीर मुद्रा अपना कर उसके पीछे-पीछे अध्ययन कक्ष में दाखिल हुआ। बगल के ड्रॉइंग रूम से बांग्ला में ज़ोर-ज़ोर से बोलने-बतियाने की आवाज़ें आ रही थीं। इससे पहले कि मैं उससे जयंत के बारे में पूछता वह खुद ही चला आया। उसने बताया कि उसके पिता के कज़िन आए हुए हैं। यह भी कि वे बहुत मशहूर आदमी हैं। बोला, ''तुम उन्हें जानते होगे,अरे वही जो यूनियन के प्रेसीडेंट हैं—एस.एम. बैनर्जी! वे पापा के ताऊजी के लड़के हैं।...तुम जया को महाकवि बिहारी लाल पढ़ाओ, मैं थोड़ी देर में आता हूँ।'' मैं यह सुनते ही कुछ हैरान, कुछ परेशान-सा होकर बैठ गया। जया ने ठीक सामने बैठकर किताब खोल ली और मेरी ओर देखने लगी।

मैं तो उस महाकवि को राई के दाने के बराबर भी जानने का दावा करने की स्थिति में नहीं था मगर मुझे पक्की तरह लग रहा था कि अगर वे यह दृश्य देख रहे होते तो कम-से-कम एक-दोहा तो जन्म ले ही लेता। मैं कुछ-कुछ असहज और संकुचित महसूस कर रहा था। जया ने शायद इसे भांप कर कहा, ''दादा यह देखिये, मुझे इनका पहला ही दोहा बिलकुल समझ में नहीं आया। बहन जी ने क्लास में बस एक बार जल्दी-जल्दी इसका अर्थ बता दिया और आगे बढ़ गईं। कहा समझा दीजिये तो दो लाइन का अर्थ लिखवा दिया जो किसी के पल्ले नहीं पड़ा।...राधा जी की छाया पड़ने से कृष्ण जी हरे कैसे हो गए? क्या कृष्ण की छाया पड़ने से राधा जी भी किसी और रंग में रंग जाती थीं?'' वह विस्फारित

नेत्रों से जिस तरह देख रही थी, उससे मेरे अंतर्मन का कवि जाग उठा और सहसा एक उपमा ने जन्म लिया—विशालाक्षी। जन्म लेते ही वह उपमा मन-मस्तिष्क पर छा गई। बहुत दिनों से मैं इसकी तलाश में था। फिर अचानक मेरा ध्यान इस दोहे की तरफ़ गया—मेरी भव-बाधा हरौ, राधा नागरि सोइ। जा तन की छाया परै, स्यामु हरित-दुति होइ...अब मैं चूँकि पूरी तैयारी से गया था, इसलिए महाकवि और मूल ग्रंथ 'बिहारी सतसई' के बारे में बताया और सूचित किया कि यह उस कालजयी कृति का पहला दोहा है जो तत्कालीन परंपरा के अनुसार मंगलाचरण के रूप में लिखा गया होगा। इसमें कृष्ण और राधा के अलौकिक प्रेम के आध्यात्मिक आयाम को काव्यात्मक रूप से उद्‌घाटित किया गया है। कृष्ण और राधा पुरुष और प्रकृति की तरह स्वतंत्र होते हुए भी सर्वथा अभिन्न हैं परंतु कवि की दृष्टि में राधा जी अधिक चतुर और सक्षम हैं, इसलिए वह उन्हीं से स्तुतिपूर्वक प्रार्थना कर रहा है कि जिनके स्वर्णिम दीप्ति वाले व्यक्तित्व की आभा पड़ते ही सांवरे श्याम हरे हो जाते हैं, वह चतुर राधा जी मेरे सांसारिक दुखों का हरण ठीक उसी तरह करें जैसे उन्होंने कन्हैया के रंग का हरण किया है। इतना कहकर मैं स्वयं उलझन में पड़ गया कि यह सही व्याख्या है या अपने मन से कुछ का कुछ बोल गया हूँ, दुविधा यह भी कि पता नहीं यह गड़बड़झाला जया के पल्ले पड़ भी रहा है कि नहीं ? देखा कि वह टकटकी लगाए मेरी तरफ़ देखे जा रही है। मैंने असहज होकर मौन धारण कर लिया। उसने शायद एक निरीह शिक्षक का अहिंसक आखेट त्याग कर स्वीकृति में सिर हिलाया। मतलब, समझ में आ रहा है, आप बोलते रहिये। लगा जैसे स्थिति पूरी तरह उसके नियंत्रण में है। इसे लेकर मेरे मन में कोई द्वंद्व नहीं उपजा। दोनों में से किसी एक को नियंता होना ही है,यह सोचकर मैंने दोहे के दूसरे और तीसरे अर्थ का बखान, मज़े-मज़े में, कुछ विस्तार से किया। उसने कहा कि आप मुझे दो मिनट दें मैं तीनों अर्थ लिखकर आपको दिखाना चाहती हूँ।

पहले तो उसके लेखन की तीव्र गति ने चकित किया। फिर देखा कि हस्तलिपि सुंदर और कलात्मक थी और हिज्जे की गलतियों के बावजूद मानना पड़ा कि उसने मेरे बताए को ज्यों का त्यों लिख दिया था। विशालाक्षी की प्रतिभा का अनुमान होते ही इस लघु कक्षा में उत्साह की लहर-सी उठी और पाठ आगे बढ़ा। अंततोगत्वा उसने वही दोहा पूछ लिया जिसका अर्थ खुद मुझे ठीक से समझ में नहीं आया था।...ज्यौं-तरौना ही रह्यौ, श्रुति सेवत इक-रंग। नाक-बास बेसरि लह्यौ, बसि मुकुतनु के संग...खैर किसी तरह तरौना, श्रुति, नाक-बास, बेसरि और मुकुतनु के दो-दो अर्थ बताए और यांत्रिक रूप से निरंतर वेद श्रवण के बरअक्स मुक्ति चेतनायुक्त विद्वजनों के सत्संग से होने वाले आरोहण को समझाने का प्रयास किया तो दोहे का भावार्थ खुद-बखुद स्पष्ट होता चला गया। उसने झटपट लिखकर दिखा भी दिया। अगले दोहे में बिहारीपन अपने असली रंग में उतर आया। 'पत्रा ही तिथि पाइयतु, वा घर कै चहुं पास। नितप्रति पून्यौईं रहै, आनन-ओप-उजास'...इसको समझाने में कोई कठिनाई नहीं थी मगर जाने क्यों उसकी ओर देखते हुए मुझे बराबर लग रहा था कि

दोहे का असली मर्म मेरे सामने अब खुल रहा है। पता नहीं मेरी कल्पना थी या सचमुच का अनुभव कि विशालाक्षी के चेहरे पर 'आनन-ओप-उजास' टाइप एक मद्धिम आलोक विद्यमान था। हो सकता है कि यह निरी खामख़याली रही हो लेकिन अलंकारिक बोझ से दबा वह दोहा उस घड़ी जीवन के बहुत निकट लगा। इसके अनेक अर्थ नहीं थे परंतु सौंदर्यबोध के किसी चरम बिंदु को स्पर्श करते हुए मन में उजाला सा भर देता था। मैं पूरी गंभीरता से इस दिशा में बढ़ रहा था कि सहसा वह खिलखिलाकर हँस पड़ी। मैं हतप्रभ हो कुछ कह पाता कि उसने बड़े मधुर स्वर में कहा, ''सॉरी जगन दा,मगर आपको नहीं लगता कि यह कोरी गप्प है? नायिका का चेहरा कितना ही सुंदर हो वह स्ट्रीट लैम्प जैसा नहीं हो सकता...'' मेरे चेहरे पर किंचित नाराज़गी की झलक पाकर वह कहते-कहते रुक गई और अपने मुँह पर सफ़ेद चूनर रख ली। मुझे ऐसा लगा जैसे कोई चिड़िया पंख फैलाकर उड़ने को तैयार हुई थी कि सहसा आसमान में मंडराते बाज को देखकर फिर से पंख समेट कर बैठ गई। मैंने सहज होने के प्रयास में अलंकारों की चर्चा छेड़ दी और उस दिन पढ़े गए दोहों में समाए अलंकारों को समझाने में जुट गया।

शेष दोहे उसे कठिन नहीं लगे थे। इस तरह यह ट्यूटोरियल समापन की ओर बढ़ा। मैंने पूछा, ''हिन्दी में तुम्हें कोई और परेशानी हो तो बताओ!''...लेकिन वह चुपचाप सिर झुकाए हुए बैठी रही। मुझे लगा कि वह कुछ कहना या पूछना चाहती है। हम दोनों थोड़ी देर तक खामोश बैठे रहे फिर उसने अचानक सिर उठाकर, सीधे मेरी आँखों में देखते हुए पूछा, ''जगन दा, सुमन दीदी बहुत सुंदर हैं ना?'' सुनकर मैं स्तब्ध रह गया। हैरान, उसने हम दोनों के बीच बिछी बिसात पर चल रहे शतरंज जैसे खेल में अचानक एक चाल में मुझे मात दे दी। मैं सोच में पड़ गया। कुछ देर तक हैरत से उसे ताकता रहा फिर हथियार डालकर चुप बैठ गया। कम-से-कम उस समय तो ऐसा पाखंडी मैं नहीं था कि उस प्रश्ननुमा आरोप या आरोपनुमा प्रश्न को नकार पाता। मुझे अच्छी तरह पता था कि स्कूल में लड़के ही नहीं लड़कियाँ भी मेरे और सुमन के बारे में तरह-तरह की बातें किया करते हैं। लेकिन जया के पूछने के कई अर्थ हो सकते थे, बिहारी के दोहे की तरह। मैंने प्रश्नवाचक दृष्टि से उसकी ओर देखा। वह अपने पल दो पल के शिक्षक का आखेट करके धनुष की प्रत्यंचा-सी तनी बैठी थी। तभी किसी नाटक की तरह जयंत ने सही समय पर सही एंट्री मारी। उसने कहा, ''अगर हिन्दी की क्लास ओवर हो गई हो तो मास्साब से निवेदन है कि चलकर हमारे चाचा जी को अपने दर्शन देने की कृपा करें। वे बड़ी देर से कवि महोदय की प्रतीक्षा कर रहे हैं।''

मैं जयंत के साथ ड्रॉइंग रूम में गया। देखा कि बैनर्जी दादा अपनी ट्रेड मार्क सफ़ेद बुशर्ट में एक सोफ़े पर विराजमान हैं। मुझे त्यागी जी ने बताया था कि यूनियन के प्रेसीडेंट ने मेरी राशन की दुकान वाली कविता सुनकर अगले ही दिन मीटिंग बुलाई थी और राशन वितरण की व्यवस्था सुधारने के लिए प्रबंधन को एक ज़ोरदार चिट्ठी लिखी थी। उसके बाद टोकन सिस्टम लागू कर दिया गया और लोगों को रात भर लाइन लगाकर बैठे रहने से

निजात मिली। मुझे आते हुए देखकर वे उठ खड़े हुए और आगे बढ़कर गले से लगा लिया। उनकी निश्छल हँसी और सादगी मेरे मन को छू गई। मैं ही क्या पूरा एस्टेट जानता था कि वे कम्युनिस्ट हैं और उन्हें निहायत खतरनाक माना जाता था। मेरे पिता जी ने मुझे बताया था कि अगर सी.आई.डी. रिपोर्ट दे दे कि अमुक आदमी कम्युनिस्ट है तो उसे सरकारी नौकरी में नहीं लिया जाता। इसके बावजूद अगर कोई भर्ती हो जाए खास तौर पर डिफ़ेंस की फ़ैक्ट्रियों में तो उसकी खुफ़िया निगरानी होने लगती है। यह सब सुनकर मुझे लगा था कि बैनर्जी दादा से लोग मिलने-जुलने में कतराते होंगे मगर ऐसा कुछ भी नहीं था। वे हमेशा लोगों से घिरे रहते थे। सच तो यह था कि उस दिन उन्हें जयंत के घर देखकर मुझे सुखद आश्चर्य हुआ। भले ही वे उनके रिश्तेदार थे मगर एक बंगले में रहने वाले बड़े अफ़सर के घर में उनका आना-जाना था। बहरहाल उन्होंने मुझे स्नेहपूर्वक अपने पास बिठाया और उस कविता का उल्लेख करते हुए बांग्ला मिश्रित हिन्दी में प्रशंसा की। उन्होंने मुझसे कहा, ''जानते हो इस फ़ैक्ट्री में कम-से-कम एक दर्जन कवि हैं जो हर साल वेलफ़ेयर फ़ंड के पैसे से कवि सम्मेलन करवाते हैं। उनमें से किसी को भी राशन की दुकान में लगी हुई लाइन दिखाई नहीं दी। क्यों? क्योंकि उनमें पीड़ित जन के प्रति संवेदना नहीं है। इसीलिए एक स्टूडेंट होते हुए भी तुमको रोटी के लिए तरसते एस्टेटवासियों के लिए आवाज़ उठानी पड़ी। मैं यूनियन की तरफ़ से तुम्हें अपने ऑफ़िस में बुलाकर सम्मानित करना चाहता था मगर त्यागी ने मना कर दिया। इससे शायद तुम्हारे फ़ादर पर मैनेजमेंट की वक्र दृष्टि पड़ जाती।''

उसके बाद उन्होंने मेरी पढ़ाई-लिखाई के बारे में बातें कीं। कोर्स से बाहर की पढ़ाई के बारे में कई सुझाव दिए। मेरे लाइब्रेरी प्रेम की सराहना की और अपने पास से भी पढ़ने के लिए कुछ किताबें देने की पेशकश की। यह भी बताया कि वे कानपुर में ही रहकर पढ़े-लिखे हैं, इसलिए हिन्दी साहित्य में उनकी खासी रुचि है। मैं उनकी सरलता और सदाशयता से बहुत प्रभावित हुआ। मेरे मन से कम्युनिस्टों के लिए बैठा खौफ़ हवा में उड़ गया। वह निश्चित रूप से पर दुखकातर इन्सान थे। 'वैष्णव जन तो तेने कहिये जो पीर पराई जाने रे' शायद ऐसे ही लोगों पर फिट बैठता है। मैंने मन-ही-मन सोचा। तभी जया एक ट्रे में चाय लेकर आई। मैंने गौर किया कि उसकी नाक में हीरे सी चमक वाली लौंग सुशोभित थी जो कि बिहारी के दोहे पढ़ाते समय नहीं दिखी थी। चाय हमेशा की तरह अद्भुत फ़्लेवर और गहरे रंग वाली थी लेकिन खास चीज़ थी प्लेट में रखी नीम गर्म निमकी। उसका ज़ायका मुझे इतना भाया कि शिष्टाचार का बंधन न होता तो पूरी प्लेट ही साफ़ कर देता। मैंने सोचा कि माँ से ऐसी ही जीरे वाली निमकी बनाने के लिए कहूँगा। उस दिन चाय-पानी के बाद मैं बैनर्जी दादा के साथ ही वापिस लौटा। हम दोनों अपनी-अपनी साइकिलों पर सवार मज़े से बातें करते हुए एस्टेट के गैर अफ़सरों वाले हिस्से तक आए।

'पी.डब्ल्यू.डी.' नाटक की रिहर्सल बैचलर्स होस्टल में ज़ोर-शोर से होने लगी। देवेश चाहते थे कि मैं रोज़ आऊँ मगर मैं 'पढ़ाई में हर्ज होगा' कहकर टाल गया। उधर बांग्ला से किये गए खराब अनुवाद के कारण संवाद बोलने में आ रही कठिनाइयों को देखते हुए उन्हें लगा कि मेरी उपस्थिति आवश्यक है। उनके अनुरोध पर फ़ैक्ट्री में एक दिन वर्क्स मैनेजर मलिक साहब ने मेरे पिता जी को अपने ऑफ़िस में बुलाकर कहा, ''भई शर्मा जी, आपके लड़के की बड़ी तारीफ़ सुनने को मिल रही है। पहले तो उसकी शायरी की बड़ी चर्चा हुई अब हमारे ऑफ़िसर ट्रेनीज़ उसके शैदाई हो रहे हैं। उनके ड्रामा में आपके लड़के की मदद की ज़रूरत है। प्लीज़ सी दैट ही कोपरेट्स विद दैम। आप तो जानते ही हो कि अपने जी.एम. साहब इन ट्रेनीज़ की प्रोग्रेस को खुद मॉनिटर करते हैं और कुछ ज़रूरत से ज़्यादा ही मुँह लगा रखा है। तो भाई मेरे अपने फ़र्ज़ंद को वहाँ भेजो।''

मलिक साहब बड़े सख्त और खुश्कमिज़ाज अफ़सर माने जाते थे। तकनीकी दमखम के बूते फ़ैक्ट्री में बड़ा दबदबा था उनका। उन्होंने जिस तरह अपने दफ़्तर में बुलाकर किंचित आत्मीयतापूर्वक अनुरोध किया, उससे पिता जी अत्यंत गद्‌गद हुए। घर लौटकर उन्होंने परिवार की यह कीर्तिगाथा माँ को सुनाई और फिर मुझे बुलाकर कहा, ''बेटा तुमने दफ़्तर में मेरा नाम रौशन कर दिया। मलिक जैसा खड़ूस और बेनियाज़ अफ़सर आज इस तरह पेश आया कि मैं क्या पूरा सेक्शन हैरान हो गया। यह हुआ सिर्फ़ तुम्हारी वजह से! तुम्हारे गुणों की खुशबू धीरे-धीरे फैलती जा रही है। और तो और, जी.एम. तक तुम्हारा नाम पहुँच चुका है।...बेटे मैं जानता हूँ कि तुम पूरी तरह पढ़ाई में लगे हुए हो मगर मलिक साहब बड़े अफ़सर हैं, मैं उनको कैसे मना करता। ऐसा करो कि तुम शाम को थोड़ा समय निकालकर बैचलर्स होस्टल हो आया करो। रात में या सुबह कुछ जल्दी उठकर पढ़ाई कर लेना। वैसे भी यह तुम्हारी रुचि का काम है।'' माँ तो इस प्रसंग पर फूली नहीं समा रही थीं। पिता जी बोल रहे थे और वे चुपचाप बैठी मेरे सिर पर हाथ फेर रही थीं। बुर्जुवा परिवारों में ऐसे फ़िल्मी दृश्य कभी-कभी ही दृष्टव्य होते हैं।

उसी शाम मैं अपनी साइकिल पर सवार होकर रिहर्सल में पहुँच गया। वे सब मुझे देखकर प्रसन्न हो उठे, शायद मेरे आने की राह देख रहे थे। सचमुच नाटक की तैयारियाँ ज़ोरों पर चल रही थीं। मुझे नाटक की साइक्लोस्टाइल्ड कॉपी पकड़ा दी गई और रिहर्सल शुरू हो गई। मैंने गौर किया कि बेहद सजी-संवरी नंदी साहब की तीनों कन्याएँ वहाँ उपस्थित थीं। शायद इसीलिए पूरा वातावरण महमहा रहा था। जहाँ तक मेरी जानकारी थी नाटक में एक ही स्त्री पात्र की भूमिका थी जिसे सुचित्रा को करना था, तो बाकी दोनों कन्याएँ यहाँ क्या कर रही हैं? मैंने सोचा कि कहीं ऐसा तो नहीं कि इन युवा अफ़सरों के आग्रह पर दो नए स्त्री पात्रों की सृष्टि हो गई हो! कॉपी के पन्ने जल्दी-जल्दी उलट-पलट कर देखे मगर ऐसा कुछ नज़र नहीं आया तो चैन की साँस ली। बाद में पता चला कि सुमित्रा और सुप्रिया नाटक के पार्श्व संगीत का दायित्व सँभालेंगी। और स्टेज लाइट्स भी। जैसे-जैसे रिहर्सल

आगे बढ़ती गई यह स्पष्ट होता गया कि नंदी परिवार पूरी तरह नाट्यकला को समर्पित है। तीनों कन्याएँ रंगकर्म से जुड़े विविध किस्म के शिल्प और तकनीक में दखल रखती थीं। इसकी पृष्ठभूमि यह थी कि हर वर्ष छुट्टियाँ बिताने वे चारों कलकत्ता, अपने पैतृकगृह, जाते थे और पूरी छुट्टियों, रोज़ाना, वहाँ के प्रमुख थियेटरों में खेले जा रहे नव्यतम और चर्चित नाटकों को देखते थे, ज़रूरत होने पर दो या तीन बार भी देखते। छुट्टी खत्म होने पर वहाँ से सद्य प्रकाशित बांग्ला नाटकों की किताबें और बहुत से नए आइडियाज़ लेकर लौटते थे। वहाँ देखे गए नाटकों में उन्हें मंचन की दृष्टि से जो सबसे सहज और प्रभावी लगता, उसकी तैयारी में संलग्न हो जाते। मनोरथ नगर का बंग समाज इस मामले में उनका मुरीद हो चुका था और उनके द्वारा प्रस्तावित किसी भी नाटक के मंचन के प्रति उत्सुकता, सहयोग और समर्थन की कमी नहीं रहती थी।

सुनते थे कि दिवंगत श्रीमती शर्मिला नंदी विवाह से पूर्व कलकत्ता के थियेटर जगत में नामचीन अभिनेत्री रह चुकी थीं। यहाँ आते ही इस दंपति ने अपनी रुचि के लोगों को जुटाकर एक नाट्य दल बना लिया और जल्दी ही अपनी प्रतिभा का लोहा मनवा लिया। चूँकि गोला-बारूद की फ़ैक्ट्रियों का मुख्यालय कलकत्ता में था, इसलिए कर्मचारियों और अफ़सरों में बांग्ला भाषियों की संख्या अच्छी-खासी थी। दुर्गा पूजा, सरस्वती पूजा और काली पूजा आदि के समय बांग्ला नाटकों का नियमित मंचन होने लगा। धीरे-धीरे प्रबंधन से जुड़े लोग भी इनमें रुचि लेने लगे। प्रतिवर्ष अखिल भारतीय स्तर पर आयोजित होने वाली नाट्य प्रतियोगिताओं में मनोरथ नगर की टीम जाने लगी और कई बार विभिन्न पुरस्कार और ट्रॉफ़ियाँ लेकर लौटी। फिर एक दिन नियति के क्रूर प्रहार से दो हंसों का वह चर्चित जोड़ा बिछुड़ गया। समीर नंदी बहुत समय तक अवसाद में डूबे रहे। उनकी लड़कियाँ कलकत्ता से अपनी पढ़ाई छोड़ कर उन्हें सँभालने के लिए आईं तो फिर वापिस नहीं गईं। सुचित्रा ने तो ग्रेजुएशन कर लिया था मगर सुमित्रा और सुप्रिया को घर पर रहकर प्राइवेट परीक्षाएँ देनी पड़ीं। बहरहाल बेटियों के सान्निध्य में नंदी मोशाय धीरे-धीरे सामान्य जीवन की ओर लौटने लगे। लड़कियों ने समझ लिया कि वे जब तक नाट्य गतिविधियों में संलग्न नहीं होंगे अपने अवसाद से पूरी तरह उबर नहीं पाएँगे। इसके लिए उन्होंने स्वयं रंगकर्म में दीक्षित होने की ओर कदम बढ़ाए और पिता को लंबी छुट्टी दिलवा कर कलकत्ता ले गईं। वहाँ से लौटकर नंदी परिवार जी-जान से रंगकर्म के प्रति समर्पित हो गया। उनके द्वारा मंचित नाटकों को बंगाली समाज ने कलकत्ता के प्रसिद्ध नाट्य दलों के स्तर का पाया। कलकत्ता के नाट्य जगत में अपनी पैठ का लाभ भी उन्हें मिला। जब भी उनके द्वारा किसी नए नाटक का मंचन होता वे किसी-न-किसी प्रख्यात रंगकर्मी को मुख्यअतिथि के रूप में बुला लेते। बांग्ला अखबारों में उनकी प्रस्तुतियों का उल्लेख होने लगा तो मनोरथ नगर के घेरे के बाहर धीरे-धीरे उनकी ख्याति फैलने लगी और अन्य शहरों के प्रवासी बंगाली समाज और उनकी नाट्य संस्थाओं से भी उन्हें मंचन के आमंत्रण मिलने लगे।

रिहर्सल शुरू हुए अभी ज़्यादा दिन नहीं हुए थे मगर मैं यह देखकर चकित रह गया कि बैचलर्स होस्टल के नौसिखिया कलाकार अपनी-अपनी भूमिकाओं में सहज गति से पैठते जा रहे थे। नंदी और सुचित्रा यूँ तो मंजे हुए नाट्यकर्मी थे मगर भाषा उनके आड़े आ रही थी। यथाशक्ति प्रयास के बावजूद कई हिन्दी शब्दों का उनका उच्चारण इतना अज़ीबोगरीब होता कि लोगों की हँसी फूट पड़ती, जबकि चेहरे पर प्रसंगानुकूल भाव बड़ी खूबी से उभरते और देह भाषा सब कुछ आसानी से कह रही होती। उनको शुद्ध उच्चारण का अभ्यास कराने के लिए ही मुझे बुलाया गया था। यह बड़ा अटपटा-सा दायित्व था, क्योंकि लाख कोशिश करने के बाद भी उच्चारण दोष पीछा नहीं छोड़ रहा था। इसके लिए यह तरकीब निकाली गई कि रिहर्सल में उनके साथ ही खड़े होकर नंदी मोशाय या सुचित्रा के संवाद पहले मैं बोलता और फिर वे उसे दोहराते। एक बार,दो बार,तीन बार या जब तक सही बोल मुँह से न निकलें यह क्रम चलता ही रहता। नंदी ने अपने गुरुगंभीर स्वर में मुझसे दोटूक कह दिया, ''देखिये जोगोन्नाथ स्वामी,आपको खूब पेशेंस होना माँगता। हाम आसानी से हिन्दी का डायलॉग नहीं बोल पाएगा। आस्ते-आस्ते गाड़ी पटरी पर आएगा। शुचि तो जोल्दी सीख लेगा किंतु हाम ठहरा बूढ़ो मानुष, थोड़ा टाइम लगेगा।'' अच्छी बात यह थी कि शुचि यानी सुचित्रा हिन्दी पढ़ लेती थी और दो-तीन बार दोहराने के बाद उसकी गाड़ी करीब-करीब पटरी पर आ जाती थी लेकिन नंदी साहब की डायलॉग डिलीवरी पूरे प्रयास पर पानी फेर देती। वे आदतन हर शब्द में 'आ' या 'ओ' लगाने और लिंग भेद समझने के मामले में बेहद अड़ियल सिद्ध हुए। यह बात और थी कि भाषा संबंधी दोष की काफ़ी हद तक क्षतिपूर्ति वे अपने उत्कृष्ट अभिनय से करने का भरसक प्रयास करते थे। देवेश बराबर उनकी हौसला अफ़ज़ाई करता मगर मुझे यह अफ़सोस होता। मैं मन में सोचता कि काश यह कलाकार भाषा संबंधी विसंगति से उबर जाए तो नाटक को अकेले अपने कंधों पर बहुत ऊँचाई तक ले जा सकता है।

~

पिछले टेस्ट में मात खाकर मैं जैसे चोट खाए साँप की तरह तड़पड़ा उठा। चोटी बाँध कर पढ़ाई-लिखाई में जुट गया। फ़िज़िक्स को तो घोल कर पी जाने का इरादा था। परिभाषाएँ रटने और न्यूमेरिकल लगाने में जब मज़ा आने लगा तो आत्मविश्वास पुनर्जीवित होने लगा। लेकिन इस तपस्या में विघ्न पड़ते देर नहीं लगी। बरबस ही नाटक की रिहर्सल के लपेटे में आ गया। अब ऐसा भी नहीं था कि मुझे यह अप्रिय लगा हो। मैं लाख अपने मन में सोचता रहूँ कि अपने टाइम लॉस को कवर कर लूँगा लेकिन अगले टेस्ट की तैयारी पर इसका फ़र्क तो पड़ा ही। मैं फिर पीछे रह गया। टेस्ट की कॉपियाँ दिखाने के बाद मास्साब कुछ देर तक चुपचाप मेरी ओर देखते रहे फिर धीरे से बोले, ''जगन्नाथ! ज़्यादा तो नहीं कहना चाहता परंतु यह याद रखो कि हम सबको तुमसे बड़ी उम्मीदें हैं। तुम और जयंत मेरी दो आँखों के समान हो। तुम्हारी एवरेज परफ़ार्मेंस का कारण ध्यान बँट जाना है। इस समय तुम्हारी मुख्य

गतिविधि अध्ययन और अभ्यास होनी चाहिए। बाकी के सब काम गौण हैं।'' उसके बाद उन्होंने इस प्रसंग पर आगे कुछ नहीं कहा। वे सीधे-सीधे नाटक में मेरी संलग्नता को दोष दे सकते थे मगर उन्होंने संकेत भर किया। शायद वह जानते थे कि मेरे मन को बड़ी ठेस लगेगी। इस दौरान जयंत और जया अपनी-अपनी कॉपियों में नज़रें गड़ाए रहे। उसी चुप्पी के बीच मास्साब ने पढ़ाना शुरू कर दिया। पूरे समय हममें से कोई भी प्रकृतिस्थ नहीं हो पाया। उन्हें शायद कहीं जाना था इसलिए होम टास्क के बजाय वहीं लगाने के लिए कुछ सवाल लिखवा दिए। उनके जाने के बाद हम देर तक लिखने में जुटे रहे। स्कूल में मास्साब के पास कॉपियाँ पहुँचाने का ज़िम्मा जयंत का था। मैं उसे कॉपी देकर चलने लगा तो सहसा वह गंभीर स्वर में बोला, ''क्या तुम नाटक में रोल भी कर रहे हो?''...''नहीं, मैं सिर्फ़ प्रॉम्पटिंग करने जाता हूँ। दो-चार दिन और जाऊँगा फिर मना कर दूँगा।'' यह सुनकर जया ने उठकर कुछ तीखे स्वर में कहा, ''दादा, ऐसा लगता है जैसे नाटक में रोल करना कोई गुनाह हो। तो फिर स्कूल में नाटक क्यों करवाते हैं। जब ये शील्ड लेकर आए तो तारीफ़ के पुल बाँध दिए, अब क्रिटिसाइज़ कर रहे हैं। है ना आश्चर्य की बात!''...उसके शब्दों ने जैसे जादुई मलहम का काम किया, मैं उदासी के गर्त में डूबने से बच गया। यह बेहद प्यारा समर्थन था और वहाँ से जहाँ से कोई उम्मीद नहीं थी। जयंत तो कॉपियों में आँखें गड़ाए बैठा रहा और वह मुझे छोड़ने साथ-साथ बाहर आई। बाहर बगीचे में लगे फूलों के पौधे खामोशी से चाँदनी में नहा रहे थे। मैंने साइकिल उठाई और चलने को हुआ तो जया ने कहा, ''आपको बुरा न लगे तो एक बात कहूँ?'' मैं रुक गया और उसकी ओर देखने लगा। बहुत हल्की और कोमल रौशनी के बावजूद विशालाक्षी की आँखें चमक रही थीं। उसने आगे बढ़कर साइकिल की सीट पर हाथ रख दिया और मेरी ओर देखते हुए कहा, ''अगर मिले तो आप नाटक में कोई रोल करिये। प्रॉम्पटिंग तो फ़ालतू का काम है। नंदी जी के डायरेक्शन में काम करेंगे तो अपको बहुत कुछ सीखने को मिलेगा। हम लोग उनका कोई प्ले मिस नहीं करते हैं। आप भी थोड़ी बांग्ला सीख लीजिए फिर आपको बंगाली नाटकों में आनंद आने लगेगा। उसकी बातें सुनकर मैं मन-ही-मन फूल कर कुप्पा हुआ जा रहा था। मैंने धीरे से साइकिल की सीट पर हाथ रखकर कहा, ''किससे सीखूँ मैं बांग्ला?'' उसने झट से कहा, ''क्यों, शुचि दीदी सिखा देंगी, नंदी जी भी हैं, आप इन लोगों से बांग्ला में बात किया करिये। फिर देखिये कितनी जल्दी सीख जाते हैं आप! जैसे आप उन लोगों को हिन्दी सिखा रहे हैं, वे आपको बांग्ला बोलना सिखा सकते हैं। उसके बाद बांग्ला नाटकों में भी तो काम कर सकते हैं। तब आपको नेम और फ़ेम दोनों मिलेंगे।''...

''उसके बाद क्या होगा?'' मैंने बड़ी उत्सुकता जताते हुए कहा। उसने तुरंत जवाब दिया, ''उसके बाद मछली खाना सीखकर किसी बंगाली लड़की से शादी कर लीजिये।'' मैं हँसा तो वह भी हँसने लगी, ''जगन्नाथ दा, मैं सीरियसली कह रही हूँ। सच, आप धोती-पंजाबी में बहुत अच्छे लगोगे।'' सहसा साइकिल की सीट पर हमारी उँगलियाँ छू

गईं। यह आकस्मिक घटना हो सकती है और नहीं भी लेकिन मैंने अपना हाथ ज़रा भी नहीं हिलाया। हाथ में हिलने-डुलने की ताकत ही नहीं बची थी। देर तक एक छुवन बनी रही और एक बहुत ही निम्न विभव की विद्युतधारा का प्रवाह होता रहा। मुझे जाना चाहिए था लेकिन कदम उठ नहीं पा रहे थे। वह कुछ देर तक सिर झुकाए जाने क्या सोचती रही फिर अचानक कहा, ''आपसे एक बात कहनी थी। इसीलिए मैं आपके साथ बाहर चली आई। दादा बात यह है कि मैंने एक कॉपी के लास्ट पेज पर यूँ ही कुछ उल्टी-सीधी बातें लिखी थीं। ऐसी बातें जो किसी से कही नहीं जा सकतीं। फिर मैंने उसी कॉपी में टेस्ट दे दिया है। अब कॉपियाँ जयंत दादा के पास हैं, उनसे कैसे माँगूँ। कल इससे पहले कि वे कॉपियाँ मास्साब को दें आप किसी बहाने से उनसे मेरी कॉपी लेकर उसमें से लास्ट पेज निकाल लेना। आप दोनों क्लास में एक ही डेस्क पर बैठते हो, दादा इधर-उधर हों तो चुपके से मेरी कॉपी उठा लेना। प्लीज़, नहीं तो आप जानते ही हो कि मास्साब किस तरह के आदमी हैं। मैं नहीं चाहती कि वे या और कोई मेरा लिखा वह पढ़े।'' मैं उसकी बात सुनकर हैरान हो गया, ऐसा क्या लिख दिया है इसने जो इतना परेशान है। मैंने कहा, ''लेकिन कॉपियाँ तो अभी घर में ही हैं, रात को चुपके से निकाल लेना।'' वह जैसे मेरी नासमझी पर झल्ला कर बोली, ''अरे आप जयंत दा को नहीं जानते, वह अभी तक कॉपियों को अपनी अलमारी में रखकर ताला लगा चुके होंगे। यह काम आपको ही करना होगा।'' मैंने उसे आश्वस्त करते हुए कहा, ''चलो मैं ही कुछ करता हूँ।'' और साइकिल लेकर बाहर निकल गया।

~

दूसरे दिन प्रेयर के समय मैंने जयंत से कहा, ''यार मैं अपनी टेस्ट कॉपी को एक बार देखना चाहता हूँ। तुम कॉपियाँ डेस्क पर रखकर आए हो ना, मैं अभी दौड़ कर देख आता हूँ, प्रेयर में तो अभी टाइम है।'' इससे पहले कि मैं दौड़ लगाता उसने मुस्कुराते हुए कहा, ''कॉपियाँ तो सर के पास पहुँच गईं। मुझे गेट के पास ही मिल गए थे।'' सुनकर मेरा दिल बैठ गया। जया ने एक मामूली-सा काम बताया था, वह भी मुझसे नहीं हो सका। क्या सोचेगी वह? जयंत पर गुस्सा भी आया कि क्या जल्दी पड़ी थी उसे कॉपियाँ देने की? स्कूल के गेट पर ही पकड़ा दीं, अगर इंटरवल तक रुक जाता तो कौन-सी गाड़ी छूटी जा रही थी! क्लास में मौका देखकर मैंने शिकवा किया तो वह हँस कर बोला, ''क्या तुम कुछ करेक्शन करना चाहते थे? जानते नहीं कि फ़िज़िक्स के सर कैसे शक्की इन्सान हैं, तुरंत भांप जाएँगे कि टेस्ट कॉपी में पीठ पीछे हेरफेर की गई है। मैंने कॉपियाँ खोलकर भी नहीं देखीं।'' मैं निरुत्तर होकर रह गया। पीरियड दर पीरियड उसी चिंता में डूबा रहा कि जया समझेगी कि मैं एकदम नाकारा हूँ। अंततोगत्वा मैंने यह सोचकर अपने आप को किसी तरह समझा लिया कि मास्साब कॉपी के आखिरी पन्ने को भला क्यूँ खोलकर पढ़ेंगे! इतना समय कहाँ है उनके पास। मैंने तय किया कि कॉपियाँ लेने मैं जाऊँगा। लास्ट पीरियड में। मुझे मालूम था कि वे इंटरवल में जाँचेंगे। वहाँ से आते हुए रास्ते में ही वह पन्ना निकाल लूँगा।

मुझे खुद बड़ी उत्सुकता थी कि आखिर उसमें लिखा क्या है?

लास्ट पीरियड में बहाना बनाकर मैं निकला और सीधे स्टाफ़ रूम पहुँचा। मुझे मालूम था कि फ़िज़िक्स के सर का लास्ट पीरियड खाली रहता है। संयोग से वे अकेले बैठे कुछ पढ़ रहे थे, मैं जाकर खड़ा हो गया तो उनका ध्यान भंग हुआ। उन्होंने प्रश्नवाचक दृष्टि से मुझे देखा। मैंने हाथ मलते हुए कहा, ''मास्साब, कॉपियाँ जँच गई हों तो दे दीजिए। उन्होंने कॉपियों के ढेर से ढूँढ़ कर मेरी कॉपी निकाली और मेरी ओर बढ़ा दी। मैं खोलकर देखने लगा तो उन्होंने कहा, ''घर जाकर आराम से देखना। कोई खास इंप्रूवमेन्ट नहीं है। जाने किन-किन चीज़ों में तुम्हारा ध्यान बँटा रहता है! अभी तुम सिर्फ़ और सिर्फ़ पढ़ाई पर ध्यान दो। बाकी सबके लिए तो तमाम उम्र पड़ी है। जाकर जयंत को भेज दो वह भी अपनी कॉपी ले जाए।''

मैं समझ गया कि वे उन दोनों की कॉपियाँ मुझे नहीं देना चाहते। कोई चारा न था। उन्हें नमस्ते करके जाने के लिए मुड़ गया। इससे पहले कि मैं कमरे से बाहर निकलता उन्होंने आवाज़ दी, ''अरे जगन्नाथ, ज़रा इधर आओ!...मैं वापिस मुड़ा तो उन्होंने कुछ अप्रसन्न स्वर में कहा, ''देखो ऐसा है कि इस रविवार से तुम पढ़ने के लिए उर्मिला के घर आया करो। जयंत के यहाँ आने-जाने में तुम्हारा बहुत समय ज़ाया होता है। तुम्हारा और जयंत का तो ठीक है मगर जया के ऊपर मैं ज़्यादा ध्यान नहीं दे पाता। तुम नहीं रहोगे तो दोनों को आधा-आधा समय दे पाऊँगा। उर्मिला के यहाँ समय ही समय है। मैं पहले तुम्हें पढ़ा दिया करूँगा। समझ गए ना!...''

समझता क्या खाक! मैं तो जैसे आसमान से गिरा। मेरा दिल बैठने लगा। यह सरासर जुल्म था। मैंने कहा, ''मास्साब, मेरी और जयंत की ताल-मेल अच्छी है। हम लोग क्लास वन से ही साथ पढ़ते आए हैं। मेरी ट्यूशन वहीं चलने दीजिये। वैसे भी उर्मिला दीदी और मेरा कोर्स अलग-अलग है।'' यह सुनकर मास्साब की भवें तन गईं, तीखे स्वर में बोले, ''मुझे यह बात समझ में नहीं आई। तुम किस से ताल-मेल बिठाने में लगे हो, इसका कुछ-कुछ अनुमान लगाया जा सकता है। देखो ये चीजें छुपी नहीं रहतीं। तुम्हारे लिए बेहतर यही होगा कि इस चक्कर में नहीं पड़ो और पढ़ाई में मन लगाओ। इससे ज़्यादा मैं कुछ नहीं कहूँगा क्योंकि तुम मेरे प्रिय छात्रों में से एक हो। तुमसे मुझे बड़ी-बड़ी उम्मीदें हैं। मैं तुम्हारी प्रतिभा का आकलन करके ही यह बात कह रहा हूँ। अरे, इसमें विचलित होने की ज़रूरत नहीं है।''

मास्साब ने एक कॉपी उठाई और उस पर सिर झुकाकर बैठ गए। यह मेरे लिए रुखसती का इशारा था। मैं जाने से पहले उनसे कुछ कहना चाहता था मगर मुँह से शब्द नहीं निकल पा रहे थे। सहसा एक मधुर स्वर पीछे से उभरा, ''मे आइ कम इन सर?'' मास्साब ने सिर उठाकर देखा, ''अरे जया तुम! आओ, अच्छा जगन्नाथ मैंने जो कहा है उस

पर ध्यान देना। अब तुम जा सकते हो।'' शायद वह टेस्ट वाली कॉपी लेने आई थी। मगर क्यों ? यह काम तो मुझे सौंपा गया था। इसे कैसे पता चला कि मास्साब उनकी कॉपियाँ मुझे नहीं दे रहे हैं। मैं जाना तो नहीं चाहता था मगर कोई चारा न था। वे मुझे जाने के लिए कह चुके थे। शायद अकेले में जया से कुछ बात करना चाहते हों। या उसे टेस्ट कॉपी दिखाकर उसकी कमज़ोरियाँ बताएँ। मैं उन्हें नमस्ते करके बाहर निकल आया। लेकिन क्लास में जाने के बजाय स्टाफ़ रूम के बाहर खड़ा हो गया। अब मुझे कुछ-कुछ समझ में आ रहा था कि जयंत के घर आने से मुझे क्यों मना किया गया था। ज़ाहिर था कि मास्साब को संदेह हो गया था कि मैं वहाँ पढ़ाई से ज़्यादा रोमांस लड़ा रहा हूँ। लेकिन कैसे ? मास्साब भले ही उड़ती चिड़िया पहचानने में माहिर रहे हों मगर मैंने अपने जानते ऐसा कुछ भी नहीं किया था, जिससे किसी को ज़रा भी भनक लगती। जब हम पढ़ने के लिए एक साथ बैठते थे तो यह सावधानी बनी रहती कि मैं उसकी ओर देखूँ ही नहीं ताकि हमें कोई एक-दूसरे को देखते हुए या हमारी आँखें मिलती न देख पाए। मास्साब से तो नहीं मगर जयंत के प्रति मैं कुछ ज़रूरत से ज़्यादा ही सतर्कता बरतता था। मुझे डर था कि उसे ज़रा भी शक हो गया तो हमारी बचपन से चली आ रही दोस्ती खतरे में पड़ जाएगी। अपने इस प्रयास में सफल रहा होऊँगा तभी जयंत का व्यवहार जस का तस बना हुआ था। मास्साब को आखिर किस बात से ऐसा लगा होगा कि सब कुछ ठीक नहीं चल रहा और हस्तक्षेप ज़रूरी है। यकायक एक विचार मेरे मस्तिष्क में कौंधा, जया ने टेस्ट कॉपी के अंतिम पन्ने पर ऐसा क्या लिख दिया होगा जिसको वह मास्साब की नज़रों से बचाना चाहती थी और इसको लेकर परेशान थी। अब चूँकि उसकी कॉपी हाथ नहीं लगी तो मैं पूरी तरह अनभिज्ञ था। कोई अनुमान भी लगाते नहीं बन रहा था, क्योंकि मेरी समझ में जया इतनी बुद्धू भी नहीं थी कि मेरे प्रति अपनी भावनाएँ लिखकर बैठ जाती। हाँ, यह हो सकता था कि सांकेतिक रूप से कुछ ऐसी अभिव्यक्ति हो गई हो कि उसका गलत अर्थ निकाला जा सके। इसी ऊहापोह में उसके निकलने की प्रतीक्षा में वहाँ खड़ा रहा। अगर कॉपी ही लेनी थी तो अब तक निकल आना चाहिए था मगर प्रतीक्षा की घड़ी लंबी होती जा रही थीं। मुझे यह भी डर लग रहा था कि कोई अन्य अध्यापक न आ धमके और मुझे स्टाफ़ रूम के बाहर और जया को अंदर देखकर भड़क उठे। वैसे भी फ़िज़िक्स के सर के विरोधियों की संख्या, उनके समर्थकों के मुकाबले बहुत ज़्यादा थी। उधर मेरे पाँव थे जो वहाँ से हिलने को तैयार नहीं थे। अंततोगत्वा कॉपी लिए हुए जया बाहर निकल आई। मुझे देखकर वह ठिठकी ज़रूर मगर रुकी नहीं। इस बीच हमारी नज़रें मिलीं तो मैं चौंक गया। उसकी आँखें लाल थीं, मानो अभी-अभी रो के चुकी हो। मैं उसके पीछे चल पड़ा। उसकी क्लास आने को हुई तो वह कुछ पहले ही रुक गई। मेरी ओर देखकर बोली, ''जानते हैं उन्होंने पढ़ लिया। उल्टा-सीधा जाने क्या-क्या बोलते रहे। लेकिन क्या कहती, गलती तो मेरी ही थी।'' उसने कॉपी का आखिरी पन्ना खोला और फाड़ कर मुझे देते हुए कहा, ''लीजिए आप भी पढ़ लीजिए, क्या लिखा है

इसमें।'' और अपनी क्लास में चली गई। मैं पढ़ना चाहता था मगर क्लास तक पहुँच चुका था, इसलिए चुपचाप जेब में रख लिया।

~

मैं शाम होते ही पढ़ने बैठ गया। रिहर्सल में जाना मुल्तवी कर दिया। माँ से कह दिया कि आज होमवर्क ज़्यादा है, नहीं जाऊँगा। मेरा मन पढ़ने में नहीं लग रहा था मगर किताब खोलकर बैठा रहा, इंतज़ार में कि पिताजी अखबार पढ़कर कमरे से जाएँ। जब महसूस हुआ कि इसमें देर लगेगी तो गणित का एक जटिल सवाल लगाना शुरू कर दिया। इससे अंदरूनी छटपटाहट कुछ कम हुई और मन स्थिर हुआ। बात यह थी कि मेरी जेब में एक कागज़ था जिसे मैं सारी दुनिया से छुपाकर पढ़ना चाहता था। मुझे ज़रा भी आभास नहीं था कि उसमें क्या लिखा है लेकिन यह मालूम था कि जो भी लिखा है वह पढ़कर मास्साब भन्नाए हुए हैं। भलाई इसी में है कि अब यह किसी के हाथ न लगे। उधर वह सवाल जो दो दिनों से बहुत परेशान कर रहा था, एक ही प्रयास में हल हो गया। मैंने उससे फ़ारिग होकर इंग्लिश पोइट्री की किताब निकाल ली। उसमें चाहे कितनी भी देर तक डूबा रहा जा सकता था। विलियम शेक्सपीयर की कविता, 'अंडर द ग्रीनवुड ट्री हू लव्स लाइ विद मी', का पारायण करता रहा। इसे पहले भी कई बार पढ़ चुका था मगर उसका मर्म पहली बार अनुभव किया। यह भी कि पढ़ने के लिए मनोस्थिति अनुकूल होनी चाहिए। जैसी कि उस समय मेरी थी। तब तक पिताजी अखबार पढ़कर जा चुके थे। अब उनके लौटने की संभावना नहीं थी। उनके टहलने का वक्त हो गया था। मैंने शेक्सपीयर को गुडबाय कहकर आराम से जेब से वह रहस्यमय पन्ना निकाला और बड़े प्यार से उसे खोला। मुझे अफ़सोस हुआ कि यकायक ठूँस कर रखने से वह मुड़-तुड़ गया था। उसे खोलकर मैं अपनी हथेली से सहलाने लगा। मेरे सामने उसके लिखे मोती से अक्षर झिलमिलाते रहे लेकिन कागज़ एक बार मुड़-तुड़ जाएँ, उसमें सिलवटें पड़ जाएँ तो फिर आसानी से सीधा नहीं होता। उधर मेरा दिल बल्लियों उछल रहा था, पढ़ने की बेताबी बढ़ती जा रही थी कि माँ चाय-बिस्कुट लेकर आ गईं, ''लो बेटा, पहले चाय पी लो फिर जमकर पढ़ना। आज टेस्ट के नंबर मिले होंगे, पहले से कुछ सुधार हुआ क्या?'' उनको देखकर मैंने हाथ के कागज़ को जल्दी से एक किताब के नीचे दबा दिया। उनके सवाल के जवाब में मैं सिर हिला कर रह गया। सुधार तो नहीं, हाँ बिगाड़ ज़रूर हो गया था। मास्साब ने शायद चिढ़कर बड़ी निर्ममता से कॉपी जाँची होगी, वरना इतने भी खराब नंबर नहीं आते। खैर चाय पीकर मैं कप-प्लेट उठाकर रसोई में रख आया ताकि माँ के अचानक आ जाने की संभावना नहीं रहे। लौट कर कुर्सी पर जमकर बैठ गया और किताब के नीचे दबाया पन्ना निकाल लिया। वह पन्ना हाथ में लेते ही एक परिचित-सी खुशबू फैल गई। किसी भीने-भीने सेंट और नारियल के तेल की मिली-जुली सुगंध। मैंने आश्चर्य से उस पन्ने को सूँघ कर देखा। उसमें ऐसा कुछ भी नहीं था, लेकिन खुशबू यथावत बनी रही। पन्ने ही नहीं उसे पकड़े मेरे हाथ भी महक रहे थे। मैंने

पढ़ना शुरू किया। वह लापरवाही से फाड़ा गया एक लाइनदार पन्ना था। हल्के नीले रंग का। मनोरथ नगर की एकमात्र स्टेशनरी की दुकान में ऐसी हल्के नीले रंग वाली कॉपियाँ ही नहीं लूज़ शीट्स के दस्ते भी मिलते थे। उनके दाम थोड़े ज़्यादा होते थे, इसलिए कुछ गिने-चुने स्टूडेंट्स ही खरीदते थे। जहाँ तक मेरा सवाल था मुझे झक सफ़ेद कागज़ पर ही लिखने का आनंद आता था। पहली बार मेरी यह राय बदलने को हुई, मैंने मन में सोचा कि अब से हल्के नीले रंग वाली कॉपियाँ और खुले दस्ते लाया करूँगा। नारियल के तेल के बारे में भी सोचा। जयंत मेरे पास बैठता था, नारियल के तेल की गंध का मैं आदी था। मगर वह कभी भी इतना अच्छा नहीं लगा जैसा उस समय लग रहा था। हमारे घर में माँ हमेशा नारियल का तेल ही बालों में लगाती थीं। मैं और पिताजी कैंथराइडीन। माँ कहती थीं कि नारियल का तेल लगाने से बाल हमेशा काले और मज़बूत रहते हैं। जया भी शायद इसीलिए लगाती होगी। बहरहाल उसकी हस्तलिपि बहुत सुंदर थी। काली स्याही से लिखे गए अक्षर किसी किताब की तरह छपे हुए लग रहे थे। यह मुझे अच्छा लगा क्योंकि मेरी धारणा थी कि किताबों में छपा कभी गलत नहीं होता। मैंने पढ़ना शुरू किया तो पहली छह-सात लाइनों में जो लिखा था वह समझ से बाहर लगा। पूरा पढ़ गया तो कुछ-कुछ समझ में आने लगा। मैंने उसे दो या तीन बार पढ़ा होगा कि जया का मन खिलते हुए फूल की तरह खुलने लगा। मेरी निगाहें उस गद्यांश पर से हट ही नहीं रही थीं। जैसी कि मेरी आदत थी कि मुश्किल पाठ को लिखते रहने से वह आसान होता जाता है। मैंने कलम उठाई और लिखने लगा—

'आजकल मैं बहुत बदलती जा रही हूँ। अपने स्वभाव के विपरीत बेवजह भी खुश नज़र आने लगी हूँ। बात-बात पर हँस पड़ती हूँ। कभी-कभी माँ और पापा मुझे हैरत से देखने लगते हैं। सोचते होंगे कि इसे क्या हो गया है जो बेबात पागलों की तरह हँसने लगी है। हर रोज़ सुबह उठकर बागीचे में पहुँच जाती हूँ। वहाँ ताज़ा खिले हुए सुंदर फूलों को देखकर मेरा खुद का मन खिल उठता है। मुझे धूप ज़्यादा सुनहली और हवा कुछ ज़्यादा ही सुरभित प्रतीत होती है। मेरे को कभी भी किचन के कार्यों में रुचि नहीं रही मगर आजकल मौका मिलते ही जाकर बड़े उत्साह से माँ का हाथ बँटाने लगी हूँ। पापा से जाने कितनी बार चाय के लिए पूछने पहुँच जाती हूँ। शायद ही कोई विश्वास करे कि आजकल माँ से मछली पकाना सीख रही हूँ। यह बदलाव कुछ ऐसे दबे पाँव आ गया कि पता ही नहीं चला। यूँ बाहरी तौर पर तो कुछ बदला नहीं है, वही घर है, वही घर के लोग हैं, वही स्कूल है और वही क्लासमेट्स मगर लगता है कि इनके अलावा भी कोई है जो मेरे सिवा बाकी सबकी दृष्टि से अदृश्य है। कौन है यह, एक प्यारा-सा अदृश्य मानव। एकदम "श्री चार सौ बीस" के राजकपूर के जैसा। मैंने शायद ही किसी की इतनी प्रतीक्षा की हो जितनी मै आजकल इसकी करने लगी हूँ। यह अदृश्य मानव जब चाहे प्रकट हो जाता है लेकिन शिकायत की बात यह है कि हमेशा खामोश रहता है, ज़रा भी बोलता-बतियाता नहीं, चुपचाप एकटक देखा करता है। मज़े की बात यह है कि उसके जाने के बाद लगता है कि जाने कितनी ही

बातें कर गया। असल में उसकी आवाज़ होंठों से नहीं दिल से निकलती है और कानों के ज़रिये नहीं बल्कि सीधे दिल में प्रवेश कर जाती है। भाषा भी वह नहीं जिसे आम लोग बोलते हैं। मेरी हालत यह हो गई है कि नर्सरी से लाए गए पौधों के बड़े गुलाबों में मुझे उसका खामोश चेहरा दिखाई देता है। कोई जान जाये तो कहे कि यह तो पागल हो गई है। लेकिन कोई जानेगा भला किस तरह? वह अदृश्य जो है। कभी-कभी स्कूल जाते समय मैं एक पीला गुलाब तोड़कर बालों में खोंस लेती हूँ और मन-ही-मन उससे कहती हूँ कि आज लटके रहो यहीं, दिन भर।'

कई बार पढ़ने के बाद भी मन नहीं भरा तो मैं वह पन्ना जेब के हवालेकर टहलने के लिए बाहर निकल आया। मन में विकट ऊहापोह थी कि यह अदृश्य मानव है कौन? मन के एक कोने से बार-बार कोई कह रहा था कि क्या इतना भी नहीं समझ पा रहे कि यह तुम ही हो। तुम्हारे अलावा उस असूयस्पर्शा कन्या के आस-पास किसी का पहुँचना मुश्किल ही नहीं असंभव भी है। इस तर्क को स्वीकार करने को जी चाहता तो था मगर आत्मविश्वास नहीं जुट पा रहा था। जया ने जैसा कवित्वपूर्ण वर्णन उसका किया था, वह मैं हूँ यह मानना एक अव्वल दर्जे की खामख़याली होती। और अगर मैं नहीं कोई और था तो मास्साब ने मेरे वहाँ जाने पर पाबंदी क्यों लगाई और उपदेशामृत क्यों पिलाया? क्या उनके जैसा मंजा हुआ खिलाड़ी समझने में ऐसी गलती कर सकता है? मैं खुशी और गम के बीच घड़ी के पेंडुलम की तरह झूलता रहा। खुशी यह थी कि मुझे अपने अमुखर प्रेम का प्रतिदान मिलता नज़र आ रहा था। वह भी इतने खूबसूरत अंदाज़ में। और गम यह था कि मेरे लिए वह द्वार बंद हो गया था। किसी बहाने से एकाध बार हो आऊँ तो क्या ओस चाटने से प्यास बुझेगी। मास्साब का कोई भरोसा नहीं था, मेरे वहाँ जाने से नाराज़ होकर कैसी आग लगा बैठें, इसका अनुमान लगाना मुश्किल नहीं था। बहुत सोच-विचार कर मैंने इस मोर्चे पर निष्क्रिय रहने और उचित समय की प्रतीक्षा करने का निर्णय लिया। इस प्रसंग के हाशिये पर मैं जया की प्रांजल अभिव्यक्ति पर कम अभिभूत नहीं था। उसने नर्सरी वाले बड़े गुलाब और फ़िल्म 'श्री चार सौ बीस' के राज जैसी उपमाएँ देकर, मौन की भाषा पढ़कर इस गद्यांश को रचा उसे देखते हुए मानना पड़ा कि वह बहुत स्पष्ट सोच वाली कन्या है। यही नहीं इस छोटे से लेख में साहित्यिक ऊँचाई भी थी। मेरे मन में बिजली की तरह यह विचार कौंधा कि यह किसी रूमानी नाटक के संवाद की तरह है। मैंने कल्पना में जया को एक कुशल अभिनेत्री की तरह इस डायलॉग को पूरी प्रभावन्विती के साथ बोलते और ऑडीटोरियम में गड़गड़ाती दर्शकों की नॉन-स्टॉप तालियों को स्पष्ट रूप से सुना। तालियों की गूँज में मेरी हथेलियों का भी योगदान था। मैंने तय किया कि इस पन्ने को मैं सँभाल कर रखूँगा और भविष्य में जब कभी भी नाटक लिखा इसका प्रयोग करूँगा। मेरी समझ यह बनी कि नाटक और जीवन के बीच की दूरी को कम करने के लिए ऐसे ही प्रयासों की आवश्यकता होती है। टहलते हुए मैं बहुत दूर निकल आया। बेख़याली में चलता ही गया, चलता ही

गया और सुध-बुध लौटने पर यह देखा कि मैं जयंत के घर के बाहर सड़क पर खड़ा हूँ। वहाँ बहुत अँधेरा था लेकिन बंद खिड़की-दरवाज़ों में जड़े शीशों के पीछे लगे रंगीन पर्दों से छन कर इतनी रौशनी बाहर आ रही थी कि बंगला मूर्त हो उठा था। उस हल्के उजास में यह स्पष्ट था कि सब लोग घर के अंदर हैं। लंबा-सा बरामदा सूना था और बागीचा भी। अब ये दरवाज़े ही नहीं उन तक पहुँचने वाला गलियारा भी मेरे लिये बंद हो चुका था,' मैंने एक ठंडी आह भरते हुए सोचा। फ़िज़िक्स के सर की मेहरबानी से। उन्होंने उस सुंदर और निरापद सी, मासूम अभिव्यक्ति का क्या अर्थ निकाला यह तो वही जानते होंगे मगर मुझे उनकी इस दकियानूसी सोच पर एक सात्विक किस्म का क्रोध आया। यह लगभग वैसी ही मानसिकता थी जिसके तहत गिरीश जैसे भले और सीधे लड़के का उत्पीड़न हुआ था और शायद अभी भी हो रहा था। एक-आध को छोड़कर बाकी अध्यापक भी ऐसे ही विचारों के थे कि लड़के-लड़कियों को इस मामले में ज़रा भी छूट नहीं दी जानी चाहिए। इससे पहले कि वे रोमांस का मुखौटा ओढ़े वासना और देहराग का शिकार हो जाएँ, उनकी मुश्कें बाँध देना बेहद ज़रूरी है। बाँध कर पटक दो तभी ये अपनी हरकतों से बाज़ आएँगे। समझे ना। वाइस प्रिंसिपल तो इस सिलसिले में एकदम जल्लाद साबित हुए थे। देखें फ़िज़िक्स के सर अब क्या करते हैं!

वहाँ एकदम निर्जन अँधेरे के अलावा कुछ भी नहीं था मगर मैं किसी तिलिस्म से बँधा वहाँ जैसे कीलित हो गया। ऐसा नहीं कि मन निर्द्वंद्व रहा हो, खटका लगा हुआ था कि कोई अचानक यहाँ से गुज़रे या आ टपके तो इस तरह चुपचाप खड़ा देखकर न जाने क्या सोच ले। चोर या उठाईगीर समझ लिया तो मुश्किल होगी। मेरा विवेक मुझे धकिया रहा था कि यहाँ से चलो! अभी भी कुछ नहीं बिगड़ा है लेकिन यहाँ पकड़े गए तो बहुत छीछालेदर हो जाएगी। मैंने यह तर्क देकर अपने विवेक का मुँह बंद कर दिया कि मैं एक खामोश प्रेमी हूँ। इस तरह दर पर खड़े रहना मेरी नियति है। उसने भी गुस्से से कहा, "मेरा फ़र्ज़ था आगाह करने का, अब तुम नहीं मानते हो तो भाड़ में जाओ।" स्थिति कितनी ही विकट क्यों न रही हो लेकिन भाग्य ने साथ दिया। बीच वाला दरवाज़ा खुला और जया बाहर आ गई। मेरे दिल की धड़कनें पहले ही बढ़ी हुई थीं अचानक उसे देखकर एकदम बेकाबू हो गईं। उसने स्विच दबाकर बत्ती जला दी और बरामदे में टहलने लगी। हल्की सर्दी थी इसलिए उसके कंधों पर एक आसमानी शॉल पड़ा हुआ था जिसकी वजह से वह अपनी उम्र से कहीं अधिक नज़र आ रही थी। गज़ब यह कि बाल खुले होकर छितराए हुए थे। बंगदेशियों के प्रकृति प्रदत्त काले घने और ज़रूरत से कहीं ज़्यादा लंबे बाल (बांग्ला में इन्हें चूल कहा जाता है) अपने आप में अप्रतिम शृंगार होते हैं। मैं मंत्रमुग्ध सा देखता ही रह गया। वह अपनी धुन में टहलती रही। क्या यह सिर्फ़ संयोग था कि उस सन्नाटे में वह ठीक उसी समय निकल कर आई जब मैं किसी दीवाने की तरह उसके घर के बंद दरवाज़ों को टकटकी लगाए देख रहा था। इस अनुमान के साथ कि ऐसे ताकते रहना निखालिस किस्म

का प्यार होता है। सोचते हुए प्यार शब्द मुझे हल्का और फ़िल्मी लगा तो उसे मस्तिष्क पटल पर तत्काल काट कर प्रेम कर दिया। इस शब्द में भद्रता थी, ऊँचाई थी और नफ़ासत भी। मैंने ध्यान नहीं दिया, कुछ देर से ठंडी और भीगी-भीगी सी हवा चल रही थी, यकायक एक तिरछी और तेज़ बौछार आ गई। मोटी-मोटी बूँदें आवाज़ करती हुई आघात करने लगीं। जब तक मैं सँभल पाता सिर से पाँव तक तर-बतर हो गया। वहाँ किसी किस्म की आड़ नहीं थी, इसलिए सड़क किनारे लगे इमली के घने वृक्ष के नीचे खड़ा हो गया। बौछार कम होने की प्रतीक्षा में, आँखें उनके बरामदे पर लगी थीं। वह टहलते हुए रुककर हाथ शेड से बाहर निकालकर बारिश का मिज़ाज परख रही थी। कुछ देर तक पेड़ ने मुझे छाते की तरह बचाए रखा फिर धीरे-धीरे उससे बूँदें टपकने लगीं। उनके घर के सामने लैम्पपोस्ट का होना न होना बराबर था। शायद बल्ब फ़्यूज़ हो चुका था। मैं थोड़ा आश्वस्त भी हो गया कि इस बारिश में अव्वल तो कोई आने से रहा और आ गया तो भी शायद ही यह देख पाएगा कि इमली के पेड़ के नीचे कोई बारिश से बचने के लिए खड़ा है। वहाँ मंज़र यह था कि जया भरपूर रौशनी में थी और मैं घटाटोप अँधेरे में। मैं ही उसे स्पष्ट देख पा रहा था। उसने बड़ी देर तक खपरैल वाली छत की आड़ से बाहर निकला, बूँदों की फुहार को परखता हाथ हटाया नहीं। 'अब तक तो बहुत भीग गया होगा संगमरमर,' मैंने सोचा। ऐसा कोई गर्मी का मौसम भी नहीं था कि भीगना अच्छा लगे लेकिन उसे तो मज़ा आ रहा था और मेरी हालत तार पर बैठे भीगे कव्वे की तरह हो गई थी। जो भी हो ऐसा मनोहर दृश्य सामने था कि नयन देखते न थकते थे। सहसा उसका हाथ अंदर हो गया और वह मेरी ओर देखने लगी। उस निविड़ अंधकार में शायद ही कुछ दिखाई देता हो मगर मेरा दिल ज़ोर से धड़कने लगा। स्कूल में कुछ आवारा किस्म के लड़कों से सुना एक फिकरा याद आ गया—ये देखने वाले भी कयामत की नज़र रखते हैं। बार-बार यह संदेह सिर उठाने लगा कि वह मुझे ही देख रही है वरना इस तरफ़ देखने लिए कुछ और तो था नहीं। यह अनुभूति होते ही मन पुलकित हो उठा। मैंने अपने मस्तिष्क पटल के कैनवास पर यह अत्यंत रूमानी दृश्य उभरते हुए देखा। बरबस ही आंतरिक संगीत मुझे किसी दूसरी दुनिया में, मानो उँगली पकड़ कर ले गया। सीनियर क्लब में साथ-साथ देखी गई फ़िल्म 'श्री चार सौ बीस' में बरसते पानी में एक ही छाते के नीचे, कभी भीगते, कभी बचते नायक-नायिका याद आ गए। वह गाना भी जो कि धीमे से होंठों पर अठखेलियाँ करने लगा, "कहता है दिल, रस्ता मुश्किल, मालूम नहीं है कहाँ है मंज़िल...प्यार हुआ, इकरार हुआ, फिर प्यार से जाने क्यों डरता है दिल।" मैं इस धुन से बाहर निकला तो यह देखकर बड़ी निराशा हुई कि वह अंदर जा चुकी थी। 'चल खुसरो घर अपने' की तर्ज पर मैंने भी निकलने का इरादा किया था कि अचानक घनघोर वर्षा होने लगी। उन तेज़ बौछारों में इमली के पेड़ की शरण छोड़कर निकलना दुष्कर लगा। मजबूरन उदासी ओढ़ कर रुका रहा। जब तक जया मंच पर थी यह बहुत ही प्यारा नज़ारा था। उसके जाते ही सूनापन और अँधेरा मुझे धकेल कर हाशिये पर ले आए। अब भी मैं तमाशबीन था लेकिन वहाँ कोई तमाशा नहीं बचा था। मैंने लाइब्रेरी से लेकर एक तिलिस्मी

उपन्यास पढ़ा था, जिसमें तांत्रिक अनुष्ठान का वर्णन था। मुझे अब वीराने में यह दृश्य कुछ-कुछ वैसा ही प्रतीत हुआ। मैं इसमें नौसिखिया तांत्रिक की तरह आह्वान मंत्र पढ़ रहा था। मंत्र तो महज़ कल्पना में था मगर यह क्या! वह फिर से मंच पर प्रकट हो गई, मेरे दिल में यह देखकर हौल सी उठी कि उसके हाथ में एक रंगीन ज़नाना छाता था। उसने हाथ आगे बढ़ाकर पानी की थाह ली और छाता बिना खोले बरामदे से उतर कर गेट की तरफ़ बढ़ी। मेरे पर यह अनुभव करके घड़ों पानी पड़ गया कि मेरी चोरी पकड़ी गई थी। आव देखा न ताव, बरसते पानी में पेड़ के नीचे से निकलकर तेज़ कदमों से भाग खड़ा हुआ।

दूसरे दिन क्लास में जयंत ने मुस्कुराते हुए मुझसे पूछा, ''कल शाम को क्लब गए थे क्या?...जया ने तुम्हें वहाँ से भीगते हुए आते देखा। जब तक वह छाता लेकर आती तुम आगे निकल गए। बारिश हो रही थी तो तुम हमारे यहाँ आ जाते। भीगते हुए जाने की क्या ज़रूरत थी?'' मैंने हँसते हुए कहा, ''बहुत देर तक तो क्लब में रुका रहा, लेकिन बारिश बंद होने का नाम ही नहीं ले रही थी तो चल पड़ा। यह ध्यान में नहीं आया कि तुम्हारे यहाँ से छाता ले लूँ।'' उसने कुछ देर तक चुप रहकर धीरे से कहा, ''मालूम है तुम्हें देने के लिए वह अंदर से छाता लेकर आई लेकिन तुम अपनी ही धुन में भीगते हुए चले गए। खैर ये बताओ कि भीगने से हुआ है ना जुकाम तुम्हें, बार-बार नाक पोंछ रहे हो।''

~

मास्साब से कैसे पार पाता। खास तौर से जया के लिखे उस ललित लेख को पढ़ने के बाद तो कोई गुंजाइश नज़र नहीं आती थी। सो झक मारकर अगले रविवार को सुबह दस बजे मैं उर्मिला के घर पहुँच गया। वह देखकर विजयी भाव से मुस्कुराई और पढ़ने की मेज़ के पास एक और कुर्सी डालकर मुझे बिठाया और खुद अंदर चली गई। मैं जब तक अपनी किताब और कॉपी खोलूँ वह एक छोटी-सी ट्रे में पानी का गिलास लेकर आ गई। बगल की कुर्सी पर बैठकर उसने मेरी किताब उठाई। वह फ़िज़िक्स न्यूमेरिकल की किताब थी। कुछ देर तक उलट-पुलट करने के बाद बोली, ''मास्साब आए थे। अभी-अभी शाखा में व्याख्यान देने के लिए गए हैं। घंटे भर बाद लौटेंगे। कह गए हैं कि तब तक जगन्नाथ को कुछ न्यूमेरिकल लगाने के लिए दे देना। यह सुनकर अच्छा नहीं लगा। उर्मिला मुझसे सीनियर थी मगर ऐसी कोई खास मेधावी छात्रा नहीं थी कि मुझे पढ़ाए। मगर क्या करता, मास्साब मेरी खिंचाई पर आमादा थे। लगा कि वे जया के उद्‌गार पढ़कर कुछ ज़्यादा ही बौखला गए थे। यह मेरी समझ से बाहर था, क्योंकि गिरीश के मामले में तो सुमन को लेकर प्रतिद्वंद्विता जैसा कुछ था लेकिन इसमें वैसा कुछ भी नहीं था।

मुझे सवाल देकर वह अंदर चली गई जहाँ चूल्हे पर दाल चढ़ी हुई थी। मैं सवाल लगाने में जुट गया। उसने विशिष्ट उष्मा और गुप्त उष्मा के दो अत्यंत जटिल सवाल छाँट कर टिक किए थे। यूँ भी फ़िज़िक्स और कैमिस्ट्री मेरी दुखती रग थे। मुख्य पुस्तक में

उदाहरण के लिए समझाने के लिए उत्तर सहित एकाध आसान-सा सवाल होता था लेकिन टेस्ट और अन्य परीक्षाओं में एक से बढ़कर एक मुश्किल प्रश्न होते थे। इसलिए आंकिक भौतिकी और आंकिक रसायन शास्त्र जैसी सहायक पुस्तकें प्रचलन में आ गई थीं। मेरे पास जो थी वह किसी अध्यापक की लिखी हुई गाइड थी और उसमें हल करने की प्रविधि के बजाय अंत में एक परिशिष्ट के रूप में संख्यात्मक उत्तर क्रम से दिए गए थे। इससे होता यह था जब तक उस गाइड से मेल खाता उत्तर न आ जाए, बार-बार प्रयास करते रहो। चूँकि वह पाठ्य पुस्तक नहीं थी, इसलिए क्लास में उसके सवाल पूछे नहीं जा सकते थे। ट्यूशन लगाने पर ही इस समस्या का समाधान हो पाता था। फ़िज़िक्स और कैमिस्ट्री के मास्साबों को पढ़ाते-पढ़ाते उन किताबों के सवाल जैसे ज़बानी याद हो गए थे। सारी मुश्किल पढ़ने वाले लड़के और लड़कियों को ही होती थी। मैं बहुत देर तक उनमें उलझा रहा, मगर शुद्ध उत्तर नहीं आ रहे थे। कई बार कोशिश करने पर जब बेवकूफ़ाना मिस्टेक पकड़ में आई तो विशिष्ट उष्मा सही-सही निकल आई मगर गुप्त उष्मा बराबर छकाती रही। यहाँ तक कि नैपकिन से हाथ पोंछती उर्मिला वापिस आ गई। उसने खड़े-खड़े ही पूछा, ''क्यों भाई लगा लिए सवाल?'' मैंने झेंपते हुए एक सवाल ठीक से हल नहीं हो पाने की सूचना दी तो वह हैरानी प्रदर्शित करती हुई एक कुर्सी खींचकर मेरे पास बैठ गई और मेज़ पर रखा चश्मा उठाकर लगाया तो एकदम मास्टरनी की तरह लगी। उसे स्कूल में कभी चश्मा लगाए नहीं देखा था। वह पूरी गंभीरता से मेरी कॉपी जाँचने लगी। जो सवाल लग गया था उसको बड़े ध्यान से देखा और कलम से सही का निशान बना कर, 'वेरी गुड' कहते हुए अपनी दोनों हथेलियों से मेरे गाल सहला दिए। मसालों की गंध मेरे नथुनों में भर गई। ज़ाहिर था कि वह मुझे ट्यूशन पढ़ने वाले छोटे बच्चे की तरह ट्रीट कर रही थी। मेरे कान लाल हो उठे। उसने दूसरे प्रश्न का हल देखना शुरू कर दिया और एक-एक स्टेप को बड़े कायदे से जाँचा। जल्दी ही उसने गलती पकड़ ली और मुस्कुराते हुए कॉपी में बड़ा-सा क्रॉस का निशान बना कर मेरी ओर सरका कर कहा, ''तुम एक बार फिर से ट्राई करो, मैं देखती हूँ कहाँ पर गलती हो रही है।'' मैंने एक नया पन्ना खोला और नए सिरे से हल करने लगा। वह मेरी ओर झुककर गौर से देखने लगी। मैं बहुत एहतियात से स्टेप बाई स्टेप चल रहा था। ठीक देखने के चक्कर में वह मेरे कंधे पर झुकती चली गई। अंततोगत्वा उसका बायां हाथ मेरी कुर्सी की बैक पर और मुखड़ा मेरे कंधे पर आ टिका। मेरा ध्यान यूँ तो पूरी तरह कॉपी के पन्ने पर लगा हुआ था मगर जवाकुसुम हेयर ऑयल और दाल के मसालों की मिली-जुली खुशबुएँ तारी हुई जा रही थीं। हल लगाते-लगाते अचानक मैं उस स्टेप पर पहुँचकर ठिठक गया, जहाँ गलती होती आ रही थी। चुपचाप से वह स्टेप क्लीयर किया और अगले कदम पर सही उत्तर कॉपी में दर्ज हो गया।...शाबाश, शाबाश मेरे राजा भैया! मैं जानती थी तुम कर लोगे!...कहते-कहते उसने दूसरा हाथ भी मेरे गले में डाल दिया। अब वह मेरी पीठ से चिपकी थी और मैं उसकी मुलायम छातियों का दबाव महसूस कर रहा था। लगा इस बार हम दोनों स्टेप बाई स्टेप सही चले हैं। कुछ देर तक मेरे गले में हाथ

डाले वह जाने किस सोच में डूबी रही फिर झटके से अलग होकर बोली, ''चल मैं तुझे एक सवाल और देती हूँ। फ़िज़िक्स के सर के आने में तो अभी देर है।'' किताब खोलकर उसने उष्मा का ही एक और सवाल टिक करके कहा, ''पिछले साल इस सवाल ने बहुत दिक किया था। घर में निकाले नहीं निकला और परीक्षा में आ टपका। बाद में सर ने इसे सॉल्व करने का सही तरीका बताया, देखती हूँ तू इसे लगा पाता है या नहीं। लगा लेगा तो मान लूँगी कि मेरा भैया सचमुच होशियार है।'' और फिर से अंदर चली गई। अब वहाँ मैं था और वह नामुराद सवाल था।

वह सवाल मुझे डरा गया। उसमें बहुत फ़ालतू किस्म की कैलकुलेशन थी, दशमलव ही दशमलव भरे थे और तमाम मशक्कत के बाद जो उत्तर निकल कर आता वह गाइड से बिलकुल मेल नहीं खाता था। इसे मैं जाने कितनी बार लगाने की नाकाम कोशिशें कर चुका था। क्लास के और भी लड़कों ने इस धनुष को उठाने की चेष्टा की और हार कर यह मान लिया कि कुंजी में दिया गया उत्तर गलत है। या तो प्रूफ़ की मिस्टेक है या प्रश्न नम्बर बदल गया है। सिर्फ़ जयंत इसे सॉल्व करने में सफल रहा था और पूरे आत्मविश्वास से कहता था कि गाइड में दिया गया उत्तर एकदम सही है। हो सकता है फ़िज़िक्स के सर ने उसे बताया हो, क्योंकि वे बहुत पहले से ही जयंत और जया को घर पर पढ़ा रहे थे। हो सकता था कि पिछले साल ही उर्मिला को उन्होंने यह सवाल करवा दिया हो, क्योंकि फ़ाइनल एग्ज़ाम में यह आया था। उन दिनों उर्मिला फ्री की ट्यूशन पढ़ने मास्साब के घर जाया करती थी। अगर मास्टरनी बवाल न मचातीं तो इस साल भी जा रही होती। खैर, मैंने सवाल पर पूरा ज़ोर लगा दिया लेकिन उत्तर तक आते-आते ढाक के वही तीन पात। हताश होकर कुर्सी से पीठ टिकाकर बैठ गया। ऐसा सोच में डूबा कि पता ही नहीं चला वह कब चली आई। उसने अपने खुले बालों में कंघी करते हुए पूछा, ''हैलो स्मॉर्ट चैप, लगता है तुमने क्वेशचन सॉल्व कर लिया तभी आराम से बैठे हो।'' वह कमरे में घूमते हुए अपने घने और लंबे बालों को काढ़ रही थी, ''चलो अब तुम्हें कैमिस्ट्री का न्यूमेरिकल देते हैं। मैं चुप लगा गया। मास्साब के आने के कोई आसार नज़र नहीं आ रहे थे। अब यही है मेरी मास्टरनी।

बाल बनाकर वह बगल की कुर्सी पर आकर बैठ गई और मेरी कॉपी के खुले पन्ने को देखने लगी। उसने लाल पेंसिल उठाकर बारीकी से मेरे हल को स्टेप बाइ स्टेप जाँचा और एक जगह लाल निशान लगा कर कहा, ''इसमें यहीं गलती होती है। अंडर रूट निकालने में। अब यहाँ से आगे चलो और देखो कितनी आसानी से सही उत्तर निकल आता है।'' मैंने फिर से कोशिश की मगर सफल नहीं हो सका। हार कर टेबल पर कोहनियाँ रखकर अपना सिर उन पर टिका दिया। मैं उस सवाल से जूझते-जूझते थक गया था। एक मिनट भी बीता न होगा कि उर्मिला ने मेरे बालों को सहलाना शुरू कर दिया।...''बड़ी जल्दी घबरा गया तू तो, उठ मैं तुझे बताती हूँ कि इसे कैसे लगाना है।'' उसने मेरे कंधे पकड़ कर मुझे उठा दिया। मैंने पेंसिल उठाई और नए सिरे से जुट गया। मैं स्कूल के अच्छे विद्यार्थियों

में गिना जाता था, ऐसी छीछालेदर कभी नहीं हुई थी। कुछ रुआँसा सा जल्दी-जल्दी लिखता गया। सवाल आधा ही हल हुआ होगा कि उर्मिला ने अपना दायाँ हाथ मेरी पीठ के पीछे से निकाल कर मेरी लिख रही उँगलियों पर रख दिया और पेंसिल को पीछे से पकड़ कर उस स्टेप को सुधारना शुरू कर दिया। लिखवा वह मेरी उँगलियों से ही रही थी मगर बिलकुल अलग इबारतें कागज़ पर नमूदार हो रही थीं। एक बिंदु विशेष पर पहुँचाकर उसने हाथ हटा लिया और कहा, ''अब तुम लगा लो।'' यह समझ में आते ही कि गलती कहाँ हो रही थी मेरी नाव सुरक्षित ठिकाने पर पहुँच गई। तब तक उर्मिला ने एक सवाल और ढूँढ़ लिया, कैमिस्ट्री का। मैंने देखा कि इस बार भी बहुत कंटीला सवाल था। मेरा आत्मविश्वास पहले ही डिगा हुआ था, अब और बुझौवल में चकरघिन्नी बनने को मन नहीं था, इसलिए हथियार डालने में देर नहीं लगाई और स्वर में यथासंभव माधुर्य घोलते हुए बोला, ''दीदी, इसे मैं पहले भी ट्राई कर चुका हूँ, यह लग नहीं पाएगा। देखिये इसे मास्साब से पूछने के लिए टिक किया हुआ है।'' वह उठकर मेरी कुर्सी के पीछे जा खड़ी हुई और मेरे गालों पर हथेलियों को फेरते हुए बोला, ''अरे तू बहुत जल्दी घबरा जाता है। मेरे सामने लगा, देखती हूँ कैसे नहीं सॉल्व होता। मास्साब ने मुझे इतना तैयार कर दिया है कि तेरे जैसे बबुओं को तो मैं ही पढ़ा सकती हूँ। शायद इसीलिए सर ने तुम्हें यहाँ शिफ़्ट किया है।'' यह सुनकर मैं स्तब्ध रह गया। क्या मास्साब के बजाय ये मुझे पढ़ाएगी? ऐसा सोचकर ही मेरा चेहरा उतर गया। मुझे घोर संदेह हुआ कि शायद इसको मेरे वहाँ से हटाए जाने के कारण की भनक लग चुकी है। मास्साब का कोई भरोसा नहीं था, कब किसी से क्या कह बैठें और यह तो उनकी सबसे चहेती शिष्या ठहरी।

मेरे अनमनेपन को भांपकर उसने कहा, ''तू मेरे छोटे भाई की तरह है। मैं चाहती हूँ कि तू क्लास में टॉप करे। चाहे इसके लिए मुझे कितनी मेहनत क्यों न करनी पड़े। चल तू सवाल लगा मैं देख रही हूँ, जहाँ भी अटकेगा मै सँभाल लूँगी।'' मैं कॉपी खोलकर शुरू हो गया। वह कुर्सी के पीछे खड़ी देख रही थी। उसके हाथ मेरे गालों से उतरकर कंधों पर आ गए थे। सहसा मेरे शरीर में ऊर्जा की लहरें उठने लगीं। दिल और दिमाग स्फूर्ति से भर गए। नतीजतन वह सवाल जो मुझे शिव के धनुष की तरह असाध्य लग रहा था, फूल की तरह हल्का और सरल हो गया। उत्तर तक पहुँचकर मैंने सिर उठाया। वह हँसते हुए बोली, ''देख हो गया ना जादू! तू जैसा समझता है वैसी खराब टीचर भी नहीं हूँ मैं। बस मेरे पढ़ाने का मैथड अलग है।'' बगल की कुर्सी पर बैठकर उसने मेरा चेहरा अपनी ओर घुमा कर अपने होंठ मेरे गाल पर छुआ दिए। ठीक उसी तरह जैसे माँएं अपने बच्चों से प्यार जताती हैं।... ''जगन्नाथ कोई कुछ भी कहता रहे अपने सर से बढ़िया साइंस पढ़ाने वाला कोई नहीं है। मेरे जैसी बिलो एवरेज स्टूडेंट को भी उन्होंने कहाँ से कहाँ पहुँचा दिया है। पहले फ़िज़िक्स का पर्चा देखकर मेरे प्राण सूख जाते थे। अब मैं मुश्किल से मुश्किल सवाल चुटकियों में हल कर लेती हूँ। मेरे साथ बैठकर पढ़ेगा तो देखना तू उस बंगाली से, क्या नाम है उसका,

बहुत आगे निकल जाएगा। इन लोगों को अपने लिखने-पढ़ने पर बहुत घमंड होता है। दूसरों को ये बड़ी नीची नज़र से देखते हैं। अरे घमंड तो रावण का नहीं रहा तो तुम्हारा क्या रहेगा! बस तो जैसा मास्साब कहें वैसे करता जा। उन्होंने बहुत सोच-विचार कर तुझे यहाँ शिफ़्ट किया है। मुझे वे एक-एक बात बताते हैं। मुझे मालूम है कि उस बंगालन लड़की की बड़ी-बड़ी आँखों ने तेरे पर मोहनी मंतर मार दिया होगा। मगर इस मामले में तुम्हारे लिए मैं सर से भिड़ गई। मैंने दोटूक कहा कि जगन्नाथ ऐसा वैसा लड़का नहीं है, सीधा है, उसके जाल में फँस गया होगा। हटाइये उसको वहाँ से। तब मास्साब को बात समझ में आई।''

इस रहस्योद्घाटन से मैं ऐसा हतप्रभ हुआ कि मुँह पर ताला लगाकर, सिर झुकाकर बैठ गया। पहले तो वह चुपचाप मुझे देखती रही फिर उठकर मेरी ठोड़ी पकड़ कर चेहरा ऊपर उठाया और बहुत करुण स्वर में बोली, ''हाय राम, तू रो क्यों रहा है। मैंने ऐसा क्या कह दिया। अरे पागल, मैंने तो तेरी ही साइड ली है। इतनी ज़ोरदारी से कि मास्साब को मानना ही पड़ा कि इसमें तुम्हारी कोई गलती नहीं है। प्लीज़ तू रो मत नहीं तो मुझे भी रोना आ जाएगा। सर अब आने ही वाले हैं। हम दोनों की लाल आँखें देखकर जाने क्या सोच बैठें।'' उसने अपनी प्याजी रंग की चुन्नी से मेरी आँखों के नीचे का गीलापन पोंछ दिया और पकड़कर बाहर नल के पास ले जाकर मुँह धुला दिया। एकाध हिचकी लेकर मैं शांत हो गया। उसका अनुमान बड़ा सटीक निकला। हम आकर बैठे भी न होंगे कि मास्साब आ गए। मैंने नमस्ते की तो उन्होंने हल्के से सिर हिला दिया। बैठकर मुझे अपने नोट्स वाला रजिस्टर दिया और एक चैप्टर उतारने को कहा। उनका वह रजिस्टर विद्यार्थियों में बहुत मशहूर था। कहा जाता था कि उसमें बड़ी मेहनत से बनाए गए बेहतरीन नोट्स थे। पहले वे क्लास में, उसमें से डिक्टेट करके लिखवाया करते थे। लेकिन बाद में उन्होंने यह कहकर लिखवाना बंद कर दिया कि इसे पुस्तक के रूप में छपवाने की योजना है। तब यह सर्वसुलभ हो जाएगा। मैं रजिस्टर को पाकर बहुत प्रसन्न हुआ। यह कारूं का खज़ाना अब सिर्फ़ ट्यूशन पढ़ने वालों के लिए सुलभ था। आश्चर्य यही हुआ कि जयंत के यहाँ वे मेरे देखते कभी उस रजिस्टर को लेकर नहीं आए। इसका अर्थ यह हुआ कि यहाँ मुझे यह एक्स्ट्रा फ़ैसिलिटी मिलेगी। खैर, मैं नोट्स उतारने में और मास्साब उर्मिला को पढ़ाने में व्यस्त हो गए। उनकी हस्तलिपी बहुत सुंदर थी और वैसे ही आकर्षक उनके बनाए चित्र और डायग्राम थे। मुझे मैग्नेटिज़्म का चैप्टर मिला था, जिसे लिखने में मज़ा आ रहा था। मैं उनकी साफ़-सुथरी इबारत की भी नकल कर रहा था। चित्र बनाने के लिए उर्मिला से पेंसिल, रबर और छह इंची स्केल माँग लिया। बहुत कोशिश की मगर वैसे नहीं बन पाए। मुझे याद आया कि साइंस और बायलोजी में चित्रों के भी मार्क्स मिलते थे। इस कला में जयंत माहिर था। प्राइमरी कक्षाओं से ही वह ड्रॉइंग में हमेशा वेरी गुड या सबसे अधिक नंबर पाता रहा। पूरा चैप्टर उतार लेने के बाद मैंने मास्साब की तरफ़ देखा, यह जानने के लिए कि अब क्या करूँ। मगर उनका पूरा ध्यान कॉपी में लिखते हुए उर्मिला को कुछ समझाने में

लगा था। वे दोनों मेज़ के सामने वाले हिस्से में पास-पास बैठे थे, जबकि मैं उनसे समकोण बनाती हुई बाईं साइड पर। मैं प्रतीक्षा में बैठ गया कि कब मास्साब का ध्यान मेरी ओर आए और आगे का टास्क बताएँ। कुछ देर बाद पानी पीने के लिए उठा, उनके यहाँ बरामदे में एक पानी का मटका था जिस पर एक लंबे हैंडिल वाली लुटिया रखी रहती थी। खास बात यह थी कि पानी में डाले गए केवड़े की मीठी-सी खुशबू होती। पानी पीकर मैं वापिस लौटा तो बरबस ही मेरी नज़र मास्साब के बाएँ हाथ पर चली गई। उन दोनों की पीठ मेरी तरफ़ थी। वे दाहिने हाथ से कॉपी में लिखते हुए बोल कर समझा रहे थे। उर्मिला मुग्ध भाव से किसी चंद्रचकोर की तरह मास्साब के चेहरे को देखे जा रही थी। पता नहीं उसे पता था या नहीं कि मास्साब का बायाँ हाथ उसकी गोद में रखा था। मेरी जानकारी के मुताबिक वह लड़कियों की सबसे नाज़ुक और वर्जित जगह थी। काल्पनिक छुवन की अनुभूति मात्र से मेरे कान लाल होने लगे। नज़र वहाँ से हटाते-हटाते भी यह देखने से नहीं चूका कि वे उसकी सलवार के ऊपरी हिस्से को सहला रहे थे।

उसके बाद मेरा मन पढ़ाई में नहीं लगा। यंत्रवत रजिस्टर खोलकर विद्युत के नोट्स उतारता रहा। मास्साब ने भी मेरी ओर ध्यान नहीं दिया। जो भी हो वह दृश्य मेरे मस्तिष्क पटल पर ऐसा अंकित हुआ कि थोड़ी देर ओझल होता और फिर लौट आता। शाम को मैं रिहर्सल में जीजान से अपने काम में जुटा रहा मगर मेरी भटकन पर विराम नहीं लगा। एक अजीब बात यह हुई कि मैं ज़्यादातर समय शुचि और उसकी छोटी बहन की एनाटोमी का जायज़ा लेता रहा। रिहर्सल के दौरान ऐसे विचलन का अनुभव पहली बार हुआ। पहले कभी भी मुझे उन बहनों की सुगठित देहयष्टि ने आकर्षित नहीं किया था। उर्मिला के मुकाबले दोनों कहीं ज़्यादा सुंदर थीं। सबसे बड़ी बात तो यह कि उनके हाव-भाव और बोलने-चालने में एक महानगरीय किस्म का आभिजात्य था जो कि मनोरथ नगर की कन्याओं के लिए दुर्लभ था। उनके पास पहुँचने से पहले ही भीनी-भीनी खुशबू सतर्क कर देती थी। मैं जानता था कि यह कलकत्ता के कुछ खास सेंटों की खुशबुएँ हैं, लेकिन यहाँ की लड़कियों के सिर से उठने वाली नारियल के तेल की, रसोईघर के मसालों की और कुदरती पसीने की गंध से तो हज़ार गुना बेहतर थीं।

रात को बिस्तर पर लेटा तो फिर उसी ख़याल ने धर दबोचा। मुझे याद आ गया कि फ़िज़िक्स के सर सुमन को भी तो घर जाकर ट्यूशन पढ़ाते थे। बैठने का सिलसिला भी लगभग ऐसा ही था। तो क्या वहाँ भी मास्साब मखमली छुअन का आनंद लेते थे? लेकिन दूसरे ही क्षण मेरे अंदर से आवाज़ आ गई कि ऐसा संभव नहीं, सुमन और उर्मिला में ज़मीन आसमान का फ़र्क है। वहाँ यह महाशय हिम्मत नहीं जुटा पाये होंगे। सुमन चुपचाप ऐसी ज़्यादती बर्दाश्त करने वाली लड़की नहीं थी। वहाँ ऐसी हरकत उन्हें भारी पड़ जाती। सुमन उन्हें ऐसा सबक सिखाती कि उनके दिल में भी खुदा का खौफ़ पैदा हो जाता। और ये उर्मिला! अजीब लड़की है। मास्साब के पीछे हाथ धोकर पड़ी है। पूरे एस्टेट में उसको

लेकर मास्टर दंपति के बीच घमासान का किस्सा मशहूर था। लेकिन न तो उर्मिला को कोई परवाह थी न मास्साब को। मुझे बुरा यह लगा कि उनकी ऐसी शोहरत के चलते भी जयंत के पिताजी ने अपनी लड़की को पढ़ाने के लिए उन्हें लगा रखा था। लेकिन जया पर मुझे विश्वास था कि वह इनके जाल में फँसने वाली नहीं। दूसरे उसके पिता बड़े अफ़सर हैं। उनके यहाँ कोई हरकत करने से पहले मास्साब सौ दफ़े सोचेंगे। नींद का झोंका आने से पहले एक बार फिर उर्मिला प्रकट हो गई। मैं उसके प्रति कभी भी आकर्षित नहीं हुआ, क्योंकि उसके चेहरे पर मुहाँसे थे और अपने भरे हुए बदन के कारण वह अपनी उम्र से काफ़ी बड़ी लगती थी। उस दिन मैं उसके यहाँ ट्यूशन पढ़ने गया तो मास्साब की अनुपस्थिति में उसका एक अलग ही रूप सामने आया। सवाल हल कराते समय बाँहों से घेर कर मेरी पीठ से सट जाना, गाल पर चूमते समय उसकी देह का स्पर्श याद आते ही दिलोदिमाग पर उसकी कमनीयता छा गई। जिसके चलते, मुहाँसों के बावजूद मानना पड़ा कि उसमें एक अलग किस्म का दुर्निवार आकर्षण है। उसे सिर्फ़ और सिर्फ़ 'नरचित्त प्रमोदिनी' कहकर परिभाषित किया जा सकता था।

मनुष्य के मन की कैसी अस्थिर प्रकृति है! चारपाई पर लेटने से पहले तक मुझे उर्मिला के घर जाकर ट्यूशन पढ़ने में जो खीज हो रही थी, उसका स्थान एक रेशमी और मृदुल स्पर्श जनित पुलक ने कब ले लिया, यह पता ही नहीं चला। सबसे बड़ी बात थी कि इस गिरगिटिया आचरण पर अंतर्मन में न तो लज्जा की अनुभूति हुई न ही झेंप आई। इसका कारण संभवत: यह प्रतीति रही हो कि उर्मिला ने मेरे साथ बहुत ही प्रेम भरा व्यवहार किया था। छोटे भाई की तरह गले लगाया और लाड़ जताया था। उसके दो भाई थे, बहुत छोटे, तीसरी-चौथी में पढ़ने वाले, इसलिए उसे ज़रूर ही लाड़ जताने और गाल-वाल चूमने की आदत रही होगी। मेरे न कोई भाई था न बहन, मुझे उस तरह के प्रेम की अभिव्यक्ति बहुत औपचारिक और दिखाऊ लगती थी। माँ-बाप की अकेली संतान होना बच्चे की सोच और समझ पर ऐसा असर डालती होगी। मुझे याद आया कि सुमन की टेबल पर अंग्रेज़ी की किताब, *लव लेटर्स*...देखकर मैंने कुछ उल्टे-सीधे अनुमान लगा डाले थे। बाद में उसे खोलकर पढ़ा तो उसमें पारिवारिक संबंधों के बीच लिखे जाने वाले पत्र अधिक नज़र आए और मैं प्रेम शब्द के अगणित अर्थों को जान-समझ पाया। लेटे-लेटे मैं कल्पना करने लगा कि मेरी भी ऐसी कोई बड़ी बहन होती तो क्या मुझे प्यार न करती।

उस रात की नींद बहुत ही मीठी और सुखद थी। बाद में तो उसकी आदत हो गई।

~

समय गुज़रते कुछ पता नहीं चलता। विस्मृत होते संवादों, उच्चारण दोषों और चरित्रों के नौसिखियेपन के चलते लगता नहीं था कि जल्दी ही नाटक की गाड़ी पटरी पर आ पाएगी। रिहर्सल के दौरान अक्सर निर्देशक या अन्य किसी अभिनेता का धैर्य छूट जाता और बजाय

अभ्यास के वहाँ तीखे किस्म की कहा-सुनी, रूठना-मनाना होने लगता। अहं के टकराव का नतीजा यह होता कि कोई चरित्र नाराज़ होकर रिहर्सल से चला जाता और काफ़ी मनाने के बावजूद कई दिन तक अनुपस्थित रहता। ऑफ़िसर ट्रेनीज़ में कुछ बहुत ही शायस्ता स्वभाव के लोग थे जो भले ही नाटक में भूमिका नहीं कर रहे हों मगर संकटमोचन के लिए तत्पर रहते थे। यही वजह थी कि नंदी महाशय जैसे तुनकमिज़ाज और अक्खड़ व्यक्ति को किसी तरह झेल लिया गया। वे ऐसे आदमी थे जिसे झगड़ा करने के लिए किसी वजह की ज़रूरत नहीं होती थी। गाहे-बगाहे किसी-न-किसी पर भड़कते रहते थे। शुरू में तो किसी की समझ में कुछ नहीं आया मगर धीरे-धीरे उनकी नाराज़गी का कारण स्पष्ट होता गया।

हस्बेमामूल एस्टेट में इस नाटक को लेकर तमाम तरह की चर्चाएँ थीं। खास तौर पर तीनों नंदी कन्याओं और उनके कुछ संभावित प्रेमी ऑफ़िसर ट्रेनीज़ को लेकर। मैं बहुत करीब से इस नाटक से जुड़ी गतिविधियाँ देखता आया था, इसलिए मेरा ख़याल था ये बातें महज़ अटकलबाज़ियाँ हैं। नंदी बहनों का आचरण और व्यवहार बहुत मर्यादित और गरिमापूर्ण था। उन्हें कभी भी होस्टलवासियों से घुलते-मिलते नहीं देखा गया। लेकिन अंतिम रिहर्सल की शाम को जैसे भांडा फूट गया। उस दिन अंतिम रिहर्सल होने के कारण मैं समय से पहले पहुँच गया। देखा कि करीब-करीब सब लोग आ गए थे और चुपचाप बैठे थे जैसे किसी का इंतज़ार कर रहे हों। गौर से देखने पर पता चला कि देवेश ठाकुर और शुचि वहाँ नहीं थे। यह कुछ अनहोनी-सी बात थी, क्योंकि रिहर्सल के पहले दिन से लेकर उस दिन के पहले तक वे कभी भी लेट या अनुपस्थित नहीं हुए थे। सुमित्रा और सुप्रिया मेरे पास ही बैठी थीं। मैंने उनसे पूछा कि शुचि दी कहाँ हैं? तो सुप्रिया ने धीरे से मेरे कान में कहा, ''वो दोनों देवेश के कमरे में बैठे हैं। इधर बाबा नाराज़ हो रहे हैं। देखना आज दोनों को कितनी डाँट पड़ती है। नाटक के दौरान बाबा ज़रा भी इनडिसिप्लिन बर्दाश्त नहीं करते।''

नाटक में दुष्यंत को हमेशा विवेकपूर्ण सलाह देने वाले मित्र का रोल कर रहे जितेंद्र पाटनी से नहीं रहा गया तो वह उन्हें बुलाने चला गया और तुरंत ही लौट आया। बोला, ''बस अभी पाँच मिनट में आ रहे हैं। दोनों अपने डायलॉग याद कर रहे हैं।'' और सचमुच पाँच मिनट बाद वे आ गए। उनके चेहरे पर ज़रा भी क्षमायाचना का भाव नहीं था, बल्कि एक प्रगल्भ किस्म की उत्फुल्लता अपनी चमक बिखेर रही थी। जब वे बैठ गए तो नंदी ने आक्रोश भरे स्वर में कहा, ''प्लीज़ पैक अप। आज रिहर्सल नहीं होगी।...और नाटक होगा कि नहीं यह कल डिसाइड होगा।'' उनकी घोषणा सुनकर हम सब सन्न रह गए। जब तक कोई कुछ कहता वे अपना चुरुट सुलगाकर बाहर निकल गए। उनके जाते ही तीनों कन्याएँ भी उठकर चली गईं। अच्छी-खासी महफ़िल उजड़ गई। ट्रेनीज़ में विचार-विमर्श होने लगा। अंततोगत्वा उनका एक प्रतिनिधिमंडल नंदी जी को मनाने के लिए गया। इसमें देवेश ठाकुर के अलावा तीनों बंगाली ट्रेनी और संतोष सक्सेना शामिल थे। बाकी लोग आशा और निराशा के बीच झूलते हुए बैठे रहे। किसी ऑफ़िसर ट्रेनी ने माहौल को सामान्य बनाने

के लिए अपने दिमाग का प्रयोग किया और मैस से सबके लिए चाय भिजवा दी। चाय पर चर्चा शुरू हो गई, एक-दो लोगों ने दबे स्वर में कहा कि गलती देवेश से हुई है। उसे इस तरह रिहर्सल को नहीं लटकाए रखना था। कुछ ज़रूरी बातें थीं तो बाद में भी हो सकती थीं। एक बार तो लगा कि यह सर्वसम्मत मत है मगर टीम के एक वरिष्ठ सदस्य, मेकअप करने वाले सौरेन चक्रवर्ती ने कहा, ''अरे अपना नंदी दादा भी कम नहीं है। छोटी-छोटी बात पर उसका माथा गरम हो जाता है। हम इसका फ़र्स्ट प्ले से देखा है कि हर नाटक में झगड़ा होता है। और जानते हैं झगड़ा कौन शुरू करता है? यही नंदी मोशाय। इसीलिए आज कोई भी अच्छा बांग्ला आर्टिस्ट इसके साथ काम करना नहीं चाहता। अब हिन्दी ड्रामा में आया है तो यहाँ भी वही हाल है।''

खैर चाय-पानी का दौर खत्म होते-होते संधि-वार्ता दल नंदी को लेकर आ गया। पीछे-पीछे आईं उनकी तीनों फ़रमाबरदार बेटियाँ। आते ही रिहर्सल कुछ इस तरह शुरू हो गई जैसे कुछ हुआ ही न हो। वातावरण में व्याप्त तनाव को अभिनेताओं ने चुनौती की तरह लिया और जीजान लगाकर फ़ाइनल रिहर्सल में समां बाँध दिया। अंतिम दृश्य तो इतना हृदयग्राही बन पड़ा कि होस्टल तालियों से गूँज उठा। नंदी बतौर निर्देशक इतने खुश हुए कि अचानक कदम बढ़ाते हुए देवेश के पास पहुँचे और उसे गले से लगा लिया। यह बहुत भावुक क्षण सिद्ध हुआ, क्योंकि दोनों देर तक गले लगे रहे। ऐसा लग रहा था, जैसे बरसों के बिछुड़े प्रेमी संयोग से आ मिले हों। लोगों ने हैरान होते हुए देखा कि देवेश फफककर रो उठा, नंदी की आँखों से भी आँसू बह निकले। मैंने देखा कि शुचि और उसकी बहनें भी आंचल में मुँह छुपाकर सिसक रही थीं। दो-तीन ऑफ़िसर ट्रेनी भी रोने लगे। इस बेसिरपैर की नौटंकी के निहितार्थ मेरे पल्ले बिलकुल नहीं पड़े, सिवाय इस प्रतीति के कि सारा मनोमालिन्य आँसुओं में बह गया होगा। जो भी हो फ़ाइनल रिहर्सल में नाटक का बेहद निखरा हुआ रूप सामने आया। नंदी और शुचि ने अपने संवादों के उच्चारण संबंधी दोष लगभग दूर कर लिए थे और नौसिखियाओं ने अपने मंजे हुए अभिनय से सबको चकित कर दिया। विसर्जन हुआ तो मुझे लगा कि आज के बाद न तो रिहर्सल होगी न ही हर शाम ऐसी महफ़िल सजेगी। इन लोगों से मैं काफ़ी घुल-मिल गया था। अब तो सिर्फ़ मंचन के दिन स्टेज पर ही मुलाकात होनी थी। महसूस हुआ कि यह शाम की एक महत्त्वपूर्ण गतिविधि थी, जिसमें हम सब हर दिन कुछ-न-कुछ नया सीखते थे। मनोरथ नगर जैसी रूखी-सूखी और दकियानूसी जगह पर यह एक दुर्लभ उपलब्धि थी।

नाटक चूँकि ऑफ़िसर ट्रेनीज़ की पहली एक्स्ट्रा करिकुलर एक्टिविटी थी, इसलिए जी.एम. सहित सभी उच्चाधिकारी इसे देखने के लिए उत्सुक थे। अंततोगत्वा नाटक रविवार के दिन सीनियर क्लब में खेला जाना तय हुआ। वहाँ सब लोग तो जा नहीं सकते थे, इसलिए खास-खास लोगों को एंट्री पास दिए गए। टीम के सदस्यों को दो-दो कंप्लीमेंट्री पास मिले। मैंने दोनों पिताजी को दे दिए। माँ ने मना कर दिया तो वे अपने एक मित्र को

साथ लेकर देखने आए। जयंत का पूरा परिवार आने वाला था। मैंने उसे फिर से बता दिया कि नाटक में मेरी भूमिका मात्र प्रॉम्पटर की है। वह कुछ निरुत्साहित–सा होकर बोला, ''अरे तुम्हारी एक्टिंग देखने के लिए ही हम सब जाने को तैयार हुए नहीं तो नंदी महाशय के नाटक देखते–देखते अब ऊबने लगे हैं। इनका हर प्ले दुखांत होता है, शुरू से आखिर तक ऐसा मातम छाया रहता है कि पूछो मत। खैर कोई बात नहीं तुम ज़रा ज़ोर लगा कर प्रॉम्पटिंग करना ताकि तुम्हारी आवाज़ ही सुन लें। न सही एक्टिंग।'' मैंने उसे आश्वस्त किया, ''यह नाटक गंभीर भले ही हो मगर दुखांत नहीं है, थोड़ा रहस्य–रोमांच भी है। और हो सकता है कि नंदी साहब अपने अगले प्ले में मुझे कोई भूमिका दे दें। मैंने उनका उच्चारण ठीक करवाने में बहुत मेहनत की है।'' उससे बात करने के बाद मेरा मन कुछ उदास सा हो गया। जया देखने आ रही है और मेरा कोई रोल ही नहीं है। प्रॉम्पटिंग तो एक तरह की बेगार है। एकदम फ़ालतू काम! तभी आशा की एक किरन कहीं से फूट पड़ी। मुझे याद आया कि नंदी दादा ने मुझको रिज़र्व में रखा था अर्थात् यदि कोई अभिनेता किसी आपात स्थिति की वजह से अनुपस्थित हुआ तो उसका रोल मुझे करना होगा क्योंकि प्रॉम्पटिंग करते–करते मुझे पूरा नाटक ही कंठस्थ हो चुका था। एक्टिंग न सही संवाद तो बोल ही लूँगा। पात्रों की एंट्री, मूवमेंट और एग्ज़िट आदि मुझे अच्छी तरह पता थे। हो सकता है कि कोई महत्त्वपूर्ण भूमिका अनायास ही पल्ले पड़ जाए। उत्साहित होते हुए मैंने निश्चय किया कि ऐसी सूरत में मैं जी–जान लड़ा कर उस रोल को करूँगा।

नाटक शाम को सात बजे शुरू होना था। हम सभी को चार बजे ही बुला लिया गया। अभिनेतागण तो अपनी–अपनी ड्रेस और रूप सज्जा में व्यस्त हो गए, लेकिन मेरे लिए नाटक का पर्दा उठने से पहलेकरने को कुछ खास नहीं था। मैं काफ़ी देर तक तो ग्रीन रूम में बैठकर चक्रवर्ती महाशय को बारी–बारी से पात्रों का मेकअप करते हुए देखता रहा फिर ऊबकर बाहर निकल आया। क्लब के बागीचे में टहलने लगा। हर तरफ़ फूल ही फूल खिले थे। मेरी नज़र सामने वाले बंगले पर गई तो फिर वहीं केंद्रित होकर रह गई। यह जयंत लोगों का घर था जहाँ मेरा आना–जाना छूट चुका था। फ़िज़िक्स के सर की संशयी प्रकृति के चलते। अभी शाम का आगाज़ नहीं हुआ था, इसलिए उनका बरामदा साफ़ दिखाई दे रहा था। मन में एक आशा सिर उठा रही थी कि ऐसा संयोग बन जाए कि जया किसी काम से बाहर आ जाए। उस मूसलाधार बरसात की रोमांचक स्मृति पुलकित करती रहती थी। अब इतना तो मालूम था ही कि उसकी दृष्टि बहुत तेज़ है। उस रात के अँधेरे में भी देखकर पहचान लिया था और अभी तो मैं सूरज की ढलती हुई रोशनी में खड़ा था। जब वह बहुत देर तक प्रकट नहीं हुई तो मैं बागीचे में टहलने लगा। अंदर ग्रीन रूम में जाने की इच्छा नहीं हो रही थी। वहाँ, स्प्रिट, सफ़ेद और प्रसाधन सामग्रियों की ऐसी तीव्र गंध व्याप्त थी कि थोड़ी ही देर में जी मिचलाने लगता था। पीछे की तरफ़ क्लब का किचन था। उसमें तले जा रहे फ़िश कटलेट की मारक गंध के हमले से घबराकर मैं फिर सामने की तरफ़ आया

तो क्या देखता हूँ कि अपने बंगले के फाटक को खोलकर जयंत और जया बाहर आ रहे हैं। और मेरा संदेह ठीक निकला, वे इसी तरफ़ आ रहे थे। मुझे खामखां ऐसा लगा जैसे मेरी चोरी पकड़ी गई हो। मुझे तो अंदर ग्रीन रूम में नाटक की टीम के साथ होना चाहिए था। यहाँ ठीक उनके घर के सामने खड़े होने का भला क्या मतलब है? ताका-झाँकी ही ना। मैं झेंप कर वहाँ से पलायन करने के लिए जैसे ही मुड़ा, जयंत ने पुकारा, ''जगन ज़रा रुको, हम लोग तुमसे मिलने ही आ रहे हैं।''

''जहे- किस्मत!''...मैंने मन-ही-मन खुश होते हुए कहा, ''अरे आओ, मिलो, दिल खोलकर मिलो। चाहो तो दोनों बारी-बारी से खूब गले मिलो। किसी गरीब का भला ही हो जाए तो क्या हर्ज है।'' दरअसल यह उसी नाटक का एक चलताऊ किस्म का डायलॉग था, (नायक द्वारा नायिका को कहा जाने वाला) जो मैं अक्सर मन-ही-मन दुहराया करता था। देवेश इस डायलॉग को बहुत जीजान लगाकर बड़ी अदा से बोलता था, मगर निर्देशक (नंदी) संतुष्ट नहीं होते थे। मुँह बनाकर कहते, ''अरे कुछ गोरीब का माफ़िक लगो तो! तुम को देख कौन समझेगा कि तुम गोरीब हाय।'' इस पर सुचित्रा सहित बाकी लोग मुँह छुपाकर हँसते। अब उन्हें कौन समझाता कि यहाँ गरीब शब्द के माने क्या हैं। खैर मैंने और जयंत ने हाथ मिलाए। आश्चर्य! जया ने भी अपना हाथ मेरी तरफ़ बढ़ा दिया। उसके छोटे से कलात्मक और कोमल हाथ का स्पर्श मुझे सरोपा रोमांचित कर गया। और देखिये किसी गरीब की किस्मत कैसे संवरती है, उसने कुछ देर तक मेरे हाथ पर दबाव बनाए रखा। और फिर एक बार थोड़ा अधिक दबाकर ढीला छोड़ दिया। यह एक धन्यतापूर्ण क्षण था जो मुझे निःशब्द छोड़कर दबे पाँव गुज़र गया। एक अंग्रेज़ी मुहावरे का उल्था करूँ तो यूँ होगा कि मेरा तो दिन बन गया। उसका बना कि नहीं, कह नहीं सकता। उस सन्नाटे को तोड़ा जयंत ने, ''तुम तो रिज़र्व में हो, कोई गैरहाज़िर हुआ कि नहीं?'' मैंने सिर हिला दिया। जया ने मेरी ओर सीधे देखते हुए चुटकी ली, ''कोई मूँछों वाला कैरेक्टर हो तो मज़ा आ जाए। सच कह रही हूँ जगन दा, आपके चेहरे पर मूंछें बहुत अच्छी लगेंगी। एक बार मेकअप करवा के देखिये तो।''

मैंने हँसकर कहा, ''जयंत को भी ले जाता हूँ। दोनों चक्रवर्ती मोशाय से मूँछें लगवा कर आते हैं। फिर बताना कि किस पर ज़्यादा जम रही हैं।'' जयंत ने हाथ जोड़ दिये, ''बाबा यह सब ड्रामेबाज़ी तुम ही करो। मेरे बस का काम नहीं है। यहाँ तो स्टेज पर जाने के नाम से ही रूह काँपती है।'' मैंने तंज़ कसा, ''कैसे बंगाली हो तुम! तुम लोगों को तो स्टेज से जन्मजात प्यार होता है। मैं जानता हूँ कि किसी-न-किसी दिन तुम बांग्ला नाटक में रोल करोगे या फिर टैगोर संगीत सुनाने लगोगे।'' जयंत यह सुनकर खुश तो हुआ मगर ज़ाहिर न करते हुए बोला, ''हमारे यहाँ से जया स्टेज पर उतरेगी। यह बहुत मनोयोग से डांस सीख रही है। अच्छा अब तुम जाकर देखो कि कोई रोल तुम्हारी प्रतीक्षा तो नहीं कर रहा। अब हम लोग नाटक स्टार्ट होने के समय आएँगे।'' और वे चल दिये। मैं खड़ा देखता

रहा। कुछ दूर चलकर जया ने पीछे मुड़कर कहा, ''जगन दा, प्लीज़! अगर रोल नहीं मिले तो भी किसी बहाने से मूँछें लगा कर एक बार स्टेज पर आइयेगा ज़रूर। ग्रुप फ़ोटो के बाद अलग से अपनी एक फ़ोटो खिंचवा लीजियेगा।''

अंदर पहुँच कर देखा कि पुरुष पात्रों का मेकअप हो चुका था और चक्रवर्ती मोशाय नाटक के एकमात्र महिला पात्र की प्रतीक्षा में, काजल, रूज़ और लाली तैयार कर रहे थे। शुचि शायद कपड़े बदलने गई थी। उन दिनों रूप सज्जा की सामग्री आजकल की तरह फ़ाइन और हल्की नहीं होती थी। देवेश आदि के चेहरे सफ़ेद से पुते हुए बहुत अजीब से लग रहे थे। रही-सही कसर आँखों के काजल और होंठों की लाली ने पूरी कर दी। हाँ, यह बात ज़रूर थी कि उनकी पहचान मेकअप की पर्तों के तले काफ़ी हद तक छुप गई थी। और नाट्य शास्त्र यही तो निर्देशित करता है। तभी सिल्क की गहरे रंगों वाली साड़ी पहन कर शुचि आई और मेकअप के लिए कुर्सी पर बैठ गई। चक्रवर्ती बड़ी तल्लीनता से उसके चेहरे का बेस बनाने में जुट गए। शुचि का मेकअप बहुत देर तक चला और चक्रवर्ती ने अपनी पूरी कलाकारी उस पर खर्च कर दी। पुरुषों के मुकाबले उसका मेकअप बहुत सटीक और सौंदर्यबोध उत्पन्न करने वाला था। शायद इसलिए कि वह अपना खुद का मेकअप बॉक्स लाई थी जो संभवत: कलकत्ता से खरीदा गया था। उसके खूबसूरत डिब्बे को देखकर लग रहा था कि वह आयातित अर्थात् विदेश में निर्मित है। तभी जाने कहाँ से सिगरेट पीते हुए नंदी महोदय ने अपनी एंट्री मारी। उनके नाटकीय संस्करण को देखकर मैं हक्का-बक्का रह गया। एक तो वह थे ही आकर्षक व्यक्तित्व के मालिक ऊपर से गहरे मेकअप ने जैसे उनमें और दम-खम पैदा कर दिया था। वह अब निश्चित ही एक झगड़ालू निर्देशक के बजाय रौबीले गुप्तचर अधिकारी लग रहे थे। उधर शुचि का मेकअप हो गया और वह आईने में भिन्न कोणों से अपने नायिका वाले अवतार को जाँच रही थी। नंदी उसके पास जाकर बारीकी से निरीक्षण करने लगे। कुछ देर बाद अपनी सिगरेट कुचल कर चक्रवर्ती से मुखातिब हुए...''दादा हैव यू फ़ॉरगाटेन दैट शी इज़ अ मैरिड लेडी। दिस बिन्दी इज़ टू स्मॉल एंड ह्वेयर इज़ मंगल सूत्र एंड माँग में सिंदूर?'' उसके बाद वे दोनों बांग्ला में बतियाने लगे। अंततोगत्वा चक्रवर्ती और शुचि को समर्पण करना पड़ा और माँग में सिंदूर भरा गया। कहीं से मंगलसूत्र माँग कर लाने को एक आदमी भेजा गया। नाटक प्रारंभ होने के पहले सबके लिए चाय आई। अब मेरा विंग में जाकर बैठने का समय था, मगर मैं तेज़ी से चक्रवर्ती साहब के पास गया और उनसे अनुरोध किया कि चेहरा भले ही न रंगें लेकिन होंठों पर हल्की मूँछें लगा दें। ताकि मुझे भी लगे कि मैं भी नाटक की टीम का हिस्सा हूँ। वे हँसे और देखते ही देखते बगैर नोक और हल्के तराश वाली मूँछें मेरे होंठों पर जमा दीं। इस क्षेपक को सब गौर से देख रहे थे, जब मैं शीशा देखने लगा तो पूरा ग्रीन रूम हँसी से गूँज उठा। नंदी जी ने सिगरेट का कश लगाकर कहा, ''डोंट वरी, तुम्हारी एंट्री भी होगी। वो जो सीन है ब्राइब लेते हुए दुष्यंत के रेड हैंडेड पकड़े जाने का उसमें सिविल ड्रेस पोलिस

का एक आदमी और बढ़ा देते हैं। एग्ज़ेक्टली उसी टाइम पर तुम्हारा एंट्री होगा और अरेस्ट होने तक वहाँ रहेगा। टैल मी इफ़ यू आर ओ के विद दिस स्मॉल एडीशन।'' मैंने स्वीकृति में राज़ी-राज़ी सिर हिलाया और प्रॉम्पटिंग के लिए विंग में जाकर बैठ गया।

~

हम लोगों ने पर्दे की झिर्री से झाँक कर देखा। हॉल खचाखच भरा था। आगे की पंक्ति मे जी.एम. और सीनियर ऑफ़िसर्स और उनके परिजन बैठे थे। चूँकि पीछे की पंक्तियाँ अँधेरे में डूबी थीं इसलिए बैनर्जी परिवार को खोजने की मेरी कोशिश नाकाम रही। पर मुझे पक्का विश्वास था कि वे लोग ज़रूर आए होंगे। खैर, नाटक शुरू हुआ और ज़ोरदार ढंग से आगे चला। हॉल में स्तब्धता छा गई। मैं एकाध बार बांग्ला नाटक देखने गया तो दर्शकों को छेड़छाड़ करते, फब्तियाँ कसते और बात-बात पर हँसते हुए पाकर हैरान रह गया। मेरी अवधारणा थी कि बंगाली लोग गंभीर नाटक प्रेमी होते हैं, एक ही बार में तिरोहित हो गई। हिन्दी नाटक होते ही बहुत कम थे और अक्सर रामलीला या नौटंकी के अंदाज़ में देखे जाते थे। नाच के समय तो जैसे सारी सीमाएँ टूट जातीं और दर्शकों का आचरण अत्यंत निम्नस्तरीय हो जाता। इस पृष्ठभूमि के हिसाब से हमारे प्ले के दौरान पिनड्रॉप सायलेंस एक उल्लेखनीय उपलब्धि थी। ज़ाहिर है कि दर्शकों की इस खामोश सराहना से अभिनेताओं का आत्मविश्वास इतना बढ़ गया कि प्रॉम्पटिंग की ज़रूरत कम-से-कम होती गई। उस समय हमें ज़रा भी अनुमान नहीं था कि अच्छे-खासे चल रहे नाटक के भीतर कोई दूसरा ही नाटक होने लगेगा।

उसमें एक दृश्य था, जिसमें नायक के फिसलते ईमान को लेकर उसकी पत्नी चिंतित और परेशान हो उठती है और उसे समझाने की कोशिश करती है कि चंद चाँदी के टुकड़ों की खातिर अपना जमीर न बेचे। आखिर उनको काली कमाई की ज़रूरत ही क्या है? आदि-आदि। दुष्यंत उसे समझाता है कि जब सारी दुनिया ही बेईमान हो गई है तो हम ही क्यों अभाव और वंचना का अभिशाप झेलें। तनख्वाह में बड़ी मुश्किल से घर चलता है। थोड़ा-बहुत कम्प्रोमाइज़ करके कुछ अतिरिक्त आमदनी हो जाए तो हर्ज क्या है। कोई चोरी तो कर नहीं रहे, न डाका डाल रहे हैं। ये ठेकेदार एक-एक कॉन्ट्रेक्ट से लाखों रुपये कमाते हैं। उसमें से कुछ हज़ार हमें भी मिल जाएँ तो बुरा क्या है।...अंततोगत्वा पत्नी, पति के तर्कों से संतुष्ट हो जाती है तो पति कहता है कि वह जो कुछ भी कर रहा है, उसी के लिए है। वह भी चाहता है पत्नी के पास ठीकठाक सी ज्वेलरी हो, घर में सभी सुविधाएँ हों ताकि वह सुख से रहे। इस दृश्य का अंत कुछ इस तरह से होना था कि एक-दूसरे के प्रति प्रेम की अनुभूति से पुलकित होकर वे एक-दूसरे की आँखों में खो जाते हैं और यवनिका पात हो जाता है। सीन लगभग अंत तक पटरी पर चलता रहा, मगर यवनिका पात के ऐन पहले पति और पत्नी एक-दूसरे की तरफ़ बढ़े और सहसा आलिंगनबद्ध हो गए। देवेश और शुचि एक-दूसरे की

बाँहों में बँधकर जैसे आपा खो बैठे। अब यह नाटक नहीं एक जीता-जागता यथार्थ लग रहा था। हॉल तालियों से गूँज उठा। विंग्स में यह दृश्य देख रहे टीम के सदस्यों को मानो साँप सूँघ गया। नंदी ने गुस्से में आकर पर्दा गिराने वाले को झिंझोड़ कर कहा, ''ईडियट, ड्रॉप द कर्टेन। इट इज़ द एंड ऑफ़ दिस ब्लडी प्ले।'' एक झटके से पर्दा गिर गया और फिर बहुत देर तक नहीं उठा। जैसे ही देवेश और शुचि निकलकर पीछे आए नंदी ने तांडव शुरू कर दिया, ''यू बास्टर्ड, तुमने हमारे साथ धोका किया। तुम्हारा हिम्मत कैसे हुआ शुचि के साथ ऐसा करने का! नाउ आइ विल टीच यू ए लेसन विच यू विल नॉट फ़ॉरगेट आउट योर लाइफ़। वैल एज़ द डायरेक्टर आई पुटिंग ऑफ़ दिस प्ले एनी फ़रदर। एवरी वन पैक अप नाउ!''...उनका चेहरा गुस्से से लाल भभूका हो रहा था। शुचि के अलावा उनकी बाकी दोनों लड़कियाँ उनके पास आकर खड़ी हो गईं। उन्होंने कुछ देर शुचि की प्रतीक्षा की फिर गरज कर कहा, ''आइ एम गोइंग टू टेक ऑफ़ माइ मेकअप एंड दैन लीविंग फ़ॉर होम।'' वे पैर पटकते हुए जैसे ही चलने को हुए संतोष सक्सेना और दो ऑफ़िसर ट्रेनी आकर उनके सामने खड़े हो गए। उनके तेवर देखकर नंदी के कदम रुक गए। वे धीरे से बोले, ''हाम अब प्ले में काम नहीं करने सकता।''

''क्यों नहीं करना चाहता?'' सक्सेना ने आँखें तरेरते हुए कहा।...''हमारा मर्ज़ी। हम नहीं करेगा। आइ हैव टेकेन एनफ़ ह्यूमिलेशन। तुम लोग लास्ट सीन नहीं देखा। दिस फ़ैलो देवेश हैव डेविएटेड फ्रॉम स्क्रिप्ट एंड मिसबिहेव्ड विद माइ डॉटर। आइ कांट टॉलरेट इट। आइ विल टेक अप दिस विद दि मैनेजमेंट। नाऊ गेट अवे एंड लेट मी गो पीसफ़ुली। शो मी सम डीसेंसी, एट लीस्ट।'' वे आगे बढ़ने को हुए तो सक्सेना ने लपककर उनका कॉलर पकड़ लिया और दाँत पीसते हुए कहा, ''अबे शराफ़त से नहीं मानेगा क्या! देख नाटक पूरा किये बिना न तो तू यहाँ से जा सकता है न तेरी लड़कियाँ। लास्ट सीन एक इंप्रूवाइज़ेशन था, जिसमें शुचि की सहमति थी, बल्कि यह एडीशन उसी के कहने पर किया गया।'' नंदी को अपनी आँखों पर विश्वास नहीं हो रहा था। ये छोकरे जो उसके सामने चूँ भी नहीं करते थे, उसको सरेआम लाल-पीली आँखें दिखा रहे हैं। उन्होंने डाँट कर कहा, ''सक्सेना, डोंट क्रॉस द लिमिट। हम फ़ैक्ट्री का एक सीनियर ऑफ़िसर है। हट जाओ हमारा सामने से!...''

तब तक शायद खबर पाकर ट्रेनीज़ का लगभग पूरा बैच ही उमड़ आया। उनमें से आस्तीन चढ़ाते हुए एक लंबे-चौड़े लड़के ने कहा, ''ये ऐसे नहीं मानेगा। लातों के भूत बातों से नहीं मानते।'' पीछे से आवाज़ आई, ''मारो साले को। ड्रामा छोड़कर जाए तो इसके हाथ-पैर तोड़ दो!''...और वे सब नंदी को घेर कर खड़े हो गए। उनका चेहरा उतर गया और आँखों में काजल की तरह चिपक गया। उन्होंने ग्रीन रूम की तरफ़ जाने की एक और कोशिश की तो अप्रत्याशित रूप से दो ट्रेनीज़ ने उन्हें स्टेज की तरफ़ ज़ोर से धकेल दिया। वे लड़खड़ा कर पीछे रखी एक कुर्सी से जा टकराए। मारपीट शुरू होने की आशंका से ग्रस्त होकर वहाँ मौजूद लोग स्तब्ध रह गए। नंदी चुपचाप अपना माथा पकड़ कर धम्म से कुर्सी

पर बैठ गए। उनकी दो बेटियाँ स्टेज के एक कोने में खड़ी, रूमाल से आँखें पोंछतीं, मौन विलाप करती रहीं। आश्चर्य की बात यह थी कि इस हंगामे के सूत्रधार देवेश और शुचि अभी तक नेपथ्य में थे। ऊपर से यह एहसास सबको बेचैन किये था कि परदा ज़्यादा देर तक गिराकर नहीं रखा जा सकता था। संतोष सक्सेना ने फिर से कमान सँभाली। वह नंदी के पास जाकर बोला, ''नंदी साहब, क्या आपको याद दिलानी पड़ेगी कि यह नाटक जितना आपका है उतना हमारा नहीं है। आप इस प्ले के डायरेक्टर हैं, प्रोड्यूसर हैं। ज़रा-सी बात पर आप तो हत्थे से उखड़ गए। आपने तो न जाने कितने नाटक देखे और खेले हैं, बताइये कि पति-पत्नी के बीच ऐसा दृश्य स्वाभाविक लगता है या नहीं ? आप जैसा कलाकार इसमें ह्यूमिलिएशन फ़ील करने लगे तो इसका यही मतलब हुआ कि पुराने ज़माने की तरह महिला पात्रों का अभिनय पुरुष अभिनेताओं से ही कराना चाहिए। चलिये उठकर नाटक को आगे बढ़ाइये। अब किसी तरह इज्जत तो बचानी ही है।'' वह हाथ पकड़ कर उन्हें स्टेज पर ले गया जहाँ परदा उठते ही उनकी भूमिका परवान चढ़नी थी।

नंदी पहले तो किसी बुत की तरह स्टेज के बीचोंबीच खड़े रहे फिर धीरे से बोले, ''आइ एम रेडी, काल अदर्स एंड रेज़ द कर्टेन! और ड्रामा फिर से पटरी पर आ गया। आगे का घटनाक्रम अत्यंत नाटकीय और अप्रत्याशित ट्विस्ट एंड टर्न भरा था, इसलिए अभिनेताओं के बीच एक त्वरा उत्पन्न हो गई और जल्दी ही वे भूल गए कि बंद परदे के पीछे काफ़ी क्लेश हुआ था। आगे का सब कुछ जैसे स्वचालित ढंग से चलता रहा। एक-एक करके पात्र यथा समय एंट्री मारते रहे। प्रवाह ऐसा कि प्रॉम्पटिंग की ज़रूरत नहीं के बराबर रह गई। मैं स्क्रिप्ट हाथ में लिए बैठा उस दृश्य की प्रतीक्षा कर रहा था, जिसमें मुझे लगभग तीन मिनट के लिए मंच पर अवतरित होना था। देखा जाए तो यह एक औपचारिकता मात्र थी, मगर इसके लिए चूँकि जया ने इसरार किया था इसलिए उस घड़ी यह सोचकर ही मेरे को गुदगुदी सी हो रही थी। मेरी मूँछें बाल चिपका कर नहीं बनाई गई थीं। बस काजल ही रचाया हुआ था, इसलिए मैं दो-तीन बार आईने में झाँक कर आया—कहीं बह या पुँछ न गया हो। इन मूँछों के कारण नाटक के दौरान हॉल में जाकर दर्शकों की प्रतिक्रिया देखने नहीं जा सका। अब कोई आइडिया ही नहीं था कि जयंत लोग कहाँ बैठे हैं। नंदी अपने चरित्र में फिर से खो गए इसलिए कुछ समय पहले हुई बदमज़गी दरकिनार हो गई। अच्छी बात यह थी कि आगे के नाटक में दुष्यंत (देवेश) ठहरा हुआ था। मैं मंच पर गया तो फिर से उसी रोमांच और नर्वसनेस का अनुभव हुआ, जिसे स्टेज फ्राइट कहा जाता है। उसके बाद जल्दी ही नाटक का पटाक्षेप हो गया और हम सबने राहत की साँस ली। मेरा अनुमान था कि नाटक खत्म होते ही नंदी वहाँ से चुपचाप खिसक जाएँगे मगर उनके चेहरे पर प्ले की सफलता की चमक नज़र आ रही थी। वे नीचे जाकर जी.एम. और ए.जी.एम. को ग्रुप फ़ोटो के लिए अनुरोध करके बुला लाए। फ़ैक्ट्री के फ़ोटोग्राफ़र ने ट्राइपॉड पर रखे एक बड़े से कैमरे से फ़ोटो खींचे। जी.एम.-ए.जी.एम. के जाने के बाद

और कई चित्र लिए गए। मज़े की बात यह रही कि देवेश और शुचि ने अत्यंत प्रफुल्लित नंदी जी के साथ फ़ोटो खिंचवाया। आखिर में मेरा भी नंबर लगा। मैंने एक फ़ोटो अकेले और एक देवेश के साथ उतरवाया। फिर मेरे कंधे पर हाथ रखकर देवेश ने इशारे से शुचि को तीसरी फ़ोटो के लिए बुला लिया।

~

नाटक के चर्चे बहुत दिनों तक मनोरथ नगर के लोगों के बीच होते रहे। वह दृश्य सिर्फ़ नंदी साहब को ही नहीं बहुत से दर्शकों को भी आपत्तिजनक लगा होगा। उन दिनों के वहाँ के समाज की दकियानूसी सोच को देखते हुए यह कोई आश्चर्य की बात नहीं थी। लेकिन स्टेज के पीछे जो तू तू-मैं मैं हुई थी, उसकी खबर कुछ दिन बाद लीक हो गई तो यह मामला दो और दो बराबर चार जैसा युक्ति संगत हो गया। बिल्ली के भाग से छींका टूटा, अफ़वाह प्रेमी और अपनी कल्पनाशीलता से ऐसी घटनाओं का फ्रायडीय विश्लेषण करने में माहिर एस्टेटवासियों के बीच नंदी कन्याओं और ऑफ़िसर ट्रेनीज़ के बीच रूमानी और दैहिक संबंधों के बीसियों किस्से कहे और शौक से सुने जाने लगे। कुछ ठरकी किस्म के प्रत्यक्षदर्शियों के हवाले से यौन संबंधों के चटखारेदार विवरण लोगों को उत्तेजित करने लगे। मैं चूँकि इस प्रोजेक्ट से शुरू से ही जुड़ा रहा था, इसलिए मुझे यह झूठी और बेसिरपैर की बातें सुनकर अफ़सोस होता था। कभी-कभी गुस्सा भी आता जो कभी-कभार किसी किस्सागो पर फूट पड़ता। लेकिन वे मेरी बात यह कहकर हँसी में उड़ा देते कि तुम्हें झाँट भी पता नहीं है। एक बार इसका स्वाद ले लोगे तो आँखें खुल जाएँगी। सारी लेक्चरबाज़ी भूल जाओगे।

इन अफ़वाहों की आग में घी डालने के लिए देवेश और शुचि देर शाम एस्टेट की सड़कों पर टहलने को निकलने लगे। कभी-कभी अन्य बहनें भी साथ होतीं। ज़ाहिर है कि यह मनोरथ नगर की संस्कृति और आचार संहिता का गंभीर उल्लंघन था। वहाँ की भाषा बेहद खुरदुरी और बीहड़ थी, उन्हें 'रोमांस लड़ाने' जैसी शिष्ट शब्दावली रास नहीं आती थी, वे इसे 'लौंडियाबाज़ी' कहा करते। मेरा अनुमान था कि ऑफ़िसर ट्रेनीज़ और नंदी परिवार तक भी ये बातें किसी-न-किसी तरह पहुँचती होंगी लेकिन वे बेपरवाह थे। देवेश और शुचि हँसते-खिलखिलाते, लोगों की छाती पर मूँग दलते हुए संसवीर की दुकान पर पेप्सी-कोला पीते और कभी-कभार पान खाते। जिस दिन दो या तीनों बहनें साथ होतीं तो एस्टेट का एक राउंड लगाकर उस ढाबेनुमा रेस्तराँ को गुलज़ार करते जो ऑफ़िसर ट्रेनीज़ का एकमात्र अड्डा था। कई बार सामने की सड़क से गुज़रते हुए मैंने हँसी-ठहाकों की गूँज बाहर आती सुनी। जो भी हो इसमें संदेह नहीं था कि तीनों नंदी कन्याएँ सुंदर, शिष्ट और मृदुभाषी थीं। मैंने रिहर्सलों के दौरान उन्हें पास से देखा था। बहुत ज़रूरत पड़ने पर ही बोलती थीं, वह भी धीमे स्वर और सधे हुए अंदाज़ में। उनमें एक रहस्यमय आकर्षण था भले ही वे

अत्यधिक सुंदर न रही हों। उन्हें देखकर सजी-संवरी गुड़ियाओं जैसी अनुभूति होती थी। मैं जब भी मन-ही-मन तुलना करता, सुमन और जया उनसे कहीं ज़्यादा खूबसूरत थीं। पहनावे का भी फ़र्क था। पश्चिमी उत्तर प्रदेश में होने के कारण ऐसी मनोरथ नगर की ज़्यादातर लड़कियाँ सलवार-कुर्ता पहनती थीं। स्कूल की ड्रेस भी यही थी। पूरे स्कूल में कोई भी लड़की साड़ी पहनकर नहीं आती थी। इसी वजह से अध्यापिकाएँ दूर से ही पहचान में आ जातीं। जबकि नंदी बहनें हमेशा साड़ी-ब्लाउज़ और चप्पलों में रहती थीं। यूँ तो एस्टेट की ज़्यादातर गृहिणियाँ साड़ी धारिणी थीं मगर उनके जैसी पेस्टल कलर और डिज़ाइन की कलात्मक साड़ियाँ तो बंगाली परिवारों की महिलाओं के पास भी नहीं रही होंगी। ज़ाहिर है कि वे हर साल छुट्टियों में कलकत्ता प्रवास के दौरान खरीदी जाती होंगी। अन्य श्रृंगार सामग्री तथा शांतिनिकेतनी चप्पलें भी। वह मनोरथ नगर में रह ज़रूर रही थीं मगर ठेठ कस्बाई रंग उन पर ज़रा भी नहीं चढ़ा था। यही हाल बड़े शहरों में पले या पढ़े ऑफ़िसर ट्रेनीज़ का था। इस लिहाज़ से उनका एक-दूसरे के प्रति आकर्षण होना स्वाभाविक था।

ऐसा नहीं था कि सभी एस्टेटवासियों को इस प्रेम लीला से गहरा कष्ट रहा हो। बहुत से घर-परिवार जिनकी पढ़ी-लिखी विवाह योग्य कन्याएँ थीं, इस दिशा में अभिप्रेरित होने लगे थे। जैसे ही ट्रेनी विभागों में ऑन-द-जॉब ट्रेनिंग के लिये लगाए गए, कई अधिकारियों ने उनके नाम के जातिसूचक भाग से अनुमान लगाकर किसी-न-किसी बहाने उन्हें अपने घर आमंत्रित करना आरंभ कर दिया। सामाजिक मेल-मिलाप का यह सिलसिला धीरे-धीरे परवान चढ़ने लगा। ज़्यादातर मामलों में ट्रेनी अपनी जाति के परिवारों से घुल-मिल गए। उन परिवारों की लड़कियाँ बाहर के कॉलेजों में पढ़ने गई होतीं और कहीं अधिक प्रगतिशील कहलाती थीं। परिवारों ने जिस मामले में ज़रा भी संभावना देखी, अंतरंग संबंध बनाने में देर नहीं लगाई। बर्थ-डे पार्टी, मैरिज एन्वर्सरी और तीज-त्योहार पर आमंत्रण आग्रहपूर्वक दिए जाने लगे। इसके पीछे सोच यही कि चिराग लेकर ढूँढ़ने पर भी ऐसा हीरे जैसा लड़का नहीं मिलेगा। उधर घर-परिवार और शहरी तड़क-भड़क से दूर बैचलर्स होस्टल में मैस का बेस्वाद खाना खा रहे ट्रेनीज़ को भी रेगिस्तान में नखलिस्तान मिलने जैसी अनुभूति होती। कुछ ही दिनों के बाद देर शाम को एस्टेट की सड़कों पर कई जोड़े टहलते और चहचहाते हुए नज़र आने लगे। तरह-तरह की चर्चाओं और अफ़वाहों से कतई अप्रभावित यह सामाजिक नवोन्मेष मंथर गति से आगे बढ़ता रहा। यहाँ तक कि ट्रेनीज़ की प्रशिक्षण अवधि पूरी होने और रिक्तियों के अनुसार विभिन्न फ़ैक्ट्रियों में पोस्टिंग होने का समय आ पहुँचा। जब महज़ दो महीने रह गए तो आशान्वित परिवारों ने अपनी-अपनी कन्याओं को समझाया कि अब साफ़-साफ़ पूछ लो उससे कि इरादा क्या है? वह हामी भरे तो उसके घरवालों से बात चलाई जाए। यह सोच भी छुपी न रह सकी और विघ्न संतोषी लोग उनकी हँसी उड़ाने लगे, "अरे देखना, सारा मज़ा लूटने बाद ये लड़के चिड़ियों की तरह उड़ जाएँगे। तब हाथ मलने से क्या होगा! इन्हें इतनी अक्ल नहीं है कि ऐसे पढ़े-लिखे, खाते-कमाते होनहारों के

लिए लड़कियों की कोई कमी है क्या। यह मंसूबा पालने के पहले अपनी हैसियत तो देखें। भैया इनके माँ-बाप मोटा दहेज़ माँगेंगे। खाली साइकिल और सिलाई मशीन से काम नहीं चलेगा।'' धीरे-धीरे यह धारणा ज़ोर पकड़ती गई लेकिन आगे के घटनाक्रम ने पूरे एस्टेट को हिलाकर रख दिया। उन दो शादियों को पुराने लोग आज भी याद करते होंगे।

कैलाश नाथ वाजपेयी मशीन शॉप में फ़ोरमैन थे, जिनके तकनीकी ज्ञान की तूती बजती थी। मशीनों के रखरखाव और मरम्मत के उस्ताद माने जाते थे। वह अकेले नॉन-गज़टेड अफ़सर थे, जिन्हें अंग्रेज़ों के ज़माने में ट्रेनिंग और स्पेशलाइज़ेशन के लिए इंग्लैंड भेजा गया था। आर्डनेंस फ़ैक्ट्रियों में उनकी बहुत पूछ थी। जहाँ कहीं कोई बड़ी मशीन लाइलाज हो जाती, इन्हें ऑन ड्यूटी भेजा जाता। टीए-डीए में खासी बचत हो जाती और यहाँ भी मशीनों की आपात्कालीन मरम्मत के सिलसिले में खूब ओवरटाइम बनता रहता था। एस्टेट में यह बात अक्सर सुनी जाती कि पता है इस महीने भी वाजपेयी जी को शॉप के मैनेजर से ज़्यादा तनख्वाह मिली है। तो हुआ यह कि धीरेंद्र वार्ष्णेय नामक ट्रेनी को प्रशिक्षण के लिए मशीन शॉप में लगाया गया। उसने इंजीनियरिंग कॉलेज में महज़ छह हफ़्ते लेथ और मिलिंग मशीनों पर काम किया था। अब यहाँ की समुन्नत और अत्याधुनिक मशीनों का संचालन और रख-रखाव सीखने में मुश्किल पेश आई तो वह वाजपेयी जी की शरण में चला गया। उसका फ़ाइनल टेस्ट भी वही लेने वाले थे। जल्दी ही वाजपेयी परिवार में उसका आना-जाना शुरू हो गया। पंडिताइन को भी लड़का भा गया। उनके तीन लड़के और एक लड़की नंदिनी थी। नंदिनी ने अलीगढ़, अपने ननिहाल में रहकर बी.ए. तक पढ़ाई की थी और प्राइवेट एम.ए. का फ़ॉर्म भर रखा था। वह गोरे रंग और तीखे नाक-नक्श वाली स्मॉर्ट कन्या थी। उसने समझ लिया कि धीरेंद्र वार्ष्णेय से अच्छा वर उसे शायद ही मिले। उसके आने के पहले ही वह खूब सज-धज कर बैठ जाती। अपने किसी छोटे भाई को गोपाल हलवाई की दुकान से गर्म समोसे और रसगुल्ले लाने भेज देती। अब चूँकि माँ-बाप की सहमति थी, इसलिए नेह का बिरवा पनपने में न तो देर लगी न कोई मुश्किल हुई। पंडित-पंडितानी जब खूब मुत्मुइन हो गए तो आगे के कदम के बारे में सोचा जाने लगा। धीरेंद्र का घर देहरादून में था, जहाँ उसके पिता एक इंटर कॉलेज में शिक्षक थे। पंडिताइन ने एक दिन मौका देखकर धीरेंद्र के मन की थाह ली और घुमा-फिरा कर नंदिनी की शादी की बात चलाई तो उसने कह दिया कि इस बारे में उसने अपने घरवालों को बता रखा है, आगे वाजपेयी जी जाकर उसके पिता से बात कर लें। यह सुनकर नंदिनी की माँ की बाँछें खिल गईं। शुभस्य शीघ्रम का अनुसरण करते हुए वाजपेयी दंपति देहरादून पहुँच कर धीरेंद्र के माता-पिता से मिले और औपचारिक रूप से प्रस्ताव रखा। इशारा भी कि हमारे तो एक ही लड़की है; इसका ब्याह खूब मन से करेंगे। धीरेंद्र ने संभवत: उन्हें वाजपेयी जी की कमाई और अहमियत के बारे में विस्तार से बता रखा था, इसलिए रिश्ता तय होने में देर नहीं लगी। हाँ, यह संकेत ज़रूर दे दिया गया कि धीरेंद्र की पढ़ाई में उनका बहुत खर्चा हो

गया है। उधर शादी लायक पुत्री पढ़-लिखकर तैयार बैठी है। इसलिए धीरेंद्र के ब्याह में जो मिलेगा उसी से संध्या के हाथ पीले कर देंगे। वाजपेयी जी ने सीधे-सीधे तो नहीं मगर परोक्ष रूप से उन्हें यह कहकर आश्वस्त कर दिया कि जब रिश्ते की डोर से बँध जाएँगे तो हमारे लिए जैसे नंदिनी वैसे ही संध्या हो जाएगी। भगवान ने चाहा तो दोनों शादियाँ इतनी धूमधाम से होंगी कि लोग देखते रह जाएँगे। वार्ष्णेय जी ने मुत्मइन होकर उनसे पूछ लिया कि क्या वे जाने से पहले रोका करना चाहेंगे? वाजपेयी तो इसके लिए तैयार होकर आए थे। एक पंडित जी को बुलाकर जन्म पत्रियाँ मिलवाई गईं। 32 गुण मिलते थे (वाजपेयी जी ने तो पहले ही मिलवा ली थीं) और रोके के लिए शुभ मुहूर्त अगले दिन शाम को था। उसके बाद जैसे दोनों लोगों के मन में शहनाइयाँ बजने लगीं।

बाज़ार और खरीदारी की दृष्टि से देहरादून मनोरथ नगर के मुकाबले काफ़ी बड़ा शहर था। ताँगे पर बैठकर दोनों परिवार पलटन बाज़ार गए और लड़के के सभी घरवालों के लिए कपड़े वार्ष्णेय दंपति की पसंद से खरीदे गए। धीरेंद्र की उँगली के नाप की अँगूठी बनवाकर वे साथ लाए थे। फल और मिठाइयाँ इतनी मात्रा में ली गईं कि मुहल्ले भर में बँटवाई जा सकें। हँसी खुशी रोके का भव्य कार्यक्रम सम्पन्न करके वाजपेयी सपत्नीक मनोरथ नगर लौट आए। चूँकि ट्रेनिंग का अंतिम दौर चल रहा था, इसलिए धीरेंद्र नहीं जा सका था। वह मिलने आया तो पंडितानी ने अँगूठी पहनाकर एक हज़ार एक से उसका टीका किया। मिठाई और फल ले जाने के लिए रिक्शा बुलाया गया। बैचलर्स होस्टल में उस रात ज़बरदस्त पार्टी हुई। मुझे बुलाने के लिए देवेश और संतोष सक्सेना घर आए। वहाँ इस खुशी में पीने-पिलाने के दौर चले और काफ़ी हंगामे के बाद हुए शुभकामना संदेशों में वक्ताओं द्वारा धीरेंद्र को ओपनिंग बैट्समैन की संज्ञा दी गई और बाकी प्रणय रोग ग्रस्त ट्रेनीज़ को उसका अनुसरण करने की सलाह। फिर उसे बधाइयों और फूलमालाओं से लाद दिया गया। डिनर से ठीक पहले नंदी बहनें आ पहुँचीं। देवेश उन्हें साग्रह आमंत्रित कर आया था, मगर देर तक नहीं पहुँचने पर जितेंद्र पाटनी को उन्हें लेकर आने को भेजा गया। उनके आते ही होहुल्लड़ तो बंद हो गया, मगर डिनर के दौरान, अगले संभावित गठबंधन को लेकर, छोटे-छोटे लेकिन अर्थपूर्ण बातों के तीर चलते रहे। ज़्यादातर लोगों की निगाहें बार-बार देवेश और सुचित्रा पर जा टिकती थीं जो सबसे अलग, एक कोने में, प्लेटें हाथ में लिए जाने किस गुत्थी को सुलझाने में मशगूल थे। पार्टी के समापन पर शुचि और उसकी बहनें धीरेंद्र के पास गईं और हाथ मिला कर उसे बधाई दी। उसने मिठाई का एक डिब्बा पकड़ाते हुए कहा, "यह नंदी साहब के लिए है। आज उन्हें हम बहुत मिस करते रहे।" उस सौहार्दपूर्ण और खुशी के माहौल में कोई कल्पना भी नहीं कर सकता था कि आने वाले दिनों में ऐसी विस्फोटक स्थितियाँ उत्पन्न हो जाएँगी कि यह सब गिर कर टूटे हुए काँच की तरह बिखर जाएगा और अगले गेट-टुगैदर का मौका फिर जाने कब आए।

~

नाटक हुए दो महीने बीत गए मगर अपनी दिनचर्या में पढ़ाई के अलावा कुछ खास नहीं बचा। फ़िज़िक्स के सर की ट्यूशन यथावत उर्मिला के घर चलती रही। जल्दी ही मैं उसके घर के लोगों से घुल-मिल गया। खास तौर पर उर्मिला की माँ मुझसे बहुत स्नेह रखने लगीं। जब भी उनके यहाँ कोई विशेष पंजाबी डिश बनती, वे ट्यूशन के बाद मुझे रोक लेतीं और खिलाकर ही वापिस जाने देतीं। मुझे उनके यहाँ की पिन्नियां और छोले-भटूरे बहुत अच्छे लगते थे। जाड़े का मौसम जब शबाब पर आ गया तो सरसों का साग और मक्के की रोटी बहुत भाने लगी। हमारे घर में ये चीज़ें नहीं बनती थीं। मैं खाकर आता तो माँ जान जाती थी, क्योंकि तब घर का खाना ठीक से नहीं खाया जाता। माँ पूछती कि आज क्या खाया? मेरे से छोले-भटूरे की तारीफ़ सुन-सुनकर उन्होंने पड़ौस की एक आंटी जी के निर्देशन में छोले और पूरियाँ बनाईं लेकिन उनमें वह स्वाद नहीं मिल पाया। जहाँ तक पढ़ाई का सवाल है, मास्साब उर्मिला को बड़े मन से पढ़ाते और वह उतने ही मन से मुझे गाइड करती। पहले मेरी धारणा थी कि वह एक साधारण बुद्धि वाली लड़की है जो फ़िज़िक्स के सर को रिझाने में सफल हो गई है, लेकिन जैसे-जैसे रविवार-दर-रविवार उसकी विद्या-बुद्धि की थाह मिलती गई, मैं उसका मुरीद होता गया। वह सचमुच एक अच्छी शिक्षिका थी। सबसे बड़ी बात तो यह कि मुझे पढ़ाने के लिए वह काफ़ी मेहनत से तैयारी करती।

उर्मिला का उन्मुक्त और संकोचहीन व्यवहार कभी-कभी उलझन में डाल देता। पढ़ाते समय उसे स्पर्श करते रहने की जैसे आदत सी थी। समझाते हुए वह अक्सर पीठ या गालों पर हाथ फेरा करती थी। कभी सवाल लगाने में सिली मिस्टेक पर कान की लवें इतने ज़ोर से मसलती कि बरबस ही सीत्कार निकल जाती। ऐसे ही जब उसकी आशा के विपरीत मैं कोई जटिल प्रश्न जल्दी से हल कर बैठता तो उमंग में आकर मुझे बाँहों में भर बड़े प्यार से गालों को चूमने लगती। यह कोई सामान्य व्यवहार नहीं था, मगर मुझे कभी भी उसके लगाव पर संदेह नहीं हुआ। मैं अपने माँ-बाप की अकेली संतान था, इसलिए बड़े भाई या बहन के प्यार की छाँव से वंचित ही था। सुमन के प्रति भी मेरी भावना कुछ ऐसी ही थी। उसने तो अपने को मेरी बहन घोषित कर रखा था, लेकिन यहाँ बूझो तो जानें वाली स्थिति बनी हुई थी। जब भी वह मुझे अपनी ओर खींचती उसकी देह गंध नथुनों में भर जाती। सुमन के सान्निध्य में जहाँ दिल और दिमाग पर छा जाने वाली सेंट या महँगे साबुन की भीनी-भीनी खुशबू एक सुखद स्मृति की तरह मन में बस गई थी, वहीं उर्मिला के शरीर से टैल्कम पाउडर और कच्चे दूध की मिली-जुली गंध का मैं आदी होता जा रहा था। एक तीसरी गंध और थी लंबे घने बालों में रची-बसी नारियल के तेल की बहुत सात्विक और पवित्र सी, जिससे मैं अचानक वंचित हो चुका था। सच्चाई यह थी कि नाटक वाली शाम के बाद जयंत से तो क्लास में रोज़ाना मिलना-बैठना होता था, मगर जया दृश्य से विलुप्त हो चुकी थी। हाँ, नाटक से पहले क्लब के बागीचे में जब उसने सहसा हाथ मिलाते हुए मेरी हथेली को हल्के से दबा दिया था तो वह कम-से-कम मेरे लिए तो विश्व का कोमलतम

संवाद था। मुझे उसकी याद आती तो दीवाना वार फ़ैक्ट्री के उस तरफ़ (बैंग्लो साइड) एक खास सड़क पर साइकिल से चक्कर-पे-चक्कर लगाते रहने की ललक ज़ोर मारने लगती, लेकिन मेरा विवेक आड़े आ जाता—बेटा मजनूं बनने की राह पर मत चलो, तमाशा बन कर रह जाओगे। हमारे अंग्रेज़ी वाले सर अपनी क्लास में अंग्रेज़ी के मुहावरों का अभ्यास कुछ ज़रूरत से ज़्यादा ही करवाते थे। जया के संदर्भ में यह बहुत फ़िट होता था—आउट ऑफ़ साइट इज़ आउट ऑफ़ माइंड!

मैं निराश होने की कगार पर पहुँचा ही था कि एक दिन क्लास में मेरे पास बैठे जयंत ने कहा, "तुम्हारी शिष्या तुम्हें याद कर रही थी। मुझसे पूछ रही थी कि यहाँ ट्यूशन नहीं पढ़ना तो क्या जगन दा कभी आएँगे ही नहीं? एक दिन उन्हें बुलाना होगा। बात यह है कि टेस्ट में हिन्दी निबंध में उसको बहुत कम नंबर मिले हैं। बिहारी के दोहों में उसने बढ़त बनाई थी, लेकिन निबंध ने पीछे धकेल कर बराबर कर दिया है। बताओ कब आ रहे हो?" मैं कहना तो चाहता था कि आज ही शाम को मगर इतना ही मुँह से निकला, "ठीक है, आते हैं किसी दिन।" इस पर मानो राधाजू का दूत स्वयं राधाजू बनकर बोला, "लेकिन किस दिन?" मैं उसे देखता ही रह गया। मन में खतरे की घंटी बजी, कहीं इसे शक तो नहीं हो गया कि हम दोनों के बीच...। वह बोला, "शाम को वह फिर पूछेगी। इसलिए बेहतर यही होगा कि तुम कन्फ़र्म कर दो। कल शाम को छह और सात के बीच अपनी तपस्या कुछ देर के लिए भंग करके आ सकोगे? या वार्षिक परीक्षा में सारे रिकॉर्ड ध्वस्त करने का इरादा है?"

"कैसी तपस्या!..." मैंने मन-ही-मन कहा, 'इस निमंत्रण के लिए कितनी भी तपस्या करनी पड़े तो मैं तैयार हूँ।' मैंने हँसकर कहा, "सच कहूँ तो मैं हिन्दी का कोई ऐसा एक्सपर्ट नहीं हूँ। जाने कैसे जया के मन में यह बात घर कर गई है। खैर, मैं कल शाम को आता हूँ। तुम उसे बता देना।" इस छोटी-सी बातचीत ने मुरझा रहे बिरवे को यकायक लहलहा दिया। कभी-कभी ऐसा होता है ना कि खुशी मन में नहीं समाती। मेरे मन का चोर कहीं पकड़ा न जाए, इसलिए मूर्तिवत चेहरा बनाए रहा। अब आँखों की चमक से भेद खुलता हो तो खुल जाए। तभी शिक्षक महोदय ने क्लास में एंट्री मारी और राज़ को राज़ ही रहने दिया। छुट्टी के पहले ही मैं बहाना बनाकर क्लास से निकल आया और लाइब्रेरी में जाकर निबंध की किताबें ढूँढ़ने लगा। तीन-चार मिल भी गईं। अब उर्मिला मेरा रोल मॉडल थी। जिस तरह वह मेहनत करके मुझे पढ़ाने की तैयारी करती थी, वैसी ही मैंने करने की ठानी। शाम से शुरू करके देर रात तक निबंध लिखने की कला को आत्मसात करने का प्रयास करता रहा। यह अच्छी तरह समझ में आ गया कि अच्छा निबंध लिखना आसान नहीं तो बहुत मुश्किल भी नहीं है। उत्साह का संचार हुआ तो अपने मन से एक अनोखा विषय चुना, 'मित्रता और प्रेम'...और कैपिटल छाप कॉपी के आठ पृष्ठ लिख डाले। जितनी भी किताबें मैं लाया था, किसी में भी इस विषय पर निबंध नहीं था। एक किताब में 'अहिंसा

और प्रेम' था जिसका प्रस्थान बिंदु ही अलग दिशा में था। मेरे मन में कहीं यह रहा होगा कि जया ने तो परोक्ष रूप से ही सही अपनी भावनाओं का इज़हार टेस्ट कॉपी के उस पीछे वाले पन्ने पर कर ही दिया था, लेकिन मेरे को ऐसा कोई अवसर मिल पाता कि मास्साब ने पतंग की डोर ही काट दी। अब यह निबंध वाला प्रकरण अंग्रेज़ी मुहावरे के रूप में 'गॉड सेंट अपरच्यूनिटी' से कम नहीं था। इसलिए अपनी सारी लेखन प्रतिभा का दोहन करके मैंने इस निबंध में सब कुछ कह डाला जो मैं कहना चाहता था, लेकिन मित्रता के आवरण में। कृष्ण-सुदामा, कृष्ण और द्रौपदी से लेकर ज्यां पाल सात्र और सिमोन द बुआ तक अपनी ही किस्म का एक प्रेम पुराण लिख डाला, जिसको पढ़कर सामान्यत: कुछ समझ में नहीं आता, लेकिन खास किस्म का चश्मा लगाकर उसमें अंतर्निहित संदेश को हृदयस्थ किया जा सकता था। निबंध लिख लेने के बाद मैंने ध्यान से एक-एक शब्द पढ़ा और इस निष्कर्ष पर पहुँचा कि जया जैसी तीव्र बुद्धि वाली लड़की को अभिप्रेतग्रहण करने में ज़रा भी दिक्कत नहीं होगी। लिखने की मेज़ से उठा तो उँगलियाँ भले ही दर्द कर रही हों, लेकिन एक दुर्लभ संतुष्टि हिरन के पेट में छुपी कस्तूरी की तरह महमहा रही थी।

~

अगली सुबह स्कूल जाने से पहले ही तहलका मच गया। पड़ौस वाली आंटी ने माँ को बताया तो वे एकदम हैरान रह गईं। फिर घर आकर मुझे बताया, ''इन ड्रामेवालों को लोग इसीलिए बुरा समझते हैं। देखो ड्रामा खत्म हुआ और नंदी की लड़की घर से भाग गई। असल में ड्रामा तो एक बहाना था, असली मकसद तो अच्छे-खासे लड़के पर डोरे डालना था। अब बगैर दान-दहेज़ कितना अच्छा जंवाई मिल गया। कल रात से ही बड़ी वाली घर से फरार है। कहते हैं कि नंदी रिपोर्ट लिखाने पुलिस चौकी गया है। बताओ पुलिस इसमें क्या करेगी। यह भी नाटकबाज़ी है।'' यह सुनकर मेरा दिल धक से रह गया। यह तो मुझे आभास था कि देवेश और शुचि के बीच प्रेम-प्रसंग चल रहा है, लेकिन इस तरह घर से भागने की भला क्या तुक हो सकती है! कुछ ही दिनों बाद ऑफ़िसर ट्रेनीज़ का प्रशिक्षण पूरा होते ही नियुक्ति होने वाली थी। उसके बाद उन्हें शादी करने से कौन रोकने वाला था?

स्कूल में कुछ और सूचनाएँ छन-छन कर आती गईं। एक तो यह कि देवेश शुचि का हाथ माँगने नंदी के पास गया था, लेकिन उसने साफ़ मना कर दिया, यह कहकर कि हाम अपनी लड़की का शादी किसी हिन्दुस्तानी (नॉन बंगाली) से नहीं कर सकता। यहाँ सब बैकवर्ड और अनकल्चर्ड लोग रहता है, आदि-आदि। देवेश अपना-सा मुँह लेकर चला आया। अब कोर्ट मैरिज करने का प्लान है, इसलिए लड़की को बेगमाबाद ले जाकर किसी वकील के यहाँ रखा है। शादी होते ही लौट आएगी। कुछ का कहना था कि नंदी का विरोध दिखावा मात्र था। सब कुछ उसकी सहमति से हो रहा है। एक बार कोर्ट में रजिस्ट्री हो जाए तो फिर देवेश के घरवालों को राज़ी कराने और पारंपरिक विवाह कराने का झंझट ही नहीं

रहेगा। टीमटाम से रहने और शाहखर्ची की आदत के चलते नंदी की माली हालत अच्छी नहीं थी। उस पर कर्ज़ भी था जो दिनोंदिन बढ़ता जा रहा था। दहेज़ रहित विवाह का खर्च उठाना भी उसके लिए बहुत मुश्किल था। सबके अपने-अपने कयास थे और असलियत शाम को सामने आई जब आग की तरह यह खबर एस्टेट में फैली कि पुलिस ने होस्टल से लड़की को बरामद कर लिया है और देवेश को बलपूर्वक छुड़ाने की कोशिश करने पर उसके साथ पाँच और ट्रेनीज़ को गिरफ़्तार करके हवालात में डाल दिया है। पिताजी फ़ैक्ट्री से आए तो और विवरण मिला। उन्होंने बताया कि मामला संगीन है। नंदी ने लड़की को बहला-फुसलाकर अपहरण करने का आरोप लगाया है। हालाँकि शुचि के होस्टल में होने की सूचना पुलिस को किसी मुखबिर से मिली थी। नंदी को या तो आइडिया नहीं था या बताना नहीं चाहता होगा।

मनोरथ नगर में थाना नहीं था, बल्कि एक अपग्रेडेड पुलिस चौकी थी, रेलवे स्टेशन से फ़ैक्ट्री गेट की तरफ़ जाने वाली सड़क पर, एम.ई.एस. की एक पुरानी निष्प्रयोज्य बैरक में। कठघरेनुमा छोटी-सी हवालात का रुख सड़क की ओर होने से उसमें बंद लोगों को देखना बहुत आसान था। मुझे जया को निबंध लिखने की कोचिंग देने जयंत के घर जाना था, लेकिन मन नहीं माना तो पुलिस चौकी के सामने पहुँच गया। वहाँ फ़ैक्ट्री के बहुत से लोग जमा थे। एक-दो स्कूली लड़के भी थे, जिन्होंने बताया कि यूनियन वाले अंदर दारोगा से बात कर रहे हैं। इससे पहले, फ़ैक्ट्री की जनरल शिफ़्ट छूटने के बाद पुलिस के विरुद्ध काफ़ी नारेबाज़ी हो चुकी थी। बड़ी संख्या में कर्मचारी चौकी के सामने धरने पर बैठ गए तो यूनियन के नेताओं ने मोर्चा सँभाला और किसी तरह से समझा-बुझा कर धरना खत्म करवाया।

पहले तो संकोचवश पीछे खड़ा रहा फिर कुछ हिम्मत जुटा कर हवालात के सामने जा खड़ा हुआ। सींख के उस पार छोटे से कमरे में पाँचों ट्रेनीज़ फ़र्श पर पाल्थी मारे बैठे थे। सामने से देवेश, संतोष सक्सेना और वरुण भट्टाचार्य दिखाई दिये तो मन किया कि वहाँ जाकर एक बार हालचाल पूछ आऊँ, मगर उस हंगामा भरे माहौल में इसकी कोई तुक नज़र नहीं आई। उनका जो हाल था वह सामने दिखाई दे रहा था। भले घरों के सुशिक्षित लड़के उस कालकोठरी में अपराधियों की तरह सिर झुकाए ज़मीन पर बैठे थे। अब इश्क का इससे बुरा अंजाम क्या हो सकता था। मन-ही-मन तौबा करते हुए मैने भीड़ के पीछे खड़ी अपनी साइकिल उठाई और बैंग्लो साइड की ओर चल दिया। सच तो यह था कि उस समय पढ़ने-पढ़ाने की मनोस्थिति बिलकुल नहीं थी, लेकिन जाना तो था ही। फिर एक बार बंद दरवाज़ा खुलने जा रहा था। मेरी साइकिल की घंटी सुनते ही जयंत बाहर निकल कर आया और मुस्कुराते हुए बोला, "ये क्या हो गया! तुम्हारी ड्रामा कंपनी तो जेल में पहुँच गई। इस देश में कलाकारों का यही सम्मान है। तुम उन्हें देखने गए कि नहीं?"

''अभी वहीं से आ रहा हूँ। बेचारे हवालात में बंद हैं। पता नहीं अब क्या होगा,'' मैंने दुखी होकर कहा।

''अरे कुछ नहीं होगा। पापा अभी ऑफ़िसर एसोसिएशन की इमरजेंसी मीटिंग के लिए गए हैं। कह रहे थे कि चाहे जैसे भी हो ट्रेनीज़ को छुड़ाना ही होगा। पता चला है कि जी.एम. भी सिंपेथेटिक हैं। वे एक फ़ोन एस.पी. को करेंगे और सब बाहर आ जाएँगे। इसलिए हे मित्र चिंता करने की ज़रूरत नहीं है।'' बातें करते हुए हम अंदर पहुँचे तो देखा जया कॉपी-किताब खोले लिखने में तल्लीन है। मैं कुर्सी खींचकर बैठ गया मगर उसने चेहरा नहीं उठाया। जयंत को भी यह कुछ अटपटा लगा होगा। उसने कहा, ''तुम्हारे हिन्दी वाले सर आ गए हैं। वैसे तो रोज़ पूछा करती हो मगर आ गए तो नमस्ते भी करना भूल गई हो। अरे सिर उठाकर देखो कौन आया है।'' उसने चेहरा ऊपर करके अपनी दुनाली बंदूक का निशाना साधा और कुछ तंज़ से कहा, ''ये ऐसे मास्टर साहब हैं, जिन्हें नाटक-नौटंकी से ही फ़ुरसत नहीं है। आज जाने कैसे इधर आ गए। शायद जेल जाने से डर लग रहा हो।...अच्छा नमस्ते सर, घबराइये मत यहाँ आपको पकड़ने कोई नहीं आएगा।''

''अच्छा, अब तुम लोग निबंध लेखन करो। यहाँ तो तीन-तीन टीचरों का दिया होमवर्क पूरा करना है।'' कहकर जयंत मेज़ के दूसरी ओर बैठ गया। जया ने अपना लिखा, 'पर्यटन के लाभ' निबंध मेरे सामने खोलकर रख दिया। मैंने पढ़ना खत्म भी नहीं किया होगा कि उसने तुनककर कहा, ''एकदम बकवास लग रहा है ना? क्या करूँ, मुझे समझ में ही नहीं आ रहा था कि कैसे लिखूँ तो किताब से टीप कर लिख दिया।'' यूँ तो मैं उसकी दिखावटी नाराज़गी पर मन-ही-मन फूला नहीं समा रहा था, लेकिन गंभीरता ओढ़े बैठा रहा और फिर अच्छा निबंध कैसे लिखें पर बोलना शुरू कर दिया। पिछली रात चार-चार किताबों को घोंट कर अर्जित किए गए टिप्स उसकी कॉपी में लिखता गया। किसी भी नए विषय पर लिखने की तैयारी कैसे की जाए और निबंध का ढाँचा खड़ा करने की प्रक्रिया पर धाराप्रवाह बोलता जा रहा था, मगर यह आभास बराबर था कि वह सुमुखी बड़े ध्यान से सुन रही है। यहाँ तक कि जयंत की दृष्टि भी इधर ही टिक कर रह गई थी। सामान्यत: किसी भी अध्यापक के धन्य होने के लिए इतना पर्याप्त होता, लेकिन मेरी चुनौती इससे कहीं अधिक बड़ी थी। 'अच्छा निबंध कैसे लिखा जाए' के संदर्भ में मैं जो भी पढ़कर आया था, उतना बता देने के बाद उदाहरणस्वरूप पिछली रात लिखा गया निबंध कॉपी खोलकर उसके सामने रख दिया।...ओह आपकी हैंडराइटिंग कितनी सुंदर है जगन दा!...कहकर वह पढ़ने में तल्लीन हो गई। गनीमत हुई कि जयंत फिर से अपना होमवर्क करने में जुट गया। मैं नहीं चाहता था कि उसे इस निबंध के बहाने बहुत होशियारी से किये गए इज़हार-ए-इश्क की ज़रा भी हवा लगे। जैसे फ़िज़िक्स वाले मास्साब को लग गई थी। इस बीच मैंने अपने आप को, उसके लिखे या किताब से टीपे गए 'पर्यटन के लाभ' शीर्षक के निबंध की मास्टरों की तरह काट-छाँट करने में व्यस्त कर लिया। नज़रें चुराने का यह एक कारगर

तरीका साबित हुआ, क्योंकि कॉपी में आँखें गड़ी होने के बावजूद मुझे आभास हो रहा था कि पढ़ते-पढ़ते बीच-बीच में वह निगाहें उठाकर मुझे बहुत गौर से देखने लगती है। यह बहुत मारक एहसास था, क्योंकि इससे पता चल रहा था कि तीर निशाने पर लग रहे हैं। संयोग कुछ ऐसा रहा कि ज्यों ही मैंने पढ़ने और करेक्शन करने का काम पूरा किया, उसने भी पढ़कर कॉपी बंद कर दी। फिर मौन भंग करते हुए कहा, ''जगन दा, कितना अच्छा लिखते हैं आप! किसी दिन आप बहुत बड़े राइटर बनेंगे और तब शायद हम जैसे साधारण लोगों को एकदम भूल जाएँगे। चूँकि मुझे पता नहीं था कि इस बात का क्या जवाब दिया जाए, इसलिए चुपचाप मुस्कुराते हुए उसे देखता रहा। उसकी बड़ी-बड़ी आँखों के गहरे सम्मोहन से बचने के लिए मैं उसकी ओर सीधे देखने से भरसक बचता था, लेकिन उस घड़ी जाने कैसे इतना साहस आ गया कि खतरा उठा बैठा। नतीजतन पहली बार ऐसा हुआ कि उनकी पढ़ने की मेज़ पर इतनी देर तक हमारी नज़रें मिली रहीं। वह कुछ ऐसा था जैसे बिजली के दो ओवरहैड तार आपस में छू जाएँ और रह-रह कर स्पार्किंग होती रहे, मगर अपने स्वभाव के विपरीत मैंने पीठ नहीं दिखाई और बेधड़क उसकी ओर देखता रहा। हार कर उसने सिर झुका लिया और हँस पड़ी। तभी बाहर गेट खुलने की आवाज़ आई, जयंत ने कहा, ''पापा आ गए। अब पता चलेगा कि वे लोग छूटे कि नहीं।'' बैनर्जी साहब ने प्रवेश किया और मेरी नमस्ते के जवाब में सिर हिलाकर अंदर चले गए। जयंत भी उठकर उनके पीछे-पीछे गया। शायद खबर लाने। जया ने फिर से मेरी कॉपी खोलकर पढ़ना शुरू कर दिया। कुछ देर बाद सहसा व्याप्त हो गए सन्नाटे को उसी ने तोड़ा, ''जगन दा, आपने मैत्री और प्रेम को बहुत अच्छी तरह डिफ़ाइन किया है, लेकिन यह बहुत कन्फ़्यूज़िंग टॉपिक है। आपने लिखा है कि मैत्री और प्रेम के बीच कोई सीमा रेखा नहीं खींची जा सकती। तो फिर यह बताइये कि शुचि दी और क्या नाम है उनका, हाँ देवेश, उनके बीच क्या है—प्रेम या मैत्री? या दोनों?'' मैंने थोड़ी देर तक सोचकर जवाब दिया, ''प्रेम का तो मुझे पता नहीं मगर उनमें गहरी मित्रता है। रिहर्सलों के दौरान लगता रहा कि वे एक-दूसरे के करीब आते जा रहे हैं। हर समय नंदी साहब और शुचि की बहनों की उपस्थिति ने शायद उन्हें मित्रता से आगे नहीं बढ़ने दिया हो।'' उसने सहमति में सिर हिलाया और कहा, ''जानते हैं यहाँ जितने भी बंगाली बैचलर्स हैं, सब शुचि दी के चारों ओर चक्कर लगाते रहे हैं, लेकिन उन्होंने किसी को भी लिफ़्ट नहीं दी। पीठ पीछे ये सब उन्हें पाषाण-हृदय कहकर पुकारते हैं। कुछ ने तो नाटकों में इनके नायक का भी रोल किया और उम्मीद लगाए उनके घर खूब आते-जाते रहे। अपने माँ-बाप से विवाह के प्रस्ताव भिजवाए, जिन्हें नंदी अंकल ने एकदम नकार दिया। यह कहा जाने लगा कि शादी में न तो बाप इंट्रेस्टेड है न ही बेटी। एस्टेट के बंगाली इतना चिढ़ गए कि एक तरह से इनका सामाजिक बहिष्कार कर दिया। ये बात और है कि इनके नाटक देखने ज़रूर जाते हैं। ऐसे में देवेश से इनकी मित्रता या जो कुछ भी है आश्चर्य की बात है।''

जयंत ने आकर बताया कि ऑफ़िसर ट्रेनीज़ बेल पर छूट गए हैं। जी.एम. ने सीधे ज़िला हैडक्वार्टर, बेगमाबाद में एस.पी. से फ़ोन पर बात की तब जाकर हवालात से रिहाई संभव हुई। बाहर निकलते ही कर्मचारी यूनियन के नेताओं ने उन्हें कंधे पर उठा लिया और ज़िंदाबाद के नारे लगाते हुए नंदी के घर के सामने से बैचलर्स होस्टल तक ले गए। वहाँ बैच के अन्य ट्रेनीज़ ने मालाएँ पहनाकर जेल यात्रियों का भावभीना स्वागत किया। जी.एम. ने पापा सहित कुछ बंगाली अफ़सरों और कर्मचारियों को नंदी को समझाने के लिए भेजा लेकिन वह अपनी रिपोर्ट वापिस लेने को तैयार नहीं हुए। पापा लोगों ने उन्हें खूब जली-कटी सुनाई और वापिस आ गए।''

मैं जाने के लिए उठा तो जया ने कहा, ''आप यह कॉपी छोड़ जाइये, अभी तो जल्दी में पढ़ा है। बाद में आराम से पढ़ूँगी। फिर कोशिश करूँगी कि मैं भी कुछ ऐसा लिख सकूँ। आप देखने के लिए आएँगे ना?'' मैंने मन-ही-मन एक फ़िल्मी डायलॉग दुहराया कि मेरे तो फ़रिश्तों की भी मजाल नहीं जो आपके हुक्म को टाल सके। आऊँगा, यूँ भी आने-जाने के सिवाय इस दुनिया में रखा क्या है। इस तरह मिशन-इम्पॉसिबल ठीक से निपटा कर मैं राज़ी-राज़ी घर लौट आया। पहुँचते ही माँ ने कहा, ''अरे सुन, वो लड़के बेचारे छूट गए हैं। जी.एम. साहब की मेहरबानी से, वर्ना उस दुष्ट ने तो उनकी ज़िन्दगी बरबाद करने में कोई कसर नहीं छोड़ी थी। जेल जाते तो लगी-लगाई नौकरी से भी हाथ धोना पड़ता। राम-राम, कैसे लोग हैं, लड़कियाँ तो जाल में फँसाएँ और बाप पुलिस में रिपोर्ट लिखाए। लेकिन कहते हैं ना कि जाको राखे साईंया मार सके न कोय! जा लगे हाथ उनके पास हो आ। देख आ, सही सलामत हैं कि नहीं। वे लोग तुझे इतना मानते हैं, नहीं जाओगे तो क्या सोचेंगे!...मैंने साइकिल उठाई और बैचलर्स होस्टल की ओर चल दिया। जाते-जाते माँ के बोल सुनाई दिये, ''बात चले तो कह देना कि हम लोग आपकी तरफ़ हैं। वैसे भी किसी की हमदर्दी नंदी लोगों के साथ नहीं है। हमारे ब्लॉक की तो सारी औरतें उन्हें गाली दे रही थीं।''

वहाँ सारे ट्रेनीज़ एक कमरे में नीचे दरी बिछाकर बैठे थे और फ़ैक्ट्री के लोगों का तांता-सा लगा हुआ था। कुछ के लबों पर सांत्वना के शब्द थे, कुछ उत्तेजित स्वर में नंदी को गरिया रहे थे। मुझे देखकर देवेश ने बुलाकर अपने पास बिठा लिया। देखा उसकी दाढ़ी बढ़ी हुई थी और चेहरा सूख गया था। मुझे सहसा इतना दुख हुआ कि बरबस आँसू निकल आए। सामने बैठा सक्सेना जेब से रूमाल निकालकर आँखें पोंछने लगा। तो मेरी रुलाई फूट पड़ी। देवेश ने मुझे खींचकर गले से लगा लिया। और रुँधे स्वर में कहा, ''तू घबराता क्यों है, कुछ नहीं होगा। सब ठीक हो जाएगा।'' मुझसे बहुत स्नेह रखने वाले त्यागी जी भी वहाँ बैठे थे। उन्होंने कहा, ''अरे भाई, जो होना था हो गया। अब मैनेजमेंट का सपोर्ट है। यूनियन साथ खड़ी है और पूरा एस्टेट सपोर्ट कर रहा है तो चिंता की क्या बात है!''...तब तक उनमें से कोई गिलास में पानी लाकर पिला गया। मेरी हिचकियाँ बंद हुई थीं कि एस.एम. बैनर्जी दो-तीन लोगों के साथ आ गए। उन्होंने बताया कि पुलिस नंदी के घर गई थी, मगर सुचित्रा

ने बयान देने से साफ़ मना कर दिया। दारोगा, नंदी पर बुरी तरह बिगड़ा कि एफ.आई.आर. कराने से पहले अपनी लड़की से तो पूछ लेते। खामखां इतना हंगामा करवा दिया। जो भी हो कुछ भी नहीं बिगड़ा है। पुलिस कस्टडी में अड़तालीस घंटे से ज़्यादा हो जाने पर सस्पेंशन होता है। यूनियन के नेताओं ने नंदी को समझाने की बहुत कोशिश की, लेकिन वह टस-से-मस नहीं हुआ। अब उनके सामाजिक बहिष्कार पर विचार चल रहा है। यूनियन के नेताओं के जाने के बाद ऑफ़िसर ट्रेनीज़ ने ईंट का जवाब पत्थर से देने के लिए यह तय किया कि ट्रेनिंग पूरी होने पर फ़ेयरवेल फ़ंक्शन में एक नाटक प्रस्तुत किया जाए, जिसमें न तो नंदी हों न ही उनकी लड़कियाँ। जब यह प्रस्ताव सर्वसम्मति से पारित हो गया तो देवेश ने दुखी होकर कहा, "यार इसमें लड़कियों का क्या कसूर है? बाप के लाख कहने पर भी सुचित्रा ने पुलिस को बयान नहीं दिया। इससे केस ही खत्म हो गया।" भट्टाचार्य ने तुरंत उसकी बात काटते हुए कहा, "देवेश तुम अभी भी इन लोगों को नहीं समझ पाए हो। नंदी बहुत पाजी है, किसी भी सूरत में अपनी लड़कियों को हमारे तो क्या किसी के भी नाटक में काम नहीं करने देगा, जिसमें वह निर्देशक नहीं हो। बंगालियों में कई लोग कोशिश करके देख चुके हैं, लेकिन इसने मनोरथ नगर में किसी दूसरे डायरेक्टर को पनपने नहीं दिया।"

इस चर्चा से माहौल बदल गया और मातमी छायाएँ जैसे हट गईं। सक्सेना ने मेरे से कहा, "भैया हमारे लिए एक अदद हीरोइन का जुगाड़ करने का ज़िम्मा तुम्हारा है। एक बार फिर से सरदारी लाल की लड़की से पूछकर देखो। यहाँ उसके अलावा कोई तो नज़र आती नहीं। ऑफ्टर ऑल वह तुम्हारी हीरोइन रह चुकी है। जब तक हम स्क्रिप्ट फ़ाइनल करते हैं तुम बात चला कर देखो।" मैंने उन लोगों को अपने पिछले अनुभव के बारे में बताया। सुमन ने दोटूक कहा था, "मुझसे पूछने तुम क्यों आए हो? अरे जो नाटक के कर्ता-धर्ता हैं, उन्हें आना चाहिए।" यह सुनकर सब चुप हो गए। सरदारी लाल की रेपुटेशन कुछ ऐसी थी कि बिल्ली के गले में घंटी बाँधने की हिम्मत किसी में नहीं थी। इसका तोड़ निकाला धीरेंद्र वार्ष्णेय ने, "देखो ऐसा है कि पाटनी आजकल सरदारी लाल जी के साथ अटैच्ड है। फ़ैक्ट्री की नई बिल्डिंग का काम यही देख रहा है। इसका पोस्टिंग यहीं हो जानी है। इन दोनों में ताल-मेल इतनी है कि अगर यह उनसे बात करेगा तो हंड्रेड पर्सेंट मान जाएँगे।" पाटनी ने कहा, "चलो कोशिश करके देखते हैं, वैसे उसका रोमांस बायलोजी टीचर से चल रहा है। नाटक उसमें खलल न डाले तो शायद वह तैयार हो जाए।" इस पर किसी ने हँसते हुए फिकरा कसा, "अरे कोई ज़रूरी थोड़े ही है कि हर नाटक में हीरो और हीरोइन में रोमांस हो जाए। एक बार होना था सो हो गया।" इस बात पर खुल कर ठहाके लगे और लड़कों के चेहरों पर रौनक लौट आई।

~

मनोरथ नगर एस्टेट में फ़ैक्ट्री प्रबंधन द्वारा अनुमोदित कुछ गिनी-चुनी दुकानें थीं, जिनमें रोज़मर्रा की ज़रूरत की वस्तुएँ मिल जाती थीं, लेकिन सब कुछ नहीं मिलता था। इसलिए

कई फेरीवाले पास के कस्बे से और कुछ बेगमाबाद से आते और अपनी-अपनी विशिष्ट शैली में आवाज़ लगाते ब्लॉक-दर-ब्लॉक घूमा करते। कुछ के सिर पर टोकरी में चोटी-कंघी, रिबन, चोटी और प्रसाधन सामग्री होती तो कुछ की पीठ पर कपड़ों की गठरी लदी रहती। चूड़ीवाले, ब्रेड और बिस्कुट वाले साइकिल पर आते। एक लंबे-तगड़े वयोवृद्ध सरदारजी रोज़ाना बेगमाबाद से ट्रेन से आते थे। उनकी झल्ली उठाने के लिए एक मज़दूर साथ चलता था। वे साड़ियाँ, होज़री आइटम आदि के अलावा मौसमी फल, टॉफ़ी-बिस्कुट और गर्मियों के दिनों में कुल्फ़ी-फ़ालूदा लेकर आते थे। उनकी बुलंद आवाज़ सुनते ही महिलाएँ सब काम छोड़कर बाहर आ जाती थीं, क्योंकि वे ऑर्डर पर वांछित सामग्री लाकर देने के लिए मशहूर थे। गर्मियों में जब कुल्फ़ी का मौसम आता तो कुल्फ़ी की डिब्बियों से भरा घड़ा उनका मज़दूर लेकर चलता और गठरी वह खुद लादे रहते। उनकी पुकार बड़ी कर्णप्रिय लगती जब 'माइयेवा कुल्फ़ी' का नारा लगाते हुए एस्टेट नाप डालते। कुछ लोग उन पर बहुत हँसते थे। इसका राज़ मुझे एक पंजाबी सहपाठी ने बताया कि उन्हें कायदे से मलाईयेवा कुल्फ़ी...कहना चाहिए मगर वे शॉर्टकट के चक्कर में अर्थ का अनर्थ कर डालते थे। जो भी हो उनकी कुल्फ़ी बहुत लोकप्रिय थी। किसी गृहस्थ द्वारा बुलाए जाने पर वे उनके बरामदे में घड़ा उतरवाकर बैठ जाते और प्लेट मँगवा कर आटे से सीलबंद की गई जस्ते की डिबिया को खोलकर चाकू की सहायता से कुल्फ़ी के सवांग को विभाजित करके बड़ी कुशलता से उस पर सेवियां और शर्बत डालकर किसी अद्‌भुत कलाकृति की तरह पेश करते। जैसा कि माँ से सुनता था यह खासा महँगा सौदा था, मगर स्त्रियाँ इसे बहुत पसंद करती थीं। कहतीं कि इससे कलेजे में ठंडक पड़ जाती है। उस ज़माने में ए.सी. तो छोड़िये कूलर भी प्रचलित नहीं हुए थे। हाँ, कुछ बड़े अफ़सरों के बंगलों में खस की टट्टियाँ ज़रूर लगाई जाती थीं, जिनसे छनकर ठंडी और खुशबूदार हवा गर्मी से राहत दिया करती थी। ज़्यादातर क्वार्टरों में पंखे भी नहीं लगे थे, इसलिए सारा दिन चौके-चूल्हे के सामने बैठने वाली और घर के तरह-तरह के कामों में जुटी रहने वाली गृहिणियों के लिए सरदारजी की 'माइयेवा कुल्फ़ी' नियामत थी। उन दिनों एक-एक पैसा दाँत से पकड़ने का सिद्धांत सर्वमान्य था, इसलिए महीने में एक बार ही कुल्फ़ी जैसी विलासिता पर धन का अपव्यय किया जा सकता था। यह कारोबार सिर्फ़ गर्मियों भर चलता मगर कस्बे से एस्टेट में आने वाला एक खोमचा ऐसा था, जिसकी माँग बारहों महीने रहा करती थी। बात हो रही है भगवान चाटवाले की जो एक टाइम टेबल के अनुसार अलग-अलग दिन अलग-अलग ब्लॉकों में चाट बेचने जाता था। आधी छुट्टी में स्कूल के गेट के बाहर खोमचा लगाने की छूट थी, ताकि जो बच्चे घर से टिफ़िन नहीं लाए हों उससे लेकर कुछ खा लें। यूँ तो मनोरथ नगर के ज़्यादातर लोग चाट-पकौड़ी को स्वास्थ्य के लिए हानिकारक बताते न थकते थे, लेकिन भगवान को सिर पर जालीदार ढक्कन वाली बड़ी परात रखे और बगल में खोमचे का स्टैंड दबाए और पानी का घड़ा लटकाए आते हुए देखते तो हर किसी के मुँह में पानी आ जाता। मौके-बेमौके चाट नहीं तो पानी के बताशे खा ही लिए जाते। अक्सर

बच्चों के परीक्षा में पास होने या जन्मदिन आदि पर माँएँ उदारतापूर्वक, बच्चों को भेजकर, भगवान को बुलवा लेतीं। मज़ेदार बात यह थी कि खुद भगवान चाट को नुकसानदेह मानता और बताया करता था। खास तौर पर बच्चों के लिए। स्कूल के सामने खोमचा लगाता तो किसी को भी चार से अधिक बताशे और दही-भल्ले या अन्य किसी चाट के एक पत्ते से ज़्यादा नहीं देता था। मैं कभी भूले-भटके भी उसके पास चला जाता तो अक्सर वह उपदेश पिलाकर वापिस भेज देता था। कई लड़के उससे बहस करते कि तुम कौन होते हो चाट पर राशन लागू करने वाले! हम जो माँगते हैं दो और अपने पैसे पकड़ो लेकिन उस पर कोई असर नहीं पड़ता। वह एस्टेट की सिक्योरिटी से जारी किया गया 'वेंडर्स पास' दिखाता हुआ कहता कि यह इसी शर्त पर मिला है कि चाट खाकर कोई बीमार नहीं पड़ना चाहिए, खास तौर से स्कूल के स्टूडेंट्स। मेरी चाट होती है ताज़ा और बढ़िया मैटीरियल से बनी मगर ज़रूरत से ज़्यादा खाओगे तो बीमार पड़ सकते हो। कई लड़कों का ख़याल था कि यह केवल बहाना है असली बात यह कि उसकी परात में गिना-चुना सामान ही आ पाता है। इसलिए वह थोड़ा-थोड़ा ही देता है, हर किसी को नहीं तो घंटे दो घंटे में ही परात और बताशे के पानी का घड़ा खाली हो जाए। उसे फिर से चार मील का चक्कर लगाना पड़े। जो भी हो उसके दही-भल्ले, पापड़ी-चाट और पानी के बताशे लाजवाब थे। बाद में कहीं भी वैसी चाट खाने को नहीं मिली।

दो-तीन दिन बाद अपनी निबंध की कॉपी लेने के बहाने मैं शाम को जयंत के घर गया। संयोग से वह अपने पापा के साथ किसी के घर गया था। मैंने आवाज़ लगाई तो जयंत की मम्मी ने आकर दरवाज़ा खोला। मुझे देखकर मुस्कुराईं और अंदर आने को कहा। मैं उनके अध्ययन कक्ष में जाकर बैठ गया। जया ने आकर सामने बैठते हुए कहा, "मम्मी पूछ रही हैं कि जगन्नाथ आजकल क्यों नहीं आते? क्या जयंत से कहा-सुनी हो गई है या बहुत ज़्यादा पढ़ाई में व्यस्त हैं?" मैंने उसे देखा तो देखता ही रह गया। वह फ्रॉक या सलवार-कुर्ते के बजाय एक फूलों के खूबसूरत प्रिंट वाला गाउन पहने थी जो उस पर बहुत ही फब रहा था। फब क्या, वह तो गज़ब ढा रहा था। मैंने मन में सोचा कि सच में कपड़े लड़कियों पर ही सोहते हैं। लड़के जब नए सिले वस्त्र पहन कर आते हैं तो लगता है, जैसे नाई के यहाँ से कटिंग करवा कर चले आ रहे हों।

जया चकित करने से बाज़ नहीं आई। उसने अपनी निबंध की कॉपी मेरे आगे रख दी। 'बरसात की रात'...शीर्षक पढ़कर समझ में नहीं आया कि निबंध है या कहानी, या फिर दोनों। पढ़ने लगा तो फिर पढ़ता ही गया। वह न तो निबंध था न कहानी वह तो किसी की आपबीती का जीवंत शब्द चित्र था—किसी दिन देर शाम को अचानक हुई धारासार वर्षा की प्रबल बौछारों से बचने को एक सांवरा-सलोना सा मगर पागल किस्म का लड़का सामने घने पेड़ के नीचे खड़ा है। अब पेड़ चाहे कितना भी घना हो मगर छतरी तो नहीं बन सकता। गरजते बादलों और चमकती बिजली के चंचल प्रकाश में भी उसकी आँखों में बसी

किसी के दर्शन की प्यास अनुभव करके रोमांचित हो रही है एक किशोरी। सहसा ज़ोर से कड़कती है बिजली और उसका बुरी तरह भीगना किशोरी को आपादमस्तक भिगो जाता है। वह अंदर भाग जाती है, अदृश्य होने नहीं बल्कि उसके लिए छाता लाने। लौटकर छाता खोलकर गेट खोलने के लिए जैसे ही आगे बढ़ती है, लड़का पेड़ के नीचे से निकलकर भीगता हुआ अपनी राह पकड़ लेता है, जैसे उसकी चोरी पकड़ ली गई हो। वह हतप्रभ रह जाती है। क्या मेरे हाथ में छाता देखकर भी वह नहीं समझा कि उसी के लिए लाई हूँ। उस रात बारिश बिलकुल नहीं थमती। लड़की का मन पढ़ने में नहीं लगता तो उठकर अपने पलंग पर लेट जाती है। जाने क्यों उसे घर की सुरक्षित छत के नीचे भी लगता है कि वह भीग रही है। ऐसी तन-मन को सराबोर कर देने वाली अतिवृष्टि उसके अनुभव का हिस्सा नहीं बनी थी। उसका मन कर रहा था कि यह बारिश कभी न रुके। आँखें बंद करके वह घर के सामने वाले उस पेड़ के नीचे जा खड़ी हुई और देर तक बेपरवाह भीगती रही। फिर जाने कब लौटकर आई और चादर ओढ़कर सो गई। उस नींद में सुहावने सपने थे, जिनमें प्रकृति का अनहद संगीत और अद्‌भुत नृत्य अबाध चलता रहा, जब तक उसकी माँ ने आकर खाने के लिए उसे झकझोर कर उठा नहीं दिया।

पढ़ना खत्म करके मुझे लगा कि यह सचमुच एक भिगो देने वाली भाव संपन्न रचना है। इससे क्या फ़र्क पड़ता कि वह निबंध और कहानी विधाओं का सम्मोहक मिश्रण था। मैंने चेहरा ऊपर उठाया तो उसने झेंपने के बजाय शोखी से पूछा, ''मास्साब कैसा लगा मेरा निबंध? ठीक से नहीं बन पाया ना?'' मैं गंभीर होकर कुछ सोच रहा था, इसलिए तत्काल उसके प्रश्न का उत्तर नहीं दे सका। सच तो यह था कि मैं पूर्णतः निरुत्तर हो चुका था। बस एक तीव्र अनुभूति थी मन को मथ रही थी कि हम किसी दुर्गम पहाड़ की चोटी पर हाँफते हुए जा खड़े हुए हैं। लेकिन वह अपनी ही रौ में थी, मौका पाते ही मेरी आँखों में आँखें डाल कर बोली, ''जगन दा, बताइये ना।'' कुछ चैतन्य होकर मैंने पूरे आत्मविश्वास से उसके सम्मोहन से बाहर आकर कहा, ''मैं सिर्फ़ एक बात कह सकता हूँ कि...कि एक दिन तुम बहुत बड़ी कहानीकार बनोगी। लोग तुम्हारी किताबें ढूँढ़-ढूँढ़ कर पढ़ेंगे। और एक बात कि यह अगर निबंध है तो कहानी किसे कहेंगे।''

वह सिर झुकाकर मेज़ पर पेंसिल खटखटाती हुई बैठी रही। थोड़ी देर बाद मुझे समझ में आया कि वह मुस्कुरा रही है। कुछ देर तक व्याप्त मौन को भंग करते हुए उसने बगैर चेहरा उठाए कहा, ''आपसे एक बात कहनी है लेकिन यह प्रॉमिस करिये कि उसे सुनकर बिलकुल नहीं हँसेंगे।...आप ही तो हैं जिनसे मन की बात कही जा सकती है।'' मुझे यह सुनकर हँसी आने को हुई मगर दूसरे ही क्षण एक आशंका ने कलेजे की धड़कन बढ़ा दी। मैं सँभलकर बैठ गया, राम जाने अब क्या कहने वाली है! दबे-ढँके तरीके से हम अपनी समझ से इज़हारे-मोहब्बत कर ही चुके थे। मेरी समझ से अभी मुखर हो जाने का समय नहीं आया था। मेरा विवेक सहसा जागृत हो उठा। यह आश्वस्ति भी थी कि उसे समझाया

जा सकता है। तभी उसने सारे अनुमानों को ध्वस्त करते हुए कहा, "जगन दा, एक बार भगवान को हमारे घर बुला दीजिए। प्लीज़!"...सुनकर हँसी रोकना मुश्किल हो गया, "कम ऑन जया, तुम जानती हो कि यह मेरे क्या अच्छे-अच्छों के बस की बात नहीं है। वैसे भी भगवान तो घर में नहीं मनुष्य के हृदय में निवास करते हैं। उसके लिए तुम्हें बहुत विकट तपस्या खुद ही करनी होगी। और जानती हो कि भगवान सामने आ गए तो तुम्हारे मोह-माया के बंधन टूटकर गिर जाएँगे। इतनी कम उम्र में वैराग्य क्यों लेना चाहती हो?"

मेरी बात सुनकर उसने माथा ठोंक कर कहा, "ओह सर्वनाश! अरे बाबा मैं उन भगवान जी के लिए नहीं, भगवान चाटवाले वेंडर को बुलवाने के लिए कह रही थी।" उसके बाद कमरा देर तक हमारी समवेत हँसी से गूँजता रहा। बात ही कुछ ऐसी थी कि रुक-रुक कर हँसी आती रही। शायद उसकी मम्मी तक भी पहुँच गई, वह एक ट्रे में चाय-बिस्कुट लेकर आईं और बांग्ला में जया से पूछा और फिर वे दोनों इतना हँसीं कि आँखों से आँसू निकल आए। किसी तरह अपने पर काबू पाकर उसकी मम्मी ने कहा, "इसकी क्लास का लड़की लोग उसका चाट खाकर इतना बढ़ाई किया है कि यह बार-बार हमको बोलता कि भगवान को घर बुलाओ। अब हम कहाँ से बुलाए। इधर बैंग्लो साइड में तो कोई वेंडर अलाउड ही नहीं। तो हम इसको बोला कि जगन्नाथ दादा को रिक्वेस्ट करो, वो अपने साथ एक दिन ले आएगा। ठीक है, एक दिन लेकर आओ। हम सब खाकर देखेगा।"

वे चली गईं तो मैंने छद्म गंभीरता ओढ़कर उपदेशात्मक लहज़े में कहा, "चाट-पकौड़ी स्वास्थ्य के लिए हानिकारक होती है। अच्छे बच्चों को इससे दूर रहना चाहिए।" उसने तुनककर प्रश्न किया, "तो फिर आप क्यों खाते हैं? मैंने अपनी आँखों से आपको इंटरवल में पुचके खाते देखा है।"

"अरे लड़कों के साथ खा लिए होंगे दो-चार बताशे किसी दिन। मुझे तो भगवान ही मना कर देता है कि चाट मत खाओ। नुकसान करेगी।"

जया और आसानी से निरुत्तर हो जाए? "जगन दा, हमारी क्लास की खिड़की के ठीक सामने खड़ा होता है भगवान। हम लोग बाहर जाकर खा तो नहीं सकतीं मगर देखने का आनंद तो लेती ही हैं। मैंने आपको चाट खाते कई बार देखा है। जाने कितने बताशे खाने के बाद भी मन नहीं भरता तो आप मसाले वाला पानी भी माँग कर पीते हैं। और लड़कियाँ तो जब उनके घर आता है खा लेती हैं लेकिन मैं क्या करूँ। इंटरवल में खिड़की से लड़कों को चाट खाते हुए देखकर मुँह में पानी आता रहता है। मैंने और मम्मी ने पापा से कहा तो उन्होंने सिक्योरिटी ऑफ़िसर से बात की तो यह परमीशन मिली कि हमारे घर से कोई उसे साथ लाए तो सिर्फ़ हमारे यहाँ तक आ सकता है। अब दादा तो उसे लाने के लिए तैयार नहीं हुए कि उसे कहाँ ढूँढ़ता फिरूँगा। उसका कोई निश्चित टाइम तो होता नहीं। अब आपके ऊपर है। किसी दिन शाम को उसे साथ लेकर आ जाइये। आप लोगों की तरफ़ तो आया करता

है। उससे एडवांस में बात कर लीजिए।'' मैंने वाग्विलास करते हुए कहा, ''तुम जानती हो कि मैं तुम्हारा कहा टाल नहीं सकता। लेकिन यह कहे बिना नहीं रह सकता कि यह सेहत के लिए नुकसानदेह है।'' उसने जैसे दुखी होकर कहा, ''ठीक है, आपकी बात मान लेते हैं। बस एक बार बुला दीजिए फिर कभी नहीं खाएँगे।''

~

अब चाहे मैनेजमेंट ने भेजी हो या किसी अन्य ने, फ़ैक्ट्रियों के कलकत्ता स्थित मुख्यालय तक नंदी के कारनामे की रिपोर्ट पहुँच ही गई। वहाँ से इस मामले की विस्तृत जानकारी माँगी गई। पूरे एस्टेट को पता चल गया कि नंदी और ऑफ़िसर ट्रेनीज़ के टकराव और पुलिस कार्यवाही पर जाँच बिठा दी गई है। यह भी कि अपनी अकड़ में रहने वाले नंदी ने भी घुटने टेक दिए हैं और उच्चाधिकारियों के पीछे-पीछे दुम हिलाता घूम रहा है। किसी हितैषी की सलाह पर लिखित माफ़ीनामा दे दिया है। जाँच के लिए ए.जी.एम. रैंक के एक अधिकारी किसी बाहर की फ़ैक्ट्री से भेजे गए थे। उनके बारे में अफ़वाह उड़ी कि बेहद सख्त अफ़सर हैं। मैनेजमेंट को जब किसी को सज़ा देनी होती है तो इन्क्वायरी इन्हीं को सौंपी जाती है। उन्हें अपनी रिपोर्ट पंद्रह दिन में सबमिट करनी थी, इसलिए आते ही शुरू हो गए। सभी संबंधित व्यक्तियों को नोटिस जारी हो गए। ट्रेनीज़ को तो कोई खास फ़र्क नहीं, मगर नंदी के हाथ-पाँव फूल गए। इसका प्रमाण इस बात से मिला कि शाम को वह सुचित्रा सहित बैचलर्स होस्टल पहुँचे, जहाँ उनके दूसरे नाटक की रिहर्सल चल रही थी। मुझे पिताजी के माध्यम से रिहर्सल में आने का संदेश उसी दिन मिला था। पहुँचते ही प्रॉम्पटिंग के लिए किताब पकड़ा दी गई। नंदी के आने की खबर पाते ही रिहर्सल बंद हो गई और कुछ ट्रेनीज़ तैश में आकर यह कहते हुए उठ खड़े हुए कि साले की हिम्मत कैसे हुई यहाँ आने की। देवेश ने सबको वहीं रोक दिया और ''उनसे मैं बात करता हूँ'' कहकर बाहर चला गया। अंदर तरह-तरह की बातें शुरू हो गईं, मसलन-अब नपने लगे तो पटाने के लिए लड़की को साथ लेकर आए हैं। ऐसे खड़ूस आदमी से बात क्या करनी, जूते मार कर भगा देना चाहिए।

बहुत देर तक देवेश लौटकर नहीं आया तो सक्सेना ने रिहर्सल चालू करवा दी। तब जाकर गरियाने और कोसने का दौर थमा। उनके तेवरों से मुझे तो लग रहा था कि आज मारपीट होकर रहेगी। आधा घंटे बाद देवेश वापिस आया तो सब उत्सुकतापूर्वक पूछने लगे कि वह हरामी किसलिए आया था? तुमने उसे खरी-खोटी सुना दी कि नहीं। देवेश कुछ देर तक चुपचाप सुनता रहा फिर नाराज़गी से बोला, ''प्लीज़ कीप पेशेंस! लेट मी हैंडिल दिस। इन्क्वायरी में हमें भी तो क्लीयर होना है। उसकी नौकरी पर बन सकती है तो हमारे भी तो कैरियर का सवाल है। महीने भर में फ़ाइनल टेस्ट, वायवा और पोस्टिंग सब कुछ हो जाना है। और सब कुछ एक स्ट्रेटेजी के अंडर होगा। उसका इनडिक्टमेंट हो-न-हो हमें क्या फ़र्क पड़ना है?''

उसके बाद मैं चला आया। वहाँ अब प्रॉम्पटर की ज़रूरत नहीं थी। बाद में चाहे कितनी ही बमचख हुई हो लेकिन अगली शाम मनोरथ नगर की हैरान जनता ने देवेश और सुचित्रा को लंबी दूरी तक टहलने के लिए जाते हुए देखा। वे फ़ैक्ट्री के दूसरी तरफ़ यानी बैंग्लो साइड की ओर निकल गए। मैं रिहर्सल में पहुँचा तो देखा सुमन आई हुई थी। उसका रोल बहुत बड़ा नहीं था, इसलिए वह एक दिन छोड़कर आती थी। वह भट्टाचार्य के साथ सीन करने में इतनी तल्लीन थी कि उसने मुझे देखा ही नहीं। मैं भी एक कोने में दुबककर बैठ गया। सुमन का अभिनय और संवाद बोलने का ढंग शुचि से एकदम अलग और कहीं बेहतर था। 'काश! वह पिछले नाटक के लिए मान गई होती तो इतना हंगामा नहीं होता,' मैंने मन में सोचा। अपना सीन निपटाकर उसने कहा कि उसे ज़रूरी काम से जाना है, यकायक उसकी नज़र मेरे पर पड़ी तो वह रुककर हथेली पर सफ़ेद दुपट्टे का किनारा लपेटते कुछ सोचने लगी। फिर जैसे आदेश देते हुए बोली, ''जगन्नाथ मुझे छोड़ने जाएगा। आप लोग प्रॉम्पटिंग किसी और से करवा लो।''

जब हम बाहर निकले तो देखा सामने सड़क पर देवेश और शुचि बहुत धीमे स्वर में बातें कर रहे हैं। सुमन को देखते ही चुप हो गए। देवेश ने आगे बढ़कर कहा, ''नमस्कार, क्या आप जा रही हैं, मैं तो आपके साथ वाला सीन करने के लिए आ रहा था। कोई हर्ज न हो तो थोड़ी देर रुक जाइये।'' सुमन ने हाथ जोड़कर, चेहरे पर बहुत मजबूरी का भाव लाकर नाटकीयता से कहा, ''नहीं देवेश जी, मुझे जाना ही होगा। हम लोग कल दो-तीन बार उस सीन की रिहर्सल कर लेंगे। वैसे भी आप इस समय कुछ बिज़ी हैं। ठीक है?''

मेरा सहज-सा अनुमान था कि वह अपने घर जा रही है मगर वह नाक की सीध में चलती गई और घर पीछे छूट गया। मैंने पूछ ही लिया, ''दीदी, हम कहाँ जा रहे हैं?'' उसने कोई उत्तर नहीं दिया और तेज़ गति से गमन जारी रखा। मैं पीछे-पीछे घिसटता सा चल रहा था। सड़क लगभग अँधेरे में डूबी थी, लेकिन एस्टेट के लोगों की नज़रें अँधेरे में भी ताड़ लेने में माहिर ठहरीं। मैं सोच में पड़ गया कि हमारी बेमेल-सी जोड़ी को एक अलग दिशा में जाते देखकर जाने क्या-क्या अनुमान लगाए जाएँगे। अगर कैंटीन या क्लब की तरफ़ जा रहे होते तो शायद ही कोई तवज्जो देता, लेकिन हम एस्टेट की सीमा के पास नए बने क्वार्टरों की ओर पहुँचने को थे। मेरी हैरानी की कोई सीमा नहीं थी। गहरे लाल रंग के एच टाइप क्वार्टरों के बहुत से ब्लॉक थे। मुख्य सड़क से भी छोटे-छोटे रास्ते जुड़े हुए थे। दो-तीन रास्तों को पार करके जब अंतिम ब्लॉक आया तो वह सबसे कोने वाले क्वार्टर के सामने जाकर रुकी और मुझसे कहा, ''जाकर कॉल-बेल बजा दो ज़रा।'' मैंने बरामदे पर चढ़कर देखा कॉल बेल नेमप्लेट के नीचे लगी थी। नेमप्लेट को पढ़ते ही मुझे जैसे साँप सूँघ गया। वह बायलोजी सर का नया ठिकाना था। लोगों की टोही नज़रों से बहुत दूर। मैं इस तरफ़ कभी आया नहीं था, वरना पहले समझ जाता। मैंने घंटी बजाई और नीचे उतरकर सुमन से कुछ दूर खड़ा हो गया।

दरवाज़ा बायलोजी सर ने ही खोला। वे लुंगी और बिना बाँहों वाली बनियान पहने थे। उनके शरीर पर बहुत घने बाल थे। सामने सुमन को देखकर उनके चेहरे पर नाराज़गी का भाव स्पष्ट हो उठा। गनीमत हुई कि वे मेरी तरफ़ पीठ करके खड़े हो गए। कुछ देर तक चुप रहने के बाद अपनी भारी और खरज वाली आवाज़ में उन्होंने कहा, ''तुम्हें इस वक्त यहाँ नहीं आना चाहिए था।'' सुमन ने उनकी ओर देखते हुए, बगैर विचलित हुए, ठंडे स्वर में जवाब दिया, ''क्यों नहीं आना था! किसी का डर पड़ा है। मेरी जब मर्ज़ी होगी यहाँ आऊँगी।''

''क्यों अभी कुछ कसर रह गई है क्या। देखो इस जगह ज़्यादातर विकृत मानसिकता वाले लोग रहते हैं। किसी का भी चरित्र हनन करना इनका प्रिय शगल है। मेरी मानो जैसे आई हो वैसे ही लौट जाओ। इस समय तुम्हारे यहाँ होने को न तो मैं जस्टीफ़ाइ कर पाऊँगा न तुम कर पाओगी। आगे जैसी तुम्हारी मर्ज़ी।''

''देखिये मास्साब मैं आपको परेशानी में नहीं डालना चाहती, लेकिन आपने जिस तरह से मेरे लिए अपने घर के दरवाज़े बंद कर दिए हैं, क्या वह आपको शोभा देता है! आपने लोकलाज के डर से मुझे पढ़ाना बंद कर दिया है। मैं जब लड़की होकर भी इन लोगों की परवाह नहीं करती, मेरे माता-पिता नहीं करते तो आप क्यों पीछे हट रहे हैं?''

''सुमन न तो मैं किसी से डरता हूँ न ही लोकलाज की वजह से पीछे हटा हूँ। बात इतनी-सी है कि मैं यहाँ के कई टीचर्स की तरह ट्यूशनबाज़ी नहीं कर सकता। तुम घर पर आती हो तो मैसेज यही जाता है कि मैं तुम्हारे पापा से मोटी फ़ीस लेकर ट्यूशन पढ़ाता हूँ मैंने जबकि बाकी लोगों को मैने मना कर दिया है।''

सुमन ने दुखी स्वर में कहा, ''क्या आप अंदर आने लिए भी नहीं कहेंगे। हमसे ऐसा कौन-सा कसूर हो गया।'' सुनकर वे कुछ लज्जित से हुए, ''सॉरी, तुम अंदर आओ। लगता है कि मैं भावनाओं में बह गया। इसको अपने ऊपर मत लो। तुम्हारे हृदय की पवित्रता का मैं बहुत आदर करता हूँ। तुम्हें गलतफ़हमी हुई है; इस घर के दरवाज़े कभी भी तुम्हारे लिए बंद नहीं हो सकते। अरे तुम रो रही हो, देखो पागलपन मत करो, अंदर चलो।'' वह आगे बढ़े और सुमन के कंधे पर अहिस्ता से अपना हाथ रख दिया। उसने अपने आँसू पोंछते हुए कहा, ''जगन्नाथ तुम मेरे घर बताते हुए जाना कि मैं यहाँ मास्साब के पास हूँ। पापा मुझे लेने आ जाएँगे। अच्छा अब तुम जाओ।'' मास्साब चौंककर पीछे मुड़े और मुझे अँधेरे में खड़ा देखकर हैरान हो गए, ''जगन्नाथ, कल स्कूल में जाकर यह खबर मत फैला देना कि...समझे!''...सुमन जल्दी से बोली, ''नहीं, यह मेरा छोटा भाई है, किसी से कुछ नहीं कहेगा। भरोसा रखिये। इसीलिए मैं इसे साथ लेकर आई थी।''

मैंने जाकर सुमन की मम्मी को बताया कि वह बायलोजी की कुछ डिफ़ीकल्टीज़

लेकर मास्साब के घर गई है।'' उन्होंने मुस्कुराते हुए कहा, ''ठीक है, उसके पापा क्लब से लौटकर उसे लेने चले जाएँगे। थैंक यू बेटा!...वहाँ से पैदल अपने घर जाते हुए मैं प्रेम की विभिन्न छवियों के इस केलाइडास्कोप को मन की आँखों से देख-देखकर विस्मित होता रहा। देवेश और शुचि में प्रेम था, धीरेंद्र वार्ष्णेय का नंदिनी से हुआ और जल्दी ही अपने अंजाम पर पहुँच गया। सुमन का पहले गिरीश भैया से हुआ और अब बायलोजी मास्साब से उत्कट लगाव देखकर लगता है कि धीरे-धीरे मनोरथ नगर प्रेम रंग में रंगा जा रहा है। साल भर पहले ऐसी स्थिति नितान्त अकल्पनीय थी।

~

अँधेरा हो या उजाला, सूनी सड़क हो या चहल-पहल भरी, मनोरथ नगर हर संदेहास्पद घटना को अपनी हज़ार आँखों से देखता था। दूसरे दिन स्कूल भर में चर्चा थी कि सुमन रात को छुप के बायलोजी टीचर के क्वार्टर पर पहुँच जाती है। बंद दरवाज़े के पीछे क्या-कुछ नहीं होता। आधी रात को सरदारी लाल जीप लेकर जाते हैं और अपनी लाड़ली को घर ले आते हैं। यह भी कि उन्हें इस संबंध पर कोई ऐतराज नहीं है बल्कि उनकी तरफ़ से बायलोजी के टीचर को खुला ऑफ़र है कि जब भी वे दोनों चाहें धूमधाम से शादी करवा दी जाएगी। हो भी क्यों नहीं, इसमें दोनों का भला है। ओवरसीयर को ऐसा पढ़ा-लिखा, अच्छी नौकरी वाला दामाद घर बैठे ही मिल रहा है और 'आगे नाथ न पीछे पगहा' वाले मास्टर की तो लॉटरी खुल जानी है। सरदारी लाल ने एम.ई.एस. में रहते हुए खूब माल बँटोरा है। यह सब किसके काम आएगा, एक लड़की ही तो है उनके। इंटरवल में जब मैं भगवान चाटवाले की तलाश में बाहर जा रहा था, सुमन सामने से आई और मुझे एक तरफ़ ले जाकर पूछा, ''जगन्नाथ, कल रात के बारे में तुमसे किसी ने कुछ पूछा तो नहीं?'' मैंने इनकार में सिर हिलाया तो उसने बहुत धीमे स्वर में कहा, ''देखो कोई भी तुमसे पूछे तो कह देना, मुझे नहीं मालूम।'' और क्लास की तरफ़ चली गई। मुझे ज़रा भी बुरा नहीं लगा बल्कि एक अनिर्वचनीय खुशी से पुलकित हुआ कि मैं दो आकर्षक व्यक्तियों के गोपनीय संबंध का राज़दार हूँ और साक्षी भी। मेरी समझ में आ गया कि यह बहुत नाज़ुक किस्म की ज़िम्मेदारी मेरे कंधों पर रख दी गई है।

बाहर भगवान के खोमचे के पास खड़ा होकर उसके खाली होने की प्रतीक्षा करता रहा। उसने कहा, ''बताशे खाने हैं तो आ जाओ, इंटरवल की घंटी बजने ही वाली है। मैंने उसे किसी दिन शाम को बैनर्जी साहब के बंगले पर चलने को कहा तो उसने साफ़ मना कर दिया। उसे सिक्योरिटी की परमीशन वाली स्लिप दिखाई तब भी नहीं माना, ''अरे भैया, तुम इन दरबानों को नहीं जानते। पर्ची बाद में देखेगा पहले दो-चार डंडे तो जमा ही देगा। असली बात यह है कि मैं इन्हें मुफ़्त में चाट नहीं खिलाता। और भैया क्यों खिलाऊँ जब मैंने बाकायदा पास बनवाया हुआ है। उसमें ही खूब पैसे ऐंठे इन लोगों ने।...उधर बंगलों

की तरफ़ जाने की सखत मनाही है।'' मैं उसकी व्यथा समझ रहा था, मगर जया और उसकी मम्मी द्वारा जिस विश्वास के साथ यह काम सौंपा गया, उसे देखते हुए मैं हार मानने को तैयार नहीं था। एक-दो रोज़ तक मैं उससे आग्रह करता रहा तो वह इस शर्त पर माना कि मैं दरबानों से पहले बात कर आऊँ फिर अपनी ज़िम्मेदारी पर उसे ले जाऊँ।...देखो मैं नफ़े-नुकसान की परवाह नहीं करता मगर थुक्का-फ़जीहत से डर लगता है। अब उनके यहाँ जाऊँगा तो सारे आइटम बचा कर रखने पड़ेंगे। जाने क्या-क्या माँग बैठें। तुमको पता नहीं होगा कि लेडीज़ लोग जब खाने पर आ जाती हैं तो फिर आगा-पीछा नहीं सोचतीं। तुम लोगों की तरह चार बताशे और एक भल्ले से उनकी तबीयत नहीं भरती। शाम को जाना है तो उनके बाद जो भी माल बचेगा वह बेकार जाएगा। घर वापिस लेकर जाना पड़ेगा।'' खैर किसी तरह वह राज़ी हुआ और अगले दिन जाने की बात तै हो गई तो मैंने जयंत को बता दिया। वह हँसकर बोला, ''तुम लगता है अपनी तरह सबको चटोरा बनाकर मानोगे।...चलो कल खाकर देखते हैं। सच बता रहा हूँ मैंने आज तक कभी चाट नहीं खाई है।''

यथा प्रस्तावित वह शाम को पाँच बजे मुझे फ़ैक्ट्री गेट के सामने लगने वाले बाज़ार में मिला, मैंने गौर किया कि वह नई कमीज़ और साफ़-सुथरी धोती पहन कर आया था। आखिरकार पहली बार बैंग्लो साइड जाना था। देखा जाए तो उसके लिए वह ऐतिहासिक दिन था। बंगलों में रहने वाले बड़े अफ़सर के यहाँ उसे साग्रह बुलाया गया था। यह उसकी पाक कला की महत्त्वपूर्ण मान्यता थी। बाज़ार से हम अपनी मंज़िल की ओर चल दिए। वह रास्ते भर बड़बड़ाता रहा। उस दिन वह जानबूझकर देर से आया और बहुत थोड़ा ही माल बेचा। नहीं तो फ़ैक्ट्री छूटते ही उसका खोमचा खाली हो जाता। खास तौर पर पानी के बताशे उसने यथेष्ट मात्रा में बचा कर रखे। मैं चूँकि एक दिन पहले ही दरबानों के इंचार्ज को परमीशन लैटर दिखा आया था, इसलिए रास्ते में दो-तीन दरबान मिले लेकिन चुपचाप उसे जाते हुए देखते रहे।

वहाँ पहुँचकर देखा कि वह बैनर्जी परिवार के लिए भी खास अवसर था। किसी उत्सव की तरह। उन्होंने डाइनिंग टेबल बरामदे में लगवा रखी थी। प्लेट, गिलास और चम्मचें एक तरफ़ सजे हुए थे। जयंत की मम्मी के निर्देशन में भगवान ने अपना चाट-स्टॉल सजा लिया। मेज़ पर एक लकड़ी की टिखटी पर घड़ा रखा गया और परात सामने रखकर भगवान उस फ़ूड फ़ेस्टिवल के शुभारंभ की प्रतीक्षा करने लगा। जयंत और जया अपनी-अपनी पार्टी ड्रेस में सज-धज कर आए और सबसे पहले बताशे खिलाने की माँग हुई। सबके हाथ में प्लेट पकड़ाई गई और भगवान ने लकड़ी की बड़ी चम्मच से घड़े में घुमाकर पूछा, ''...पहले कौन-सा खाएँगे चरपरा-खट्टा या खट्टा-मीठा?'' जया ने कमान सँभाली, ''पहले खट्टा वाला। लेकिन रुको, जगन दादा को भी प्लेट दो।'' मैंने हँसकर कहा, ''आप लोग खाइये। मैं तो खाता ही रहता हूँ। बाद में कुछ और ले लूँगा।''

"नहीं, नहीं, हमारे साथ आपको भी पुचका खाना पड़ेगा। आप यूँ ही खड़े रहेंगे तो क्या अच्छा लगेगा। लीजिये प्लेट पकड़िये!"...जयंत के चेहरे पर कुछ ऐसा भाव था, जैसे टिटनस का इंजेक्शन लगने जा रहा हो। शायद उसके दिमाग में हाइजीन बहुत गहरे में बैठा हुआ हो। बहरहाल पानी के बताशों का दौर शुरू हुआ तो मसालेदार पानी के तीखेपन से सब सी-सी करने लगे। जयंत का तो मुँह लाल हो गया। जया भी थोड़ी विचलित दिखी, लेकिन न कोई रुका न ही किसी ने मीठी सौंठ वाले बताशों की माँग की। सबसे सहज थीं उनकी मम्मी। शायद उन्हें तीखा खाने की आदत रही हो। खुद मेरा मुँह जल रहा था, लेकिन लड़ाई के मैदान में पीठ कैसे दिखाता। बात यह थी कि भगवान जैसा पानी बनाकर लाया वैसा ही बताशों में भरकर खिला रहा था। स्कूल और एस्टेट के घरों में वह रह-रह कर आवश्यकता अनुसार घड़े में सादा पानी डालता रहता था। खैर, तीखापन कुछ देर बाद अपने आप कम हो गया। मेरा मन कर रहा था कि उसे मीठा पानी देने को कहूँ मगर जया और उसकी मम्मी, बिना कोई ब्रेक लिए, जिस शौक से खा रही थीं उसे देखते हुए कुछ देर सब्र रखना ही मुनासिब लगा। भगवान समझ गया कि मुझे और जयंत को अब मज़ा नहीं आ रहा है, इसलिए हमारी तरफ़ देखे बिना उन दोनों की प्लेट में मटर, चटनी और पानी भरे बताशे रखता चला गया। भगवान ने ठीक ही कहा था कि चाट खाना स्त्रियाँ ही जानती हैं। इस मामले में उनकी क्षमता का लोहा मानना पड़ा। मुझे सबसे आश्चर्यजनक यह लगा कि जया जैसी नाज़ुक और सुरुचिपूर्ण कन्या किस तरह नान स्टॉप खाए जा रही है। बड़ी मुश्किल से यह क्रम टूटा और पानी से पहले मीठी सौंठ में डुबो कर निकाले गए बताशों की बारी आई, जो और कुछ देर तक चली। मैंने देखा कि बाँस की टोकरी लगभग खाली होने को थी।

पानी के बताशे खाकर सब कुर्सियों पर बैठ गए और भगवान दही-भल्लों की प्लेटें लगाने लगा। हम सब मुग्ध होकर उसे भल्लों का पानी निचोड़ कर कुछ को दही में और कुछ को सौंठ में डुबो कर प्लेट में लगाते और फिर से दही और सौंठ डालकर जाने कितने मसाले छिड़कते हुए देखते रहे। उसके भल्ले इतने हल्के और मुँह में घुल जाने वाले होते थे कि खाने वाले का मन ही नहीं भरता। जया ने पहली प्लेट साफ़ कर एक और लगाने को कहा तो मेरी हँसी रोके नहीं रुकी। उसने तुनककर कहा, "जगन दा आप को जितना हँसना हो हँस लो, हम तो एक प्लेट और खाएँगे ही खाएँगे।" तीसरा आइटम था—पापड़ी- चाट। बैनर्जी साहब के लिए दही-भल्ले और पापड़ी-चाट की प्लेटें लगवा कर रख ली गईं। जया की मम्मी ने भगवान से पूछा, "ये पुचका के पानी में तुम क्या-क्या मिलाता है?"

"इसमें बहुत से मसाले पड़ते हैं बीबीजी, आपको कहाँ तक बताएँ। पाँच तरह के नमक डलते हैं, पाँच तरह की मिर्चें, सारे खड़े गरम मसाले और तीन तरह की खटाई, धनिया-पुदीना और सफ़ेद खांड, ये सब मिलाकर पानी बनता है। आपको जब बनवाना हो मुझे बुलवा लेना। पुचके हम बेगमाबाद से बने-बनाए लाते हैं।"

पैसे पूछे गए तो भगवान मुँह-ज़ुबानी हिसाब जोड़ने लगा। वह सस्ते का ज़माना था। इतनी सारी चाट का कुल बारह रुपया हुआ। इसके अलावा मिसेज़ बैनर्जी ने टिप में अठन्नी अलग से दी। भगवान बहुत खुश नज़र आया, बोला, ''हम लोग जाति के हलवाई हैं। शादी-ब्याह में खाना और मिठाइयाँ बनाने का काम ठेके या अमानी पर करते हैं। बीबीजी आपके घर कभी काम हो तो बुलवा लेना। मैं और मेरा भाई दोनों कारीगर हैं।''

जया की मम्मी ने हँस कर कहा, ''हमारे यहाँ शादी में माँस-मछली बनता है। तुम बना सकेगा?'' मुझे लगा कि अब गई इसकी भैंस पानी में लेकिन भगवान कम नहीं था, बोला, ''मछली तो नहीं बनाते मगर हम्मरे पास मीट-माँस बनाने वाला कारीगर भी है। बंगाली रसगुल्ले, राजभोग और मिठाइयाँ मेरा भाई बहुत अच्छी बनाता है। कोई छोटा-मोटा काम भी हो तो बुलवा कर ट्राई कर लेना।''

मैं उसके साथ जाने को हुआ तो जयंत ने कहा, ''अब वह अपने आप चला जाएगा। तुम रुको अभी।'' मैं उसके साथ बाहर बैठ गया। जया रसगुल्लों से भरी एक बड़ी प्लेट लेकर आई। शाम को एक बंगाली होटलवाला साइकिल पर दो बड़े एल्यूमिनियम के टिफ़िन में रसगुल्ले, संदेश और गरम समोसे भर कर एस्टेट के बंगालियों के यहाँ पहुँचाता था। जो भी हो उस दिन चाट के बाद रसगुल्ले खाने में बहुत मज़ा आया।

उनके घर से पैदल लौटते हुए मैं सोच रहा था कि जिस शादी में मीट और मछली बने हों वहाँ मनोरथ नगर के कितने लोग शामिल होना चाहेंगे। सबसे बड़ी बात कि खुद मेरे घर से कोई जाता भी तो बगैर खाए आ जाता। हम लोग पूर्णतः शाकाहारी थे। यहाँ तक कि अंडा भी नहीं बनता था।

~

नंदी प्रकरण लोगों से भुलाए नहीं बन रहा था। रोज़ उससे जुड़ी कोई-न-कोई अफ़वाह एस्टेट में फैल जाती। उनमें सबसे ज़्यादा प्रचलित यह हुई कि इन्क्वायरी ऑफ़िसर की रिपोर्ट हैड ऑफ़िस पहुँच गई है और नंदी के खिलाफ़ गई है। जल्द ही उनका तबादला कहीं दूर हो जाएगा। यह निजी संबंधों का मामला था, इसलिए कोई और सज़ा दी नहीं जा सकती थी। इसके साथ ही यह भी कि नंदी ने देवेश से साफ़-साफ़ कह दिया है कि उसे ऐसा दामाद चाहिए जो बुढ़ापे में उनकी देखभाल कर सके। शुचि के बिना उनकी गाड़ी पटरी से उतर जाएगी। इसलिए अभी तत्काल विवाह होने की गुंजाइश नहीं के बराबर है। हाँ, कोई घरजमाई होने को तैयार हो तो देखा जाएगा। इन्हीं संवाद सूत्रों का कहना था कि देवेश किसी भी सूरत में नंदी जैसे खड़ूस के यहाँ घरजमाई बनकर रहने के लिए तैयार नहीं है। और अभी तो यह भी पता नहीं है कि उसकी पोस्टिंग किस फ़ैक्ट्री में होगी।

मनोरथ नगर के पक्ष में यह तो कहना ही होगा कि यहाँ फैलने वाली अफ़वाहें अक्सर

सही सिद्ध हुईं। नंदी के तबादले की खबर फैलने के कुछ दिनों बाद ट्रांसफ़र ऑर्डर आ गया। उन्हें वापिस कलकत्ता भेजा गया था। चूँकि ज्वाइनिंग टाइम बहुत कम था इसलिए फ़ैक्ट्री से कारपेंटर बुलाकर लकड़ी के बक्सों में सामान पैक किया जाने लगा। फिर एक दिन ट्रक में लदकर उनका बोरिया-बिस्तर और फ़र्नीचर जैसा वह कलकत्ता से लाए थे वैसा का वैसा कलकत्ता के लिए रवाना हो गया। उसी शाम की ट्रेन से नंदी परिवार बेगमाबाद चला गया, जहाँ से उन्हें देर रात कलकत्ता की गाड़ी में सवार होना था। देवेश और तीन अन्य ट्रेनीज़ उन्हें विदा करने बेगमाबाद तक गए।

नंदी के जाने से मनोरथ नगर को बहुत फ़र्क पड़ा। एक तो कुत्सित किस्म की चर्चाओं पर पूर्ण नहीं तो अर्धविराम तो लग ही गया। इस अखाड़े के खलीफ़ा अब कोई वैसा ही चटखदार और रंगीन केस ढूँढ़ने में जुट गए। लेकिन मिलता कहाँ से! शाम को प्रेमी जोड़ों का सड़कों पर टहलना भी बंद हो गया। अब बच गए थे पुराने और बहुत घिसे हुए मामले जिन्हें पहले ही काफ़ी खींचा जा चुका था। बायलोजी मास्साब के सुमन से और फ़िज़िक्स के टीचर के उर्मिला से चल रहे चक्करों में अब न तो रहस्य बचा था न रोमांस। सबकी नज़रें अब उन चलते पुर्जे परिवारों पर लगी थीं जो ऑफ़िसर ट्रेनीज़ में अपने संभावित जामाता तलाशने में संलग्न थे। अब सड़कों पर टहलने के बजाय बिसात घरों में बिछने लगी थी। कम-से-कम आधा दर्जन युवा प्रशिक्षणार्थी विभिन्न कन्या सदनों में अक्सर चाय या रात्रि के भोजन पर आमंत्रित रहा करते थे। उनके घटते मैस बिल को संभावना का सूचकांक माना जाता तो स्थिति काफ़ी आशाजनक नज़र आती थी। भले ही मनोरथ नगर में उच्च शिक्षा की सुविधा मौजूद न हों, मगर आस-पास के नगरों में इंटर और डिग्री कॉलेज थे। अत: स्नातक और परास्नातक लड़कियों की कमी नहीं थी। कुछ सूरत-शक्ल से भी ठीकठाक थीं, इसलिए प्रयास करने का फ़र्ज़ तो बनता ही था। बाकी फल देना तो ईश्वर के हाथ में था। यह उस रुढ़िवादी समाज के लिए एक किस्म का सांस्कृतिक अतिक्रमण था, जिसे अंगीकार करने में उन्हें कोई खास कष्ट नहीं अनुभव हुआ। इस क्रांति के सूत्रधार वाजपेयी जी थे, जिन्होंने बड़ी कुशलता से इस काम को अंजाम दिया और अन्य कई परिवारों के लिए प्रेरणास्त्रोत बने। इसके बरअक्स नंदी ने अपनी नासमझी से एक स्वर्णिम अवसर खो दिया।

~

ज्यों-ज्यों ऑफ़िसर ट्रेनीज़ के फ़ाइनल टेस्ट और पासआउट होने का समय नज़दीक आता गया, नाटक की रिहर्सल ज़ोर पकड़ती गई। देवेश भले ही उदासीन हो गया हो, लेकिन बाकी लोगों के उत्साह में कमी नहीं आई थी। फ़ाइनल असेसमेंट में एक्स्ट्रा करिकुलर के लिए अलग से नंबर थे और अधिकतर फ़ैक्ट्रियाँ एस्टेट में मनोरंजक गतिविधियों को प्रमुखता देती थीं। सुमन बायलोजी टीचर वाले प्रकरण से बिलकुल बेपरवाह हर रविवार

को ट्यूशन पढ़ने साइकिल से मास्साब के क्वार्टर जाती और रिहर्सल के लिए सबसे पहले पहुँचती थी। जनवरी आते ही हाईस्कूल की प्रैक्टिकल परीक्षाओं की तिथियाँ आ गईं। उन दिनों सिर्फ़ होम साइंस और ड्रॉइंग/मॉडलिंग के प्रैक्टिकल होते थे। दसवीं कक्षा की ज़्यादातर लड़कियों ने होम साइंस विषय लिया हुआ था। इसमें कुकिंग की परीक्षा लेने बाहर से एग्ज़ामिनर आती थीं। चूँकि गैस के चूल्हे तब तक नहीं आए थे, इसलिए अंगीठी, बरतन और खाद्य सामग्री आदि को मिलाकर बहुत सामान हो जाता था। इसलिए हरेक लड़की को सहायक के रूप में एक क्लास नीचे के एक लड़के को लाने की छूट होती थी। सुमन ने एग्ज़ाम की डेट आते ही मुझे बतौर सहायक पहले ही बुक कर लिया। उर्मिला भी मेरे ही भरोसे बैठी थी। वह बिगड़ने लगी तो उसके लिए मैं जनक को बुला लाया। उर्मिला ने कहा, ''अरे यह तो एकदम लड़कियों जैसा है। सलवार-कमीज़ पहना दो तो पता ही नहीं चलेगा। क्यों भाई तुमको खाना बनाना आता है?'' जनक मुस्कुराकर बोला, ''थोड़ा-थोड़ा आता है।'' उर्मिला ने आँखें तरेरते हुए कहा...''ठीक है, यह चल जाएगा मगर एक बात बता, पढ़ने-लिखने तो तू मेरे यहाँ आता है और उस टीचर-प्रेम-दीवानी के इशारों पर नाचता रहता है।''

कक्षाओं के बीच की लंबी गैलरी में एक कतार में टेबल्स लगाकर कुकिंग की व्यवस्था हुई। मैं सुमन के घर से उसके साथ रिक्शे पर सामान लदवा कर आया। ज़्यादातर लड़कियाँ लकड़ी के कोयले की अंगीठियाँ लेकर आईं, क्योंकि पत्थर के कोयले जलने में देर लगती और बइंतहा धुआँ होता। परीक्षा के एक दिन पहले आवश्यक सामग्री बता दी जाती थी, क्या बनना है यह परीक्षा के ठीक पहले पता चलता। इस बार की सामग्री के आधार पर अनुमान लगा कि शक्करपारे, निमकी, मट्ठी या खुरमा में से कुछ आएगा। सुमन तो परीक्षा स्थल को चली गई और मैंने दो-तीन चक्करों में पूरा सामान उसकी टेबल पर पहुँचा दिया। सब लड़कियाँ अंगीठी जलाने में जुट गईं। दूसरे कोने पर जनक उर्मिला की अंगीठी सुलगा रहा था। गनीमत रही कि सुमन को अंगीठी जलाना आता था नहीं तो वह मेरे बस का रोग नहीं था। ठीक दस बजे घंटी बजी और सीलबंद पेपर खुला। मठरियाँ बनानी थीं। सुमन ने तुरंत परात में मैदा छाना, उसमें नमक, बेकिंग सोडा, कुटी अजवाइन डालकर घी का मोयन लगाया और अच्छे से मिला दिया। फिर धीरे-धीरे दूध डालते हुए गूँथना शुरू किया। तब तक उसके निर्देशानुसार मैंने अंगीठी सुलग जाने पर कढ़ाई चढ़ा दी और उसमें लगभग आधा किलो घी डाल दिया। उन दिनों तिल और मूँगफली के तेलों को जमा कर बनाए हुए खजूर छाप डालडा के टिन आते थे, जिसे कढ़ाई में गर्म किए जाने पर बहुत सोंधी खुशबू फैलने लगती थी। सुमन बड़ी देर तक मैदे को गूँथती रही मगर वह काबू में नहीं आया। उठा-उठाकर कई बार पटका, मुट्ठियों से यथाशक्ति ज़ोर लगाकर मसला, कुछ पिघला हुआ घी डाल कर नए सिरे से गूँथा फिर इधर-उधर देखकर मुझे कहा, ''ले तू भी गूँथ थोड़ा!...मुझे हिचकिचाते देखकर परात मेरे आगे सरका दी, ''अरे भाई तू हैल्पर है मेरा,

इतनी मदद तो कर ही सकता है।'' मैंने आटे की लोई में उँगलियाँ दबाकर अनुभव किया कि वह बहुत सख्त है। जो भी हो मैंने जीवन के पहले कुकरी लेसन को संजीदगी से लिया और छद्म घूँसेबाज़ी में जुट गया। थोड़ी देर बाद शायद लोई को मुझ पर दया आ गई और वह कुछ मुलायम पड़ने लगी। सुमन छोटे-छोटे पेड़े बनाने लगी। जब पूरे आटे के पेड़े बन गए तो चकला-बेलन पर घी लगाकर बेलना शुरू कर दिया। पेड़े काफ़ी कड़क थे। खूब ज़ोर लगाना पड़ रहा था। बेलने का एक दौर समाप्त होते ही उन पर दो साबुत काली मिर्चें रखकर एक बार और बेलन से दबाते और पेड़े के मठरी में रूपांतरण की प्रक्रिया सम्पन्न हो जाती। इसमें काफ़ी देर लगी और लकड़ी के कोयलों पर रखी कढ़ाई ठीक से गर्म हो गई। कच्ची मट्ठियाँ घी में डालते ही इतनी उम्दा खुशबू उठने लगी कि मुँह में पानी आ गया। मंद आँच पर तली जाती मठरियाँ धीरे-धीरे रंग बदलने लगीं। जब इनका गोरा रंग लालिमा लिए हुए सुनहरा हो गया तो झारी से पहला घान एक थाली में निकाला गया। मेरा मन कर रहा था कि जल्दी से एक-दो उठाकर खाने लगूँ। सुमन ने जैसे मेरे मन की बात समझकर एक मठरी उठाकर देते हुए कहा, ''ज़रा चख कर देखो, नमक कम या ज़्यादा तो नहीं है।'' मैंने झट से मुँह में रख ली। कुछ गर्म थी मगर एक टुकड़ा मुँह में जल्दी से घुल गया। जब तक गूँथा जा रहा था मैदे में बहुत कड़ापन था, लेकिन कढ़ाही से निकलते ही वे मक्खन सी मुलायम और बिस्कुट सी कुरकुरी हो गईं। ज़्यादातर लड़कियों की मठरियाँ बन गईं तो होम साइंस वाली बहनजी एक्सटर्नल एग्ज़ामिनर को लेकर आ गईं और उन्होंने बारी-बारी से परीक्षार्थियों की बनाई मठरियों को चखना शुरू कर दिया। बहनजी के इशारे पर हम सभी हैल्पर वहाँ से हट कर गलियारे के आखिरी सिरे पर जा खड़े हुए। वहाँ नौवीं और आठवीं की लड़कियाँ खड़ी परीक्षा प्रक्रिया को बहुत उत्सुकता से देख रही थीं। मुझे उनमें जया की भी एक झलक दिखाई दी तो मैं चौंक गया। थोड़ी झेंप भी महसूस हुई कि मुझे मैदा गूँथते देखकर उसे कैसा लगा होगा!

एग्ज़ामिनर बहुत धीरे-धीरे लड़कियों को निपटा रही थीं। चखने के बाद हाथ में पकड़े पैड पर कुछ लिखकर होम साइंस वाली बहनजी को दिखातीं और सहमति होने पर आगे बढ़तीं। कभी दोनों में कुछ देर तक विमर्श के बाद पैड पर पुनर्लेखन होता। सुमन के पास आईं तो बहनजी ने उनके कान में कुछ कहा। उसके बाद मठरी चखने से पहले तीनों हँस-हँस कर बातें करते रहे। बाद में बहनजी ने सुमन की प्लेट चपरासी से स्टाफ़ रूम में भिजवा दी, जहाँ टीचर्स प्रतीक्षा में बैठे होंगे। इससे ज़ाहिर हो गया कि उसे सबसे अधिक नंबर मिले होंगे। सहसा जया ने मेरे पीछे आकर कहा, ''देखिये जगन दा, आखिर आपकी मेहनत रंग लाई। सुमन दी को खूब अच्छे मार्क्स मिल गए।'' मैंने भी किंचित फीकी मुस्कान प्रदर्शित करते हुए कहा, ''सारी मेहनत सुमन दी की है। मैंने सामान पहुँचाने के अलावा किया ही क्या है।''

पीछे से आवाज़ आई, ''हाय रे, दो साल बाद, जब हमारा नंबर आएगा तो कौन हैल्प

करेगा! जयंत दा और आप दोनों तो स्कूल से जा चुके होंगे।'' मैंने पीछे मुड़ कर जया को कहा, ''अरे तुम चिंता क्यों कर रही हो, मैं तुम्हारे प्रैक्टिकल के समय भी सामान उठवाने आ जाऊँगा। ज़रूरत हुई तो मैदा भी गूँथ दूँगा। अगर आ नहीं पाया तो जनक तो है ही।'' उसने हँसकर कहा, ''आपको मैदा गूँथते हुए देखकर सब कह रही थीं कि ये तो एक्सपर्ट हैं।'' इसके साथ ही लड़कियों की समवेत हँसी से गलियारा गूँज उठा। उनमें से किसी ने कहा, ''चल तेरे को तो आटा गूँथने वाला मिल गया। मौज में रहेगी। बस ज़रा बड़ी लड़कियों से बचा कर रखना।''

मैंने सामान उठवाने के लिए परीक्षा स्थल की ओर जाने को कदम बढ़ाया तो जया पीछे से बोली, ''जगन दा, एक मिनट रुकिये। जयंत दादा तो आज छुट्टी पर हैं इसलिए माँ ने मुझे आपको यह मैसेज देने को कहा कि आज शाम को आपको हमारे यहाँ आना है। कोई खास बात नहीं, बस एक छोटी-सी पार्टी है। कई बंगाली पकवान बनेंगे। आप सात बजे तक आ जाइये।''

उसने बताया तो नहीं मगर मैं समझ गया कि जयंत की बर्थ डे पार्टी होगी। इसीलिए वह छुट्टी पर था। सुमन को घर पहुँचाकर मैं गिफ़्ट लाने के लिए धींगरा ब्रदर्स की दुकान पर गया। उन्होंने कई चीज़ें दिखाईं मगर कोई भी जमी नहीं। अंततोगत्वा एक खूबसूरत जिल्द में बँधी भीनी खुशबू वाले हल्के नीले पन्नों की नोटबुक पसंद आई। पहले एक लेने का मन बनाया फिर कुछ सोचकर दो अलग-अलग पैक करवा लीं। मनोरथ नगर की दुकानों में यह बहुत बड़ी सुविधा थी कि पैसे तुरंत देना आवश्यक नहीं था। फ़ैक्ट्री के लगभग सभी अधिकारियों और सुपरवाइज़री स्टाफ़ के लोगों का खाता खुला हुआ था। कोई भी आइटम लो और बस पिताजी का नाम बता दो। एक मोटी-सी कॉपी में उनके नाम के पन्ने पर लिख लिया जाता। हर महीने पहली तारीख के बाद हिसाब चुकता करने का रिवाज था, मगर ऐसी कोई बाध्यता नहीं थी। ग्रोसरी, किराना, बुकस्टॉल, बजाज और हलवाई के यहाँ तो खाता था ही, रशीद नाई की दुकान पर उधार में कटिंग भी करवाई जा सकती थी। बाद के जीवन में छोटे-बड़े बहुत से शहरों में रहना हुआ मगर ऐसी सुविधा कहीं नहीं मिली। दुकानों के अलावा सभी फेरीवाले भी उधार सामान बेचने को उत्सुक रहते थे। भगवान चाटवाले का लगभग पूरा बिज़नेस ही उधार पर चलता था।

घर आकर माँ को बताया कि जयंत की जन्मदिन पार्टी है। यह भी कि धींगरा की दुकान से कितने का गिफ़्ट आइटम ले आया हूँ। उसके बाद नहा-धोकर और नए सिले कपड़े पहनकर शीशे में अपने आप को संतुष्टि की सीमा तक अनेक एंगलों से निहार कर साइकिल से बैंग्लो साइड के लिए प्रस्थान किया। घर से निकलने के पहले मेरे मना करते-करते भी माँ ने रुई के फाहे को सेंट से भिगो कर कमीज़ और कनपटी पर लगा ही दिया।

वह जन्मदिन की पार्टी ही थी। जयंत ने बंगाली डिज़ाइन का मैरून रंग का कुर्ता

और चकाचक सफ़ेद और किनारीदार धोती पहन रखी थी। एस्टेट के दो-तीन बंगाली परिवार आए हुए थे। एस.एन. बैनर्जी भी सपरिवार आए हुए थे। भले ही यूनियन के बड़े नेता हों मगर जयंत के पापा के कज़िन थे। शेष को मैं जानता नहीं था, मगर इतना पता लग गया कि बैंग्लो साइड से कोई भी नहीं था। इससे ज़ाहिर हुआ कि बैनर्जी साहब वर्गभेद में विश्वास नहीं करते थे, नहीं तो बंगलों में रहने वालों की एक अलग दुनिया थी, जिसमें फ़ैक्ट्री के दूसरी तरफ़ रहने वालों का प्रवेश नहीं के बराबर था। मैंने एक गिफ़्ट पैकेट जयंत को पकड़ाया और जया को खोजने लगा। वह शायद किचन में मम्मी का हाथ बँटा रही होगी। मैं जयंत से बातें करने लगा। उसको जन्मदिन के उपहार में घरवालों की तरफ़ से *पीयर्स एन्साइक्लोपीडिया* के दो खंड मिले थे जो मुझे बहुत अच्छे और उपयोगी लगे। तभी एस.एन. बैनर्जी मुझे ढूँढ़ते हुए आए। उन्होंने बताया कि 23 जनवरी को नेताजी सुभाष चंद्र बोस के जन्मदिन पर सीनियर क्लब में एक कार्यक्रम आयोजित होगा जिसमें संगीत और भाषण के माध्यम से नेताजी को श्रद्धांजलि दी जाएगी। ज़्यादातर भाषण अंग्रेज़ी में होने थे इसलिए वे चाहते थे कि मैं अच्छी तरह तैयार करके हिन्दी में नेताजी पर बोलूँ। तैयारी के लिए कुछ पुस्तकें उपलब्ध कराने का आश्वासन भी दिया। मुझे यह प्रस्ताव रुचिकर लगा। पिछले कुछ दिनों से नाटक की रिहर्सल की बमचख से बाहर आने का यह अच्छा अवसर था। मैं उनसे बात कर रहा था कि अचानक जया ने आकर कहा, "आप लोग डाइनिंग टेबल पर आइये, पार्टी शुरू हो रही है।" बैनर्जी महोदय तो यह सुनते ही वहाँ से चले गए मगर मैं खड़ा रहा। जया ने फिर से चलने को कहा तो मैंने उसकी ओर दूसरा गिफ़्ट पैकेट बढ़ाया। वह पीछे हटकर बोली, "अरे मुझे क्यों दे रहे हैं। बर्थ डे ब्वाय को जाकर दीजिए।" मैंने मुस्कुराते हुए कहा, "उसको तो दे दिया, यह तुम्हारे लिए है।" उसने अपने बड़े-बड़े नेत्र फैलाकर कहा, "ओ माँ!"...पैकेट ले लिया। हम दोनों खाने की टेबल की ओर चल पड़े।

था तो चाय-पानी का ही सरंजाम मगर इतने आइटम थे कि देखकर ही आधा पेट भर गया। समोसे, आलू के चिप्स, दो-तीन तरह की पकौड़ियाँ, कटलेट, ब्रेड सैंडविच, मटर की घुघनी और पापड़ी तो नमकीन में और रसगुल्ले, गुलाबजामुन, संदेश, राज भोग, खाजा और जाने कौन-कौन-सी मिठाइयाँ। मुझे सबसे ज़्यादा आकर्षित किया कटलेट ने। बाकी चीज़ें तो गोपाल हलवाई के यहाँ भी मिल जाती थीं मगर कटलेट सिर्फ़ बंगालियों के यहाँ बनते थे। मैंने एक सैंडविच खाया फिर अपनी प्लेट में दो कटलेट रख लिए। चम्मच से खाने जा रहा था कि जयंत तेज़ी से आकर बोला, "जानते नहीं कि यह फ़िश कटलेट है। देखकर मालूम नहीं पड़ता। बाद में मत कहना कि बताया नहीं और धोके से मछली खिला दी।" मैंने हतप्रभ हो प्लेट टेबल पर रख दी। जया देख रही होगी, लपक कर आई और प्लेट मेरे हाथ में पकड़ाते हुए, "आप खाकर तो देखिये इसमें कहीं भी मछली नज़र नहीं आएगी। इसे बनाने में बहुत मेहनत लगती है। मम्मी और मैं घंटों लगे रहे तब जाकर बने हैं। आप खाइये!...आपको पता नहीं कि कितने शौक से यह आपके लिए बनाए हैं।"

जयंत भी मुस्कुराते हुए बोला, ''खा लो यार। मछली खाने की इससे बेहतर शुरुआत नहीं हो सकती। अरे मैं नहीं बताता तो तुम अब तक खा चुके होते। हमारे यहाँ बंगाल में तो मछली को वेजिटेरियन ही माना जाता है। हम ब्राह्मण हैं मीट बिलकुल नहीं खाते मगर मछली खूब खाई जाती है।'' इस बीच जया टोमेटो सॉस की बॉटल ले आई, मेरी प्लेट में डाली और मुझे पकड़ाते हुए बोली, ''अब आप खा लीजिए।'' मैं प्लेट लिए खड़ा रहा तो कुछ देर बाद बोली, ''मैं अपने हाथ से खिला दूँ, तब आपको दोष नहीं लगेगा।'' मैंने गलती से उसकी ओर देख लिया और विशालाक्षी के सम्मोहन में बँधकर खाना शुरू कर दिया। वह खुश होकर बोली, ''कॉन्ग्रेचुलेशन जगन दा, आज से आप हमारी कम्युनिटी के हो गए। मछली खाते ही आप आधे बंगाली तो हो ही गए।''

उसके जाने के बाद कटलेट का ज़ायका यकायक बढ़ गया। इसमें कोई संदेह नहीं रहा कि वह एक स्वादिष्ट डिश थी, जिसमें मछली का तो नामोनिशान भी नहीं था। मैंने दोनों कटलेट सॉस के साथ खा डाले और फिर मिठाइयों की तरफ़ बढ़ गया। बंगाली मिठाइयों की यह खासियत है कि खाते चले जाइये, मन नहीं भरेगा। उनमें चीनी अपेक्षाकृत कम होती है। यह भी कि उनको खाकर थोड़ी देर पहले लगे सांस्कृतिक आघात का असर कम हुआ। लगभग आधे घंटे पहले तक यह अकल्पनीय था कि मैं मछली से बने व्यंजन को चख भी सकूँ। एस्टेट में बंगाली ही नहीं अन्य कई प्रदेशों के लोग मछली खाते थे। इसलिए दो-तीन पास धारी वेंडर साइकिल के कैरियर पर टोकरे में मछलियाँ लेकर आवाज़ लगाते हुए एस्टेट में घूमा करते थे। वे पास से गुज़रते तो मछली की असह्य गंध से दिमाग भन्ना जाता। यही नहीं ब्लॉक के किसी घर में मछली पकती तो पूरे ब्लॉक को पता चल जाता। ज़्यादातर शाकाहारियों को आश्चर्य होता था कि ऐसी नामाकूल महक वाली चीज़ को आखिर कैसे खाते होंगे। जो भी हो, उस दिन मेरा बपतिस्मा हो ही गया। कटलेट के स्वाद से बढ़कर जया की यह टिप्पणी गुदगुदा रही थी कि मैं अब आधा बंगाली हो गया। बाकी आधा कैसे बना जाए, इसका मुझे फ़िलवक्त कोई इल्म नहीं था।

उनके यहाँ से लौटते हुए मन की पर्तों के नीचे दबा अपराधबोध सिर उठाने लगा। पिताजी और माँ के भोले चेहरे आँखों के आगे आने लगे। मैंने उनके साथ विश्वासघात किया। उन्हें पता चलेगा तो कितने दुखी होंगे। मैं गंभीरता से सोचने लगा कि मैंने ऐसा क्यों किया? मैं उसकी भावना का सम्मान करते हुए भी प्रेम से मना कर सकता था। लेकिन उस स्थिति की कल्पना मात्र से मुझे एहसास हो गया कि कभी-कभी मना करना असंभव नहीं तो बेहद मुश्किल हो जाता है। हकीकत यह थी कि मैं अभी भी, जया की सागर से भी गहरी लगने वाली, बड़ी-बड़ी आँखों के सम्मोहन से बाहर नहीं आ पाया था। जब यह अंतर्द्वंद्व बेमानी लगने लगा तो सोचना छोड़कर मैं कोई गीत गुनगुनाने लगा।

ऑफ़िसर ट्रेनीज़ की प्रशिक्षण समाप्ति और नियुक्ति की तिथि ज्यों-ज्यों नज़दीक आती गई, उनकी गतिविधियाँ फ़ैक्ट्री और एस्टेट में बढ़ती जा रही थीं। सबसे बड़ी बात तो यह कि सीनियर क्लब की मैंबरशिप उन्हें मिल गई और लगभग हर शाम वे टेबल टैनिस या बैडमिंटन खेलने आने लगे। कुछ को ब्रिज के खेल में रुचि थी। नाटक की रिहर्सल अब उन्हें खलने लगी तो जल्दी ही मंचन करने का फ़ैसला हो गया। प्रशिक्षण के अंतिम हफ़्ते में रविवार को सीनियर क्लब में नाटक खेला गया। नंदी के जाने के बाद नाटक में उनकी रुचि कम हो जाने का नतीजा यह हुआ कि प्रस्तुति एकदम बेदम और अप्रभावी होकर रह गई। बार-बार अभिनेता संवाद भूले और गलतियाँ कीं। हाल यह था कि प्रॉम्पटिंग के साथ-साथ उन्हें ऊँची आवाज़ में मूवमेंट भी बताना पड़ रहा था। कई बार तो परदा उठाने और गिराने में भी भूल हुई। जैसे-तैसे नाटक प्रस्तुत कर दिया गया। पूरे नाटक में अगर कोई चमका तो वह सुमन थी। उसका मेकअप और केश सज्जा गज़ब की रही। दो बार उसने ड्रेस बदली। अभिनय ऐसा किया कि छा गई। उसके लिए कई बार तालियाँ बजीं। शो को टांय-टांय फिस्स होते देख ट्रेनीज़ के चेहरे मुर्झा गए। वे बार-बार ग्रीन रूम में जाकर सिगरेट धौंकने लगे। एक अभिनेता तो एंट्री के लिए बुलाए जाने पर सिगरेट सहित मंच पर चला आया। सह अभिनेताओं ने किसी तरह उसकी हरकत को दृश्य का हिस्सा बनाने का यत्न किया, जो कि सफल नहीं हुआ।

दो दिन बाद ही सुभाष जयंती थी। मैंने लाइब्रेरी में पुस्तकें खंगाली तो यह पाया कि उन पर लिखी गई अधिकतर पुस्तकें काव्य संकलन या खंड काव्य थीं। गद्य में एक पतली-सी जीवनी की पुस्तक थी, उसे और एक काव्य संकलन को इशू करा लाया। एस.एन. बैनर्जी इतने भले आदमी थे कि घर आकर अंग्रेज़ी की दो मोटी-मोटी किताबें दे गए। दिक्कत यह कि मुझे ज़रूरत भर की अंग्रेज़ी भी नहीं आती थी। पिताजी की मदद से अपने भाषण के लिए ज़रूरी सामग्री मैंने निकाल ही ली। अंत में 'नेताजी का तुलादान' जोशोखरोश के साथ सुनाने की योजना बनाई जो कि बहुत सफल रही।

मैं सीनियर क्लब पहुँचा तो देखा ऑफ़िसर ट्रेनीज़ ही सारी व्यवस्था सँभाले हैं। दीप प्रज्ज्वलन और नेताजी के चित्र पर माल्यार्पण के बाद तीन वक्ताओं को बोलना था। तदुपरांत गीत-संगीत का कार्यक्रम था। गनीमत रही कि मुझे सबसे पहले बोलने के लिए कहा गया, अन्यथा बाद में वहाँ जो कुछ हुआ उसे देखते हुए बोलने का अवसर मिलना काफ़ी मुश्किल होता। मेरे बारे में एस्टेट के लोग ही नहीं अधिकारी वर्ग के लोग भी जान चुके थे। मेरे हिन्दी के धाराप्रवाह भाषण को ध्यान से सुना गया और 'नेताजी का तुलादान' पर तो देर तक तालियाँ बजती रहीं। उसके बाद बारी आई प्रमुख वक्ता की। उनका नाम अमल कुमार गोस्वामी पुकारा गया। परिचय में बताया गया कि वह एकाउंट्स में काम करते हैं। खास बात यह कि उन्होंने जादवपुर विश्वविद्यालय से इतिहास में पी एच डी की थी और उनकी थीसिस 'स्वतंत्रता संघर्ष और सुभाष चंद्र बोस' विषय पर थी। उनका परिचय सुनकर

मुझे निराशा हुई कि इतने योग्य और विद्वान व्यक्ति को एकाउंटेंट का काम करना पड़ रहा है। जब वे मंच पर आए तो देखा कि एक पतला-दुबला मगर लंबा प्रौढ़ वय का निरीह-सा प्राणी आकर रौस्ट्रम के पीछे खड़ा हो गया है। बोलना शुरू किया तो आवाज़ इतनी धीमी कि सामने की पंक्ति को भी सुनाई नहीं दे रही होगी। थोड़ी देर में 'लिटिल लाउड प्लीज़', 'कम नीयर माइक' की पुकार होने लगी। माइकवाला अटेंडेंट लपककर ऊपर गया और माइक को आगे खिसका दिया। इशारे से समझाने की कोशिश करता रहा कि माइक ठीक है, आप ही अपना वॉल्यूम बढ़ाओ। मगर इस पूरे प्रकरण से बेखबर वे बोलते ही जा रहे थे। उनकी अंग्रेज़ी का उच्चारण बांग्ला प्रभाव से ग्रसित था, मगर लोगों की समझ में आ रहा था, क्योंकि कुछ ही देर बाद ज़्यादातर श्रोता उनकी ओर टकटकी लगाए, दत्तचित होकर सुनने लगे। पंद्रह-बीस मिनट तक सब ठीक-ठाक चला फिर एकाएक हलचल मच गई। गोस्वामी जी ने कुछ ऐसा कह दिया होगा, जिससे सुननेवाले विचलित हो उठे। मैंने माजरा समझने के लिए अपने कान उनकी स्पीच को आत्मसात् करने के प्रयास में लगा दिए। बहुत ध्यान से सुनने पर गाँधी जी, पट्टाभिरमैया और जवाहरलाल के नाम समझ में आए। शायद उन्होंने कुछ ऐसा कह दिया जो अधिकतर श्रोताओं को आपत्तिजनक लगा हो, क्योंकि देखते-ही-देखते हॉल में शोर-शराबा मच गया। गोस्वामी ने भी अपना स्वर ऊँचा कर लिया और हवा में मुट्ठियाँ लहराते हुए रॉस्ट्रम से एक किताब उठाकर दिखाई। उधर विरोध बढ़ता ही जा रहा था। अब कुछ-कुछ समझ में आने लगा। गाँधीजी की ज़िद के कारण कांग्रेस के त्रिपुरा अधिवेशन में भारी बहुमत से निर्वाचित अध्यक्ष सुभाष बाबू को हटा कर पट्टाभिरमैया को पदारूढ़ किया गया। यह अन्याय इसलिए कि वे जनप्रियता और तेजस्विता में गाँधी जी के लाडले जवाहरलाल के लिए चुनौती बन रहे थे। मैंने भाषण की तैयारी के दौरान इस प्रसंग को बहुत चकित होते हुए पढ़ा था। जब यह सच था तो इस बात पर हो-हल्ला मचाने का क्या औचित्य था? मुट्ठीभर लोग गोस्वामी के समर्थन में खड़े हो गए और ज़ोर-शोर से 'लैट हिम स्पीक'...कहते हुए विरोधी पक्ष को शांत करने में जुट गए। आगे पंक्ति में बैठे जी.एम. और अन्य अधिकारी आपस में विचार-विमर्श करने में जुट गए। इसका परिणाम जल्दी ही सामने आया। क्लब के सेकेट्री ने उठकर ऊँची आवाज़ में कहा, ''मिस्टर गोस्वामी, प्लीज़ कोनक्लूड योर स्पीच। योर टाइम इज़ ओवर।'' इससे बिलकुल अप्रभावित गोस्वामी ने एक और किताब उठाई और बीच से खोलकर कोई उद्धरण पढ़ने लगे, जिसमें कुछ ऐसा था कि गाँधी भक्तों का धैर्य चुक गया। एक महाशय तो मंच पर चढ़ गए और 'महात्मा गाँधी-ज़िंदाबाद, ज़िंदाबाद' के नारे लगाने लगे। नीचे भी 'नेताजी-ज़िंदाबाद, ज़िंदाबाद' का जाप होने लगा। मंच पर चढ़े गाँधी समर्थक ने गोस्वमी के सामने से माइक हटाकर कहा, ''बंद करो, अपनी बकवास, हमें मालूम है कि तुम पंचमार्गी हो। गद्दार हो।''

नेताजी के समर्थकों की भी कमी नहीं थी। कुछ लोग आस्तीन चढ़ाते हुए आगे बढ़े और चिल्लाने लगे, ''गोस्वामी बाबू को बोलने दो। जब लगा कि हाथापाई की नौबत

आने को है तो जी.एम. और अन्य अधिकारी उठकर चले गए। और गोस्वामी बोलते रहे। विरोधियों ने 'पागल है, मारो इसे' कहते हुए स्पीच रोकने की बहुत कोशिश की मगर सफल न हो सके। धीरे-धीरे हॉल खाली होता गया। मैं बैठा यह तमाशा देखता रहा। जब उन्हें बोलते हुए डेढ़ घंटे से अधिक हो गया तो उठकर घर चला आया। बाद में सुना कि वे खाली हॉल में भी तीन घंटे तक बोलते रहे फिर बेहोश होकर गिर गए। उन्हें अस्पताल ले जाया गया, दो दिन भर्ती रहे। फ़ैक्ट्री प्रबंधन उनसे इतना नाराज़ हुआ कि अस्पताल में ही उन्हें आरोप पत्र पकड़ा दिया गया। एस्टेट भर में यह बात फैल गई कि बहुत ज़्यादा पढ़ने-लिखने से गोस्वामी का मानसिक संतुलन बिगड़ गया है। कोई सुने या नहीं सुने धाराप्रवाह बोलते ही रहते हैं। यह भी सुना कि उन्होंने आरोप पत्र का उत्तर दो सौ पृष्ठों में, इतनी मुश्किल अंग्रेज़ी में भेजा है कि फ़ाइल जी.एम. के यहाँ अटकी पड़ी है। अंततोगत्वा उसे अग्रिम निर्देश के लिए हैड ऑफ़िस भेज दिया गया। वहाँ लिए गए निर्णय के अनुसार गोस्वामी को, सार्वजनिक रूप से, प्रधानमंत्री के बारे में अनर्गल बातें बोलने के कदाचरण हेतु निलंबित कर दिया गया। उन दिनों ब्रिटिश शासन के दौरान प्रचलित स्वामी भक्ति की परंपरा कायम थी। किसी भी सरकारी कर्मचारी के लिए देश के प्रधानमंत्री के विरुद्ध बोलना अक्षम्य अपराध माना जाता था और गाँधीजी तो हमेशा से 'होली काउ' (पवित्र गाय) माने जाते रहे हैं।

बाद में सुना गया कि जाँच अधिकारी के सामने उपस्थित होकर गोस्वामी ने करीब दो घंटे तक अपना बयान दर्ज कराया। अपनी बातों के समर्थन में जाने-माने इतिहासकारों की पुस्तकों से दर्जनों उद्धरण लिखित रूप से दाखिल कराए। मूल पुस्तकें भी अवलोकनार्थ प्रस्तुत कीं मगर जाँच अधिकारी ने उनकी तरफ़ देखा तक नहीं। उनके बारे में जाँच अधिकारी पूर्वाग्रह से ग्रस्त थे, इसलिए लंबे और तथ्यपूर्ण बयान से कोई फ़र्क नहीं पड़ा। प्रधानमंत्री की आलोचना को देशद्रोह से कम नहीं माना जाता था। भले ही आलोच्य अवधि में वह प्रधानमंत्री न रहे हों। उन पर लगे आरोपों को सिद्ध मानते हुए नौकरी से बर्खास्त कर दिया गया। वे बर्खास्तगी का आदेश रिसीव करने को तैयार नहीं हुए तो क्वार्टर के दरवाज़े पर चिपका दिया गया। कर्मचारी यूनियन ने उनकी नौकरी बहाल करने हेतु मानवीय आधार पर क्षमायाचिका तैयार की, लेकिन गोस्वामी इसके लिए किसी सूरत में राज़ी नहीं हुए। परिवार के नाम पर बस एक बूढ़ी माँ थी जो कलकत्ता में उनके पुश्तैनी मकान में रहती थी।

गोस्वामी इस घटना से पहले आधे पागल थे या नहीं मगर टर्मिनेट होने के बाद पूरे पागल हो गए। काम पर तो जाना नहीं था, वह सुबह से ही सड़कों पर अंग्रेज़ी में बड़बड़ाते हुए टहलना शुरू कर देते थे। उन्हें देखकर ज़्यादातर लोग दाएँ-बाएँ हो जाते थे मगर कुछ दयानतदार इन्सान भी थे, जो उन्हें पकड़ कर गोपाल हलवाई की दुकान या पहाड़ी पंडित के होटल ले जाकर कुछ खिला-पिला देते। जब वह अपने आप से बातें करते हुए मनोरथ नगर की सड़कों पर भटकते तो अक्सर छोटे बच्चों का झुंड उनके पीछे लग जाता। उनके

लिए यह किसी तमाशे से कम नहीं था। देखो पागल जा रहा है। उसके पास मत जाना, काट खाएगा!...कभी-कभी बच्चों के झुंड से पीछा छुड़ाने के लिए वे भागने लगते तो बच्चे भी शोर मचाते हुए दौड़ते। इस दृश्य को एक बार मैंने देखा तो मन आर्द्र हो उठा। यह किसी मनुष्य की दयनीयता और दुर्गति की पराकाष्ठा थी। एक पी.एच.डी. की डिग्री प्राप्त इतिहासज्ञ को पागल कुत्ते की तरह खदेड़ा जा रहा था। सिर्फ़ इसलिए कि उसने राष्ट्रपिता और प्रधानमंत्री की आलोचना करने का दुस्साहस किया था। वह भी सरकारी कर्मचारी होते हुए। मुझे अपने पिताजी की बात याद आई कि हम तो कांग्रेस को वोट देते हैं, क्योंकि वह ही हमें रोज़ी-रोटी दे रही है। (स्वतंत्रता के बाद दशकों तक कांग्रेस के अलावा अन्य किसी दल का शासन स्थापित होने की संभावना दूर-दूर तक दिखाई नहीं देती थी।) इसके अलावा पंडित नेहरू आकर्षक व्यक्तित्व के तेज़-तर्रार नेता थे। चाचा नेहरू के नाम से बच्चों के बीच उनकी ऐसी छवि बनाई गई कि आज भी उनका जन्मदिन बाल दिवस के रूप में मनाया जाता है। जो भी हो मुझे इस प्रकरण से यह सीख मिली कि देश आज़ाद भले ही हो गया हो मगर राजा आज भी आलोचना से परे है। उन दिनों शायद ही कोई बालक ऐसा रहा हो जिसे सत्य और अहिंसा के पुजारी गाँधीजी और शांतिदूत पं. नेहरू की सहृदयता पर विश्वास न रहा हो। मुझे भी था और बहुत था लेकिन जब कई बार नोटिस देने पर भी गोस्वामी ने क्वार्टर खाली नहीं किया तो जिस तरह सिक्योरिटी वालों ने जबरन उन्हें और उनके सामान को स्टेशन पर ले जाकर पटक दिया उससे मैं विचलित हो गया। पं. नेहरू का एक अधिनायकवादी चेहरा दिखाई दे गया। क्या गोस्वामी के साथ जिस तरह का व्यवहार किया गया, वह अहिंसा और पंचशील के सिद्धांतों के अनुरूप था?...मेरे मन में एक नए नायक ने पदार्पण किया। सुभाष चन्द्र बोस को सत्तासीन वर्ग तब तलक स्वीकार करने को तैयार नहीं हुआ था। पता नहीं एस्टेट में कितने लोगों की सहानुभूति गोस्वामी के साथ थी, मगर नेताजी ज़्यादातर के दिल में बसे थे। उनकी शान के खिलाफ़ कुछ भी सुनने को तैयार नहीं थे। यह बात अलग थी कि किसी ने भी गोस्वामी के साथ हुए अन्याय का मुखर विरोध नहीं किया।

प्रशिक्षण के आखिरी सप्ताहांत को बैचलर्स होस्टल में पार्टी का आयोजन हुआ, जिसका निमंत्रण मुझे भी मिला। सब ट्रेनीज़ ने अपने-अपने विभागाध्यक्षों को बुलाया था। कुछ तो सपरिवार आए थे। सुमन अपने डैडी के साथ थी। मुझे यह देखकर आश्चर्य हुआ कि जयंत लोग भी वहाँ आए थे। उसकी मम्मी तो खैर साड़ी पहनती ही थीं, मगर जया को मैंने पहली बार साड़ी में देखा। देखा तो देखता ही रह गया। पेस्टल कलर की पीली साड़ी में वह साक्षात् हंसवाहिनी-वीणावादिनी लग रही थी। मुझे देखकर भाई-बहन दोनों चले आए। पहले जयंत ने फिर जया ने मुझसे हाथ मिलाया। जया ने इस बार हाथ दबाया तो नहीं मगर दूसरा हाथ भी मिली हुई हथेलियों पर रखकर जैसे एक अनोखे महाभाव की नींव रख दी। इस दुर्लभ क्षण को मैं ठीक से सहेज नहीं पाया था कि मुझे लगा दो आँखें हमें

घूर रही है। निगाहों की चुभन महसूस हुई तो मैंने सिर उठाकर उस ओर देखा, सुमन अपनी कमर पर दोनों हाथ टिकाए हमें देख रही थी। मुझे झेंपते देख जया ने मेरा हाथ छोड़ दिया।

मैं इस शशोपंज में पड़ा कि इधर ठहरूँ या उधर जाऊँ। अंततोगत्वा सुमन ही हमारे पास चली आई। हम तीनों ने उनसे नमस्ते की। सुमन ने जया के दोनों कंधों पर हाथ रखकर उसके चेहरे को बहुत ध्यान से देखते हुए कहा, ''हाय रे, जया तू कितनी सोणी लग रही है! किसी की नज़र न लग जाए। यहाँ तो बैचलर्स की भरमार है।'' जया के चेहरे पर एक खुशनुमा लाली दौड़ गई। सिर्फ़ इतना ही बोल पाई, ''दीदी आप भी ना...आप जैसा सुंदर यहाँ कौन है। हम तो आपके पैर की धूल के बराबर भी नहीं।'' सुमन ने प्यार से उसके गाल पर चपत सी लगाकर हँसते हुए कहा, ''अरे ये सोणी कुड़ी बातें भी खूब बनाना जानती है। देख यह जगन्नाथ है तो मेरा छोटा भाई मगर आजकल इसका ना दिल कहीं और लग गया है। वैसे जया तुम इसका ख़याल रखना, क्योंकि एकदम बुद्धू है ये। शर्मीला ऐसा कि लड़कियों की तरफ़ देखता भी नहीं।'' जया धीरे से बोली, ''ऐसा नहीं है दीदी, ये देखते तो हैं।''

''अच्छा, तेरे को देखता होगा। खाली देखता ही है या खट्टी-मीठी बातें भी करता है। अरे तुम तो खुद शरमाने लगी हो। वैसे तुम न भी बताओ तो कोई बात नहीं, मैं इसके कान पकड़कर कबूलवा लूँगी।'' जैसे ही फ़िज़िक्स के सर, बायलोजी के सर और हिन्दी वाली बहनजी एक साथ प्रकट हुए, सुमन की जैसे बोलती बंद हो गई। आश्चर्य मुझे भी कम नहीं हुआ क्योंकि ट्रेनीज़ और टीचर्स के बीच किसी तरह का संपर्क है इसका आभास ही नहीं था। पर्दे के पीछे क्या चल रहा है, वह बहुत बाद में मालूम हुआ। उस समय तो सुमन यह कहकर कि, ''अभी आती हूँ।'' उस तरफ़ चली गई। मैं उसे जाते हुए देख रहा था कि जया ने कहा, ''अब वो नहीं आएँगी। चलिये खाना खाते हैं।''

~

मनोरथ नगर फ़ैक्ट्री में बम के खोल बनते थे। उनमें बारूद वगैरह किसी अन्य फ़ैक्ट्री में भरे जाते होंगे, इसलिए वहाँ बम फूटने का कोई खतरा नहीं था। हाँ, गाहे-बगाहे अफ़वाहों के बम फूटते तो एस्टेट का सन्नाटा यकायक भंग हो जाता। चूँकि प्रकारांतर से अधिकतर अफ़वाहें सही साबित होतीं, इसलिए उन्हें हल्के में नहीं लिया जाता था। बैचलर्स होस्टल में हुई फ़ेयरवेल पार्टी के अगले दिन शाम तक यह खबर फैल गई कि ट्रेनीज़ की नियुक्ति और तैनाती का आदेश आ गया है। आधे से अधिक को ऐसी विभिन्न इकाइयों में पोस्ट किया गया, जिनमें ज़्यादातर अधिकारी जाने से कतराते थे। अगर स्थानांतरण हो ही जाए तो येनकेन प्रकारेण रुकवा लेते। अधिकतर तो कम्पैशनेट ग्राउंड पर। इनमें दक्षिण भारत में स्थित दूर-दराज की कुछ फ़ैक्ट्रियाँ थीं जहाँ गैर दक्षिण भारतीय को भेजा जाना पनिशमेंट पोस्टिंग समझी जाती थी। ऑफ़िसर ट्रेनीज़ तो किसी भी सूरत में पहली नियुक्ति पर जाने

को बाध्य थे। वे सब थे भी बैचलर और खूब तंदुरुस्त तो कम्पैसनेट ग्राउंड बनता कहाँ से। इस तरह करीब एक दर्जन लड़के त्रिचनापल्ली, अवाडी, वाइजैग आदि में खप गए। सबसे अच्छे रहे बंगाली और उड़िया ट्रेनी, उन्हें कलकत्ता के आस-पास की फ़ैक्ट्रियों में लगभग मनचाही पोस्टिंग मिल गई। धीरेंद्र वार्ष्णेय का कोई तगड़ा जैक था या नहीं मगर उसे अपने होमटाउन यानी देहरादून भेजा गया। सबसे ज़्यादा चर्चा में रहीं दो पोस्टिंग्स—देवेश ठाकुर की कलकत्ता हैड ऑफ़िस में और संतोष सक्सेना की शाहजहाँपुर फ़ैक्ट्री में। देवेश और शुचि के प्रेम-प्रसंग के बारे में तो सब जानते थे मगर सक्सेना का मामला सनसनीखेज़ सिद्ध हुआ। खबर उड़ी कि बायलोजी मास्साब शाहजहाँपुर के हैं। उन्होंने अपनी बहन के लिए संतोष सक्सेना के घरवालों से बात चलाई। संतोष चुपचाप शाहजहाँपुर जाकर लड़की देखकर पसंद कर आया। हस्बेमामूल रोके की रस्म भी हो गई, मगर इसकी भनक भी किसी को नहीं लग पाई। कुछ खास करीबी ट्रेनीज़ को छोड़ कर। मगर ताड़ने वाले भी कयामत की नज़र रखते हैं। उन्होंने यहाँ तक खोद कर खबर निकाल ली कि सक्सेना जब लड़की देखने शाहजहाँपुर गया था, सुमन भी उसके साथ गई थी। बहरहाल उस दिन पार्टी में टीचर्स को आमंत्रित करने का राज़ यही था। बहरहाल सबसे ज़्यादा बधाइयाँ देवेश को मिलीं। सक्सेना का मामला बहुत ही दबा-ढँका था। मैंने कुछ लोगों को कहते सुना कि देवेश और नंदी के बीच सब कुछ पहले से ही तै हो गया था। दोनों ने पूरा ज़ोर लगाकर यह पोस्टिंग करवाई है। बाकी सब मनोरथ नगर में रह गए। उनमें से कोई भी न तो खुश हुआ न ही ज़्यादा दुखी। 'जेहि विधि राखे राम तेहि विधि रहिये'। एक हफ़्ते के अंदर बाहर जाने वाले होस्टल खाली करके चले गए। जिनकी पोस्टिंग यहीं हुई थी उन्हें आवास मिल गए।

जैसे ही ऑफ़िसर ट्रेनीज़ की पोस्टिंग की खबर आई माँ ने कहा, ''इनमें से जो तुम्हारे खास हों उन्हें एक दिन रात के खाने पर बुला लो। ये सब बहुत अच्छे लोग हैं और तुम्हें कितना मानते रहे हैं।'' मैं पहले तो टालता रहा मगर जब पिताजी ने भी यही बात कही तो देवेश और संतोष सक्सेना को न्यौता दे आया। वे अपने साथ भट्टाचार्य को भी लेते आए। भट्टाचार्य कलकत्ता का था और देवेश के काफ़ी करीब था। माँ ने त्यागी जी की लड़की को सहायता के लिए बुला लिया था और बहुत मन से तमाम तरह के पकवान बनाए। आलू-गोभी, आलू-मटर, खट्टी-मीठी काशीफल की सब्ज़ी, रायता; पूड़ी-कचौरी, पुलाव और गोपाल हलवाई की दुकान से मँगवाए गए गुलाबजामुन आदि उन्होंने बड़े प्रेम से खाए। बराबर कहते रहे, ''आंटी ने बहुत लज़ीज़ खाना बनाया है।'' आखिर जब चूल्हे का चार्ज त्यागी जी की बिटिया को देकर वे बैठक में आईं तो उन तीनों ने लपककर उनके पाँव छुए। माँ एकदम गद्गद। उन्हें देर तक लंबे-लंबे आशीर्वाद दिये। माँ ने कहा, ''मैं हमेशा अपने बेटे से कहती हूँ कि इन लोगों से कुछ सीख। कितनी लिखाई-पढ़ाई करके अपना भविष्य संवारा है। कोशिश तो यह करता है आगे जैसा इसका नसीब।''

देवेश ने मेरे कंधे पर हाथ रखकर कहा, ''जगन्नाथ बहुत की ब्राइट ब्वॉय है। आप

चिंता न करें, यह पढ़-लिखकर हमसे भी आगे जाएगा। यहाँ पढ़ाई खत्म हो तो आप इसे मेरे पास कलकत्ता भेज देना। वहाँ इंजीनियरिंग कॉलेज में इसका एडमीशन करवा देंगे।''

माँ ने हँसते हुए कहा, ''पहले ये बताओ कि इसे बारात में कब बुला रहे हो? देखो भाई, पढ़ाई हो गई, ट्रेनिंग हो गई, अफ़सर भी बन गए अब तो ब्याह की बारी है।'' देवेश ने कहा, ''आंटी, पहले थोड़ा व्यवस्थित तो हो लें। हाँ, जब कभी शादी होगी इसे ज़रूर बुलाएँगे। क्यों भाई, आओगे ना?'' मैंने स्वीकृति में सिर हिलाया। सक्सेना ने कहा, ''तुम्हें तो आना पड़ेगा। वैसे भी शाहजहाँपुर कोई दूर नहीं है।'' विदा होते हुए देवेश ने कहा, ''अच्छा तो अब चलते हैं। वैसे मैंने सेठी और भारद्वाज को कह दिया है। तुम्हें पढ़ाई में कोई दिक्कत हो तो हैल्प कर देंगे। संडे या छुट्टी के रोज़ अपनी डिफ़िकल्टीज़ लेकर उनके पास चले जाया करना।''

इस तरह मनोरथ नगर को हिला-डुला कर उन सबने अपनी-अपनी राह पकड़ी।

~

बोर्ड के प्रैक्टिकल निपट गए तो परीक्षा का आतंक छा गया। बोर्ड की परीक्षा में बैठने वाला स्कूल का यह पहला बैच था। मनोरथ नगर के लिए नाक का सवाल था। प्रिंसिपल और टीचर्स की तो अग्निपरीक्षा थी, क्योंकि जी.एम. ने प्रिंसिपल को बुलाकर कह दिया था कि ''शत-प्रतिशत रिज़ल्ट आना चाहिए तभी इंटरमीडिएट की कक्षाएँ शुरू हो सकेंगी।'' प्रिंसिपल ने लौटकर टीचर्स-मीटिंग में इस लक्ष्य को हासिल करने की विस्तृत रणनीति बनाई। दरअसल इंटर की कक्षाएँ प्रारंभ होना टीचर्स ही नहीं एस्टेटवासियों के लिए भी एक अहम मुद्दा था। अभी इंटर में पढ़ने वाले बच्चों को पास के शहरों में जाना पड़ता था। ट्रेन से, डेली पैसिंजरी करके। इसमें उनका बहुत-सा समय और बहुत-सी ऊर्जा खर्च हो जाती थी। कर्मचारी यूनियन और ऑफ़िसर्स एसोसिएशन ने कई तरीके से इस माँग को विभिन्न मंचों पर रखा था। कुछ प्रतीकात्मक-सा आश्वासन भी मिला था, लेकिन निर्णयात्मक समय अब आ गया था।

स्कूल में वातावरण बहुत गंभीर हो गया। हर बात में कहा जाने लगा कि बोर्ड की परीक्षा के बाद देखेंगे। दसवीं के छात्रों के चेहरे से हँसी जैसे गायब ही हो गई। रोज़ाना एक्स्ट्रा क्लासें लगने लगीं। शाम चार बजे छुट्टी के बाद से रात के आठ बजे तक। टीचर्स ही नहीं प्रिंसिपल और वाइस प्रिंसिपल भी स्कूल में डटे रहते। चपरासी दो बार सबके लिए चाय बनाता। साथ में बिस्कुट, समोसे या नमकपारे। टी ब्रेक में लड़के और लड़कियाँ अपने घर से लाया हुआ नाश्ता मिल-बाँट कर खाते। आलू के परांठे, वेजिटेबल सैंडविच, केक वगैरा। कुछ के घरों में इस अवसर पर बेसन के लड्डू, सेव और खस्ता मठरियाँ बनीं और खूब खाई गईं। उन दिनों युवाओं में चाय या कोल्ड ड्रिंक का चलन शुरू नहीं हुआ था। पेट

भर खाकर स्कूल के नल का पानी पर्याप्त माना जाता था। बोर्ड की परीक्षा की तैयारी में पैरेंट्स का योगदान भी कम नहीं था। जिनके पिता गणित या विज्ञान से उच्च शिक्षा प्राप्त थे, उनकी एक्स्ट्रा क्लास घर में भी लगती थी। शेष की माताएँ उन्हें सुबह-सबेरे, रात को भिगोए गए बादामों का पेस्ट दूध में घोल कर साग्रह पिलातीं। रोटी और दाल में इतना घी कि उनके हाथ तर हो जाते। अब देसी घी था तो उसे धोया तो जा नहीं सकता था, सिर के बालों में पोंछ दिया जाता। नतीजतन उनमें परांठे जैसी गंध रच-बस जाती। नॉन वेज परिवारों में नाश्ते में अंडे और खाने में मीट लगभग अनिवार्य हो गया। मनोरथ नगर वासियों को पक्का विश्वास था कि खाए-पिए और तंदुरुस्त लड़के ही अच्छे नंबर ला सकते हैं। लड़कियों पर यह सिद्धांत लागू नहीं होता था। किसी को एक कप दूध और खाने में मीट की तरी मिल जाती तो वह अपने को खुशकिस्मत समझती। इसके पीछे यह समझ भी काम करती थी कि ज़्यादा पौष्टिक आहार से लड़कियों में गर्मी चढ़ जाती है और उनका मन चंचल हो उठता है।

आठवीं और नौवीं के इम्तिहान बोर्ड की परीक्षा के बाद होने थे, इसलिए ज़्यादा तनाव भले ही न हो मगर दसवीं वालों को चोटी बाँध कर पढ़ते देखकर कुछ असर तो होता ही था। सबसे ज़्यादा पतली हालत उर्मिला की थी, ''जगन्नाथ सुन, मैं तो फ़ेल हो जाऊँगी। मेरी तो कुछ भी तैयारी नहीं हुई है जबकि बाकी लड़कियों ने कोर्स पूरा करके रिवीज़न शुरू कर दिया है। क्या करूँ मुझे तो बस मास्साब का ही थोड़ा-बहुत सहारा है। बाकी सब खुद ही करना है।'' मैंने कहा कि ''दीदी आप खामखां परेशान हो रही हैं। सारे न्यूमेरिकल आपकी उँगलियों पर रखे हैं। आप जैसे मुझे पढ़ाती हैं वैसे तो फ़िज़िक्स के सर भी नहीं पढ़ाते।''

''अरे खाली न्यूमेरिकल से क्या होगा। थ्योरी पर होगा सारा दारोमदार। सुमन की तरह मुझे भी तीन-तीन मास्टर पढ़ा रहे होते तो मैं सबको पीछे छोड़ जाती। 'मैंने उसका पीला और मुरझाया हुआ चेहरा देखा तो मन में करुणा उपजी, कहा, ''दीदी मेरे आने से आपका टाइम वेस्ट होता है। अब मैं आपको डिस्टर्ब करने बोर्ड के एग्ज़ाम के बाद ही आऊँगा। हमारे एग्ज़ाम में अभी समय है।'' वह नाराज़ होकर बोली, ''क्या बक रहा है तू। अरे तेरे आने से मेरा कुछ ध्यान बँट जाता है। टेंशन कम हो जाती है। नहीं तो हर समय दिल घबराता रहता है। अपना हाथ ला इधर, देख कितनी बुरी तरह धड़क रहा है।'' उसने मेरा हाथ पकड़कर अपने सीने पर रख दिया। सचमुच उसका दिल बहुत तेज़ी से धड़क रहा था। वह एक गहरी आह भर कर बोली, ''हाय मैं कहीं मर न जाऊँ!...थोड़ी देर बाद मेरा दिल भी तेज़ी से धड़कने लगा। उसने मुझे गले से लगा लिया और फफकने लगी। मेरी समझ में नहीं आया कि उसे किस तरह सांत्वना दूँ। मैंने उसकी पीठ पर हाथ फिराते हुए बहुत अपनेपन से कहा, ''बस अब शांत हो जा मेरी अच्छी दीदी। तू इतना घबरा क्यों रही है! रिज़ल्ट निकलेगा तो देख लेना, फ़र्स्ट डिवीज़न आएगी। तब खुशी के आँसू बहा

लेना, इतनी जल्दी भी क्या है।'' सुनकर वह रोते-रोते हँस पड़ी। मुझे बाँहों में भर कर कहा, ''कहे दे रही हूँ कि तुझे अबसे रोज़ आना है। अरे जैसे घर में पढ़ता है वैसे ही यहाँ बैठकर पढ़ लेना। बोल आएगा ना?'' मैंने उसके कंधे पर सिर रखकर लगभग मदहोशी में कहा, ''आऊँगा दीदी, रोज़ नहीं तो तीसरे-चौथे दिन यहीं आकर पढ़ूँगा।'' उसने मेरा चेहरा अपनी दोनों हथेलियों में भर कर बहुत कोमल स्वर में कहा, ''हाय, तू कितना सोणा है!''...और मुझे चूम लिया। होंठों पर। मेरे बदन में ऊपर से लेकर नीचे तक सनसनी दौड़ गई। बचपन से लेकर तब तक बहुत से लोगों ने मेरे गाल चूमे होंगे मगर वात्सल्य का ऐसा खांटी अनुभव पहले कभी नहीं हुआ। वह मुझे अपनी बाँहों में लिये आँखें बंद करके जाने क्या सोचती रही, मैंने विचलित होकर उसके कान में कहा, ''दीदी!''...और वह जैसे मीठी नींद से जागी। उसका सीना धौंकनी की तरह उठ-गिर रहा था। उसने आँखें खोलकर मुझे कुछ अजीब निगाहों से देखा और फिर से चूम लिया। जाने कब तक मैं नारी देह की तीखी गंध के माया सरोवर में डूबता-उतराता रहा।

पढ़ने की मेज़ पर बैठे तो वह एकदम तनाव मुक्त होकर पढ़ाई में डूब गई। मैं भी अपनी किताब कॉपी खोलकर बैठ गया। मन बिलकुल नहीं लगा और जाने किस दिशा में बहुत तेज़ी से दौड़ गया। उसका पीछा करने के बजाय मैंने उर्मिला से जाने की इजाज़त माँगी। उसने किताब से सिर उठाए बिना कहा, ''ज़रा इधर आ। तू समझता होगा कि दीदी पागल हो गई है। ज़रा अपना हाथ इधर ला...हाँ, यहाँ रख। अब देख दिल की धड़कन नॉर्मल हुई कि नहीं। तेरे आने से यही जादू होता है। तभी तो कह रही हूँ, जब तक मेरी परीक्षाएँ न निपट जाएँ, आते रहना।'' मैंने आश्वस्त किया कि आता रहूँगा। चलने को हुआ तो वह उठ खड़ी हुई, ''अरे, आज तेरे को कुछ खिलाया-पिलाया ही नहीं। रुक, मैं तेरे लिए गाजर का हलुवा लेकर आती हूँ।''

गाजर का हलुवा कुछ कम मीठा था। थोड़ा नमक का स्वाद भी आ रहा था। कुछ देर बाद यह बात समझ में आई कि नमक हलुवे में नहीं मेरे होंठों पर पहले से मौजूद था। शरीर का दुर्लभ नमक। वहाँ से लौटते हुए पहले से मन में बसा अपराधबोध गहरा होता जा रहा था। जिस दिन से फ़िश कटलेट खाए थे, मैं चोर की तरह छुपा फिर रहा था। खास करके माँ से। वे मेरे अंदर आए किसी भी परिवर्तन को ताड़ने में सक्षम थीं। उन्हें बता तो देता मगर सुनकर उन्हें बहुत कष्ट पहुँचेगा, यह सोचकर कदम पीछे खींच लेता। जैसे एक गुनाह काफ़ी नहीं रहा हो, आज दूसरा न चाहते हुए भी हो गया। मैं किसी तरह भी सारा दोष उर्मिला को नहीं दे पा रहा था। इस खुराफ़ात में मैं भी निष्क्रिय रूप से शामिल और बराबर का न सही लेकिन थोड़ा-बहुत दोषी तो था। दिमाग के घोड़े तेज़ी से दौड़ रहे हों तो उन्हें रोक देना मुश्किल होता है। मुझे यह सोचकर गुदगुदी-सी हुई कि मछली खाकर मैं आधा बंगाली तो पहले ही हो गया था, आज उर्मिला के होंठों का नमक चखकर आधा पंजाबी भी हो गया। तसल्ली की बात यही थी कि अब आगे किसी अन्य प्रयोग की जगह नहीं बची

थी। आखिर दो अर्धांश मिलाकर एक पूरा व्यक्तित्व बन जाता है।

अगले रोज़ ही वसंत पंचमी थी। माँ ने सुबह-सुबह ही मेरी कलम पूजा में रखवाई, मीठे पुलाव और पके बेर आदि का प्रसाद अर्पित किया। बंगाली समुदाय की सरस्वती पूजा जूनियर क्लब के मैदान में होती थी। माँ ने केले, सेब और सवा रुपया देकर कहा, ''जाओ वहाँ भी प्रसाद चढ़ा आओ। विद्या की देवी हैं, उनकी कृपा होगी तो हमेशा पढ़ाई में अव्वल रहोगे। खूब मन से ढोग देना माता रानी के सामने।''

क्लब के मैदान में बड़ा-सा पंडाल लगाकर एक सिरे पर बने स्टेज पर वीणावादिनी की बहुत सुंदर प्रतिमा खूब सजा कर स्थापित की गई थी। सुबह के दस बजे थे और पुष्पांजलि अर्पित करने वालों की काफ़ी भीड़ थी। धुनुची नृत्य चल रहा था, ढाकी ज़ोर-शोर से अपने मृदंग बजा रहे थे। मैंने वहाँ की व्यवस्था के अनुरूप एक स्लिप पर अपना नाम लिखकर प्रसाद के डिब्बे में रखकर पूजा में रखवा दिया और पीछे खड़ा हो गया। देवी प्रतिमा के सामने कई लड़के हाथों में जलती-धुआँ छोड़ती चिलमें लेकर नाच रहे थे। शायद नृत्य प्रतियोगिता चल रही थी। सजी-धजी लड़कियाँ स्टेज को सामने से घेर कर खड़ी थीं ताकि पुष्पार्चना शुरू होते ही नंबर लग जाए। इस सबसे बेखबर मेरी नज़रें किसी को ढूँढ़ रही थीं। यह एक स्वचालित प्रक्रिया थी, जिस पर मेरा कोई बस नहीं था। जब अपने अभीष्ट के दर्शन नहीं हुए तो झुँझला कर आगे बढ़ गया। वहाँ इतनी लड़कियाँ थीं कि किसी एक को ढूँढ़ना बहुत मुश्किल था, क्योंकि सबने पीली साड़ियाँ पहनी थीं और सबके बाल खुले हुए थे। लगभग एक जैसे लंबे भी। जब नाच खतम हुआ तो आगे बढ़ने को धक्का-मुक्की होने लगी। पुष्पांजलि के लिए फूल बाँटे जा रहे थे, मगर मैं भीड़ की अफ़रा-तफ़री से तंग आकर पीछे ही खड़ा रहा। तभी मेरी बगल में खड़े सज्जन ने कहा, ''देखिये आपको बुला रहे हैं।'' मैंने उस दिशा में देखा, जयंत और जया हथेलियों में फूल लिए खड़े थे। जयंत मुझे बुला रहा था। किसी तरह जगह बनाते हुए मैं उनके पास पहुँचा। जया ने कुछ फूल देते हुए कहा, ''आप वहाँ खड़े होकर क्या कर रहे हैं। यहाँ पुष्पांजलि हो रही है।'' जयंत तो आँखें बंद किये प्रार्थना कर रहा था। शायद क्लास में फ़र्स्ट आने की दुआ माँग रहा हो। मैंने देखा कि जया ने उसी दिन जैसी पेस्टल शेड की पीली साड़ी पहन रखी थी। खुले बालों में सफ़ेद फूलों का एक गजरा बँधा था। अक्सर उसे सलवार-कुर्ते में ही देखा था। साड़ी कहीं अधिक देह-दर्शन कराने वाली पोशाक है। उसका रंग इतना अधिक गोरा था, यह पहले कभी जानने का अवसर नहीं मिला था। यह सचमुच संयोग था या मेरा पूर्वाग्रह कि उसके नाक-नक्श बिलकुल देवी प्रतिमा जैसे लगे। पुष्पांजलि के मंत्रपाठ के दौरान मैं दोनों प्रतिमाओं की मुखाकृति का तुलनात्मक अध्ययन और मिलान करता रहा। यह भी ध्यान नहीं रहा कि भरे भवन में खड़े हैं। अंततः जया ने कोहनी से छूकर मुझे चेताया। यूँ वह आँखें बंद कर प्रार्थना में लीन थी। मैं भी ध्यानमग्न हो गया। आँखें बंद करते ही एक छवि मस्तिष्क पटल पर साकार हो उठी। पूरी तरह से कहना मुश्किल था कि

वह दोनों में से किसकी है। या कि मिली-जुली है।

पुष्पांजलि का पहला राउंड खत्म हुआ तो जयंत ने कहा कि भोग और प्रसाद में अभी टाइम लगेगा, तब तक फ़ूड स्टॉल्स का चक्कर लगाया जाए। पंडाल के बाहर दुर्गा पूजा की तरह ही बंगाली शैली के खान-पान की तीन-चार दुकानें लगी थीं, जिन पर काफ़ी भीड़ जुटी थी। जयंत और जया ने तै किया कि मुगलई एग परांठा खाया जाए। असल में पुष्पांजलि तक उन्होंने कुछ खाया नहीं था। उधर से घी में तले जा रहे परांठों की ऐसी खुशबू हवा में व्याप्त थी कि मेरे मुँह में भी पानी आ गया। जयंत ने कहा, ''यार अंडा तो खाते हो ना?'' मैंने स्वीकृति में सिर हिला दिया। सोचा कि जब मछली ही खा डाली तो अंडा क्या चीज़ है। हम लोग एक टेबल पर बैठ गए। थोड़ी ही देर में गर्मागर्म मुगलई एग परांठे हाज़िर थे। साथ में कोई सब्ज़ी थी और प्याज-हरी मिर्च-नीबू। परांठे सचमुच बहुत स्वादिष्ट थे। परांठे के ऊपर की तरफ़ अंडा था। सब्ज़ी भी बहुत ज़ायकेदार थी। मुझे उत्साह से खाते देखकर वे दोनों आँखों ही आँखों में कुछ इशारे करते हुए मुस्कुरा रहे थे। मैं समझ तो गया कि दाल में कुछ काला है मगर वह इतनी मज़ेदार डिश थी कि खाना छोड़ने को बिलकुल मन नहीं हुआ। परांठे का आखिरी कौर सब्ज़ी में डुबोते ही माजरा समझ में आ गया। यकीनन वह हड्डी का तेल-मसाले से पुता एक छोटा-सा टुकड़ा था। खाकर बाहर निकले तो मैंने हँसते हुए जया से कहा, ''क्यों अब तो मैं पूरा बंगाली हो गया ना?'' वे दोनों ज़ोर से हँसे। जया ने जवाब दिया, ''अभी तो बस सैवंटी परसेंट हुए हैं। लैंगुएज सीखना तो अभी बाकी है। उसके बाद आप हंड्रेड परसेंट बंगाली हो जाएँगे। बाद में हो सकता है किसी बंगाली लड़की से शादी हो जाए। फिर आप उसे नॉर्थ इंडियन बना लेना और खुद भी हो जाना।''

रात को सोने के लिए बिस्तर पर लेटा तो बरबस गाँधी जी की आत्मकथा मेरे सत्य के प्रयोग...दिमाग में घूमने लगी। इसमें, पहली बार मीट खाने के अनुभव को उन्होंने जिस तरीके से चित्रित किया है, वह भुलाए नहीं भूलता। कुछ वितृष्णा भी होने लगी। आश्चर्य हुआ कि मैंने कैसे उसे स्वादिष्ट समझ कर खा डाला। मन-ही-मन कान पकड़े कि अब चाहे जो भी हो जाए मीट नहीं खाऊँगा। और मछली भी नहीं, चाहे कटलेट की शक्ल में ही क्यों ना हो। बहुत बाद में जब मैं इंजीनियरिंग की पढ़ाई के लिए कानपुर गया और कॉलेज के होस्टल में रहा तो मैंने इस अवधारणा पर पुनर्विचार किया और इस निष्कर्ष पर पहुँचा कि मनोरथ नगर में पहली बार मीट खाने के बाद जो कान पकड़ कर तौबा की थी उसके पीछे प्रायश्चित नहीं एक घरेलू किस्म का भय था। यह समझ में आते ही बेहिचक नॉन-वेज खाने लगा। धीरे-धीरे पता चला कि यह सिर्फ़ मेरा ही नहीं छोटे शहरों या कस्बों से आए ज़्यादातर लड़कों का धर्म संकट था जिससे वे, 'डरदी, रब- रब करदी' स्टाइल से उबरे और माँसाहारी हो गए। हालाँकि वे इसे नॉन-वेजीटेरियन होना ही मानते और कहते थे।

~

हाई स्कूल की बोर्ड की परीक्षा की तैयारियाँ जिस तरह युद्ध स्तर पर चल रही थीं, उसे देखते हुए यह लगता था कि दसवीं क्लास का रिज़ल्ट बहुत अच्छा रहेगा। शिक्षक जान लड़ाकर पढ़ा रहे थे तो छात्र भी आहार-निद्रा आदि भुलाकर रजिस्टर-दर-रजिस्टर लिख-लिखकर भरते गए। दसवीं के लड़के-लड़कियाँ भले मुट्ठीभर रहे हों मगर परीक्षा की तैयारी का उनका संजीदा अनुष्ठान एस्टेट में अपने किस्म का पहला था। इसका गहरा असर दिखाई दिया। वहाँ एक नए किस्म की सांस्कृतिक लहर चल पड़ी, जिसमें अभिभावक बच्चों से भी ज़्यादा फ़िक्रमंद और तनावग्रस्त नज़र आने लगे। कुल मिलाकर एक ऐसा हंगामी दौर आ गया कि एस्टेट के लोग अपने पसंदीदा शगल यानी अफ़वाहबाज़ी से बाज आ गए। मास्टरों और कुछ शोख और स्मॉर्ट कन्याओं के काल्पनिक प्रेम-प्रसंगों और यौन संबंधों के चटपटे किस्से महफ़िलों से काफ़ूर हो गए। अब हर जगह बोर्ड की परीक्षा के दुष्कर होने और संभावित परिणाम की बातें जम कर होतीं। एक और विषय एजेंडे में होता कि फ़ैक्ट्री स्कूल जब बारहवीं तक हो जाएगा तो किस-किस को फ़ायदा होगा। दसवीं के छात्रों के पैरेंट्स, प्रिंसिपल और टीचर्स लाभार्थी माने जाते। कुछ और सीनियर टीचर्स की भर्ती होने का भी अनुमान था। जब बाहर से ज़्यादा पढ़े-लिखे नए टीचर आएँगे तो एक नई बयार चलेगी। नए-नए प्रकरण घटित होंगे और नए-नए किस्से सुनने को मिलेंगे। वर्तमान मास्टरों के प्रेम-प्रसंग अब घिसे-पिटे और पुराने पड़ते जा रहे थे।

नौवीं में पढ़ने वाले कुछ तीसमारखां किस्म के लड़कों ने दसवीं की एक्स्ट्रा क्लासों को अटेंड करना शुरू कर दिया। उनका कहना था कि अब कौन से ज़्यादा दिन रह गए हैं। दो महीने की ही तो बात है फिर दसवीं में ही जाकर बैठना है। अभी बहुत अच्छी पढ़ाई हो रही है तो बहती गंगा में हाथ धो लेना ही अक्लमंदी है। जयंत भी छुट्टी के बाद रुकने लगा था। रविवार को उर्मिला के घर गया तो उसने डाँटा, ''तू क्यों नहीं रुकता है क्लास के लिए। आजकल टीचर्स जिस तरह से पढ़ा रहे हैं, ऐसा दौर अगले साल आए न आए।'' मेरी समझ में यह बात आ गई। मैं भी रुकने लगा। बीच में पिताजी आकर टिफ़िन दे जाते थे, जिसे मैं और जयंत मिल-बाँट कर खा लेते थे।

मज़े की बात यह रही कि दसवीं की वह प्रिपरेटरी क्लासें हमें अपनी नौवीं की रेगुलर क्लासों से अधिक रुचिकर लगने लगीं। हर क्लास के बाद यह अनुभूति होती कि चलो नॉलेज बैंक में कुछ और रकम जमा हो गई। चूँकि जो पढ़ाया जा रहा था, वह हमारे लिए बिलकुल नया था और उसे हृदयस्थ करने के बाद एक क्लास आगे होने की आश्वस्ति किसी उपलब्धि से कम नहीं थी। कभी सुमन मुझे बुला लेती तो कभी उर्मिला। कभी-कभी ऐसा होता कि उन्हें डि.फ़ीकल्ट लगने वाला अंश मुझे आसानी से पल्ले पड़ जाता। जयंत का भी यही हाल था। उसे भी कई लडके-लड़कियाँ अपने पास बुला लेते। ज़हीन तो वह शुरू से ही था। अक्सर वह सुमन को कुछ समझाते हुए दिखाई देता। सुमन टिफ़िन बॉक्स में उबले हुए अंडे, टोस्ट और आलू के चिप्स लेकर आती थी। ब्रेक में मैं उससे दूर ही

रहता, क्योंकि मैं फिर से कट्टर शाकाहारी हो गया था। जयंत के पास भी फ़िश कटलेट या कीमा सैंडविच जैसे आपत्तिजनक खाद्य पदार्थ होते थे, जिनसे वह खुद ही ऊबा हुआ था और बड़े शौक से मेरे टिफ़िन में रखे गए गाजर के हलुवे, शक्करपारे या तेज़ मसाले वाली कचौरियाँ शेयर करता था।

इस तरह दिनचर्या बदलने से व्यस्तता इतनी बढ़ गई कि पढ़ाई के अलावा और कुछ हो नहीं पाता था। मुझे कहानी, उपन्यास; यात्रा वृत्तान्त आदि पढ़ने का बहुत शौक था। लाइब्रेरी कमेटी में होने से मनचाही पुस्तकें और पत्रिकाओं के पिछले अंक आसानी से सुलभ थे। इसके अलावा क्लब की लाइब्रेरी से आसान अंग्रेज़ी वाले नॉवेल भी ले आता था। इनको पढ़ने का अपना ही मज़ा था। जयंत को टेबल टेनिस और कैरम का चस्का था। हम लोगों के ये शौक कम-से-कम बोर्ड की और उसके बाद हमारी परीक्षाएँ सम्पन्न होने तक छूटे ही रहे। आना-जाना बंद हो गया तो जया से संवाद हुए अरसा गुज़र गया। वह कभी-कभार स्कूल में आती-जाती दिखाई तो देती लेकिन स्कूल के गलियारों में लड़के-लड़कियों को मिलने और बतियाने की अघोषित मनाही थी।

बोर्ड के एग्ज़ाम के बाद कालचक्र तेज़ी से घूमा। सबसे पहले तो सरदारी लाल जी का तबादला बैंगलोर की एयरक्राफ़्ट फ़ैक्ट्री में हो गया। चूँकि यह पदोन्नति के साथ हो रहा था, वे जल्दी ही चले गए। पहले उनका सामान ट्रक से फिर वे सपरिवार ट्रेन से गए। दो-तीन एक्स-ऑफ़िसर ट्रेनीज़ और मैं उन्हें बेगमाबाद तक छोड़ने गए। बॉम्बे मेल आकर रुकी तो सुमन ने मुझे गले से लगा लिया और रुँधे हुए गले से कहा, "अब मैं चलती हूँ भैया। कभी याद आए तो समझ लेना इतने ही दिनों का साथ था। खूब मन लगाकर पढ़ना और इधर-उधर के चक्करों में मत पड़ना। अबकी बार बोर्ड का एग्ज़ाम होगा। यहाँ मास्साब जैसे ट्यूशनबाज़ कॉपी नहीं जाँचेंगे, मुझे पूरा विश्वास है कि तू टॉप करेगा।"

वह ट्रेन के फ़र्स्ट क्लास के डिब्बे में सवार होने को चली तो मेरी भी रुलाई फूट गई। एक्स ट्रेनीज़ सरदारी लाल जी से बातें कर रहे थे। मेरे रोने की आहट पाकर उनमें से एक लपककर आया और मेरी पीठ सहलाते हुए अंदर कूपे में ले गया। सुमन का चेहरा रुलाई के मारे एकदम लाल हो रहा था। उसने भरे गले से मुझे लेकर गए ट्रेनी से कहा, "मालूम है यह मेरी ज़िन्दगी का पहला- पहला हीरो है। इसे मैं कभी भी नहीं भूल सकती।"

और जैसे कि होता है अंततोगत्वा वह ट्रेन शोर मचाती और धुआँ छोड़ती हुई सुमन को ले गई। दूर, बहुत दूर।

~

अब तो इनकी संख्या बहुत बढ़ गई है मगर उन दिनों भी हथियार और गोला-बारूद बनाने वाले डेढ़ दर्जन कारखाने तो थे ही। अंग्रेज़ों के ज़माने से ही इनमें यह परंपरा चली आ रही

थी कि कोई भी अधिकारी चाहे छोटा हो या बड़ा किसी यूनिट में एक मुश्त चार साल से अधिक नहीं रहता, कहीं-न-कहीं ट्रांसफ़र कर दिया जाता। ट्रांसफ़रों की लिस्ट हैड ऑफ़िस से मई या जून के महीने में आती थी, ताकि प्रभावित अधिकारी के बच्चों की पढ़ाई बाधित न हो। हर फ़ैक्ट्री एस्टेट में स्कूल इसीलिए होता था। ट्रांसफ़र वाले केस में तुरंत एडमीशन मिलता था।

हमारा इम्तिहान भले ही बाद में हुआ हो लेकिन रिज़ल्ट पहले आ गया। मैंने जीतोड़ मेहनत की थी, लेकिन स्पर्धा में जयंत से पीछे छूट गया। वह मुझसे दो अंक अधिक अर्जित करके कक्षा में प्रथम स्थान पर रहा और मैं हमेशा की तरह द्वितीय। वह मेरा सबसे अच्छा दोस्त था, मगर इस बार पिछड़ने पर मुझे दुख हुआ। पूरी आशा थी कि इस साल लास्ट होम एग्ज़ाम में मैं टॉप करूँगा फिर अगले साल बोर्ड में देखा जाएगा। जो भी हो मैंने गले मिलकर उसे बधाई दी। घर पहुँचा तो माँ ने बहुत खुश होते हुए कहा...''अरे उदास क्यों हो रहा है। दो ही नंबर से तो सैकेंड हुआ है।'' उन्होंने बीस रुपये देकर गोपाल हलवाई की दुकान से प्रसाद के लिए मिठाई लाने को कहा।

हलवाई को मालूम था कि स्कूल में रिज़ल्ट निकलने का दिन है, इसलिए कई तरह की मिठाइयाँ, अधिक मात्रा में बनाई थीं। दुकान पर भीड़ लगी हुई थी। कई स्कूली लड़कों ने मुझे बधाई दी। ज़्यादातर के लिए सैकेंड आ जाना ही बहुत बड़ी उपलब्धि थी। मैंने दो किलो बर्फ़ी माँगी तो गोपाल ने कहा, ''अरे भई क्लास में सैकेंड आए हो तो बर्फ़ी नहीं चलेगी। कलाकंद लेकर जाओ। आज ही बनाया है।'' मैंने अनुमान लगाया कि पड़ौस के लोग आएँगे तो खाली मिठाई से काम नहीं चलेगा। फिर दौड़ाया जाएगा, इसलिए बारह समोसे भी ले लिए। स्पेशल मीठी चटनी अलग से एक कुल्हड़ में। मुझे खुद उसके लाल होने तक, करारे तले गए समोसे बहुत पसंद थे।

पिताजी और माँ ने पूजा-आरती की। मैंने घड़ियाल और शंख बजाया। गणेश जी और सरस्वती माँ को भोग लगाया गया। तब तक लोगों का आना शुरू हो गया। बैठक में मिठाई और समोसे का दौर चलता रहा। माँ सबके लिए चाय बनाने में जुटीं। अगले दिन भगवान चाटवाला बिन बुलाए ही पहुँच गया। स्कूल में गर्मी की छुट्टियाँ हो गई थीं, इसलिए मैं घर में ही था। संयोग से त्यागी जी की लड़की खुद के पास होने की मिठाई लेकर आई हुई थी। हमने खूब दबाकर चाट खाई। माँ ने पिताजी के लिए प्लेट में दहीवाले बताशे लगवा कर रख लिए। जब यह सब हो चुका तो पैसे जेब में रखते हुए भगवान ने पूछा, ''भैया बंगले वाले साहब के बच्चे पास हो गए हों तो चलिये आज उनके यहाँ भी हो आएँ।'' माँ ने कहा, ''तुम पास होने की पूछ रहे हो, उनका लड़का तो फ़र्स्ट आया है। उनके यहाँ तो ज़रूर जाओ।'' सुनकर मुझे डंक-सा चुभा। मैंने भगवान से कह दिया, ''तुमको रास्ता तो दिखा ही दिया है, सिक्योरिटी वाले भी जान गए हैं, तुम खुद चले जाओ।''

त्यागी जी की बिटिया जया की क्लास में ही थी। वह बोले बिन नहीं रह सकी, "चाचीजी ये बंगाली लोग हैं ना, ये लिखाई-पढ़ाई में बहुत होशियार होवे हैं।" माँ ने जैसे इस थ्योरी को खारिज करते हुए कहा, "अरे ऐसा कुछ नहीं है बन्नो, एक-दो नंबर की हेरफेर से ही पीछे रह जावे हैं हमारे बच्चे। सुना है तीन-तीन मास्टर लगा रखे थे ट्यूशन पढ़ाने को।" उनकी इस बात से मैं यह सोचने को मजबूर हुआ कि माँ आखिर माँ ही होती है। भगवान अपना खोमचा सिर पर रखकर बिना कुछ बोले चला गया।

हमेशा की तरह बोर्ड का रिज़ल्ट मई के तीसरे हफ़्ते में आ गया। उस ज़माने में इंटरनेट क्या कम्प्यूटर ही नहीं थे। बोर्ड से लेकर विश्वविद्यालय तक के रिज़ल्ट अखबारों में निकलते थे। यूपी बोर्ड की हाईस्कूल और इंटर की परीक्षाओं में लाखों बच्चे बैठते थे, इसलिए जिस अखबार को ठेका मिलता था उसका रिज़ल्ट के लिए स्पेशल एडीशन गोपनीय रूप से छपता था और प्रदेश के कोने-कोने में रेल पार्सल सेवा से भेजा जाता था। मनोरथ नगर में वह अखबार आधी रात को आने वाली गाड़ी से आया। धींगरा ने पार्सल स्टेशन पर खोलने से मना कर दिया और दुकान में जाकर खोला। कई लोगों ने पेपर की कॉपी बुक करवा रखी थे, वे तो लेकर चलते बने फिर दुकान का एक पढ़ा-लिखा कर्मचारी अखबार की एक कॉपी लेकर बैठ गया और पैसे लेकर रिज़ल्ट बताने लगा। फ़र्स्ट और सेकेंड डिवीज़न से एक रुपया, थर्ड से आठ आने और दुर्भाग्य से कोई फ़ेल हो तो निःशुल्क।

फ़ैक्ट्री स्कूल का हाईस्कूल का यह पहला ही बैच था, इसलिए रिज़ल्ट के रोमांच से शायद ही कोई एस्टेटवासी अछूता रहा हो। जिनका परिणाम आना था, वे और उनके परिजन तो दोपहर बाद से ही स्टेशन के चक्कर लगा रहे थे लेकिन अन्य बहुत से अभिभावक इस प्रक्रिया को देखने-समझने के लिए रात को धींगरा ब्रदर्स की दुकान में भीड़ लगाए रहे। वहाँ एक-एक करके रिज़ल्ट बताए जा रहे थे। मैं खुद सुमन और उर्मिला के परिणाम जानने को बहुत बेचैन था। पैसे तो जेब में थे, मगर रोल नंबर के बिना जानकारी नहीं मिल सकती थी। मोटा-मोटा पता चला कि पैंतीस के बैच में पास तो सभी हो गए थे लेकिन ज़्यादातर की थर्ड डिवीज़न थी। फ़र्स्ट डिवीज़न केवल तीन थीं और सैकेंड में थे बारह। सबको यह जानने की बड़ी उत्सुकता कि कौन हैं वे तीन फ़र्स्ट डिवीज़न वाले। मेरा अनुमान था कि गिरीश और सुमन तो ज़रूर ही होंगे। उर्मिला की भी कम-से-कम सैकेंड डिवीज़न आने की उम्मीद थी। तभी उस अफ़रा-तफ़री के बीच स्कूल के बड़े बाबू, कैलाश नाथ तेज़ी से, साइकिल पर आकर दुकान के सामने रुके। उनका आगमन ऐसा लगा जैसे संजीवनी को पहाड़ सहित लेकर हनुमान जी आ गए हों। उनके पास दसवीं के पूरे बैच की लिस्ट थी, रोल नंबर सहित। वह स्कूल के लिए अखबार की कॉपियाँ लेने आए थे। पाँच कॉपियाँ लेकर जाने लगे तो लोगों ने शोर मचा कर उन्हें रोक लिया। उन्होंने पूछे गए नामों के रोल नंबर देखकर अखबार से रिज़ल्ट बताना शुरू किया तो फिर यह सिलसिला सबके रिज़ल्ट मालूम होने के बाद ही थमा। सबसे ज़्यादा झटका सुमन की सैकेंड डिवीज़न आने से लगा। वह

बेचारी तो यहाँ थी भी नहीं। अब एम.ई.एस. से कोई उनको तार कर देगा। ऐसे ही उर्मिला की प्रथम श्रेणी आना किसी धमाके से कम नहीं लगा। गिरीश ने ज़रूर अपेक्षा के अनुरूप ही प्रदर्शन किया था। तीसरी फ़र्स्ट डिवीज़न तुषार कांति घोष की थी, जिसके बारे में मशहूर था कि वह कभी ट्यूशन नहीं पढ़ता। उसके पिता एम.एससी. पास थे और उसे घर पर ही पढ़ाते थे। अब चूँकि ट्यूशन नहीं लगाता था तो क्लास में फ़र्स्ट, सैकेंड या थर्ड भी कैसे आता।

मुझे सुमन के लिए जितना दुख हुआ, उससे कहीं ज़्यादा खुशी उर्मिला के लिए हुई। फ़िज़िक्स वाले मास्साब के उस पर लट्टू होने को लेकर बहुत से किस्से सुने और सुनाए जाते थे। वह कितनी गंभीरता से तैयारी कर रही थी, यह मैंने अपनी आँखों से देखा था। मास्साब उसे इंटरमीडिएट की किताबों से पढ़ाते थे, उसने कोर्स से बाहर की उन किताबों से उचस्तरीय नोट्स बना लिए थे। होम साइंस का तो पता नहीं मगर गणित में वह निष्णात थी। सारे परिणाम जान लेने के बाद जैसे ही मैं चलने को हुआ उर्मिला का छोटा भाई पंकज आ गया। सब लोग उसे देखकर शोर मचाने लगे तो वह सहम गया। उसे सरप्राइज़ देने के ख़याल से किसी ने उसे उर्मिला का रिज़ल्ट नहीं बताया तो उसने मेरे पास आकर कान में पूछा, ''भैया, दीदी पास हो गईं ना?'' मैंने उसे पकड़कर हिलाते हुए कहा, ''अबे पास नहीं हुईं, फ़र्स्ट डिवीज़न आई है। दौड़ कर जा उन्हें यह खुशखबरी सुनाने के लिए।'' उसे पूरा विश्वास नहीं हुआ होगा शायद इसीलिए अनुनय करते हुए बोला, ''भैया आप भी साथ चलो ना!...वह बेचारा पैदल आया होगा। मैंने उसे अपनी साइकिल पर बिठाया और बड़े उत्साह से गुनगुनाते हुए चल पड़ा। उनका घर एस्टेट से बाहर, रेलवे स्टेशन की परली तरफ़ था। वहाँ बिजली नहीं आई थी, इसलिए पूरी बस्ती अँधेरे में डूबी थी। अभ्यास के सहारे उनके दरवाज़े तक पहुँचकर साइकिल की घंटी बजाई। कोई हलचल नहीं हुई तो पंकज ने पुकारा, ''दीदी, दीदी दरवाज़ा खोलो! तुम्हारा रिज़ल्ट आ गया है।''

इस बार कुछ हलचल हुई और हाथ में लालटेन लिये उर्मिला ने दरवाज़ा खोला। मैं उसे देखकर स्तब्ध रह गया। उसका चेहरा लालटेन की पीली रौशनी में भी सफ़ेद झक दिखाई दिया। आँखों के नीचे गहरे काले साए, जैसे किसी तरह की प्रेतबाधा से ग्रस्त हो। मुझे देखकर वह चौंक उठी, ''तुम क्यों आए हो जगन्नाथ? मैं फ़ेल हो गई हूँ ना? देख मुझे पहले ही मालूम था। तू फ़िकर मत कर, मेरी किस्मत में यही लिखा है।'' मैं हैरान होकर बोला, ''दीदी, यह आप क्या कह रही हैं! आपकी तो फ़र्स्ट डिवीज़न आई है।'' ऐसा लगा जैसे सुनकर वह हिल गई। उसकी आँखें अंगारों की तरह चमक उठीं। मेरे पास आकर उसने दाँत पीसते हुए कहा, ''तू मेरा मज़ाक उड़ा रहा है!...अचानक एक झन्नाटेदार तमाचा पड़ा और मेरा गाल झनझना उठा। हतप्रभ होकर मैंने रुआँसे स्वर में कहा, ''दीदी, मैं तो आपको यह खुशखबरी सुनाने आया और आप ऐसा व्यवहार कर रही हैं। मैं भला झूठ क्यों बोलूँगा!''...पंकज मेरे पीछे खड़ा था, सहसा वह चीखकर बोला, ''दीदी, विद्या कसम, तुम्हारी फ़र्स्ट क्लास आई है। मैं अखबार में देखकर आया हूँ। तुमने भैया को क्यों

मारा? इन्हें सॉरी बोलो।'' यह सुनकर वह हथेलियों में मुँह छुपाकर रोने लगी। मैं तब तक चाँटे के आघात से उबर गया था। जानता था कि इसमें उसका कोई कसूर नहीं है; उसका दिल ही इतना कमज़ोर है कि हमेशा आशंकाओं और दुःस्वप्नों से घिरी रहती है। उस पर दया आई, वह अपनी सबसे बड़ी उपलब्धि पर यकीन नहीं कर पा रही थी। मैं आगे बढ़ा और उसके दोनों हाथों को थामकर कहा, ''दीदी पागल मत बनो। तुम फ़र्स्ट डिवीज़न में पास हो। रोना-धोना छोड़कर अंदर जाओ और सबको बताओ। मिठाई न सही एक चम्मच चीनी ही ले आओ।'' उसने अपनी लाल-लाल आँखों से मेरी ओर देखा और बोली, ''तू मेरे सिर पर हाथ रखकर कसम खा तब मानूँगी।'' मैंने जैसे ही उसके सिर पर हाथ रखा वह खुशी से झूम उठी। उसका चेहरा जो कुछ देर पहले डर से सफ़ेद हो रहा था, एकदम लाल हो गया। उसने आगे बढ़कर मुझे अपनी बाँहों में भर लिया और अपनी नाक मेरी नाक से रगड़ते हुए हँसने लगी। वह मुझे उठाने की कोशिश करती हुई बोली, ''हाय, मैंने तुझे मारा। तेरे जैसे प्यारे भाई को! कैसी पापिन हूँ मैं। ले तेरे बजाय मैं खुद से बदला ले लेती हूँ।'' और वह अपने गालों पर ज़ोर-ज़ोर से तमाचे मारने लगी।

लड़कियाँ पागल होती हैं। ऐसा सुनता था, लेकिन इतनी पागल होती हैं नहीं जानता था। आज अपनी आँखों से देख लिया। मैंने आगे बढ़कर उसके हाथ पकड़ लिए और कहा, ''तेरी कसम खाकर कहता हूँ कि मुझे ज़रा भी बुरा नहीं लगा। दीदी तुम्हें इसका पूरा हक है। अब बस करो। खुशियाँ मनाओ कि तुम्हारी मेहनत रंग लाई है। पता है सुमन दीदी की तो सैकेंड क्लास आई है। अच्छा है कि वे यहाँ नहीं हैं, नहीं तो मुझे और मार पड़ती। उर्मिला ने आह भरकर 'ओ माई गॉड' कहा और मुझे खींचकर बाँहों में भर लिया। कुछ देर तक मेरा चेहरा देखती रही, मानो चाँटे के निशान खोज रही हो फिर बेतहाशा चूमना शुरू कर दिया। अब उसको रोकने का कोई उपाय नहीं था। तब तक जागकर उसके माता-पिता और छोटे भाई आ गए। पंकज ने जाकर धीरे से उन्हें बताया तो दोनों हँसते-खिलखिलाते हुए आगे बढ़े और हम दोनों को घेरकर सिरों पर हाथ फेरने लगे। उनके लिए भी यह अप्रत्याशित था। उसकी मम्मी बार-बार कहती रहीं कि यह तो मास्टर जी की मेहरबानी है जी। नहीं तो इसके तो पास होने के लाले पड़े हुए थे जी। भगवान उनका भला करे।''

~

गर्मी की छुट्टियों में पिताजी मुझे और माँ को जयपुर में मौसी के घर छोड़कर चले गए। मौसी का घर वहाँ के सबसे बड़े बाज़ार चौड़ा रास्ता में था। मनोरथ नगर के मुकाबले जयपुर किसी मायालोक से कम नहीं था। मुझे बहुत मौज आई। बाज़ार में तरह-तरह के खाद्य पदार्थों के ठेलों की भरमार रहती। गन्ने का रस, पानी के बताशे, चाट, मूँग की दाल की गर्मागर्म पकौड़ियाँ, लस्सी, जलजीरा और आम, फालसे, जामुन आदि फल। इकन्नी-दुअन्नी लेकर जाता और रोज़ाना एक नए ठेले पर कुछ-न-कुछ नया चखकर लौटता।

एक बुक स्टॉल भी था, जहाँ हिन्दी-अंग्रेज़ी की लगभग सभी पत्रिकाएँ मिलती थीं। स्कूल लाइब्रेरी से पत्रिकाएँ ले जाकर पढ़ने की आदत सी पड़ गई थी। यहाँ खरीद कर लाता रहा। माँ इस नेक काम के लिए खुशी से पैसे दे देतीं। शाम को लगभग दो फर्लांग की दूरी पर स्थित रामनिवास बाग टहलते हुए जाता। उस खूबसूरत बागीचे में म्यूज़ियम था, प्राणी उद्यान (ज़ू) था और कई खाने-पीने के स्टॉल थे। हमारे वहाँ रहते हुए ही सरकस भी लगा और मौसी के परिवार के साथ हमने देखा। इस तरह छुट्टियों के दिन कैसे हवा हो गए कुछ पता ही नहीं चला। स्कूल खुलने में एक हफ़्ता रह गया तो पिताजी हमें ले जाने के लिए आ गए। रात के खाने के बाद उन्होंने बताया, ''जगन तुम्हारे लिए एक बुरी खबर है, तुम्हारे सबसे गहरे दोस्त, क्या नाम है उसका—जयंत ना, उसके पिताजी का ट्रांसफ़र-ऑर्डर आ गया है, कानपुर के लिए। अब तक उन्होंने बच्चों का टीसी बनवा लिया होगा। स्कूल खुलने वाले हैं, इसलिए जल्दी चले जाएँगे।''

यह इतना बड़ा आघात था कि मैं अंदर तक हिल गया। कुछ सोच कर पूछा, ''उनके बच्चों की पढ़ाई का क्या होगा? अगले साल तो बोर्ड की परीक्षा है। ऐसा तो नहीं कि उनको यहीं छोड़ जाएँ।'' पिताजी कुछ चकित होकर बोले, ''अरे नहीं, वहाँ भी यूपी बोर्ड का स्कूल है मगर यहाँ से लाख दर्जे अच्छा। यहाँ तो ज़्यादातर टीचर गोबर गणेश हैं। देखा नहीं हाईस्कूल के रिज़ल्ट में ज़्यादातर बच्चे थर्ड क्लास पास हुए हैं। यह तो जी.एम. साहब का ज़ोर था जो स्कूल को इंटर तक एक्सटेंशन मिल गया। पैरेंट्स का बहुत बड़ा सिरदर्द दूर हुआ।'' अगले ही दिन हम वापसी की ट्रेन में बैठ गए। यूँ भी मेरा जी अब जयपुर से उचट गया था।

मनोरथ नगर पहुँचते ही शाम को मैं साइकिल उठाकर जयंत के घर के लिए निकल पड़ा। मैंने आवाज़ लगाई तो जयंत बाहर निकलकर आया, ''जगन्नाथ तुमने बहुत दिन लगा दिए। एक दिन और लेट हुए होते तो मुलाकात नहीं हो पाती।'' घर के अंदर गए तो देखा कि बंगला लगभग खाली हो चुका था। लकड़ी के बड़े-बड़े बक्सों और क्रेटों में सामान पैक हो चुका था। सिर्फ़ वह फ़र्नीचर बच गया था जो एम.ई.एस. से किराए पर मिला था। हम दोनों एक तख्त पर बैठ गए। वह कानपुर के बारे में बताने लगा कि उसे होम ऑफ़ एजुकेशन कहा जाता है, क्योंकि वहाँ इंजीनियरिंग इंस्टीट्यूट, एग्रीकल्चर कॉलेज, मेडिकल कॉलेज के अलावा लेदर, टैक्सटाइल और शुगर इंस्टीट्यूट भी हैं। डिग्री कॉलेजों की तो भरमार है। डी.ए.वी. कॉलेज ही इतना बड़ा है कि पाँच हज़ार स्टूडेंट्स पढ़ते हैं। उसके पैरेंट्स इस ट्रांसफ़र से बहुत खुश थे। मुझे खामेखां यह गलतफ़हमी थी कि बैनर्जी परिवार दुखी होगा। बाद में मैंने नोट किया कि मनोरथ नगर से जाते हुए कोई भी दुखी नहीं होता। मेरी नज़रें इधर-उधर घूम रही थीं, मानो किसी को ढूँढ़ रही हों। कुछ देर बाद एक ट्रे में चाय और नमकपारे लेकर वह आ गई। ट्रे हम दोनों के बीच रखकर वह तख्त पर मेरे पास बैठ गई, सामने दीवार पर नज़र टिका कर। मैंने देखा कि चाय तीन कप थी। यानी एक तरह

से फ़ेयरवेल टी। जया स्कर्ट-ब्लाउज़ में थी इसलिए अपनी उम्र से बहुत कम लग रही थी। कुछ देर के मौन के बाद, तख्त से लटके हुए पैरों को हिलाते हुए उसने बहुत दुखी स्वर में कहा, "जगन दा, हम लोग कल जा रहे हैं। अब जाने कब मिलना होगा! आपका तो पता नहीं लेकिन हम आपको बहुत मिस करेंगे। दादा और मैं। अच्छा आप चाय पीजिए, नहीं तो ठंडी हो जाएगी।"

जयंत और मैं जाने कितनी देर तक बातें करते रहे। जया कप हाथ में पकड़े सुनती रही। कई बार ऐसा लगा कि वह कुछ कहते-कहते रुक जाती हो। मैंने पूछ ही लिया, "जया कुछ कहना चाहती हो तो कह डालो फिर कभी मौका मिले न मिले।" उसने पैर हिलाते हुए कहा, "आपकी छुट्टियाँ तो बहुत अच्छी गुज़री होंगी, क्योंकि जयपुर बहुत सुंदर शहर है। इस ट्रांसफ़र के चक्कर में हम लोग इस बार न कलकत्ता जा पाए न ही धनबाद। बस एक दिन के लिए दिल्ली गए। वहाँ घूमे-फिरे और चाँदनी चौक में एक फ़िल्म देखी, 'झनक-झनक पायल बाजे', बहुत अच्छी फ़िल्म है यहाँ कभी आए तो आप ज़रूर देखना।" आजकल बिनाका गीतमाला में उसके गीत पायदान चढ़ते जा रहे हैं।"

उसकी मम्मी भी आईं।...तुम्हारा दोस्त जा रहा है, उसे छोड़ने जाओगे क्या? यहाँ से एक स्टेशन वैगन और एक कार हमें दिल्ली स्टेशन तक छोड़ने जाएँगे। तुम भी चलो फिर उसी में वापिस आ जाना।" इस तरह मानो उन्होंने विदाई के दृश्य को लिखकर पटकथा में जोड़ दिया। मैंने मन में कहा, "गज़ब तेरी कारीगरी रे करतारे।" जयंत ने डिटेल्स बताईं। उनकी गाड़ी रात को नौ बजे दिल्ली से रवाना होनी थी। मनोरथ नगर से डेढ़ घंटे का रास्ता था। तै हुआ कि मैं शाम को छह बजे उनके यहाँ पहुँच जाऊँगा।

घर से चला तो माँ ने दस रुपये जेब में डाल दिये। बंगले पर देखा कि दो-तीन लोग और थे। एस.एम. बैनर्जी अपनी पत्नी सहित आए थे। वे एक बड़े से, पाँच डिब्बों वाले टिफ़िन कैरियर में जयंत लोगों के लिए खाना लाए थे। कार में बैनर्जी परिवार और बाकी लोग स्टेशन वैगन में बैठे। ज़्यादातर सामान ट्रक से पहले ही जा चुका था, सिर्फ़ तीन अटैचियाँ और दो बैडिंग इनके साथ थे। हम सब आठ बजे ही पुरानी दिल्ली स्टेशन पहुँच गए। उनकी गाड़ी हावड़ा मेल प्लेटफ़ॉर्म नंबर वन से रवाना होनी थी। मैं इस प्लेटफ़ॉर्म से परिचित था, क्योंकि जयपुर के लिए ट्रेन यहीं से मिली थी। गाड़ियाँ बाहर पार्क हो गईं और सामान कुलियों ने ले जाकर प्लेटफ़ॉर्म पर एक बैंच के पास रख दिया। गाड़ी आने में काफ़ी समय था, इसलिए खाना खा लिया गया। बड़े लोग बातों में मशगूल हो गए तो मैं, जयंत और जया प्लेटफ़ॉर्म पर टहलने लगे। पहले बुक स्टॉल पर रुके, मैंने जया से कहा, "रास्ते के लिए कुछ मैगजींस ले लो। तुम और जयंत पढ़ते हुए जाना।" उन दोनों ने मिलकर तीन-चार पत्रिकाएँ छाँट लीं। जयंत पापा से पैसे लेने जाने लगा तो उसे रोककर मैंने दस के नोट से पैसे कटवा दिये। वहाँ टहलते हुए यकायक जया ने कहा, "जगन दा,

आपको तो इंजीनियरिंग करनी है। कानपुर के कॉलेज से कर लेना।'' मैंने कुछ निराशा से कहा, ''अभी तो दिल्ली बहुत दूर है। तीन साल हैं अभी तो। तब तक हो सकता है कि तुम लोगों का कहीं और ट्रांसफ़र हो जाए।''

जयंत ने कहा कि ''ट्रांसफ़र हो भी जाए तो कानपुर में ही किसी अन्य फ़ैक्ट्री में होगा। वहाँ पाँच फ़ैक्ट्रियाँ हैं। मैं भी वहीं के इंजीनियरिंग कॉलेज में एडमीशन लूँगा। तुम भी आ जाना। हो सकता है कि तुम लोगों का ट्रांसफ़र कानपुर ही हो जाए।'' जया ने चहक कर कहा, ''हे भवतारिणि माँ, अगर ऐसा हो जाए तो कितना अच्छा हो। जगन दा सच्ची, मेरा दिल कह रहा है कि एक बार फिर, हम सब साथ-साथ होंगे।'' तब तक ट्रेन प्लेटफ़ॉर्म पर आ लगी। जया ने मेरा हाथ पकड़कर कहा कि आइये चलने का समय हो गया। हम दोनों हाथों में हाथ लिए जयंत के पीछे-पीछे चलते रहे। मुझे ऐसा लगा जैसे उसने मेरी उँगलियों में अपनी उँगलियाँ कुछ इस तरह फँसा ली हों कि जब तक वह न चाहे हाथ अलग नहीं हो सकते थे। लेकिन कब तक! हाथ तो अलग होने ही थे। हो गए और वह फ़र्स्ट क्लास के डिब्बे के एक कूपे में जाकर बैठ गई। कुलियों ने सामान लगा दिया था। बैनर्जी साहब और उनकी पत्नी और जयंत नीचे दरवाज़े के पास सी-ऑफ़ करने आए लोगों से बतिया रहे थे। कूपे में बस मैं और जया थे, वह बार-बार नज़रें उठाकर मुझे देख रही थी, पता नहीं मैं नैनों की भाषा सही से समझ पाया या नहीं मैंने बैठे-बैठे ही गले में हाथ डालकर उसे अपने पास खींच लिया। इतना कि उसके दिल की धड़कन साफ़ सुनाई देने लगी। देह में एक तीव्र आवेग उमड़ा और मैंने उसके नर्म होंठों को चूम लिया। वह आँखें बंद किए थी, इसलिए उसकी प्रतिक्रिया तभी पता चली जब उसने अपनी हथेलियों में भर कर मुझे कहीं अधिक तीव्रता से चूमा। लोगों के डिब्बे में चढ़ने की आहट पा कर हम झटके से अलग हो गए। जयंत और उसके मम्मी-पापा आकर बैठ गए तो मुझे कुछ याद आया। मैं उतरकर एक सजे-धजे स्टॉल तक गया जिस पर सिगरेट और चॉकलेट आदि बिकती थीं। मैंने चार चॉकलेट खरीदीं और दौड़ते हुए जाकर ट्रेन चलने से ठीक पहले जया और जयंत को पकड़ा दीं। उसके बाद मैं जैसे एकदम खाली हो गया। स्टेशन वैगन में मनोरथ नगर जाते हुए ऐसा लग रहा था जैसे किसी गमी से लौटकर आए हों।

~

मनोरथ नगर उजड़ता जा रहा था। स्कूल का सत्रारंभ हुआ तो पता चला कि बायलोजी के सर की नियुक्ति उनके होम टाउन यानी शाहजहाँपुर के डिग्री कॉलेज में हो गई है। उनका सामान पहले ही जा चुका था, अगले ही दिन डिस्चार्ज लेकर वे चले गए। सुमन पहले ही जा चुकी थी। पता नहीं उनके बीच पत्राचार चला या निगाहों से दूर होते ही प्रेम कहानी का पटाक्षेप हो गया। जयंत गया, जया गई उनके साथ ही हल्के बुखार की तरह छाई रहने वाली रुमानियत भी कपूर की तरह उड़ती जा रही थी। हालाँकि जब तक साँस तब तक आस

वाला आलम था। दिक्कत यह थी कि मैं जया को पत्र नहीं लिख सकता था, इसलिए जयंत को ही लंबे-लंबे पत्र लिखता। इस उम्मीद में कि जया भी उन्हें पढ़ती होगी और बिटवीन द लाइंस लिखा गया संदेश यथास्थान पहुँच जाता होगा। जयंत ने वहाँ के फ़ैक्ट्री स्कूल में दाखिला ही नहीं ले लिया बल्कि दो-दो ट्यूटर भी रख लिए गये थे।

ले-देकर एक उर्मिला थी जिसके यहाँ मेरा आना-जाना कायम था। उसने इंटर की क्लासें चालू होते ही दाखिला ले लिया। फ़र्स्ट डिवीज़न ने उसका रुतबा बहुत बढ़ा दिया था। अब वह स्कूल की हैड गर्ल बना दी गई थी। साथ ही हैड मॉनीटर भी। एक्स्ट्रा करिकुलर कमेटी की मैंबर होने के नाते स्कूल में उसकी सक्रियता और महत्त्व बराबर बढ़ते जा रहे थे। मेरे प्रति अपने कर्तव्य का उसे बराबर ध्यान रहता था। मास्साब उसे हफ़्ते में एक दिन पढ़ाने आते थे और वह मुझे दो दिन अपने यहाँ बुलाकर पढ़ाती थी। अब उसके अनमोल नोट्स मुझे उपलब्ध थे और मैं भी हाईस्कूल के बजाय इंटर स्तर की पढ़ाई कर रहा था। क्लास में अब कोई नहीं था, जो मेरा मुकाबला कर सके। जयंत के दृश्य से हट जाने के बाद स्पर्धा का दबाव खत्म सा था।

एक दिन स्कूल के बाद कॉपी-किताब लेकर उर्मिला के यहाँ पहुँचा तो पता लगा कि मेहमान आए हुए हैं। मैं उर्मिला को खोजते हुए रसोई में गया तो उसकी माँ ने कहा, ''उर्मी गई है नहाने। थोड़ी देर बाद तैयार होकर आएगी। ये तो अच्छा हुआ कि तुम आ गए। चार बजे वाली गाड़ी से देहरादून वाले कोहली लोग आए बैठे हैं, इसके पापा तो दुकान गए हैं और लड़कों को भेजा है कुछ खाने-पीने का सामान लाने। तुम ज़रा मेहमानों के साथ जाकर देखो उन्हें किस चीज़ की ज़रूरत है। लस्सी या शरबत क्या लेंगे।'' मैं ट्रे में पानी के गिलास लेकर बैठक में गया। कुर्सियों पर तीन लोग बैठे थे, वयोवृद्ध पुरुष और महिला और उनके बीच बैठा एक नौजवान। तीनों खूब सजे-धजे। मैंने नमस्ते की और नम्रतापूर्वक पूछा, ''आपके लिए शरबत लाऊँ या लस्सी?'' बुजुर्ग महिला ने मुझे गौर से देखा, ''अच्छा तो तुम सेठी साहब के बड़े लड़के हो?'' मैंने जल्दी से कहा, ''जी नहीं, मैं तो दीदी से पढ़ने आता हूँ।'' पानी पीकर वह बोली, ''बड़ी होशियार मालूम पड़ती है उर्मिला, खुद पढ़ रही है और ट्यूशन भी कर रही है।'' वयोवृद्ध पुरुष ने कहा, ''मालूम है, हाईस्कूल में उसके 69 पर्सेंट मार्क्स आए थे। देहरादून में होती तो ट्यूशन वालों की लाइन लग जाती। तुम कौन-सी क्लास में हो बेटा?'' मैंने बताया और फिर से शरबत के लिए पूछा तो उन्होंने कहा, ''देखो शरबत या लस्सी के बजाय चाय मिल सके तो बहुत अच्छा। हम देहरादून वालों को गर्मियों में भी चाय की तलब होती है। लेकिन ऐसा कोई ज़रूरी नहीं है, बाद में पी लेंगे।''

''कुछ भी दिक्कत नहीं है। मैं अभी लेकर आता हूँ।''

रसोई में चाय बनाते हुए उर्मिला की माँ ने बहुत उत्सुकता से पूछा, ''जगन्नाथ सुन, लड़का तेरे को कैसा लगा?'' मैं हैरान होकर बोला, ''कौन-सा लड़का, वह जो वहाँ बैठा

है? लेकिन काहे को?'' उन्होंने हँसकर कहा, ''अरे बुद्धू, तू इतना भी नहीं समझा कि ये लोग उर्मी को देखने के लिए आए हैं। अब उर्मी की वह जाने, मुझे तो लड़का पसंद आया। देखने में तो अच्छा है ही, दिल्ली में मेडिकल की पढ़ाई कर रहा है।''

सुनकर मेरा माथा घूम गया, कहे बिना नहीं रह सका, ''मगर दीदी तो बहुत छोटी हैं और सिर्फ़ हाईस्कूल पास किया है। अभी तो कई साल की पढ़ाई बाकी है।''

''अरे तो पढ़ाई को कौन मना कर रहा है। शादी के बाद भी जब तक चाहे करती रहे। ये लोग तो खुद इस बात को कह रहे थे। इन्हें जल्दी इसलिए है कि अकेला लड़का है, बाहर पढ़ रहा है। घर में माँ एकदम अकेली है। बीमार अलग रहती है। बहू आ जाएगी तो अकेलापन दूर हो जाएगा और घर भी सँभाल लेगी। बड़े पैसेवाले लोग हैं जी। इनका होटल चलता है वहाँ देहरादून में। भगवान ने चाहा तो उर्मी के भाग खुल जाएँगे। वहाँ अकेली राज करेगी राज! यूँ भी डॉक्टर दूल्हा इस तरह घर बैठे-बिठाए मिलता है क्या। सब ऊपरवाले की मेहर है।...हाय रे, चाय के साथ रखने को तो कुछ भी नहीं है। ये पंकज और मुकेश तो अभी सौदा लेकर आए ही नहीं।''

मैंने कहा, ''आंटी, लाइये पैसे। क्या लाना है, मैं ला देता हूँ।'' मैं साइकिल उठाकर जाने को ही था कि दोनों लड़के सामान लेकर आ गए। वे समोसे और बिस्कुट ले आए थे। एक ट्रे में चाय की केतली और कप-प्लेट, दूसरी में समोसे और बिस्कुट लेकर मैं और पंकज अंदर गए। इस बार मैंने लड़के को ठीक से देखा। डील-डौल से तो ठीक था, नाक-नक्श भी, बस एक कमी थी जिस पर बरबस ही देखने वाले की नज़र टिक कर रह जाती थी—उसका बायाँ नथुना, नीचे की तरफ़, थोड़ा फटा हुआ था। जैसे किसी दुर्घटना के गुज़रने का चिन्ह हो। उसके मम्मी-पापा ने गोपाल हलवाई के समोसों की बहुत तारीफ़ की। कोहली साहब बोले, ''लाहौर के बाद आज ऐसा स्वाद पाया है। लगता है कि यह हलवाई उधर कहीं का है। पार्टीशन में इसका परिवार यहाँ माइग्रेट कर गया होगा।'' मुझे लगा कि वे सुशिक्षित और शायस्ता किस्म के आदमी हैं। पार्टीशन के बारे में गुरुदत्त के उपन्यासों और यशपाल की कहानियों में पढ़ा था। जहाँ तक मेरी जानकारी थी, उर्मिला के दादा भी वहाँ से उखड़ कर आए थे। हो सकता है कि गोपाल भी वहीं का हो।

मैं लौट के रसोई में आया तो मुकेश ने कहा, ''भैया, दीदी आपको चाय के लिये अंदर बुला रही है। मैं आंगन पार के द्वार से अंदर गया तो देखा कि एक स्टूल पर समोसे की प्लेट और चाय के कप रखे हैं। उर्मिला दीवार पर टंगे शीशे में देखते हुए बाल काढ़ रही थी। पहली बार मैंने गौर किया कि उसके बाल बहुत लंबे और घने हैं। घुँघराले भी। कैंथराइडिन हेयर ऑयल की तेज़ खुशबू से कमरा गमक रहा था। उसने शीशे में ही मुझे देखकर कहा, ''तू समोसे खा, मुझे अभी देर लगेगी। तब तक ठंडे हो जाएँगे।'' उसके बोलने का लहज़ा कुछ बदला हुआ सा लगा। उसमें हमेशा की तरह आत्मीयता के माधुर्य की

कमी अनुभव हुई। मैं कुर्सी पर बैठकर चुपचाप समोसे खाने लगा। गनीमत हुई कि उनका स्वाद बरकरार था। चाय का बहुत शौकीन तो नहीं था, मगर समोसे खाने के बाद अच्छी लगती थी। मैं गंभीरता से सोचने लगा कि इनकी जोड़ी कैसी रहेगी? इसका उत्तर मेरे मन ने यूँ दिया कि जैसी भी रहेगी मगर फ़िज़िक्स वाले मास्साब की छाया में रहने से तो बेहतर ही होगी। मास्साब का रंग गहरा सांवला था और चेहरा एकदम नुकीला था। आखिर कोई लड़की उन्हें कैसे और कब तक बर्दाश्त कर सकती है यह विचारणीय था। मैंने साथ बैठकर ट्यूशन पढ़ते हुए कई बार टेबल के नीचे मास्साब को उर्मिला की जाँघ पर हाथ फिराते देख लिया था, मगर मैं इसे ज़हर की तरह पी गया। और नीलकंठ की तरह निरपेक्ष बना रहा। सबकी अपनी-अपनी मजबूरियाँ थीं।

उर्मिला प्लेट उठाकर चारपाई पर बैठते हुए बोली, ''अरे तू सीरियस क्यों हो गया। कहीं मन-ही-मन मुझसे शादी करने का अरमान तो नहीं पाले बैठा है। ऐसा ख़याल हो तो बता दे, इनको भगा दूँगी।'' अब इसका मैं क्या जवाब देता। समोसे से दाँतों के बीच फँसे एक हरी मिर्च के टुकड़े का तीखापन महसूस करता बैठा रहा। समोसा खाते हुए उसने तुनककर कहा, ''मैंने साफ़ कह दिया है कि लड़का मुझे पसंद आएगा तभी हाँ करूँगी। यह नहीं कि मुझसे छुटकारा पाने के लिए जिस-तिस के साथ फेरे करवा दो। अच्छा, ये बता कि तुझे कैसा लगा? तू अभी चाय लेकर गया था ना तब देखा होगा।'' मैंने मुस्कुराने की कोशिश करते हुए कहा, ''मुझे तो ठीक ही लगा। आपकी तरह ही स्मॉर्ट है और डॉक्टरी की पढ़ाई कर रहा है।''

''अच्छा बता उसकी हाइट कितनी है? मेरे से छोटा तो नहीं है?''

मैं सोच में पड़ गया। सहसा ख़याल आया कि वह चाय लेने को कुर्सी से उठा था तो कोई विशेष लंबा नहीं लगा था।...''मेरे बराबर ही होगा हाइट में, बाकी एक-दो इंच का फ़र्क हो तो हो।'' उसने चाय का कप रखकर कहा, ''ज़रा इधर आ मैं तेरे साथ खड़ी होकर देखती हूँ।'' मैं उठकर उसकी बगल में जा खड़ा हुआ। उसने अपने सिर पर हाथ रखा तो उँगलियाँ मेरे कान को छू रही थीं। उसे तसल्ली नहीं हुई, ''ऐसे तो कुछ समझ में नहीं आ रहा कि तू मेरे से कितना लंबा है। सामने आ, फिर देखते हैं। मैं उसके सामने खड़ा हो गया। वह आगे बढ़कर एकदम सट गई, ''तू तो सचमुच मेरे से एक बालिश्त ऊँचा है। शुरू में जब पहले-पहल आया था तब नहीं था।'' उसका सिर मेरी नाक के ऊपर पहुँच रहा था। उसको बिलकुल करीब से देखने पर मालूम हुआ कि गालों पर बहुत महीन किस्म के दाने से हैं। इतने कि पाउडर की हल्की पर्त में आराम से छुप जाएँ।

वह कंधे पर सिर रखे हुए ही बोलती रही, ''देखता तो होगा कि मेरी न तो कोई बहन है न कोई सहेली जिससे अपने दिल की बात कह सकूँ। मैं तो तुझको ही अपना सहेला मानती हूँ। भले ही तू लड़कियों के बारे में ज़्यादा न जानता हो। अब मैं कपड़े बदलने के

बाद जाकर उसे देखती हूँ, हो सका तो बात भी करूँगी। अगर जो पसंद आ गया तो और नहीं जँचा तो भी बताऊँगी तुझे ही। मम्मी तो इनकी दीवानी हुई पड़ी हैं। उनसे बहस करना मेरे बस का नहीं। मेरी तरफ़ से तू मेरी हाँ या न उन्हें बता देना।''

मैं जाने लगा तो वह बोली, ''रुक ज़रा, क्यों भागा जा रहा है।'' मैंने कहा, ''दीदी अब आप तैयार हो जाइये। वहाँ इंतज़ार हो रहा होगा।'' वह मेरे पास आकर खड़ी हो गई, ''एक बात सुन। अगर तो मुझे यह लड़का पसंद आ जाता है तो ठीक है, नहीं तो तुझे मेरे साथ शादी करनी पड़ेगी। पहले ही बताए दे रही हूँ।'' मैं हँस पड़ा और वहाँ से भाग आया। देखा कि उसकी मम्मी भी कपड़े बदल कर तैयार थीं। उन्होंने शायद अपने पूरे ज़ेवर पहन लिए थे। थोड़ी देर बाद खूब सज-धज कर उर्मिला आई तो दोनों बैठक की ओर प्रस्थान कर गईं। उसके बाद वहाँ मेरा कोई काम नहीं था।

दो-तीन दिन बाद मैं पढ़ाई के बहाने उनके यहाँ गया तो मेहमान जा चुके थे। उर्मिला के पास पहुँचने से पहले ही उसकी मम्मी ने मुझे रोक लिया, ''मेरे पीछे आ, तुझे एक चीज़ दिखानी है।'' उनकी खुशी बाहर छलकी जा रही थी। मैंने अनुमान लगा लिया कि रिश्ता पक्का हो गया है। अंदर के कमरे में ले जाकर उन्होंने अपना संदूक खोला और एक ज्वैलरी बॉक्स निकालकर मेरी ओर बढ़ाया, ''देख तो सही तेरी दीदी को क्या मिला है।'' मैंने डिब्बा खोलकर देखा, एक सोने का जड़ाऊ हार था। वे उत्साह से बोलीं, ''कोहलियों को उर्मी पसंद आ गई। वह भी राज़ी है। जाने के पहले उसकी सास गोद भराई में यह नेकलेस देकर गई है। पाँच तोले का है। कल ये सब बेगमाबाद गए थे। उर्मी को भी ले गए, वहाँ सबने मोहन टॉकीज़ में पिक्चर देखी, 'भाभी', इसके लिए सलवार-सूट का कपड़ा खरीदा। ढेर सारे फल और मिठाइयां ले आए हैं। तो जाते समय घर के लिए लेकर जाना।''

उर्मिला के पास जाकर बैठा तो उसने भड़ककर कहा, ''तूने भी मुझे नहीं बताया कि उसके नथुने पर कटे का निशान है। क्या मेरी किस्मत में ऐसा ही दूल्हा लिखा था। उस समय मैं भी कहाँ देख पाई। जाकर मम्मी से हाँ कह दी। वह तो कल बेगमाबाद गए तो दिन के उजाले में दिखाई दिया। बस एक खासियत है कि डॉक्टरी पढ़ रहा है। कह रहा था कि नाक की प्लास्टिक सर्जरी हो जाएगी तो पता भी नहीं चलेगा कि कोई कट था नाक पर। मैं भी सोचती हूँ कि ज़्यादा हाय-तौबा करने से क्या होगा। होगा वही जो मुकद्दर में लिखा होगा।'' मैं चुपचाप बैठा रहा, मुझे समझ में नहीं आया कि जब सब कुछ तै हो चुका है तो मुझ पर क्यों नाराज़ हो रही है। सच तो यह था कि उन्हें अपनी हैसियत से बाहर का वर मिल गया। अगर उसकी नाक पर कट है तो तुम ही कौन रानी पद्मिनी हो। खाली रंग थोड़ा ज़्यादा गोरा है। उनकी एक छोटी-मोटी दुकान थी किराने की, और पाँच प्राणी थे खाने वाले। हालत इतनी खस्ता कि मकान में बिजली का कनेक्शन भी नहीं था। लड़के और उसके घरवालों ने दो रातें कैसे काटी होंगी बगैर बिजली-पंखे के, यह तो वही जानते होंगे। अरे लड़के

में यह छोटा-सा दोष नहीं होता तो तुम्हारे यहाँ रिश्ता करते क्या वो? उसने जैसे मेरे मन में चल रही उथल-पुथल को भांप कर मेरा हाथ पकड़कर कहा, ''तू उदास क्यों होता है पगले। अच्छा ही मिला है तेरी दीदी को। सुभाव का भी बहुत अच्छा है। कल उन लोगों के साथ बेगमाबाद गई थी तो वह कदम-कदम पर मेरा इतना ख़याल रख रहा था कि तुम्हें क्या बताऊँ। एकदम लट्टू की तरह नाच रहा था बेचारा। फ़िल्म में जो हीरोइन थी इतनी भली, उस पर इतने ज़ुल्म ढाये गए कि मेरा तो दिल भर आया। रुलाई रोके नहीं रुकी। मेरी होने वाली सास भी आँखें पोंछ रही थी मगर नरेंद्र ने जो रोना शुरू किया तो किसी तरह से चुप ही न हो। उसकी मम्मी ने मुझसे कहा, ''इसे बाहर ले जा। इसका दिल बहुत कमज़ोर है, अभी तो भाभी पर और सितम होंगे, यह बर्दाश्त नहीं कर पाएगा। मैं उसे बाहर ले गई और अपनी चुन्नी से उसके आँसू पोंछ दिये तो वह मेरे कंधे पर सिर रखकर फिर से रोने लगा। टी-स्टॉल वाला भला आदमी था। झट से पानी का गिलास लेकर आया।...बाद में मुझको भी पिलाया। थोड़ी देर बाहर टहलने के बाद जब हम हॉल के अंदर गए तो फ़िल्म की कहानी में सब ठीक-ठाक हो चुका था। महमूद की कॉमेडी इतनी मज़ेदार कि उसकी वह हँसी फूट पड़ी। फिर दिल खोलकर हँसा। मैं समझ गई कि इसके साथ मेरी निभ जाएगी। सच बताऊँ मुझे ऐसा ही 'जोरू का गुलाम' टाइप हसबैंड चाहिए था। अब ये देख बाज़ार में शॉपिंग करके निकले तो सास जी ने कहा, 'चलो कहीं चाट खाते हैं।'...अब बताओ इसे कैसे मालूम हो गया कि मुझे खट्टी-मीठी चाट पसंद है। बगैर पूछे ही ऑर्डर कर दी। और क्या बताऊँ मम्मी ने वह हार तो तुझे दिखा ही दिया होगा। भैया तू उदास मत होना, लड़का जैसा भी है ठीक है। अपनी बीवी को खूब खुश रखेगा यह। तुम देख लेना।''

अबाउट टर्न के बाद, उसका लंबा-चौड़ा बयान सुनकर मेरी मातमी सूरत भी बदलने-बदलने को तत्पर हो उठी। जी कर रहा था कि खुलकर एक ज़ोरदार ठहाका लगाऊँ। सोच भी नहीं सकता था कि एक मेडिकल कॉलेज में पढ़ने वाला लड़का ऐसा लुल्ल होगा। खैर वह जो भी रहा हो, कुल मिलाकर उर्मिला को पसंद आ गया था। गुस्से का तो नाटक था असल में वह बहुत खुश थी। जाने क्यों मुझे ऐसा लगा कि रात को कई बार उसने उस हार को पहनकर अलग-अलग कोण से दर्पण में अपने रूप को निहारा होगा। मैंने अपनी माँ को कई बार नए आभूषण आने पर ऐसा करते हुए देखा था। तभी उर्मिला ने विषयांतर करते हुए कहा, ''अब तो पढ़ाई पर ध्यान दे। बाकी सब भूल जा। बोर्ड की परीक्षा है कोई मज़ाक नहीं। मैंने तो दिन-रात एक कर दिए थे मगर सत्तर परसेंट तक भी नहीं पहुँच पाई। चल आज तेरा मॉक टेस्ट लेते हैं।'' और शादी-ब्याह की चर्चा को दरकिनार कर वह टेस्ट पेपर बनाने में जुट गई। उस दिन के बाद से बोर्ड की परीक्षा तक उसने मेरे साथ बहुत सख्ती बरती। अपनी पढ़ाई की अब उसे उतनी फ़िक्र नहीं रही थी। उर्मिला ने एक दिन यह रहस्योद्घाटन किया कि जब से उसके रोके की खबर सुनी है, उसमें मास्साब की दिलचस्पी बहुत कम हो गई है। नागा भी करने लगे हैं। अब फ़िज़िक्स से अधिक, कम

उम्र की शादियों से होने वाली हानियों को उदाहरण सहित समझाने लगे हैं। सुनकर कोई आश्चर्य नहीं हुआ, उनका बहुरूपियापन मैं सुमन और गिरीश वाले प्रसंग में अच्छी तरह देख चुका था, हाँ, यह आशा ज़रूर हुई कि अब शायद पढ़ाते समय, टेबल के नीचे उसके कदली स्तंभों पर हाथ नहीं फेरते होंगे। हालाँकि ऐसे हरामियों का कोई भरोसा नहीं। मेरी ट्यूशन के पैसे तो वे मुफ़्त में ही ले रहे थे, जबकि सारी मेहनत उर्मिला कर रही थी। मुझे भी अब पढ़ाई के अलावा कोई काम नहीं रह गया था। जयंत, जया, सुमन, बायलोजी के सर, देवेश, शुचि आदि सब मंच से बाहर हो गए थे। इस सबका अच्छा नतीजा यह हुआ कि बोर्ड की परीक्षा में मेरे तिहत्तर प्रतिशत मार्क्स आए और मनोरथ नगर ने खुश होकर मुझे सिर आँखों पर बिठा लिया। हमारा रिज़ल्ट निकलने से पहले सेठी परिवार शगुन लेकर देहरादून चला गया था। मुझे इस अवसर पर अपनी ट्यूटर यानी उर्मिला की अनुपस्थिति बहुत अखरी। सोचता रहा कि वह होती तो कितनी खुश होती। गले से लगा लेती। माँ ने बतौर इनाम मेरी उँगली में एक लाल नग वाली सोने की अंगूठी पहनाई और बहुत असीसा। पिताजी ने कहा, ''गर्मी की छुट्टियों में तुम जहाँ कहोगे ले चलेंगे।'' मेरा मन कानपुर जाने को था मगर कहता कैसे। अंततोगत्वा कलकत्ता जाने का कार्यक्रम बना। वहाँ मेरी बुआ रहती थीं। फूफा जी एक मिल में मैनेजर थे।

कलकत्ता, जयपुर जैसा सुंदर शहर तो नहीं था मगर बहुत बड़ा था। वहाँ घूमने की बहुत जगह थीं। पिताजी एक रोज़ मौका निकालकर आयुध कारखानों के मुख्यालय में पोस्टेड देवेश ठाकुर से मिलने गए। लौटकर बताया कि उसकी शादी नंदी कन्या—शुचि से हो गई है और वह अपनी ससुराल में ही रहता है। बोर्ड की परीक्षा में मेरी परसेंटेज सुनकर वह बहुत खुश हुआ। पिताजी उसे बुआजी के घर का पता दे आए थे। एक रविवार को देवेश और शुचि मिलने आए। माँ की प्रसन्नता का ठिकाना नहीं रहा। बुआ ने भी उनकी खूब खातिरदारी की। देवेश और शुचि के आग्रह पर उनका आमंत्रण स्वीकार कर हम अगले शनिवार की शाम, श्याम बाज़ार स्थित नंदी परिवार के पुश्तैनी मकान में जाकर आए। माँ, शुचि के लिए एक साड़ी लेकर गई थीं। शुचि ने भी माँ को एक तांत की मोरपंखी साड़ी, सिंदूर की डिबिया और मुझे एक बंगाली कुरता दिया। उन लोगों ने रात का खाना खिलाकर ही हमें आने दिया। देवेश ने मुझसे कहा...''देखो अगर इंटर में भी इतना स्कोर कर सको तो यहाँ के इंजीनियरिंग कॉलेज में तुम्हारा एडमीशन हो सकता है। अभी कम-से-कम चार साल तो यहाँ रहूँगा ही, तुम रिज़ल्ट आते ही खबर देना। मैं फ़ॉर्म, प्रोस्पेक्टस वगैरह भेज दूँगा।''

उन दिनों इंटर पास करने वाले विज्ञान के विद्यार्थियों के आगे सीमित विकल्प होते थे। इंजीनियरिंग और मेडिकल कॉलेजों में प्रवेश प्राप्तांकों के आधार पर होता था। आजकल की तरह अखिल भारतीय प्रवेश परीक्षाएँ नहीं होती थीं। मैंने मन-ही-मन तय कर रखा था कि मुझे कहाँ एडमीशन लेना है। दरअसल मैं जयंत को पत्र लिखता था तो

किसी-न-किसी संदर्भ में जया को भी संबोधित कर देता था। इसी तरह वह भी जयंत से कहकर कुछ-न-कुछ लिखवा ही देती थी। अब जयंत हम दोनों के इस कूट संवाद को भांप लेता था या नहीं, मुझे पता नहीं था। पिछले ही पत्र में जयंत ने कानपुर के पुराने और प्रसिद्ध हरकोर्ट बटलर टैक्नोलॉजिकल इंस्टीट्यूट...का ज़िक्र करते हुए लिखा था कि वहाँ सत्तर प्रतिशत से ऊपर वाले सामान्य श्रेणी के छात्रों को एडमीशन मिल जाता है। वह स्वयं भी इसके लिए प्रयत्नशील था और वह और जया चाहते थे कि मैं भी वहाँ आ जाऊँ। बस, कहते हैं ना कि अक्लमंद को इशारा काफ़ी, मेरा लक्ष्य निर्धारित हो गया। चाहे जो हो जाए इंटर में सत्तर प्रतिशत नंबर लाकर एच.बी.टी.आई. में दाखिला लेना है।

इंटर की कक्षाएँ तो पिछले साल ही शुरू हो गई थीं मगर उनके लिए एक अलग ब्लॉक का निर्माण होता रहा, जिसमें चार क्लास रूम और तीन प्रयोगशालाएँ बन रही थीं। गर्मी की छुट्टियों में युद्ध स्तर पर काम चलता रहा, क्योंकि नए भवन का उद्‌घाटन करने डायरेक्टर जनरल स्वयं आने वाले थे। हमारे बैच में, हाईस्कूल में कोई फ़ेल नहीं हुआ इसलिए ट्रांसफ़र केसेज़ को छोड़कर ज़्यादातर पुराने चेहरे ही थे। कुछ नए भी नज़र आए जो जून में ट्रांसफ़र पर आने वाले अधिकारियों के बच्चे रहे होंगे। इनमें एक लड़की मेरी पूर्व परिचित थी। सविता लाहौरीमल। जब पिताजी कटनी में पोस्टेड थे तो प्राइमरी कक्षाओं में वह मेरे साथ थी। हम एक ही डेस्क पर साथ बैठते थे। फिर हम तबादले पर यहाँ आ गए। अब घूमते-फिरते लाहौरीमल भी मनोरथ नगर आ पहुँचे थे। वह मुझे देखते ही पहचान गई और आकर मेरे पास बैठे लड़के को उठाकर खुद बैठ गई। मुझे पहचानने में कुछ समय लगा, क्योंकि वह पहले के मुकाबिले बहुत मोटी और गोल-मोल हो गई थी। चश्मा भी लग गया था। नई बिल्डिंग में दो कमरे ट्वेल्थ के थे और दो इलेवंथ के। मैं उर्मिला से मिलने जाना चाहता था मगर उद्‌घाटन तक क्लास से बाहर निकलना मना था। वैसे भी नए कमरे में, नए-नए फ़र्नीचर पर बैठकर बहुत अच्छा लग रहा था। ऊपर लगे पंखे खूब हवा फेंक रहे थे। डायरेक्टर जनरल आए और फीता काटा। हम सब ने खूब तालियाँ बजाईं। इस अवसर पर सबको मिठाई के पैकेट मिले। बाँस के कागज़ के लिफ़ाफ़े को खोलकर देखा, उसमें दो मोतीचूर के लड्डू, एक बालूशाही, एक इमरती और एक समोसा था। उन दिनों स्कूलों में बँटने वाले पैकेट ऐसे ही भव्य और तृप्तिदायी हुआ करते थे। मैंने अपना पैकेट डेस्क में रखा और उर्मिला की तलाश में बारहवीं के ए सेक्शन में गया। वहाँ पता लगा कि वह आई ही नहीं है। एक लड़की हँसते हुए बोली, "अरे सुन, अब वो नहीं आने वाली। उसकी कुड़माई हो गई है और शादी होने वाली है।" अपनी क्लास में लौटकर आया तो देखा सविता बालूशाही खा रही थी। उसने अपना बाकी का पैकेट मेरी ओर बढ़ाया। मैंने अपना पैकेट निकाल कर उसे दिखाया।

उद्‌घाटन के बाद क्लासें लगने लगीं। इंटर के लिए अब नए-नए टीचर आ गए थे। हमारी क्लास टीचर श्रीमती माधुरी त्रिपाठी थीं। देहरादून से थीं जहाँ उनके पति फ़ौज

में अफ़सर थे। उन्होंने अपने परिचय में यह बात कुछ ज़ोर देकर बताई कि वे पीएच.डी. थीं। पूरे स्कूल की एकमात्र पीएच.डी.। ज़ाहिर था कि हिन्दी पढ़ाएँगी। इस तरह फ़िज़िक्स के सर, कैमेस्ट्री के सर, गणित वाले मास्साब और हिन्दी वाली बहनजी पीछे छूट गए। बायलोजी के सर तो पहले ही नौकरी छोड़कर जा चुके थे। फ़िज़िक्स के नए सर आर.के. भटनागर थे। उन्होंने संक्षिप्त परिचय देकर पढ़ाना शुरू कर दिया। उनके पढ़ाने का तरीका एकदम अलग था। वे बीच-बीच में सवाल पूछने लगते। कोई सही जवाब देता तो मुक्तकंठ सराहना करते परंतु गलत उत्तर देने वाले को हतोत्साहित भी नहीं कर रहे थे। बाद में लड़के कहने लगे कि इस बार टीचर्स का सलेक्शन ठीक हुआ है। कुल मिलाकर मेरे फ़्यूचर प्लान के मुताबिक सब ठीक ही चल रहा था। मुझे हर हाल में इतने नंबर लाने थे कि ट्वेल्थ के तुरंत बाद कानपुर पहुँच जाऊँ। मेरी महत्त्वाकांक्षाओं की राह एच.बी.टी.आई. से होकर गुज़रती थी।

शाम को मैं गोपाल हलवाई की दुकान से एक किलो बर्फ़ी लेकर उर्मिला के घर पहुँचा। पंकज ने बताया कि दीदी अभी सोकर नहीं उठी है। मैं अंदर के कमरे में माँजी के पास गया और पैर छूकर मिठाई का डिब्बा उनको दिया। उन्होंने मुझे गले से लगाकर कहा, ''तुम्हें बहुत-बहुत बधाइयाँ जगन्नाथ। तुमने अपना और अपनी मास्टरनी का नाम ऊँचा कर दिया। देहरादून से लौटकर आए तो तुम्हारी बड़ी कामयाबी की खबर मिली। पूछो मत फिर क्या हुआ। उर्मी तो मारे खुशी के पागल हो गई। नाचने लगी। बार-बार कहे, ''हाय मेरा भाई कहाँ है! कोई उसे बुला दो। उसे जी भर प्यार तो कर लूँ। न जाने कहाँ छुप गया है! वो ऐसा ही शर्मीला है। हमने बड़ी मुश्किल से इसे समझाया कि तुम कहीं छुप नहीं रहे, छुट्टियाँ मनाने कलकत्ता गए हो। तब से वो ना, एक-एक दिन गिन रही है। कल से उसे बुखार आया हुआ है। दोपहर से सो रही है। तुम बैठो मैं चाय बना कर उसे उठाती हूँ। अब तुम आ गए हो तो उसकी तबीयत अपने आप ठीक हो जाएगी।'' मैं बैठक में चला गया। थोड़ी देर बाद पंकज आकर बोला, ''दीदी आपको बुला रही हैं।'' जाकर देखा कि वह चादर ओढ़कर लेटी थी। एक तिपाई पर चाय के दो कप रखे थे। मैंने कहा, ''दीदी नमस्ते!...उसने आँखें खोलीं और मेरी ओर देखकर मुस्कुराई। बुखार से उसका चेहरा लाल हो रहा था। उसने उठने की कोशिश करते हुए कहा, ''मेरे पास आकर बैठ!''...मैं लपक कर गया और पीठ की ओर से सहारा देखर उसे उठाया और तकिये के सहारे पलंग के सिरहाने से टिका दिया। उसने इशारे से चाय माँगी। मैं चाय पकड़ा कर पलंग की पाटी पर ही बैठ गया। उसके चारों ओर विटामिन-बी कॉम्पलेक्स और दवाइयों की मिली-जुली गंध हवा में तैर रही थी। चाय पीकर उसने कप खुद ही तिपाई पर रख दिया और बहुत प्यार से कहा, ''इतने दिन बाद आया है कमबख्त और इतनी दूर बैठा है। तुझे शरम नहीं आती। आ मेरे पास।'' मैं जैसे ही कुछ आगे सरका, उसने अपनी बी-कॉम्पलेक्स से महकती बाँहों में मुझे भर लिया। फिर बड़ी देर तक सिर पर हाथ फेरती रही। मुझे लगा कि वह कुछ कहना

चाहती है मगर मौन की गिरफ़्त में है। मैंने भी आत्मसमर्पण की मनोस्थिति में अपना सिर उसके कंधे पर रखकर आँखें मूँद लीं। जल्दी ही मेरे पर भी बुखार जैसा कुछ चढ़ने लगा। जाने कब उसने मेरा हाथ अपने हाथों में लेकर सहलाया। जैसे ही अंगूठी चुभी उसने आँखें खोलकर उसे गौर से देखा, "हाय, मेरे पीछे तेरी कुड़माई भी हो गई। बता कौन है वो?"

मैंने हँस कर कहा, "नहीं, मेरे पास होने की खुशी में माँ ने लेकर दी है।"

~

नए लड़के-लड़कियों में एक उपद्रवी भी पंजाब के किसी गाँव से आया—केशव, उसे सब केशो कहकर बुलाते। उसके बड़े भाई यहाँ सुपरवाइज़र थे। जब क्लास में कोई टीचर नहीं होता तो वह किसी-न-किसी लड़के को छेड़ता रहता। ऐसे-ऐसे पंजाबी जुमले सुनाता कि क्लास में हँसी की लहर दौड़ जाती। गनीमत यह थी कि वह पढ़ने-लिखने वाले लड़कों से दूर ही रहता था। जल्दी ही जनक उसकी नज़रों में चढ़ गया। इंटरवल में और छुट्टी के बाद दोनों साथ-साथ घूमने लगे। केशो के भाई शादीशुदा नहीं थे, इसलिए खाना दोनों भाइयों को मिलकर बनाना पड़ता था। उसके टिफ़िन बॉक्स में जनक का भी हिस्सा होने लगा। गर्मी की छुट्टियों के बाद जब से स्कूल खुला, भागलपुरिया मास्साब नज़र नहीं आ रहे थे। शायद अपने गाँव गए हों। कुछ दिन बाद खबर फैली कि अब वे नहीं आएँगे, उन्होंने नौकरी से त्यागपत्र भेज दिया है। जनक को शायद पहले से ही मालूम था, इसलिए उसने अपना नया ठौर-ठिकाना केशो के रूप में ढूँढ लिया था। जब कभी केशो की जेब में पैसे होते उनकी जोड़ी गोपाल हलवाई की दुकान की रौनक बढ़ाती नज़र आती। जनक के अलावा भी कई लड़के उसकी आत्मीयता के दायरे में रहते थे। इनसे उसे मनोरथ नगर का कच्चा चिट्ठा सुनने को मिलता रहा होगा। एक दिन खाली पीरियड में उसने मुझे अपने पास बुलाकर व्यंग्यात्मक मुस्कान के साथ कहा, "ओये, सुना है तुम बहुत बड़े लौंडियाबाज़ हो। अपने से उम्र में बड़ी कुड़ियों को पटाया करते हो।...अरे नाराज़ नहीं होना, यह तो बड़ी अच्छी बात है। वो खेली-खाई होती हैं, ज़्यादा नखरा नहीं करतीं। तो बात यह है उस्ताद जी कि हमारा भी कुछ डौल फिट करवा दो। बड़ा सूखा चल रहा है।" मैं गुस्से में पाँव पटकता हुआ अपनी सीट पर आकर बैठ गया। सविता धीरे से बोली, "यह कमीना बहुत बदतमीज़ है, लड़कियों को आँख मारता है और गंदे इशारे किया करता है।" मैंने गुस्से से पूछा, "क्या तुम्हारे साथ भी कुछ बदतमीज़ी की इसने?" मुझे मालूम था कि उसके पिता लाहौरीमल सिक्योरिटी के इंचार्ज थे। केशो को उसकी औकात बता सकते थे। सविता ने बताया, "मुझे आँख तो नहीं मारी मगर एक दिन गैलरी में रोककर बोला, "बहनजी, आपको कोई दुबला-पतला नहीं चलेगा। हमारे जैसे बॉडी बिल्डर की ज़रूरत है। कभी सेवा का मौका दीजिए। पूरी तसल्ली की गारंटी है। मैंने आव देखा न ताव सैंडिल निकालकर मारने बढ़ी तो 'माफ़ करो, माफ़ करो' कहते हुए भाग गया। तब से नज़रें नीची रखता है। सामने पड़ता है तो, 'बहनजी-

नमस्ते' कहकर निकल जाता है। शायद इसे पापा के बारे में पता चल गया है।''

सविता ने मेरे पर पूरा अधिकार जमा लिया था। मुझे कभी-कभी झल्लाहट होती, मगर फिर कटनी के फ़ैक्ट्री स्कूल में पहली से लेकर चौथी क्लास तक साथ गुज़ारे गए दिन याद आ जाते। तब भी यह कम चंचल नहीं थी। मेरे से बार-बार कहती कि तुम अपनी टुन्नी दिखाओ!...पहले तो मैं समझा नहीं मगर एक रोज़ लंच ब्रेक में एक खाली क्लासरूम में ले जाकर उसने न केवल मेरी टुन्नी खूब मज़े से देख ली बल्कि अपनी मुन्नी भी दिखा दी। मुझे हैरान होते देखकर उसने कहा, ''जानते भी हो, बड़े होकर औरत-आदमी टुन्नी-मुन्नी का खेल खेला करते हैं। मैंने तो कई बार मम्मी-पापा को करते हुए देखा है।'' मैं स्वयं तो ऐसे किसी खेल का प्रत्यक्षदर्शी नहीं था मगर यह समझ गया कि सविता अच्छी लड़की नहीं है। फिर भी जब चौथी क्लास तक आते-आते उसने खुलेआम यह घोषित कर दिया कि ''मेरी शादी तो जगन्नाथ से होगी।'' उसकी इस बात पर उसके और मेरे माता-पिता खूब हँसे। मेरी माँ बोलीं...''देखो तो कितनी प्यारी लड़की है! सविता की मम्मी, हमें यह रिश्ता मंज़ूर है।''

अब वही भोली-सी लड़की मेरे स्कूली जीवन में सात साल बाद फिर प्रकट हो गई थी। मुझे पूरी आशा थी कि अब उसे गलत-सही की समझ आ गई होगी, अब टुन्नी दिखाने को नहीं कहेगी। एक दिन लाहौरीमल जी सपरिवार हमारे यहाँ मिलने आए तो पुरानी बातों को याद करके सब लोग खूब हँसे। सविता की मम्मी ने तकादा किया तो मेरी माँ बोलीं, ''बहनजी, हम तो अपनी बात पर कायम हैं। बाद-बाकी आप सोच लो।''

''अजी इसमें सोचना क्या है। हमारी लड़की को यही लड़का पसंद है। आप जब कहोगे ब्याह कर देंगे। मैंने तो इसके लिए दो-दो सेट बनवाकर रख लिए हैं। बाकी हमारी इकलौती संतान है, खूब दिल खोलकर देंगे।'' इस तरह मज़ाक में शुरू होकर बात गंभीर होने लगती। मुझे यह सोचकर घबराहट होती कि इस गोल-मटोल लड़की को जीवनभर झेलना पड़ सकता है। फिर यह मानकर कि यह सब मज़ाक ही तो है अपने दिल को समझा लेता।

मैंने बहुत कोशिश की कि वह मेरे साथ बैठने के बजाय किसी लड़की के साथ जाकर बैठे मगर वह नहीं मानी। कह देती कि तुम हो क्लास में टॉपर, तुम्हारे पास बैठकर शायद मेरी भी नैया पार लग जाए, दूसरी बात मेरी शादी तुमसे ही होनी है तो पास-पास क्यों न बैठें। लेकिन तुम्हारे हाव-भाव से लगता है कि तुम मुझसे पीछा छुड़ाना चाहते हो। देखो मुझे तुम्हारी सब कारस्तानियाँ पता हैं। पूरा स्कूल जानता है कि तुम पहले एक बंगाली लड़की के चक्कर में थे और अब उस बूढ़ी पंजाबन के पालतू बन गए हो। मुझे समझ में नहीं आता कि जब सगाई हो गई, शादी होने वाली है तो तुम्हारे से क्यों सटी हुई है। तुम्हारे में है क्या, ढाई पसली के इन्सान, हाँ, गोदी में खिलाना हो तो बात और है।

एकाध बार मैंने सविता को समझाने की कोशिश की, "जिसे तुम बूढ़ी पंजाबन कह रही हो उसकी शादी एक डॉक्टर से होने जा रही है। वह स्कूल की सबसे मेरिटोरियस स्टूडेंट है। मैं उसके पास पढ़ने जाता हूँ, हाईस्कूल में मेरी फ़र्स्ट डिवीज़न उसकी वजह से ही आई। तुम बताओ, तुम्हारे कितने परसेंट मार्क्स आए थे। तुम्हें तो शादी के अलावा और कोई चिंता है नहीं मगर मुझे तो अभी इंटर में भी कम-से-कम सत्तर परसेंट लाने हैं, तभी इंजीनियरिंग में एडमीशन मिल पाएगा।"

इस तरह खरी-खरी सुनकर वह झेंपते हुए कहती, "मैं क्या तुम्हें अच्छा स्कोर करने से रोक रही हूँ। मेरी फ़र्स्ट क्लास सिर्फ़ दो नंबरों से रह गई थी, इसलिए तुम ताना देते रहते हो। अपने आप को समझते क्या हो। पापा ने मेरी भी तीन ट्यूशन लगवा दी हैं। और सुनो, मैं भी मेडिकल कॉलेज में एडमीशन की तैयारी कर रही हूँ। हो गया तो समझ लो तुम्हारी भी शादी एक डॉक्टर से हो जाएगी। तब तो खुश हो जाओगे ना!"...

मुझे लगा कि लड़कियों की ज़िन्दगी पटरियों पर चलती है। कोई घुमाव- फिराव नहीं, सीधे जाकर एक स्टेशन पर रुकती है जिसका नाम है, शादी। अब चाहे शुचि हो या सुमन, सविता हो या उर्मिला, बस एक ही लक्ष्य सामने होता है। उर्मिला की ससुराल पक्ष के लोग किसी तरह भी साल भर रुकने को तैयार नहीं थे और वह चाहती थी कि पहले इंटरमीडिएट कर ले। अंततोगत्वा अक्टूबर में विवाह का मुहूर्त निकलवाया गया। इस शर्त के साथ कि वह पंद्रह दिन बाद लौट आएगी। लड़के के साथ भी यही समस्या थी। वह मेडिकल कॉलेज के चौथे साल में था। दस-पंद्रह दिन से ज़्यादा गैर हाज़िर नहीं रह सकता था। इस व्यवधान के बावजूद उर्मिला ने न तो अपनी पढ़ाई में ढील आने दी, न मेरी तैयारी में। भले मेरा इलेवंथ का होम एग्ज़ाम होना हो मगर वह चाबुक लिए सिर पर सवार रहती। इस बार बी.एससी. की किताबों से नोट्स बनाए जा रहे थे। मैं उसके इलेवंथ के नोट्स की नकल उतारते-उतारते ही काफ़ी कुछ पढ़ गया। उसके नोट्स पढ़कर जाता तो कक्षा में पढ़ाए जा रहे चैप्टर बच्चों के खेल की तरह आसान लगते। सविता चूँकि मेरे पास बैठती थी तो उसे जल्दी ही समझ में आ गया कि उर्मिला से बेहतर ट्यूटर नहीं मिल सकता। अब वह घुमा फिरा कर एक ही बात पूछती कि क्या तुम्हारी दीदी तुम्हारे साथ मुझे भी पढ़ा सकती हैं?

एक दिन उसके आग्रह से तंग आकर मैंने कहा, "तुम्हारे को तीन-तीन ट्यूटर भी कम लग रहे हैं क्या जो मेरी ट्यूटर पर गिद्ध दृष्टि लगाए हो। तुम्हें जो नहीं आता हो मुझसे पूछ लिया करो।"

वह खुश होकर बोली, "तो कल से आना शुरू कर दूँ?" मैंने टालने के लिए कहा, "नहीं भई, यहाँ क्लास में ही बहुत टाइम मिल जाएगा। लंच में भी बैठ सकते हैं, मैं तो टिफ़िन लाता नहीं।" वह कहाँ मानने वाली थी, छुट्टी के तुरंत बाद ही आने लगी।

उसके साथ बैठकर सवाल लगाते हुए जल्दी ही पता चल गया कि उसके ट्यूटर उसे वही पढ़ा रहे हैं जो क्लास में पढ़ाते हैं। मैं उससे ऊँचे स्तर के नोट्स बनाने में उसकी मदद कर देता, बदले में वह नए आए अध्यापकों के शिक्षण कौशल के कुछ नमूने मुझे बता जाती।

उधर जैसे-जैसे शादी की तारीख नज़दीक आती गई, उर्मिला की व्यस्तता बढ़ती गई। वह और उसकी मम्मी शादी के जोड़े खरीदने और सिलवाने हर दूसरे-तीसरे दिन बेगमाबाद जाते। ज्वेलरी के लिए दिल्ली के चाँदनी चौक। अब चूँकि लड़की की शादी का मामला था, इसलिए ज़्यादातर टीचर्स उसकी हाज़िरी लगा देते थे। अक्टूबर के उन पंद्रह दिनों में भी इसी सौजन्य का आसरा था। धीरे-धीरे मेरी दिनचर्या भी रेल की पटरी पर आ गई, कोई विचलन और इधर-उधर की गुंजाइश नहीं बची। अब मेरा खाली स्पेस सविता ने जबरन छेंक लिया था। उर्मिला की शादी में यह क्रम टूट सकता था, मगर उसकी ससुराल वालों ने सब इंतज़ाम करके उन्हें देहरादून ही बुला लिया। यह सेठी परिवार को भी आर्थिक रूप से बहुत राहत देने वाला निर्णय सिद्ध हुआ। एक हफ़्ता पहले वे चले गए। मनोरथ नगर वासियों ने अपनी हैसियत के अनुरूप कन्यादान की रकम और शुभकामनाएँ देकर उन्हें विदा किया। मज़े की बात यह थी कि उर्मिला अपना लिखने-पढ़ने का सामान साथ लेकर गई। उसके लिए इस बार का बोर्ड का इम्तिहान बहुत अहम था। यदि हाईस्कूल जैसा परसेंटेज मेन्टेन हो सका तो उसे देहरादून के सबसे अच्छे कॉलेज में एडमीशन मिलने की संभावना हो सकती थी। उसके भावी पति की यही इच्छा थी।

उसके बाद हम दोनों की गाड़ियाँ अपनी-अपनी पटरी पर दौड़ने लगीं। शादी के बाद वापिस आकर उसने तैयारी में कोई कोर-कसर नहीं छोड़ी। ऐसा लगता ही नहीं था कि वह एक नव विवाहिता है। मेरे एग्ज़ाम, बोर्ड की परीक्षा के बाद हुए मगर रिज़ल्ट पहले ही निकल गया। अब की पैंसठ प्रतिशत मार्क्स मिले। उससे भी ज़्यादा धक्का इस बात से लगा कि सविता ने मेरे से दो परसेंट ज़्यादा स्कोर करके मेरी सारी हेकड़ी निकाल फेंकी। मई के अंत में इंटर का रिज़ल्ट आया तो उर्मिला ने सत्तर प्रतिशत लाकर स्कूल में टॉप किया। बधाइयाँ बरसती रहीं और वह मार्कशीट मिलते ही देहरादून के लिए प्रस्थान कर गई। मैं उसे छोड़ने बेगमाबाद तक गया। ट्रेन में बैठने से पहले उसने लगभग डपटते हुए कहा, ''देख जगन्नाथ, पढ़ने में कोई कोताही नहीं करना। यह नहीं कि मैं चली गई तो तू फिर से ड्रामा करने लगे। मैं बीच-बीच में आती रहूँगी।'' उसके बाद न तो उसने गले लगाया न ही रुलाई फूटी। मैं अंदर से भरा बैठा था। वह ज़रा भी आँखें नम करती तो मैं अपने को रोक नहीं पाता।'' तभी वह खिड़की के पास आकर बोली, ''खबरदार, रोना नहीं। देख मैं क्या रो रही हूँ। समझ ले इतने ही दिनों का साथ था।''

इस तरह एक-एक करके मनोरथ नगर छोड़कर जा रहे अज़ीज़ों में उर्मिला का नाम भी जुड़ गया। मुझे नितांत अकेलेपन के साथ-साथ, क्रमशः मिल रही मुक्ति का भी शिद्दत

से एहसास होता जा रहा था। संबंध अंततोगत्वा पैरों की बेड़ियों में रूपांतरित हो जाते हैं। पहले मैं उर्मिला के बिना मनोरथ नगर में रहने की कल्पना भी नहीं कर सकता था, परंतु जब वह चली गई तो कोई बहुत बड़ा शून्य उत्पन्न होते नहीं दिखा। कारण, अब तक मेरा लक्ष्य स्पष्ट और निर्धारित हो चुका था। मुझे स्वयं वहाँ नहीं रहना था।

मनोरथ नगर छोड़कर जाने वालों की सूची में प्रिंसिपल और वाइस प्रिंसिपल भी, गर्मी की छुट्टियों में रिटायर होकर, शामिल हो गए थे। जुलाई में सेशन शुरू हुआ तो नए प्रिंसिपल ने ज्वाइन कर लिया था। जल्दी ही उन्होंने मुझे बुला भेजा और कहा, "मैं जब से आया हूँ तुम्हारे बारे में बराबर सुन रहा हूँ। मुझे आशा है कि तुम पढ़ाई के साथ एक्स्ट्रा करिकुलर एक्टिविटीज़ में भी पहले की तरह उत्साह से भाग लेते रहोगे। इस स्कूल में अभी तक हाउस मैगजीन नहीं निकली है। इस साल से हम इसे शुरू कर रहे हैं। मिसेज़ माधुरी त्रिपाठी की गाइडंस में तुम उसके स्टूडेंट एडीटर बनोगे। एक लड़की को भी उसमें नोमिनेट किया जाएगा। इसके अलावा तुम इस साल स्कूल के हैड मॉनीटर भी रहोगे। स्टूडेंट्स में डिसिप्लिन बनाए रखने में टीचर्स की मदद करना तुम्हारी ड्यूटी होगी। वैल, नाउ यू मे गो।"

इस तरह स्कूल के अपने आखिरी साल में मैं इतना व्यस्त हो गया कि किसी किस्म की रिक्तता का अनुभव नहीं हुआ। हाँ, जया को मैं एक क्षण के लिए भी भूल नहीं पाता था। उसकी स्मृति मन में माधुर्य घोल देती। सुमन और उर्मिला के चेहरे आँखों के सामने आते तो और अधिक मेहनत से पढ़ाई में जुट जाने की प्रेरणा दे जाते। स्कूल मैगजीन के लिए छात्रा प्रतिनिधि की तलाश सविता पर जाकर खत्म हुई। माधुरी बहन जी को सांस्कृतिक गतिविधियों का चार्ज भी दिया गया था। उन्होंने स्कूल वार्षिकोत्सव में नाटक प्रस्तुत किए जाने की योजना बनाई। पिछले नाटक में भाग लेने वाले ज़्यादातर छात्र-छात्राएँ चले गए थे, इसलिए नए सिरे से ऑडीशन टेस्ट आयोजित हुआ। करीब एक दर्जन का चुनाव हुआ, जिनमें सविता भी शामिल थी। मैं उससे दूरी बनाने का जितना भी प्रयास करता, वह मेरी ज़िन्दगी में उतनी ही शिद्दत से शामिल हुई जा रही थी। हार कर मैंने हथियार डाल दिए और नियति के आगे आत्मसमर्पण करके बेवजह के तनाव से मुक्त हो गया।

स्कूल वार्षिकोत्सव को नाम दिया गया, 'नव कल्लोल'। बाद में स्कूल मैगजीन के लिए भी यही सर्वसम्मति से चुन लिया गया। इस चुनाव में प्रमुख हाथ कैमेस्ट्री के नए टीचर शुभोजित बासु का था। वे कलकत्ता से आए थे और वहाँ 'नव कल्लोल' नाम की नाट्य संस्था थी और इसी नाम की एक लोकप्रिय बांग्ला पत्रिका थी। वार्षिकोत्सव हर वर्ष 22 अक्टूबर को मनाया जाता था। माह के पहले ही सप्ताह से रिहर्सल आरंभ हो गई। इस बार रेवती सरन शर्मा का एक बहु मंचित और लोकप्रिय नाटक खेला जाना था। माधुरी बहनजी इसे अपने पहले वाले स्कूल में सफलतापूर्वक निर्देशित कर चुकी थीं, इसलिए

रिहर्सल जल्दी ही रफ़्तार पकड़ गई। पुरानी हिन्दी वाली बहनजी के ज़िम्मे संगीत और नृत्य के कार्यक्रम थे। प्रिंसिपल की गहन रुचि के कारण तैयारियाँ बहुत ज़ोर-शोर से हो रही थीं। कार्यक्रम, स्कूल के बड़े से खेल के मैदान में पंडाल लगा कर हुआ करता था। 20 अक्टूबर को फ़ैक्ट्री के सिविल वर्क्स विभाग ने अस्थाई मंच और तिरपाल से ढँका पंडाल लगा दिया। उसी दिन शाम को छुट्टी के बाद कार्यक्रम की ड्रेस रिहर्सल को देखकर प्रिंसिपल ने संतुष्टि जताई तो सब ने चैन की साँस ली। मगर बीस अक्टूबर की सुबह अखबार आते ही पूरे एस्टेट में सनसनी दौड़ गई। हिन्दी—'चीनी भाई-भाई' का नारा बुलंद करने वाले चीन ने भारत पर ज़बरदस्त हमला बोल दिया था। चीनी सेना ने बहुत सुनियोजित ढंग से कश्मीर में अक्साई चिन और नॉर्थ ईस्ट फ्रंटियर (नेफा) में भारत-चीन सीमा का बलपूर्वक उल्लंघन करके कई हज़ार किलोमीटर के क्षेत्र पर कब्ज़ा कर लिया। भारतीय फ़ौज ने ज़बरदस्त प्रतिरोध की भारी कीमत अपने सैनिकों की जान और शारीरिक क्षति के रूप में चुकाई।

बाद में इसे विश्वासघात माना गया, लेकिन चीन बराबर सीमा के इस पार अपनी दखल बढ़ाता रहा। पंडित नेहरू के लिये यह बहुत बड़ा आघात था। वे चीनी प्रधानमंत्री चाउ एन लाई को अपना घनिष्ठ मित्र समझते थे और अक्सर उसके गले में हाथ डालकर फ़ोटो खिंचवाया करते थे। उन्होंने कभी स्वप्न में भी नहीं सोचा होगा कि चीन इस तरह मित्रता का स्वांग रचाकर धोखे से पीठ में छुरा घोंपेगा। सैन्य तैयारियों का यह हाल था कि नेहरू जी और उनके विशेष कृपा पात्र, रक्षा मंत्री कृष्णा मेनन आयुध कारखानों को देश की अर्थव्यवस्था पर अनावश्यक बोझ समझते थे। इसी सोच के चलते हज़ारों कामगारों की निर्मम छँटनी हुई थी। कुछ अधिक क्वालीफ़ाइड लोगों को भले ही स्टील प्लांट और रेलवे आदि में नौकरी मिल गई हो, मगर अकुशल और अर्धकुशल मज़दूरों की रोज़ी-रोटी छिन गई थी। मनोरथ नगर से भी इतने लोग चले गए कि एक चौथाई क्वार्टर अभी भी खाली पड़े थे।

बहरहाल युद्ध घोषित होते ही देश की फ़िज़ा बदल गई। स्कूल के वार्षिकोत्सव को स्थगित कर दिया गया। वैसे भी युद्धकालीन ब्लैक आउट के चलते रात को फ़ंक्शन होना मुश्किल था। अब किसी को रुचि भी नहीं थी। हर कोई ताजा समाचार जानना चाहता था। मनोरथ नगर में बहुत से लोगों के पास रेडियो सेट थे, जिन पर बिनाका गीतमाला और भजन के अलावा बहुत कम कार्यक्रम सुने जाते थे, लेकिन चीनी हमले के बाद रातोंरात रेडियो की कद्र बढ़ गई। एक-एक सेट पर बीसियों लोग समाचारों के समय चिपके रहते। आकाशवाणी अपने समाचार बुलेटिनों में इस बात का बहुत ध्यान रखता था कि देशवासियों का मनोबल टूट न जाए। भारतीय सेना की बढ़त और सैनिकों के पराक्रम और बलिदान की गौरव गाथाएँ बराबर सुनाई जातीं। पूरा भारत साँस रोक कर इस खबर की प्रतीक्षा कर रहा था कि चीनी आक्रांताओं को सीमा से बाहर खदेड़ दिया गया है।

रेडियो में देशभक्ति के गीत दिन-रात प्रसारित होने लगे। प्रिंसिपल ने मुझे और सविता को बुलाकर कहा कि प्रतिदिन स्कूल प्रेयर के बाद छात्र-छात्राएँ देशभक्ति गीत प्रस्तुत करेंगे। हमें ऐसी प्रतिभाओं को खोजने का काम सौंपा गया। मुश्किल से दो-तीन लड़के तैयार हुए। सविता ने कहा, "चलो शुरुआत में हम गाकर दिखाते हैं। तभी और स्टूडेंट्स आगे आएँगे।" इसमें सविता को तो दिक्कत नहीं थी, क्योंकि उसका गला सुरीला था लेकिन गाना मेरे बस का रोग नहीं था। बहरहाल मैं लाइब्रेरी से कुछ ऐसी किताबें ले आया जिनमें इस प्रकार के गीत और कविताएँ थीं। उनमें से कुछ को छाँटकर सविता ने बिना किसी अभ्यास के इतनी अच्छी प्रस्तुतियाँ दीं कि प्रार्थनास्थल तालियों से गूँज उठा। मैंने बेसुरा गाने के बजाय कविताएँ रचना शुरू कर दिया। हर दूसरे-तीसरे दिन उन्हें सुनाता और विद्यार्थियों के साथ शिक्षकों की भी वाहवाही बटोरता। युवा कवि के रूप में जो छवि पहले बनी थी, वह और पुख्ता हो गई। उधर युद्ध लंबा खिंचता जा रहा था। अखबार चीन की दबंगई, घुसपैठ और दबंगई की स्पष्ट खबरें देने लगे थे। यह भी कि देश में ही नहीं संसद में भी नेहरू, कृष्णा मेनन और मोर्चे से भागे जनरल कौल के प्रति आक्रोश बढ़ता जा रहा था। पंडित नेहरू को सोवियत रूस से प्रगाढ़ मैत्री के चलते समर्थन का बड़ा भरोसा था लेकिन रूस अपने बाद सबसे बड़े साम्यवादी देश के विरुद्ध, खुलेआम भारत के पक्ष में खड़ा नहीं हो सका, तो हार-झकमार कर विश्वशांति के पुरोधा को अमेरिकी राष्ट्रपति से मदद की गुहार लगानी पड़ी। भारत की कम्युनिस्ट पार्टी काफ़ी दबाव के बावजूद तथाकथित सर्वहारा के समर्थन की लक्ष्मण रेखा लाँघने को तैयार नहीं हुई। चाहे इसके कारण पार्टी विभाजित भले ही हो जाए! और बाद में हो भी गई। उपनिवेशवादी और लोलुप चीन के समर्थन का खामियाज़ा उन दिनों तो कम्युनिस्टों को उठाना ही पड़ा, लेकिन उनकी राष्ट्र के प्रति निष्ठा हमेशा के लिए संदेह के घेरे में आकर रह गई। सरकारी जाँच एजेंसियाँ संवेदनशील विभागों में ऐसे अविश्वसनीय कर्मचारियों को खोज निकालने में जुट गईं। उनमें से कुछ तो स्वयं ही अंतर्ध्यान हो गए और कुछ को निकाल फेंका गया। दूसरी ओर कट्टर राष्ट्रवाद की ख्याति वाले संगठन, संघ के प्रति सरकार के रवैये में बदलाव आ गया। पुराने वाले फ़िज़िक्स के सर ने इसका लाभ उठाते हुए एस्टेट में शाखा लगानी शुरू कर दी। लेकिन अधिकांश सरकारी नौकरी वाले मनोरथ नगर वासी अपने लड़कों को उसमें शामिल होने की अनुमति देने को तैयार नहीं हुए तो मामला टांय-टांय फिस्स होने की कगार पर पहुँच गया तो मास्साब ने दबंगई के लिए ख्याति प्राप्त कर चुके केशो को खोज निकाला जो कि थोड़ा जोश दिलाने पर छाती ठोंक कर जनक के साथ मैदान में आ गया। बाकी लड़के पहले से ही कस्बे में लगने वाली शाखा में आया करते थे। इनमें ज़्यादातर ऐसे परिवारों से थे, जो कि देश-विभाजन के समय अपना सब लुटाकर यहाँ शरणार्थी होकर आए थे। शाखा हर रविवार को सुबह छह बजे से लगती थी। गोपाल हलवाई का भी पार्टीशन कनेक्शन निकल आया तो वह शाखा के बच्चों के सुबह के नाश्ते के लिए अपनी तरफ़ से लड्डू और बालूशाही भिजवाने लगा। इसके फलस्वरूप भी कुछ संख्या बढ़ी।

लंबा खिंचता युद्ध और गोला-बारूद का शेष होता जा रहा स्टॉक ऐसी आपात्कालीन स्थिति ले आया कि आयुध कारखाने सप्ताह के सातों दिन चौबीसों घंटे चलने लगे। तीन शिफ़्टों में काम करने के लिए जब आदमी कम पड़ने लगे तो हैड ऑफ़िस से तत्काल भर्ती करने का आदेश आ गया। अब मनोरथ नगर जैसी जगह में प्रशिक्षित अभ्यर्थी कहाँ से मिलते। यहाँ न तो आई.टी.आई. थी न ही पोलिटेक्निक, इंजीनियरिंग कॉलेज की तो किसी ने कल्पना भी नहीं की होगी। बहरहाल प्रशिक्षित जन संसाधन की भारी कमी पूरे देश में महसूस की गई तो कुछ संकटकालीन उपाय किये गए। जैसे कि इंजीनियरिंग और मेडिकल पाठ्यक्रमों में एक साल घटा दिया गया। तीन साल का पोलिटेक्निक कोर्स दो साल का हो गया। आई.टी.आई. के विभिन्न ट्रेडों की प्रशिक्षण अवधि घटाकर आधी कर दी गई। नवंबर चल रहा था, अगर जुलाई या अगस्त का महीना होता तो ज़्यादातर संस्थानों के पास आउट छात्र मिल जाते। फ़िलहाल तो आई.टी.आई., पोलिटेक्निक या इंजीनियरिंग करके बेकार बैठे लड़कों को आनन-फानन में बुलाकर भर्ती किया जाने लगा। मनोरथ नगर फ़ैक्ट्री से अधिकारियों की टीमें आस-पास के शहरों में भर्ती के लिए गईं और जो मिला, जैसा मिला भर्ती करके चले आए। हालात इतने संगीन थे कि एम्प्लायमेंट एक्सचेंजों में बेरोज़गारों की लिस्टें नहीं बचीं। मैं रोज़ाना अंग्रेज़ी का अखबार उठाकर देखता कि ज़्यादातर पन्ने खबरों के बजाय भर्ती के विज्ञापनों से भरे होते। युद्ध में हथियार ही नहीं बहुत सी वस्तुओं की अनायास आपूर्ति की चुनौती होती है। फ़ौज को आपूर्ति करने वाले ज़्यादातर संस्थानों को आपातकालीन स्थितियों से निपटने का कोई अनुभव नहीं था, क्योंकि विश्वशांति और पंचशील का राग अलापने वाले देश के सबसे लोकप्रिय प्रधानमंत्री को सही सलाह देने का साहस किसी में था नहीं। शांतिदूत बनने के फेर में उच्चतम स्तर पर किसी आसन्न युद्ध की परिकल्पना पर कभी काम नहीं किया गया। आत्ममुग्धता की वह चरम स्थिति थी।

डिग्री-डिप्लोमा धारियों से इतर बहुत से अकुशल श्रमिकों की भी ज़रूरत थी। इन्हें लेबर कहा जाता था। इनकी बड़ी संख्या में ज़रूरत थी। प्रशासन विभाग को भर्ती का समयबद्ध लक्ष्य दे दिया गया था। चूँकि पिछले कई वर्षों से भर्ती हुई ही नहीं थी, इसलिए इस्टेब्लिशमेंट सेक्शन में सिर्फ़ एक बाबू थ। आचार्जी। वे थे तो रिटायरमेंट के नज़दीक मगर परले दरजे के कारसाज़, हाल में ही सस्पेंशन से लौटे एक बेनियाज किस्म के अफ़सर जे भंडारी को भर्ती का इंचार्ज बना दिया गया। फिर क्या था दोनों ने मिलकर रिश्वतखोरी के नए प्रतिमान स्थापित कर दिए। एस्टेट में हर किसी से यह सुनने को मिलता कि चार-चार सौ रुपये में लेबर की भर्ती हो रही है। उन दिनों के चार सौ रुपये आज के एक-डेढ़ लाख से कम न होंगे। लेबर के लिए पढ़ाई-लिखाई की कोई अनिवार्यता नहीं थी, बस एक मन बोझा उठाकर एक किलोमीटर तक ले जाने की ताकत होनी पर्याप्त थी। एस्टेट के रिक्शावाले, कैंटीन की दुकानों और होटलों में काम करने वाले किसी तरह से पैसों का जुगाड़ करके फ़ैक्ट्री में भर्ती हो गए। किसी ने अपना रिक्शा बेचा तो किसी ने बीवी के

ज़ेवर या सूद पर रुपये उधार लिये। राशन की दुकान में काम करने वाले पहाड़ी लड़के के पास बेचने के लिए कुछ भी नहीं था। उसने आचार्जी के बहुत हाथ-पैर जोड़े, कसम खाकर कहा कि तनख्वाह से चुकाता रहूँगा, मगर वह तैयार नहीं हुए। किसी के सुझाने पर उसने बेगमाबाद के ब्लड बैंक में दो-दो दिन के अंतर से कई बोतल खून बेच कर यथासंभव पैसे जुटाए, बाकी को बाद में चुकाने की शर्त पर आचार्जी राज़ी हो गया, क्योंकि चारों ओर उसकी थू-थू होने लगी थी।

अंततोगत्वा 21 नवंबर को चीन ने अपनी ओर से युद्ध विराम घोषित कर दिया तो पूरे देश ने राहत महसूस की। भले ही कब्ज़ाई गई हज़ारों किलोमीटर ज़मीन उसने नहीं छोड़ी। उधर यूनियन के नेताओं ने कर्मचारियों के बच्चों को भर्ती में प्राथमिकता देने का आग्रह किया। रिश्वतखोरी की ओर भी प्रबंधन का ध्यान आकर्षित किया। नतीजतन अर्धकुशल प्रशिक्षणार्थियों की भर्ती में हाईस्कूल पास कर्मचारियों के बच्चों को प्राथमिकता के आधार पर लिया जाने लगा। इंटर में पढ़ रहे बहुत से लड़के पढ़ाई छोड़कर आर्टीजन ट्रेनिंग में चले गए। केशो और जनक के अभिभावकों ने भी यह मौका हाथ से जाने नहीं दिया। आर्टीजन ट्रेनीज़ की प्रशिक्षण अवधि भी घटा दी गई। इस तरह जल्दी ही आयुध कारखानों को फ़िटर, मशीनिस्ट, इलेक्ट्रीशियन, मोल्डर जैसे ट्रेडों में काम करने के लिए प्रशिक्षित कामगार मिल गए।

युद्ध समाप्त होते ही जन जीवन पटरी पर लौटने लगा। ब्लैक आउट के लिए खिड़की-दरवाज़ों के शीशों पर चिपकाए गए काले कागज़ हटा दिए गए। कर्मचारी कल्याण निधि से एक अखिल भारतीय राष्ट्रीय मुशायरा तथा कवि सम्मेलन आयोजित किया गया, जिसमें कविता पढ़ने के लिए मुझे आमंत्रण मिला। प्रेयर के बाद पढ़ी गईं राष्ट्रीय कविताओं का खासा स्टॉक मेरे पास हो गया था। श्रोताओं के प्रोत्साहन और आग्रह पर मैंने तीन कविताएँ सुनाईं। ताज्जुब की बात यह रही कि अचानक नाम पुकारे जाने पर सविता इठलाती हुई मंच पर चढ़ी और एक कौमी तराना अपने मधुर स्वर में सुनाकर बहुत तालियाँ बटोरीं। उस शाम शायरों और कवियों की लगभग एक जैसे विषय और तेवर की रचनाओं को जिस तरह जनसमर्थन मिला और लोग देर रात तक बैठे सुनते रहे, उससे यह समझ में आ गया कि सैन्य विफलता से आहत देश का अभिमान फिर से सिर उठाना चाहता है। अब जनता विश्व शांति और पंचशील जैसी खोखली अवधारणाओं से इतर हिमालय पर बहे खून का प्रतिशोध चाहती थी। रेडियो पर दिन-रात राष्ट्र भक्ति से ओत-प्रोत गीत सुनाई पड़ने लगे थे। अंग्रेज़ी के अखबारों में रोज़ाना जे.बी. कृपलानी, राम मनोहर लोहिया, मीनू मसानी, अटल बिहारी वाजपेयी आदि विपक्षी नेताओं के, पराभव का विश्लेषण करते, बयान और आलेख छपते थे। संसद में तो नेहरू सरकार की जमकर छीछालेदर होती रही, जिसे लोग बहुत उत्सुकता से पढ़ते थे। अंततोगत्वा उन्हें कृष्णा मेनन को बहुत दुखी हृदय से हटाना पड़ा। गोलमटोल और भारी-भरकम व्यक्तित्व वाले यशवंत राव चव्हाण रक्षा मंत्री बनाए गए तो जनता ने

राहत की साँस ली। इसी क्रम में फ़िल्मी दुनिया के लोग भी सक्रिय हुए और कुछ बहुत ही जज़्बाती और मनोबल बढ़ाने वाले गीत उन दिनों लिखे और गाए गए। उनमें से कुछ तो कालजयी सिद्ध हुए, जो आज भी सुने जाते हैं। सुनील दत्त जैसे कुछ जागरूक सितारों ने कई कलाकारों को साथ लेकर अग्रिम मोर्चों का दौरा किया और सैनिकों का अभिनंदन और मनोरंजन किया।

मैं सबसे ज़्यादा प्रभावित हुआ इंजीनियरिंग के अल्पावधि सत्रों की योजना से। मुझे लगा कि यह एक स्वर्णिम अवसर है। अगर कानपुर के पुरातन और प्रतिष्ठित संस्थान में मैरिट के आधार पर प्रवेश मिल जाता है तो जल्दी से पढ़ाई खत्म करके कैरियर की राह पकड़ी जा सकती है। मैं फिर से पढ़ाई में प्राणपण से जुट गया। सविता चूँकि तीन टीचर्स से ट्यूशन पढ़ रही थी, इसलिए उसका सह-अध्ययन हेतु घर आना या अपने घर बुलाना अब अखरता नहीं था। मेरी दिक्कत यह थी कि मेरी फ्रेंड-फ़िलास्फ़र-गाइड यहाँ से चली गई थी। उर्मिला ने मुझे ऊपर उठाने में जो भूमिका निभाई थी, उसे याद करके मैं उसकी कमी को शिद्दत से महसूस करता। धीरे-धीरे सविता उसकी स्थानापन्न होती जा रही थी। उसके हृदय का निर्माल्य जैसे-जैसे स्पष्ट होता गया, उसके प्रति अपने चिढ़ भरे रवैये पर मुझे अफ़सोस होने लगा। भले ही मेरे करीब आईं सभी लड़कियों में वह सबसे कम सुंदर और लगभग बेडौल थी, लेकिन उसकी भूमिका दिनोंदिन महत्त्वपूर्ण होती गई। छमाही परीक्षा में दो अंकों के अंतर से मैं पीछे था मगर इसको लेकर किसी किस्म की ग्लानि मन में नहीं हुई। जब हमारी ताल-मेल ठीक से बैठ गई तो एक दिन मैंने उसे अपनी योजना की जानकारी दी। उसने आश्चर्य से पूछा, ''कानपुर ही क्यों? एक-से-एक अच्छे इंजीनियरिंग कॉलेज हैं जहाँ मेरिट आने पर तुम्हें एडमीशन आसानी से मिल जाएगा।'' अब उसे कैसे बताता कि कानपुर जाना मेरे लिये क्यों महत्त्वपूर्ण है। उसे जया के बारे में हवा भी नहीं लगने दी मैंने। यह बहाना बनाया कि मेरे पिताजी का ट्रांसफ़र कानपुर होने की संभावना है। सुनकर वह उछल पड़ी, ''अरे, इसके बारे में तो मैंने कभी सोचा ही नहीं। बनारस, रुड़की या जोधपुर के बजाय कानपुर में दाखिला होने पर पापा वहाँ तबादला करवा कर आ सकते हैं। चलो मैं भी वहाँ का फ़ार्म भर दूँगी।'' सुनकर अचानक उसके प्रति मेरी चिढ़ फिर से सिर उठाने लगी। उस नंदन कानन में उसकी कोई ज़रूरत नहीं थी। लेकिन मैं चुप लगा गया।

≈

चीन ने चाहे कितना ही बड़ा विश्वासघात किया हो, लेकिन देश में सेना और सैन्य सामग्री उत्पादित करने वाले लाखों कर्मचारियों और उनके आश्रितों का बहुत भला कर दिया। फ़ैक्ट्रियों में अपूर्व भर्ती अभियान चला तो जाने कितने बेरोज़गार ठौर-ठिकाना पा गए। जो पहले से कार्यरत थे, उन्हें ज़बरदस्ती ओवरटाइम काम करना पड़ा। इससे उनकी मासिक आय में अप्रत्याशित बढ़ोतरी हो गई। आठ घंटे की ड्यूटी के बाद रुकने पर नियमित दर

से दोगुना पैसा मिलता है। एक-दो महीने बाद ही सबको ओवरटाइम में मज़ा आने लगा। राष्ट्र सेवा तो थी ही।

नए भर्ती हुए लोगों में कई तो पहले से ही एस्टेटवासी थे, मगर बड़ी संख्या में बाहर से आए थे। जो छोटे कस्बों से आए थे, उन्होंने तो मनोरथ नगर को आसानी से झेल लिया मगर बड़े ही नहीं छोटे शहरों से भी आए नई पीढ़ी के टैक्नीशियन और इंजीनियरों के लिए यहाँ रहना सज़ा से कम नहीं था। कुछ तो थोड़े ही दिनों में त्यागपत्र देकर चले गए, शेष मजबूरी में समय काटते रहे। जो भी हो एस्टेट एक बार फिर नए सिरे से बस गया। इस बारे में सोचता तो वह दृश्य आँखों के सामने आ जाता, जब छँटनी हुए कर्मचारियों से जबरन क्वार्टर काली कराए जा रहे थे। एक स्वप्न जीवी जननायक की सनक ने बेदर्दी से हज़ारों परिवारों की रोज़ी-रोटी ही नहीं सिर से छत भी छीन ली। आज वही देश की अस्मिता को बचाने के लिए मानव संसाधन जुटाने में लगा है, जो खून-पसीना बहाकर सामरिक क्षमता को बढ़ा सकें। नव नियुक्त कार्मिकों को टिकाए रखने की गरज से फ़ैक्ट्री एस्टेटों में जीवनोपयोगी साधन और सुविधाएँ बढ़ाई जाने लगीं। एक नया दुकानों का समूह बनाया गया जिसमें आकर्षक शोरूम खोले जा सकें। कैफ़ेटेरिया और अच्छी टेलरिंग शॉप्स हों। ड्राइक्लीनर और आधुनिक हेयर कटिंग सैलून भी खुल गए। नए डिज़ाइन का एक सिनेमा हॉल बनाया गया। छोटे बच्चों के लिए एक किंडर गार्डन स्कूल और महिलाओं के लिए हॉबी क्लब। उपेक्षित पड़े पार्कों के दिन फिरे। उनमें फूल-पौधे और बच्चों के खेलने के लिए कई तरह के मीजान लगाए गए। एस्टेट तेज़ी से बदलता जा रहा था। स्कूल के विद्यार्थी खास तौर से लड़के मन लगा कर पढ़ने लगे थे, क्योंकि हाईस्कूल पास करते ही बतौर आर्टीजन ट्रेनी भर्ती हो जाने का प्रबल आकर्षण था। उनके ही नहीं, उनके घरवालों के लिए भी। एस्टेट में ही एक खाली कोने में आर्टीजन ट्रेनिंग स्कूल की बिल्डिंग युद्ध स्तर पर निर्माणाधीन थी। मेरे जैसे कम ही थे, जिन्होंने इंजीनियरिंग या डॉक्टरी पढ़ने का सपना संजोया हुआ हो। इसके पीछे यह डरावनी धारणा थी कि इनमें पढ़ाने को बहुत रुपया चाहिए। लंबी-चौड़ी फ़ीस और होस्टल में रहने का खर्च, वह भी चार साल तक! भैये, अपन तो बाबाजी हो जाएँगे। जबकि उस ज़माने में इन सभी संस्थानों की फ़ीस आज के मुकाबले बहुत ही कम थी। ऐसे में लड़कियों को उच्च शिक्षा दिलाने का सिर्फ़ एक ही मतलब था—हद से हद बी.ए. या बहुत हुआ तो एम.ए. करवा देना। वह भी प्राइवेट। कुछ बेहद ज़हीन और साधन सम्पन्न परिवारों से लड़कियाँ मेडिकल कॉलेज में दाखिला लेती थीं, मगर इंजीनियरिंग की ओर रुझान बिलकुल नहीं था। मुझे समझ में नहीं आया कि आखिर सविता के सिर पर इंजीनियरिंग करने का भूत कैसे सवार हो गया। उससे पूछा तो नाराज़ होकर बोली, ''क्या कोई कानून है कि लड़कियाँ सिर्फ़ मेडिकल लाइन में ही जा सकती हैं। मैं तो बचपन से ही इंजीनियर बनना चाहती आई हूँ। बाइ चांस तुम्हारा साथ भी मिल गया है। अब क्या दिक्कत है।''

एक दिन स्कूल में पंकज मुझे ढूँढ़ते हुए आया, ''भैया, दीदी देहरादून से आई हुई हैं। उन्होंने आपको बुलाया है। आज शाम को आइये ना हमारे घर।'' सुनकर मैं जाने क्यों बहुत खुश हो गया। स्कूल की छुट्टी के बाद किताबें घर में रखकर साइकिल पर स्टेशन के उस पार उर्मिला के यहाँ जा पहुँचा। उसकी मम्मी बाहर बैठी स्वेटर बुन रही थीं, ''अंदर चले जाओ। वह बेडरूम में लेटी है। ऐसी हालत में उसे ज़्यादा चलना-फिरना नहीं चाहिए। तुम वहीं उसके पास बैठ जाना। ध्यान रखना, वह तुम्हें देखकर ज़्यादा उछले-कूदे नहीं।'' मैं आशंकित हुआ कि शायद उर्मिला ज़्यादा बीमार है। अंदर जाकर देखा वह पलंग पर सीधी लेटी है। मुझे देखकर मुस्कुराई और हाथ के इशारे से अपने पास बुलाया। वह काफ़ी बदली हुई लगी। शरीर पहले से ज़्यादा फैला हुआ और चेहरा सूजा हुआ सा। आँखें या तो बड़ी हो गई थीं नहीं तो काजल का जादू ओढ़े थीं। मैं नज़दीक गया तो उसने हाथ बढ़ाकर मुझे अपने पास बिठा लिया। कुछ देर तक मेरा हाथ सहलाती रही फिर ऊपर से नीचे तक देखकर कहा, ''हाय, तू कितना दुबला हो गया! क्या खाना नहीं खाता या मेरी याद में सूखा जा रहा है?''

मैंने धीरे से कहा, ''दीदी, क्या आपकी तबीयत ठीक नहीं है? बाहर आंटी कह रही थीं।''

उसने हँसते हुए कहा, ''अरे नहीं, मुझे कुछ भी नहीं हुआ। वो कुछ और कह रही होंगी। तू समझा नहीं। थोड़ी देर में मुझे ठीक से देखकर समझ जाएगा।'' मैं हैरानी से बुद्धू बना उसे देखता रह गया। उसे कुछ हुआ ज़रूर था लेकिन समझ में नहीं आ रहा था। वह मुस्कुराती हुई मेरी ओर देखती रही मगर जब मेरी उलझन का अंत होते नहीं दिखा तो मेरा हाथ खींचकर हौले से अपने पेट पर रख दिया। ढीले कुरते के नीचे छुपा उसका पेट किसी बड़ी फुटबाल की तरह फूला हुआ था। मेरे मस्तिष्क में बिजली कौंधी, वह गर्भवती थी। मैंने शर्मा कर अपना हाथ वापिस खींच लिया। वह खिलखिला कर हँसी, ''अरे पगले इसमें शरमाने की क्या बात है! हम सब ऐसे ही तो पैदा हुए हैं। इसमें तेरा छोटा-सा प्यारा-सा भतीजा बैठा उछल-कूद मचा रहा है।'' मेरे चेहरे पर किंचित अविश्वास की झलक देख उसने कुरता ऊपर सरका लिया और मुझसे कहा, देख यहाँ कान लगाकर सुन तब पता लगेगा कि वह कैसे हाथ-पैर चलाता है।'' मैं कान लगाकर सुनने लगा। पहले तो कुछ सुनाई नहीं दिया फिर धीरे-धीरे अंदर कुछ हिलने-डुलने का-सा आभास होने लगा। उसके पेट की खाल खिंची हुई थी मगर अंदर ढीलापन महसूस हो रहा था। सहसा उसके कुर्ते में रचे बसे भीने सेंट की खुशबू जैसे दब गई और कच्चे दूध की बास आने लगी। उसने कहा, ''तुझे अपना भतीजा अच्छा नहीं लगा? अरे एक बार प्यार तो कर ले उसे। वहाँ एक चुम्मी ले ले।'' मैंने बहुत सावधानी से अपने होंठ नाभि के नीचे रख दिए। उसने तरस खाती नज़रों से मुझे देखकर कहा, ''तू तो डर गया! पागल कहीं का! आजा मेरे पास आजा''...कहते हुए उसने मुझे सीने से लगा लिया। मैंने महसूस किया कि उसकी पहले से ही भरी-भरी छातियों का आकार बहुत बढ़ गया है। वह मेरे बालों में उँगलियाँ चलाती रही, फिर दोनों हाथों में

चेहरा लेकर पहले तो माथा और फिर होंठ चूम लिए। कहा, "जगन्नाथ ये बता कि तू मुझे मिस करता था कि नहीं ?" ऐसे प्रश्नों के एक से अधिक जवाब नहीं होते।

उर्मिला ने इंटर पास करने के बाद देहरादून के महादेवी कन्या महाविद्यालय में बी.एससी. में प्रवेश लिया और पढ़ाई भी अच्छी-खासी चल रही थी कि यह व्यवधान आ गया। डिलीवरी नए साल में फरवरी में संभावित थी। ऐसे में बी.एससी. के फ़र्स्ट ईयर की परीक्षा की तैयारी पर ग्रहण लगना ही था। इसीलिए वह विंटर वैकेशन होते ही मनोरथ नगर आ गई कि यहाँ जमकर पढ़ाई कर सके। वह अपनी किताबें भी लाई थी। यहाँ रहते हुए मुझे बोर्ड की परीक्षा के लिए तैयार करना भी योजना का एक अंग था। यह सुनकर मेरा हृदयकमल खिल उठा। ऐसे चुनौतीपूर्ण मोड़ पर मुझे उससे अच्छा गाइड नहीं मिल सकता था। हमारे यहाँ तो विंटर वैकेशन होती नहीं थीं, इसलिए छुट्टी के दिन ही कुछ घंटे उसके पास बैठकर बी.एससी. स्तर के नोट्स बनाने का मौका मिलता था। उसकी वैकेशन के पंद्रह दिन कैसे गुज़र गए कुछ पता ही नहीं लगा। उसने अपनी पढ़ाई कितनी की यह तो नहीं मालूम हुआ मगर मेरे फ़िज़िक्स और कैमेस्ट्री के सभी महत्त्वपूर्ण अध्यायों के नोट्स बनवा गई। मैंने सविता को यह तो बताया कि रविवार के दिन उर्मिला के पास पढ़ने के लिए जाता हूँ लेकिन बनाए गए नोट्स की भनक भी नहीं लगने दी। जबकि वह गणित के मास्साब के द्वारा कराई गई तैयारी कराने मेरे यहाँ आती रही। उसका कहना था कि एक बार मुझे बताने और समझाने से उसे सब कुछ कंठस्थ हो जाता है।

उर्मिला को 31 दिसंबर को वापिस जाना था। वह चली गई लेकिन दस-बारह दिनों में ही ढंग से दीक्षित करके मुझे आत्मविश्वास से लबालब भर गई। जयंत के पत्र नियमित रूप से आते रहे। वह भी कमर कस कर तैयारी में जुटा था। लक्ष्य वही, अच्छी मैरिट लाकर एच.बी.टी.आई. में एडमीशन लेना। इस बार वह स्कूल टीचर्स के बजाय एक जान-पहचान वाले बंगाली ऑफ़िसर ट्रेनी से ट्यूशन पढ़ रहा था। शायद इसलिए कि इंजीनियरिंग करने के बाद उसे वही कैरियर अपनाना था। आयुध कारखानों में इन ट्रेनीज़ का भविष्य उज्जवल और सुरक्षित माना जा रहा था। जयंत ने आश्वस्त किया हुआ था कि एडमीशन का विज्ञापन निकलते ही वह इंस्टीट्यूट से फ़ॉर्म लेकर मुझे भेज देगा। सविता के आग्रह पर मैंने उसके लिए भी फ़ार्म भेजने को लिख दिया। चीन से हुए युद्ध की महिमा थी कि इंटर की ही नहीं विश्वविद्यालय की परीक्षाएँ भी फरवरी में निपट गईं ताकि इंजीनियरिंग कॉलेज, पोलिटेक्निक और विभिन्न तकनीकी प्रशिक्षण संस्थानों में दाखिला लेने के लिए पर्याप्त समय मिल सके।

बहरहाल उस बार की परीक्षा में मैंने पूरा ज़ोर लगा दिया। खाने-पीने-सोने की सुध ही नहीं रही। पूरी तरह समर्पित हो जाने के बाद आसन्न परिणाम को लेकर चिंता और तनाव उड़न छू हो जाते हैं। परीक्षा समाप्त होने के बाद मैं तीन दिन तक सोता ही रहा। बस

खाना खाने या बाथरूम जाने के लिए उठता था। पिताजी हम लोगों को हरिद्वार घुमाने ले गए। वहाँ गंगा के शीतल और निर्मल जल में स्नान करना एक अलग ही अनुभव था। लौटे तो देखा एच.बी.टी.आई. के एडमीशन के फ़ॉर्म आ गए हैं। अब सिर्फ़ रिज़ल्ट के आने की देर थी। वह भी जल्दी ही आ गया। ताज्जुब की बात यह रही कि मुझे ठीक-ठीक, अपने लक्ष्य के अनुरूप, सत्तर प्रतिशत अंक मिले। सविता इकहत्तर से आगे नहीं बढ़ सकी। घर पर बधाई देने वालों का तांता लगा रहा। गोपाल हलवाई के यहाँ से बराबर मिठाई आती रही। माँ ने इस खुशी में भव्य कीर्तन करवाया, जिसमें प्रसाद के रूप में ढाई सौ ग्राम के देसी घी के लड्डू बाँटे गए। मार्कशीट मिलते ही मैंने और सविता ने फ़ॉर्म भर कर, अटेस्टेड कॉपियाँ नत्थी करके, रजिस्टर्ड डाक से भेज दिए। अब मनोरथ नगर में करने को कुछ नहीं बचा था। बस एडमीशन होने या न होने की सूचना की प्रतीक्षा थी। बाकी सब तो पहले ही प्रस्थान कर गए थे अब सविता लोग भी छुट्टियाँ मनाने अपने पैतृक स्थान, ग्वालियर चले गए। मैं दिन भर लाइब्रेरी से इशू करवा कर लाई गईं पुस्तकों को पढ़ता और शाम को देर तक सूनी पड़ी सड़कों पर भटकता। जब से फ़ैक्ट्री में ओवरटाइम चला था, शाम की रौनक गायब हो गई थी। बच्चों की छुट्टियों में ज़्यादातर परिवार कहीं-न-कहीं घूमने चले गए थे। उस वीराने में अकेले टहलते हुए या पार्क में बैंच पर बैठकर मैं आने वाले दिनों की कल्पना करता। कानपुर के बारे में जो कुछ भी सुनने को मिला, वह बिलकुल भी उत्साहजनक नहीं था। वह कल-कारखानों, मिलों और मज़दूरों का शहर था, धूल-धक्कड़ और धुएँ के लिए मशहूर। जयंत के पत्रों में ज़रूर कानपुर के उज्जवल पक्ष का उल्लेख होता। चार तो वहाँ आयुध कारखाने ही थे। यह भी कि एच.बी.टी.आई. अंग्रेज़ों द्वारा पचास साल से भी पहले स्थापित किया गया बहुत प्रतिष्ठित तकनीकी संस्थान है। स्थापत्य की दृष्टि से खूबसूरत उसका भवन और हरा-भरा परिसर अत्यंत दर्शनीय है, आदि-आदि। जो भी हो यह तय था कि मनोरथ नगर तो छूट जाना है। जयंत से मिली सूचना के अनुसार पिछले वर्ष एडमीशन के लिए बनी लिस्ट में कट ऑफ़ 68 प्रतिशत रहा था। इस बार अगर एक-दो प्रतिशत ऊपर नीचे हो जाए तो भी 73 पर मेरा और 72 पर जयंत का तो होना ही होना था। सविता भी कोई बहुत पीछे नहीं थी। लेकिन एडमीशन हो जाना ही सब कुछ नहीं होता, ब्रांच एलोकेशन बी मैरिट से होना था। अबसे ज़्यादा मारा-मारी यूँ तो मैकेनिकल इंजीनियरिंग के लिए होती थी मगर एच.बी.टी.आई. कैमिकल टैक्नोलॉजी के लिए देश भर में जाना जाता था। आयुध कारखानों में सबसे बड़ी संख्या इन्ही दो ब्रांचों की होती थी, इसलिए फ़ॉर्म भरते समय ही स्पष्ट था कि ब्रांच प्रिफ़रेंस का क्रम कैसे रखना है।

बीस जून को जयंत का तार मिला कि इंस्टीट्यूट के नोटिस बोर्ड पर लगी सेलेक्शन लिस्ट में मेरा नाम पंद्रहवें स्थान पर है। उसका बीसवें पर था। एडमीशन तीन जुलाई से दस जुलाई तक होंगे। इसके साथ ही जीवन की दिशा बदल गई। घर में उल्लास था तो कुछ कसक भी कि अब मैं कम-से-कम चार साल के लिए घर से चला जाऊँगा। मैं खुद

अजीबो-गरीब मनोस्थिति में था। घर से बाहर रहने का ज़रा भी अनुभव नहीं था। अब वहाँ होस्टल में रहना कितना कष्टप्रद होगा, इसका ज़रा भी अनुमान नहीं था। तार से सूचना आते ही मेरे जाने की तैयारियाँ होने लगीं। अभी कॉलेज से पत्र नहीं मिला था, इसलिए ड्रेस के बारे में कुछ पता नहीं था। तै हुआ कि वहीं बनवा ली जाएगी। बाकी नाइट सूट, अंडरवियर, बनियान और नए जूते-जुराब आदि बेगमाबाद जाकर खरीदे गए। इस दौरान इंस्टीट्यूट से भी पत्र आ गया। मुझे अपनी पहली प्राथमिकता के आधार पर मैकेनिकल ब्रांच मिली थी। सविता की कोई खबर नहीं थी। वह ग्वालियर से लौटी नहीं थी। दो जुलाई की रात को पिताजी और मैं ट्रेन से कानपुर के लिए रवाना हो गए। माँ ने मना करते-करते भी कम-से-कम एक हफ़्ते का ड्राई नाश्ता बनाकर एक टीन के डिब्बे में रख दिया।

कानपुर में गन फ़ैक्ट्री की एस्टेट में हमें पिताजी के एक घनिष्ठ मित्र घनश्याम तिवारी जी के घर ठहरना था। जयंत के पिता हार्नेस एंड सैडलरी कारखाने में थे, इसलिए वह लोग लारमर बाग एस्टेट में थे जो कि काफ़ी दूर था। सवेरे पहुँचकर नहा-धोकर हम लोग रिक्शे से एच.बी.टी.आई. गए। दूरी इतनी थी कि करीब एक घंटा लग गया। बेचारे रिक्शावाले ने सिर्फ़ पाँच रुपये लिये। रास्ते में आते-जाते रिक्शों की भरमार देखकर समझ में आ गया कि यहाँ यातायात का यही सर्वसुलभ साधन है। मेरी तरह बहुत से लड़के और एक-दो लड़कियाँ प्रवेश के पहले दिन ही पहुँचे हुए थे। वहाँ पूरी प्रक्रिया बहुत व्यवस्थित और सुचारू थी। एडमीशन इंचार्ज सिविल इंजीनियरिंग के विभागाध्यक्ष थे, जिनकी देख-रेख में तीन-चार जूनियर लेक्चरर्स की टीम के चरणबद्ध ढंग से कागज़ातों की जाँच, फ़ीस जमा करके रसीद दिलाने और होस्टल में रूम एलॉट करने का काम करवा रहे थे। कई तरह के फ़ॉर्म भी भरवाए गए। होस्टल के लिए बाहर से आने वाले छात्रों को प्राथमिकता दी जा रही थी। मेरी खुशकिस्मती यह रही कि कैम्पस में स्थित एक होस्टल में दो अन्य लड़कों के साथ कमरा मिल गया। बहुत से होस्टल कैंपस से दूर थे।

जयंत दोपहर बाद आया। उसे चूँकि होस्टल लेना नहीं था, इसलिए प्रवेश लेने की कोई जल्दी नहीं थी। वह प्रवेश की प्रक्रिया में लगा तो मैं पिताजी के साथ होस्टल में अपना कमरा देखने गया। होस्टल की बिल्डिंग अंग्रेज़ों के ज़माने में बनी होगी, इसलिए ठीक-ठाक सी थी मगर कमरा और उसमें पड़े तीन तखत और दीवार में बनी अलमारियाँ देखकर सारा उत्साह काफ़ूर हो गया। उससे तो फ़ैक्ट्री के पुराने क्वार्टर कहीं बेहतर थे। बाहर गद्दे, चादर और प्लास्टिक की बाल्टियाँ बेचने बालों का बाज़ार-सा सजा हुआ था। मुझे अभी अपना सामान उठाकर लाना था, इसलिए गद्दे आदि की खरीद का कार्यक्रम अगले रोज़ के लिए टाल दिया गया। होस्टल से आकर देखा एडमीशन पाए लड़कों को संस्थान का गाइडेड टूर करवाया जा रहा था। मैं भी एक झुंड में शामिल हो गया। अन्य अभिभावकों की तरह पिताजी भी उस विशाल परिसर और बड़ी-बड़ी प्रयोगशालाओं को देखकर हर्षित और संतुष्ट होते रहे। उन्हें उसी रात वापिस जाना था। उन दिनों छुट्टी बहुत मुश्किल से मिलती

और ओवरटाइम का नुकसान अलग झेलना पड़ता था। उस बेहद हरे-भरे और रमणीक कैम्पस में एग्रीकल्चर कॉलेज भी था जो अपने प्रस्तर-निर्मित भवन की वजह से पत्थर कॉलेज कहलाता था। हमें बताया गया कि स्टेशन या शहर कहीं से भी आना हो रिक्शावाले को पत्थर कॉलेज ही कहना चाहिए।

जयंत मेरी प्रतीक्षा में रुका हुआ था। उसे कैमिकल इंजीनियरिंग में प्रवेश मिला था। पिताजी ने उससे कहा, ''लो भई जगन्नाथ भी कानपुर आ गया। अपने दोस्त का ध्यान रखना। मुझे आज ही जाना है नहीं तो तुम्हारे यहाँ आकर बैनर्जी साहब से मिलता। और सुनो इसको कभी रुपये-पैसे की ज़रूरत आ पड़े तो घर से ला देना। बाद में मैं भेज ही दूँगा।'' जयंत ने कहा, ''अंकल आप बिलकुल निश्िंचत होकर जाएँ। मैं इसे हर हफ़्ते अपने घर ले जाया करूँगा।''

जयंत की बात सुनकर मुझे ऐसा लगा जैसे कानपुर कोई शहर न होकर ऐसा सदाबहार चमन हो, जिसमें खुशियों के रंग-बिरंगे फूल खिले हों। उस दिन शुक्रवार था, दो दिन कमरे में सामान लाने और अन्य व्यवस्थाओं में निकल जाएँगे और फिर रविवार को होगा दीदार-ए-यार। इसी दिन की प्रतीक्षा में बहुत लंबा समय गुज़ारा था मैंने और बहुत मेहनत की थी। अगर यहाँ आने का प्रबल आकर्षण न होता तो इंजीनियरिंग कॉलेज का ख़याल भी नहीं आता मन में।...पिताजी ने बहुत मना किया मगर तिवारी अंकल नहीं माने और उन्हें छोड़ने स्टेशन गए। मैं भी ज़िद करके साथ चला गया। उनकी गाड़ी चली गई तो मुझे तब तक के जीवन में पहली बार नितांत अकेला होने का एहसास हुआ। यह एक सोचा समझा हुआ फ़ैसला था, बहुत शौक और उत्सुकता से आया था मगर बिस्तर पर लेटते ही माँ का चेहरा बार-बार आँखों के सामने आने लगा।

~

फ़र्स्ट ईयर में होस्टल में ट्रिपल सीटेड रूम मिलता था। मेरे साथ बनारस का विकास पांडेय और दिल्ली का भारत भूषण खन्ना था। दोनों ही बहुत खुशदिल। मैं रविवार को जल्दी ही उठकर तैयार हो मैस में नाश्ता करने गया तब तक वे सोकर नहीं उठे थे। मैं उन्हें अपने जाने का कार्यक्रम और गंतव्य नहीं बता सका। बाहर निकलकर मैंने एक रिक्शावाले से बात की, उसने लारमर बाग कॉलोनी का नाम नहीं सुना था। फ़ैक्ट्री के बारे में बताया तो कहने लगा, ''बाबू, किले का कारखाना बोलो ना। वह तो फूलबाग के सामने है, वहीं छोड़ देंगे। वहाँ से पता कर लेना। पाँच रुपये लगेंगे!...खैर, किसी तरह लारमर बाग पहुँच गया। उनको बाहर की तरफ़ बंगला मिला था, इसलिए ज़्यादा भटकना नहीं पड़ा। दोपहर का एक बजा था, वे लोग मेरी प्रतीक्षा में बैठे थे। मेरे आवाज़ लगाते ही जया दरवाज़ा खोलकर बाहर आई।...''नमस्ते जगन दा। आपको हमारा घर ढूँढ़ने में परेशानी तो नहीं हुई ?...चलिये सब लोग खाने पर आपकी प्रतीक्षा कर रहे हैं।'' अंदर पहुँचकर मैंने अंकल

और आंटी के पैर छुए, जयंत से गले मिला। वहाँ एक लंबे और गोरे महाशय और थे जिन्हें मैं पहचानता नहीं था, लेकिन उन्होंने मुस्कुराते हुए आगे बढ़कर हाथ मिलाते हुए कहा, ''वैलकम जगन्नाथ! हाऊ आर यू। जयंत एंड जया आफ़ेन टॉक अबाउट यू, सो आई नो मैनी थिंग्स। वैल, आई एम साधन चट्टोपाध्याय फ्रॉम कैलकटा। आई एम अंडरगोइंग ट्रेनिंग इन हार्नेस एंड सैडलरी फ़ैक्ट्री हीयर। आई एम हैप्पी दैट यू हैव जोइंड एच.बी. टी.आई. अलोंगविद जयंत। नाउ कम ऑन, लेट अस टेक लंच। वी आर गेटिंग लेट फ़ॉर द मूवी, 'दिल एक मंदिर हाय'।''

डाइनिंग टेबल पर जयंत और मैं एक तरफ़, साधन और जया दूसरी तरफ़ बैठे। मम्मी-पापा आमने-सामने। जयंत ने धीरे से बताया कि साधन चट्टोपाध्याय ही वह ऑफ़िसर ट्रेनी हैं जिनके बारे में उसने अपने पत्र में लिखा था। यानी उसके और जया के ट्यूटर। खाने में दाल-चावल, दो-तीन सब्ज़ियाँ, तले हुए बैंगन, आलू और परवल के अलावा माछेर झोल यानी मछली का शोरबा भी था, जिसे वे लोग बहुत चाव से खाते रहे मगर किसी ने भी मुझसे उसे खाने के लिये आग्रह नहीं किया। जया अपनी थाली में नज़रें गड़ाए खाना खाती रही। अब मैं शायद आधा बंगाली न रह गया होऊँ।

खाने के बाद सब लोग बैठक में आ गए। बैनर्जी साहब मेरे पिता और एस्टेट के कुछ अन्य लोगों का नाम ले-लेकर हाल-चाल पूछते रहे। उसकी मम्मी ने कहा, ''तुम्हारा और जयंत का तो दो हंसों का जोड़ा है। साथ-साथ पढ़ाई और फिर फ़ैक्ट्री में ऑफ़िसर ट्रेनी लग जाएगा।'' तब तक उनकी मेड ने आकर कहा, ''बाबूजी रिक्शावाला आ गया है।'' साधन चट्टोपाध्याय घड़ी देखते हुए उठ खड़े हुए। मम्मी ने तेज़ आवाज़ में जया को पुकार लगाई तो वह अंदर के कमरे से साड़ी का आँचल सँभालती हुई आई, माँ की तरफ़ देखते हुए कहा, ''आमी चौल्ली!''...और वह तेज़ कदमों से साधन के साथ फ़िल्म देखने के लिए बाहर निकल गई, जहाँ रिक्शा उनका इंतज़ार कर रहा था। उसने जाते हुए एक बार मेरी तरफ़ देखा और फीकी-सी मुस्कुराहट के साथ विदाई में हाथ हिलाया।

उसकी बेरुखी में निहित संदेश की कल्पना मात्र से मेरा दिल बैठ गया। बाद में मैं बहुत देर तक जयंत के पास बैठा रहा। उसने शायद मेरे चेहरे की उड़ी हुई रंगत को भांप लिया और धीरे-धीरे साधन चट्टोपाध्याय के बारे में विस्तार से बताया। कलकत्ता में बैनर्जी और साधन के पिता अगल-बगल ही रहते थे और एक ही कॉलेज में साथ-साथ पढ़े थे। उनके परिवार अभी भी बालीगंज की उसी स्ट्रीट में रह रहे थे। संयोग से ऑफ़िसर ट्रेनी के तौर पर सलेक्शन होने पर पोस्टिंग कानपुर में हो गई तो शुरू के कुछ हफ़्ते, क्वार्टर एलॉट होने तक वह उनके परिवार के साथ रहा। बाद में भी जयंत और जया को पढ़ाने के लिये लगभग रोज़ाना आता रहा है। जया की मम्मी को यह लड़का बहुत अच्छा लगा तो उन्होंने पहले घर में बात चलाई। जया को और उसके पापा को भी वह पसंद था। साधन के पैरेंट्स

इस रिश्ते के लिए तुरंत राज़ी हो गए। अब बात लगभग पक्की थी, बस जया के ग्रेजुएशन तक यूँ ही चलना था।

यह सब सुनने के बाद मन एकदम उचट गया। थोड़ी देर तक हाँ-हूँ करता हुआ बैठा रहा बेमन से। जयंत के हाव-भाव से लगा कि उसे मेरे साथ सहानुभूति है परंतु नियति के आगे किसी की नहीं चलती। मैंने भी इसे मन से स्वीकार कर लिया और वापिस पत्थर कॉलेज लौट आया। बार-बार साधन और जया की युगल जोड़ी नज़रों के सामने आ जाती। इसमें ज़रा भी संदेह नहीं था कि दोनों एक-दूसरे को बेहद पसंद करने लगे थे।

कमरे में पहुँचा तो विकास ने उत्तेजित स्वर में कहा, ''अरे, यार कहाँ चले गए थे? एक मैडम यहाँ आकर बहुत देर तक इंतज़ार करती रहीं फिर शाम को दोबारा आने के लिए कह गई हैं। नहीं नाम तो हमने नहीं पूछा, कुछ भारी-भारी सी थीं। बता रही थीं कि उन्होंने आज ही एडमीशन लिया है। गर्ल्स होस्टल में कमरा भी मिल गया है। कुछ समझ में आया कि कौन हैं?'' मैंने सिर ऊपर-नीचे करके स्वीकार किया कि मैं जान गया हूँ। सचमुच, सविता के अलावा और कौन हो सकता है। आ ही पहुँची कमबख्त। मैं काफ़ी हार-थक गया था। कटे हुए पेड़ की तरह बिस्तरे पर ढह गया।

❑❑❑